La blessure de Laura

Du même auteur aux Éditions J'ai lu

Les illusionnistes (n° 3608)
Un secret trop précieux (n° 3932)
Ennemies (n° 4080)
L'impossible mensonge (n° 4275)
Meurtres au Montana (n° 4374)
Question de choix (n° 5053)
La rivale (n° 5438)
Ce soir et à jamais (n° 5532)
Comme une ombre dans la nuit (n° 6224)
La villa (n° 6449)
Par une nuit sans mémoire (n° 6640)
La fortune des Sullivan (n° 6664)
Bayou (n° 7394)
Un dangereux secret (n° 7808)
Les diamants du passé (n° 8058)
Coup de cœur (n° 8332)
Douce revanche (n° 8638)
Les feux de la vengeance (n° 8822)
Le refuge de l'ange (n° 9067)
Si tu m'abandonnes (n° 9136)
La maison aux souvenirs (n° 9497)
Les collines de la chance (n° 9595)
Si je te retrouvais (n° 9966)
Un cœur en flammes (n°10363)
Une femme dans la tourmente (n° 10381)
Maléfice (n° 10399)
L'ultime refuge (n° 10464)

LIEUTENANT EVE DALLAS
Lieutenant Eve Dallas (n° 4428)
Crimes pour l'exemple (n° 4454)
Au bénéfice du crime (n° 4481)
Crimes en cascade (n° 4711)
Cérémonie du crime (n° 4756)
Au cœur du crime (n° 4918)
Les bijoux du crime (n° 5981)
Conspiration du crime (n° 6027)
Candidat au crime (n° 6855)
Témoin du crime (n° 7323)
La loi du crime (n° 7334)
Au nom du crime (n° 7393)
Fascination du crime (n° 7575)
Réunion du crime (n° 7606)
Pureté du crime (n° 7797)
Portrait du crime (n° 7953)
Imitation du crime (n° 8024)
Division du crime (n° 8128)
Visions du crime (n° 8172)
Sauvée du crime (n° 8259)
Aux sources du crime (n° 8441)
Souvenir du crime (n° 8471)
Naissance du crime (n° 8583)
Candeur du crime (n° 8685)
L'art du crime (n° 8871)
Scandale du crime (n° 9037)
L'autel du crime (n° 9183)
Promesses du crime (n° 9370)
Filiation du crime (n° 9496)
Fantaisie du crime (n° 9703)
Addiction au crime (n° 9853)

Perfidie du crime (n° 10096)
Crimes de New York à Dallas (n° 10271)

LES TROIS SŒURS
Maggie la rebelle (n° 4102)
Douce Brianna (n° 4147)
Shannon apprivoisée (n° 4371)

TROIS REVES
Orgueilleuse Margo (n° 4560)
Kate l'indomptable (n° 4584)
La blessure de Laura (n° 4585)

LES FRERES QUINN
Dans l'océan de tes yeux (n° 5106)
Sables mouvants (n° 5215)
À l'abri des tempêtes (n° 5306)
Les rivages de l'amour (n° 6444)

MAGIE IRLANDAISE
Les joyaux du soleil (n° 6144)
Les larmes de la lune (n° 6232)
Le cœur de la mer (n° 6357)

L'ÎLE DES TROIS SŒURS
Nell (n° 6533)
Ripley (n° 6654)
Mia (n° 8693)

LES TROIS CLES
La quête de Malory (n° 7535)
La quête de Dana (n° 7617)
La quête de Zoé (n° 7855)

LE SECRET DES FLEURS
Le dahlia bleu (n° 8388)
La rose noire (n° 8389)
Le lys pourpre (n° 8390)

LE CERCLE BLANC
La croix de Morrigan (n° 8905)
La danse des dieux (n° 8980)
La vallée du silence (n° 9014)

LE CYCLE DES SEPT
Le serment (n° 9211)
Le rituel (n° 9270)
La Pierre Païenne (n° 9317)

QUATRE SAISONS DE FIANÇAILLES
Rêves en blanc (n° 10095)
Rêves en bleu (n° 10173)
Rêves en rose (n° 10211)
Rêves dorés (n° 10296)

En grand format

L'HÔTEL DES SOUVENIRS
Un parfum de chèvrefeuille
Comme par magie
Sous le charme

NORA ROBERTS

Trois rêves - 3
La blessure de Laura

Traduit de l'anglais (États-Unis) par Pascale Haas

Titre original :
FIDING THE DREAM

Éditeur original :
Jove books are published by The Berkley Publishing Group, N.Y.

© Nora Roberts, 1997

Pour la traduction française :
© Éditions J'ai lu, 1997

PROLOGUE

Californie, 1888

La route avait été longue. Non seulement il lui avait fallu parcourir les kilomètres entre San Diego et les falaises de Monterey, mais aussi toutes ces années. Tant et tant d'années, songea Felipe.

Autrefois, il avait été assez jeune pour marcher d'un pas alerte le long de ces rochers, les escalader, ou même courir. Faisant fi du danger, des rafales de vent, du rugissement des vagues et de ces hauteurs à donner le vertige. Il avait vu des fleurs sauvages s'épanouir ici au printemps. Un jour, il en avait cueilli pour Seraphina, et se souvenait clairement de son rire magnifique quand elle les avait serrées sur sa poitrine comme de précieuses roses ramassées dans le plus merveilleux des jardins.

Aujourd'hui, ses yeux n'y voyaient plus aussi bien, et sa démarche était vacillante. Mais pas sa mémoire. Une mémoire intacte dans un corps de vieil homme, telle était sa pénitence. Les seules joies qu'il avait connues dans sa vie resteraient à tout jamais liées au rire de Seraphina, à la confiance brillant dans son beau regard sombre. A ce pur amour qu'elle lui avait offert sans aucune retenue.

Depuis plus de quarante ans qu'il l'avait perdue, en même temps que sa part d'innocence, il avait appris à accepter ses propres faiblesses. Il s'était conduit en lâche, avait fui la bataille plutôt que d'affronter les horreurs de la guerre et s'était caché parmi les morts au lieu de brandir son sabre.

Mais il était alors si jeune... Il fallait pardonner les erreurs de jeunesse.

Il avait laissé croire à sa famille et à ses amis qu'il était mort, tombé au champ de bataille comme un valeureux soldat... comme un héros. Cédant à la honte, et à l'orgueil. Et jamais il n'oublierait que c'était précisément cette honte et cet orgueil qui avaient coûté la vie à Seraphina.

D'un air las, il s'assit sur une grosse pierre en écoutant les vagues se briser en contrebas sur les rochers, le cri strident des mouettes et le vent d'hiver qui rugissait à travers les hautes herbes. L'air était glacé. Il ferma les yeux, le cœur serré.

Seraphina...

Elle serait toujours la belle jeune fille aux yeux sombres qui n'avait pas eu la chance de vieillir, alors que lui était maintenant un vieil homme. Elle ne l'avait pas attendu, préférant se jeter au fond de l'océan, de désespoir et de chagrin. Par amour pour lui, il le comprenait à présent. Elle avait cédé à l'impulsion de la jeunesse, ignorant que rien sur cette terre ne durait éternellement.

Le croyant mort, elle avait voulu mourir, en brisant son avenir sur les rochers.

Il l'avait pleurée. Dieu sait s'il l'avait pleurée... Mais il n'avait pas pu se résoudre à la rejoindre au fond de l'océan. Au lieu de cela, il était parti vers le Sud, abandonnant derrière lui son nom et sa maison. Et s'en était trouvé de nouveaux.

Il avait une nouvelle fois rencontré l'amour. Rien de comparable avec ce premier amour fou. Mais quelque chose de solide, basé sur la confiance et la compréhension, grâce à une volonté aussi tranquille que farouche.

Et il avait fait de son mieux.

Il avait maintenant des enfants et des petits-enfants. Une vie faite de joies et de chagrins qui avait fait de lui un homme. Il avait survécu afin d'aimer une femme, de fonder une famille, de cultiver des jardins. Et ce qu'il avait réussi à accomplir lui avait apporté une certaine satisfaction.

Néanmoins, il n'avait jamais oublié la jeune fille qu'il avait aimée. Et qu'il avait tuée. De même qu'il n'avait rien oublié de leur rêve de vivre ensemble, ni de la douce innocence avec laquelle elle s'était donnée à lui. Ce jour où ils avaient fait l'amour en cachette, si jeunes et si pleins de vie tous les deux, où ils avaient rêvé de l'avenir qui les attendait, de la maison qu'ils construiraient, grâce à sa dot, et des enfants qui naîtraient de leur union.

Mais quand la guerre avait éclaté, il l'avait quittée pour se prouver qu'il était un homme. Et découvrir finalement qu'il n'était qu'un lâche. Elle avait caché sa dot, ce symbole d'espoir que chérissent tant de jeunes filles, pour éviter qu'elle ne tombe aux mains des Américains.

Felipe savait pertinemment où elle l'avait cachée. Il connaissait tout de sa Seraphina, sa logique, ses sentiments, ses forces et ses faiblesses. Aussi, bien que cela ait signifié partir sans un sou, n'avait-il touché ni à l'or ni aux bijoux enterrés par sa fiancée.

Maintenant que l'âge avait blanchi ses cheveux, que ses yeux n'y voyaient plus aussi bien et que ses os étaient douloureux, il priait le ciel pour que des amoureux retrouvent son trésor. Ou des rêveurs. Si le Seigneur était juste, il permettrait à Seraphina de les choisir. Car, quoi qu'en dise l'Eglise, Felipe refusait de croire que Dieu puisse condamner une jeune fille malheureuse de s'être suicidée.

Non, elle serait à jamais telle qu'il l'avait laissée, plus de quarante ans auparavant, sur ces mêmes falaises. Eternellement jeune, belle, et le cœur rempli d'espoir.

Il ne reviendrait plus jamais ici, il le savait. Sa pénitence touchait presque à sa fin. Lorsqu'il irait retrouver sa Seraphina, il espérait qu'elle lui sourirait et lui pardonnerait son stupide orgueil de jeune homme.

Courbé sous le vent, il se releva en prenant appui sur sa canne pour ne pas trébucher. Abandonnant les falaises à Seraphina. A tout jamais.

L'orage grondait à l'horizon. Un orage d'été, impressionnant, avec d'immenses éclairs qui zébraient le ciel et un vent hurlant. Assise sur un rocher, Laura Templeton contemplait cette lumière étrange d'un air satisfait. Les orages la fascinaient.

Il leur faudrait bientôt rentrer à Templeton House, mais, pour l'instant, elle profitait du spectacle en compagnie de ses deux meilleures amies. A seize ans, Laura était une jeune fille mince et délicate, avec un regard gris paisible et des cheveux d'un blond cuivré. Aussi bouillonnante d'énergie qu'un violent orage.

— On devrait prendre la voiture et foncer droit dessus ! s'esclaffa Margo Sullivan tandis que le vent redoublait de force.

— Pas si c'est toi qui es au volant, rétorqua Kate Powell. Tu as ton permis depuis une semaine et tu as déjà la réputation de conduire comme une folle.

— Tu es jalouse parce que tu ne pourras pas conduire avant des mois.

Comme c'était la vérité, Kate se contenta de hausser les épaules. Ses cheveux noirs coupés court flottaient au vent.

— En tout cas, moi, j'économise pour me payer une voiture, au lieu de découper des photos de Ferrari et de Jaguar.

— Quitte à rêver, autant rêver grand ! riposta Margo, qui fronça les sourcils en découvrant un minuscule éclat sur un de ses ongles vernis de rose corail. Un jour, j'aurai une Ferrari, ou une Porsche, ou ce que je voudrai...

Elle plissa ses yeux bleus d'un air déterminé.

— Pas question de me contenter comme toi d'une voiture d'occasion.

Laura les laissa se chamailler. Elle aurait pu intervenir, mais savait qu'en se taquinant elles se prouvaient leur amitié. Et puis, elle ne s'intéressait pas aux voitures. Même si elle appréciait la ravissante petite décapotable que ses parents lui avaient offerte pour son seizième anniversaire. Mais pour elle, toutes les voitures se valaient.

Etant donné sa situation, raisonner ainsi était des plus faciles, elle s'en rendait compte. Elle était la fille de Thomas et de Susan Templeton, propriétaires de l'empire hôtelier Templeton. Sa maison dominait la colline qui se trouvait derrière elles, imposante sous le ciel gris tourbillonnant. Mais elle y voyait bien autre chose qu'un simple amas de pierre, de bois et de verre, des tours, des balcons et des jardins luxuriants ou le bataillon de domestiques chargés de l'entretenir.

C'était chez elle.

Toutefois, on lui avait appris très tôt à prendre conscience des responsabilités qu'impliquaient de tels privilèges. Son amour de la beauté, de l'harmonie, n'avait d'égal que sa gentillesse. Et elle voulait vivre selon les critères Templeton, mériter tout ce qu'elle avait reçu à sa naissance. Non seulement la fortune qui était la sienne, et dont elle mesurait l'importance en dépit de son jeune âge, mais aussi l'affection de sa famille et de ses amies.

Margo avait horreur de se voir imposer des limites, Laura le savait. Bien qu'elles aient grandi ensemble à Templeton House, et aient toujours été aussi proches que des sœurs, la mère de Margo travaillait là en tant que gouvernante.

Quant à Kate, qui s'était retrouvée orpheline à huit ans – ses parents avaient été tués dans un accident de voiture – elle était venue vivre à Templeton House, où elle avait été choyée, intégrée à la famille, et faisait partie des Templeton au même titre que Laura et son frère aîné Josh.

Laura, Kate et Margo étaient aussi liées, peut-être même plus, que des sœurs du même sang. Cependant, Laura n'oubliait jamais les responsabilités qui lui incombaient, elle était une Templeton.

Un jour, elle tomberait amoureuse, se marierait et aurait des enfants. Elle perpétuerait les traditions familiales. L'homme qui viendrait la chercher, qui l'emporterait dans ses bras et auquel elle appartiendrait serait tout ce qu'elle aurait toujours désiré. Ensemble, ils construiraient une vie, fonderaient un foyer, se forgeraient un avenir aussi lisse et parfait que Templeton House.

Chaque fois qu'elle imaginait sa vie future, des rêves naissaient dans son cœur. Une légère rougeur empourpra ses joues sur lesquelles le vent ramenait ses boucles blondes.

— Laura est encore en train de rêver, remarqua Margo avec un sourire éclatant qui rehaussa encore l'éclat de son magnifique visage.

— Tu penses encore à Seraphina ? demanda Kate.

— Hein ?

Non, elle ne pensait pas à Seraphina, mais y songea aussitôt.

— Je suis sûre qu'elle venait souvent ici, rêver de sa vie future avec Felipe.

— Elle est morte au cours d'un orage comme celui qui arrive sur nous. J'en suis certaine...

Margo leva les yeux vers le ciel menaçant.

— Avec de terribles éclairs et un vent déchaîné.

— Un suicide est déjà assez dramatique en soi, commenta Kate en cueillant une fleur dont elle enroula la tige autour de son doigt. Si le ciel avait été d'un bleu limpide et le soleil resplendissant, le résultat aurait été le même.

— Vivre pareil chagrin... ce doit être affreux, murmura Laura. Si nous retrouvons sa dot, nous devrions élever un temple à sa mémoire, ou quelque chose de ce genre.

— Moi, je compte dépenser ma part en vêtements, en bijoux et en voyages, déclara Margo en s'étirant et en croisant les bras derrière la nuque.

— Tu n'auras plus rien au bout d'un an. Même moins, lui prédit Kate. J'investirai ma part dans des puces d'ordinateurs.

— Ce que tu peux être ennuyeuse et prévisible ! railla Margo avec un sourire avant de se tourner vers Laura. Et toi ? Que feras-tu quand nous aurons retrouvé le trésor ? Car nous finirons bien par le trouver un jour.

— Je ne sais pas...

Que ferait sa mère ? se demanda-t-elle. Ou son père ?

– Je ne sais pas, répéta-t-elle. Je crois que j'attendrai.

Elle laissa son regard errer sur l'océan. Le rideau de pluie se rapprochait à toute vitesse.

– C'est ce que Seraphina aurait dû faire. Attendre.

Tout à coup, le vent se mit à gémir comme une femme en pleurs.

Au-dessus d'elle, un éclair déchira le ciel, suivi d'un grondement de tonnerre assourdissant. La tête renversée en arrière, Laura esquissa un sourire. C'était ça, pensa-t-elle. La puissance, le danger, la gloire...

Tout ce qu'elle voulait. Secrètement, tout au fond de son cœur, c'était cela qu'elle désirait.

Il y eut soudain un crissement de freins, et un air endiablé de rock and roll retentit en même temps qu'un cri impatient.

– Bon sang, vous êtes folles ? lança Joshua Templeton en se penchant par la fenêtre. Dépêchez-vous de monter dans la voiture.

– Il ne pleut pas encore, dit Laura en se levant.

Elle regarda d'abord son frère. Il était de quatre ans son aîné et, à cette seconde, sa ressemblance avec leur père lorsqu'il était de mauvaise humeur était si frappante qu'elle eut envie de rire. Puis elle aperçut Michael Fury assis dans la voiture.

Par quelle intuition sentait-elle que Michael était aussi dangereux qu'un orage d'été, elle n'aurait pu le dire. Mais elle en était profondément convaincue. Ce n'étaient pas les remarques désobligeantes d'Ann Sullivan sur les voyous et les garçons de son espèce qui l'influençaient. La mère de Margo avait pourtant une opinion très arrêtée sur cet ami de Josh en particulier.

Etait-ce ses cheveux bruns, trop longs et hirsutes qui le rendaient inquiétant ? La petite cicatrice blanche juste au-dessus de son sourcil gauche, récoltée, selon Josh, au cours d'une bagarre ? Ou bien tout simplement cet air sombre, menaçant et légèrement méchant. Un ange déchu, songea Laura, le cœur battant avec un sentiment de malaise. Un ange au sourire inquiétant, entraîné dans une chute inexorable vers l'enfer.

Et ses yeux... Si étonnamment bleus, directs... et si insistants dès qu'ils se posèrent sur elle.

Non, décidément, elle n'aimait pas sa façon de la regarder.

— Montez, grouillez-vous ! répéta Josh d'une voix vibrante d'impatience. Maman a failli défaillir quand elle s'est aperçue que vous n'étiez pas là. Si l'une de vous se fait toucher par la foudre, c'est moi qui me ferai botter les fesses.

— Oh, et elles sont si mignonnes ! ajouta Margo, toujours prête à flirter.

Espérant piquer la jalousie de Josh, elle ouvrit la portière du côté de son ami.

— On va être serrées comme des sardines. Tu permets que je m'assoie sur tes genoux, Michael ?

Il cessa de fixer Laura pour sourire à Margo, laissant apparaître des dents d'un blanc étincelant au milieu de son visage bronzé aux joues émaciées.

— Fais comme chez toi, ma belle.

Sa voix était grave, un peu rauque. Il la prit sur ses genoux comme un homme habitué à fréquenter des filles faciles.

— Je ne savais pas que tu étais revenu, fit Kate en se glissant sur la banquette arrière.

Elle constata qu'il y avait largement de la place pour trois.

— Je suis en permission, expliqua Michael en lui décochant un bref regard.

Puis il se tourna à nouveau vers Laura, laquelle hésitait toujours devant la portière.

— Je m'embarque à nouveau dans quelques jours.

— La marine marchande... s'extasia Margo en jouant avec une mèche de ses cheveux. Ça paraît tellement... dangereux. Et si excitant. Tu as une femme dans chaque port ?

— J'y travaille.

De grosses gouttes de pluie vinrent s'écraser sur le pare-brise, et Michael fit un petit signe de tête à Laura.

— Tu veux venir aussi sur mes genoux, ma jolie ?

La dignité était une autre des notions inculquées à

Laura dès sa plus tendre enfance. Sans même daigner lui répondre, elle s'installa à l'arrière à côté de Kate.

A peine la portière refermée, Josh s'élança sur la route qui serpentait à flanc de colline jusqu'à Templeton House. Lorsque le regard de Laura croisa celui de Michael dans le rétroviseur, elle détourna délibérément les yeux et fixa les falaises où elle aimait tant venir rêver.

1

Le jour de son dix-huitième anniversaire, Laura était amoureuse. Elle savait qu'elle avait beaucoup de chance. Elle était certaine de ses sentiments et de son avenir. Elle aimait l'homme avec lequel elle allait les partager.

Il s'appelait Peter Ridgeway, et représentait tout ce dont elle avait toujours rêvé. Grand, beau, distingué, avec un sourire charmant. Il était en outre sensible à la beauté et à la musique et avait le sens des responsabilités sur le plan professionnel.

Depuis sa promotion au sein de l'empire Templeton et son transfert au siège californien, il lui avait fait une cour assidue de manière à gagner son cœur de jeune fille romantique.

Il y avait d'abord eu les magnifiques roses, livrées dans des boîtes blanches en carton glacé, puis les petits dîners aux chandelles en tête à tête au restaurant. Agrémentés d'interminables conversations sur l'art ou la littérature – et de longs regards silencieux qui en disaient plus long que n'importe quel discours.

Ils avaient également fait des promenades dans le jardin au clair de lune et des balades en voiture le long de la côte.

Laura n'avait pas été longue à tomber amoureuse. Cela lui était arrivé sans même qu'elle s'en aperçoive. Un peu comme si elle s'était laissée glisser lentement le long d'un tunnel soyeux vers des bras qui l'attendaient.

A vingt-sept ans, sans doute était-il un peu plus âgé

que ses parents ne l'eussent souhaité, et elle un peu trop jeune. Il était cependant si irréprochable, si parfait, que Laura ne voyait pas en quoi cette différence d'âge pouvait poser problème. Aucun garçon de dix-huit ans n'avait le vernis de Peter Ridgeway, ni l'étendue de ses connaissances ou son infinie patience.

Et puis, elle était folle de lui.

A une ou deux reprises, il avait vaguement fait allusion au mariage. Sans insister. Vraisemblablement pour lui donner le temps de réfléchir. Si seulement elle avait su comment lui faire comprendre qu'elle avait déjà réfléchi et décidé qu'il était l'homme de sa vie...

Mais Laura se disait qu'un homme comme Peter devait prendre l'initiative, les décisions.

Elle avait tout le temps. Et ce soir, il viendrait à la fête donnée en l'honneur de son dix-huitième anniversaire. Elle danserait avec lui. Et dans la robe bleu pâle, qu'elle avait choisie parce que cette couleur lui rappelait ses yeux, elle se sentirait comme une princesse. Mieux, comme une femme.

Elle s'habilla lentement, tenant à savourer chaque seconde de ce moment. Désormais, tout serait différent. En ouvrant les yeux ce matin, sa chambre lui avait paru identique, la même que les autres jours. Les murs étaient tapissés du papier parsemé de minuscules boutons de roses qui fleurissaient là depuis des années et la lumière du soleil entrait par les fenêtres, filtrant à travers les rideaux de dentelle comme tous les matins de janvier.

Néanmoins, tout était différent. Car elle-même se sentait différente.

Elle examina une nouvelle fois la chambre avec un regard de femme, appréciant les lignes élégantes du bureau en acajou et la coiffeuse Chippendale qui avait appartenu à sa grand-mère. Elle effleura de la main le nécessaire à coiffure en argent, cadeau d'anniversaire de Margo, et les flacons de parfum qu'elle collectionnait depuis l'adolescence.

Il y avait aussi le lit, dans lequel elle avait dormi, et rêvé, depuis l'enfance – un grand lit haut à baldaquin en dentelle. Les portes-fenêtres ouvertes qui donnaient sur le balcon laissaient entrer les bruits et les odeurs du soir. La banquette nichée sous la fenêtre où elle pouvait se recroqueviller et rêvasser tout à loisir en regardant les falaises était agrémentée de coussins moelleux.

Un feu ronronnait dans la cheminée en marbre rose. Sur le manteau, étaient disposés des photos dans des cadres en argent et de ravissants chandeliers avec de longues bougies effilées qu'elle aimait allumer à la tombée de la nuit. Et un vase hollandais, dans lequel se trouvait la rose blanche toute simple envoyée par Peter ce matin.

Et puis il y avait le bureau sur lequel elle avait travaillé depuis son entrée au collège, et où elle continuerait à le faire afin de terminer sa dernière année.

C'était curieux, pensa-t-elle en y passant la main, mais elle ne se sentait pas comme une étudiante. Elle avait l'impression d'être plus vieille que les gens de son âge. Tellement plus sage, et plus sûre de ce qu'elle voulait.

Cette chambre, qui était celle de son enfance et de sa jeunesse, était chère à son cœur. Tout comme l'était Templeton House. Bien que sachant qu'elle n'aimerait jamais autant aucune autre maison, elle était prête, et même impatiente, d'en avoir une nouvelle avec l'homme qu'elle aimait.

Finalement, Laura se retourna pour se regarder dans le miroir en pied. Et elle sourit. Elle avait bien fait de mettre cette robe. La coupe simple et nette mettait sa fine silhouette en valeur. Le décolleté arrondi, les fines manches raglan et la longueur à la cheville lui donnaient une allure à la fois classique et digne, qui convenait parfaitement à la femme que cherchait Peter Ridgeway.

Elle aurait préféré laisser ses cheveux longs et flottants, mais ils bouclaient avec exubérance ; elle les avait donc relevés en chignon. Ce qui lui donnait une certaine maturité.

Elle ne serait jamais sûre d'elle et sexy comme Margo, ni d'un naturel curieux comme Kate. Aussi valait-il mieux qu'elle s'en tienne à la sagesse et à la dignité. Après tout, c'étaient deux qualités que Peter jugeait attirantes.

Et elle avait tellement envie qu'il la trouve parfaite. Particulièrement ce soir.

Délicatement, elle prit la paire de boucles d'oreilles que ses parents lui avaient offertes pour son anniversaire. Les diamants et les saphirs scintillèrent avec éclat. Elle les regardait en souriant quand la porte s'ouvrit à toute volée.

– Pas question que je me mette toutes ces cochonneries sur la figure...

Enervée, les joues en feu, Kate entra en se querellant avec Margo.

– D'ailleurs, tu en as mis assez pour nous deux !
– Tu as dit que Laura serait juge, lui rappela Margo.

Tout à coup, elle se figea et, d'un œil expert, toisa son amie.

– Tu es superbe. La sensualité drapée dans sa dignité.
– C'est vrai ? Tu es sûre ?

L'idée d'être sexy lui paraissait tellement excitante que Laura se regarda dans le miroir. Elle n'y vit que son reflet habituel, une petite jeune femme aux yeux gris avec une masse de boucles indomptables.

– Absolument. Tous les hommes de la soirée vont avoir envie de toi sans oser te le dire.

Kate se laissa tomber sur le lit de Laura en grognant.

– En tout cas, ils n'auront pas peur de te le dire à toi, ma vieille. Tu es un exemple vivant de publicité non mensongère.

Margo se contenta d'une grimace et se passa la main sur la hanche. Sa robe rouge vif, profondément décolletée, moulait ses courbes généreuses.

– Quand on a ce qu'il faut là où il faut – ce qui n'est pas ton cas – il ne faut pas avoir honte de le montrer. Raison pour laquelle tu as besoin de blush, d'ombre à paupières, de mascara, de...
– Oh, ça va !
– Elle est très jolie comme ça, fit Laura en s'interpo-

sant entre elles deux, toujours désireuse de ramener la paix.

Elle sourit à Kate, étendue sur le lit dans une robe de laine blanche qui la couvrait de la gorge jusqu'aux chevilles et soulignait ses formes anguleuses.

– Tu ressembles à une nymphe des bois.

Quand Kate se mit à grogner, Laura éclata de rire.

– Mais il est vrai que tu supporterais un peu plus de couleurs.

– Tu vois ? triompha Margo en brandissant sa trousse de maquillage. Allez, assieds-toi et laisse faire la pro.

– Moi qui croyais pouvoir compter sur toi, se lamenta Kate en s'abandonnant à contrecœur aux pinceaux et aux tubes de son amie. J'accepte uniquement parce que c'est ton anniversaire.

– Et j'apprécie, crois-moi.

– Cette soirée va être superbe, déclara Margo en accentuant les pommettes de Kate. L'orchestre est déjà installé et la cuisine est en pleine effervescence. Maman court dans tous les sens arranger des bouquets de fleurs comme s'il s'agissait d'une réception royale.

– Je devrais aller aider, commença Laura.

– C'est toi l'invitée d'honneur, lui rappela Kate en gardant les yeux fermés tandis que Margo lui mettait de l'ombre sur les paupières. Tante Susie contrôle tout – y compris oncle Tommy. Il est dehors, en train de jouer du saxophone.

Laura s'assit sur le lit en riant.

– Il a toujours dit que son rêve aurait été de jouer du saxo ténor dans un club enfumé.

– Il aurait joué quelque temps, dit Margo en traçant avec précision un trait de crayon sur les grands yeux en amande de Kate. Et puis son côté Templeton aurait vite repris le dessus, et il serait devenu propriétaire du club.

– Mesdames...

Josh se planta sur le seuil de la porte, un petit carton de fleuriste à la main.

– Je ne voudrais pas interrompre un rituel bien féminin, mais comme tout le monde semble être devenu fou, je joue les livreurs.

L'allure qu'il avait dans son smoking troubla fortement Margo. Se reprenant, elle lui jeta un regard hautain.

– Quel pourboire vous donne-t-on, habituellement ?
– Tirer sur ses alliés ne se fait pas, ma chère.

Josh fit un effort pour ne pas plonger dans son décolleté et maudit tous les hommes qui auraient l'occasion de contempler ses seins crémeux et rebondis.

– Je crois que ce sont encore des fleurs pour la demoiselle que nous fêtons ce soir.
– Merci, fit Laura en se levant et en embrassant son frère. Voilà mon pourboire.
– Tu es magnifique, dit-il en la prenant par la main. Tu as l'air d'une adulte. Je commence à regretter mon agaçante petite sœur.
– Je ferai de mon mieux pour t'agacer le plus souvent possible, promis.

Elle ouvrit le carton, soupira et oublia tout le reste.

– C'est de la part de Peter, murmura-t-elle.

Josh serra les dents. Il brûlait de lui dire qu'elle l'agaçait prodigieusement par sa façon de choisir les hommes. Mais ce ne serait pas gentil.

– Il paraît que c'est très classe d'offrir une seule rose.
– Je préfère en avoir des douzaines, avoua Margo.

Et son regard complice croisa celui de Josh.

– Elle est belle, dit tout bas Laura en allant mettre la rose avec l'autre. C'est la même que celle qu'il m'a envoyée ce matin.

A 21 heures, Templeton House était remplie de monde ; la fête battait son plein. Des invités passaient des pièces brillamment éclairées aux terrasses chauffées. D'autres se promenaient dans les allées du jardin, admirant les massifs de fleurs et les fontaines, éclairés par le clair de lune et de féeriques lumières.

Margo avait vu juste. La nuit était claire, et le ciel constellé d'étoiles. En dessous, Templeton House scintillait de mille feux.

L'orchestre jouait une musique divine invitant les

couples à danser. Sur les longues tables recouvertes d'élégantes nappes en lin étaient alignés d'innombrables plats alléchants préparés par une armée de traiteurs. Des serveurs stylés passaient discrètement parmi les invités avec des flûtes de champagne ou des petits canapés sur des plateaux d'argent. Plusieurs bars étaient installés ici et là pour servir des jus de fruits ou des cocktails.

De la vapeur s'élevait de la piscine à la surface de laquelle flottaient des dizaines de nénuphars. Sur les terrasses, sous les grandes tentes en soie et sur les pelouses, de nombreuses tables drapées de lin blanc étaient dressées, décorées au centre de flambeaux blancs entourés de gardénias.

D'autres serveurs, des buffets et de la musique à l'intérieur accueillaient ceux qui préféraient la chaleur et un calme relatif. Deux servantes en uniforme étaient postées au bas du grand escalier, prêtes à aider les dames souhaitant se rafraîchir ou recoudre un ourlet.

Aucune des réceptions données de par le monde dans un des hôtels *Templeton* n'avait jamais été aussi soigneusement préparée et organisée que la soirée d'anniversaire de Laura Templeton.

Elle n'oublierait jamais la nuit de ses dix-nuit ans. Les lumières scintillaient de toute part, la musique semblait remplir l'air en se mêlant au parfum des fleurs. C'était magique. Connaissant ses devoirs, Laura bavarda et dansa avec des amis de ses parents et des jeunes gens de son âge. Et, bien qu'ayant follement envie d'avoir Peter pour elle toute seule, elle se mêla à la foule des invités, ainsi qu'elle était supposée le faire.

Lorsqu'elle dansa avec son père, elle pressa sa joue contre la sienne.

– Cette soirée est merveilleuse. Merci, mon papa.

Thomas soupira. Sa petite fille sentait un parfum doux et élégant de femme.

– Quelque part au fond de moi, j'aimerais que tu aies encore trois ans et que tu sautes sur mes genoux.

Il s'écarta légèrement pour lui sourire. C'était un homme très séduisant, ses cheveux blonds grisonnaient et ses yeux, dont ses deux enfants avaient hérité, étaient plissés aux coins et lui donnaient un air rieur.

– Tu as grandi trop vite, ma petite Laura.

– Je n'y peux rien, dit-elle dans un sourire.

– Non, bien entendu. Mais je me retrouve là, parfaitement conscient qu'une dizaine de jeunes gens me lancent des flèches dans le dos en espérant que je me casse la figure pour pouvoir danser avec toi.

– C'est avec toi que je veux danser.

Mais quand Peter passa près d'eux avec Susan Templeton, Thomas vit le regard de sa fille prendre un air doux et rêveur. Comment aurait-il pu prévoir, quand il avait fait muter Ridgeway en Californie, qu'il lui enlèverait sa petite fille ?

A la fin du morceau, Thomas admira l'habileté avec laquelle Peter procéda à un échange de partenaires avant de s'éloigner en tourbillonnant avec Laura.

– Tommy, arrête de regarder ce garçon comme si tu avais envie de le fusiller, murmura Susan à son oreille.

– Ce n'est encore qu'une gamine.

– Elle sait ce qu'elle veut. On dirait qu'elle l'a toujours su, soupira-t-elle à son tour. Et, apparemment, c'est Peter Ridgeway.

Thomas regarda sa femme dans les yeux. Des yeux pétillant de sagesse, comme toujours. Elle avait beau être petite, aussi fine et menue que sa fille, et donner l'impression d'être fragile, il savait combien elle était forte.

– Que penses-tu de lui ?

– Il est compétent, répondit-elle lentement. Il est bien élevé, a de bonnes manières et Dieu sait qu'il est séduisant...

Sa bouche se durcit imperceptiblement.

– Mais je voudrais le voir à des kilomètres d'ici. Là, c'est la mère qui parle, reconnut-elle. La mère qui a peur de perdre sa fille chérie.

– On pourrait le muter en Europe, proposa Thomas, soudain réjoui par cette idée. Non, à Tokyo. Ou à Sydney.

En riant, Susan tapota la joue de son mari.

– Etant donné la façon dont Laura le regarde, nul doute qu'elle le suivrait. Non, mieux vaut le garder près de nous, ajouta-t-elle en haussant les épaules d'un air résigné. Dis-toi qu'elle aurait pu tomber amoureuse d'un des copains peu recommandables de Josh, d'un gigolo, d'un chasseur de dot ou d'un ancien repris de justice...

– Laura ? s'esclaffa Thomas. Jamais de la vie !

Susan se contenta de hausser les sourcils. Comment faire comprendre à un homme qu'il était fréquent que les tempéraments romantiques comme celui de leur fille soient attirés par des crapules ?

– Nous allons devoir surveiller comment les choses évoluent. Et être là pour elle quand il le faudra.

– Tu ne viens pas danser avec moi ? fit Margo en se glissant dans les bras de Josh et en restant là, sans lui laisser la possibilité de s'échapper. Tu préfères passer ta soirée à ruminer ?

– Je ne rumine pas. Je réfléchis.

– Tu es inquiet pour Laura, dit-elle en se tournant vers son amie, tout en laissant courir ses doigts sur la nuque de Josh. Elle est folle de lui. Et fermement décidée à l'épouser.

– Elle est trop jeune pour songer à se marier.

– Elle ne pense qu'à ça depuis qu'elle a quatre ans, marmonna Margo. Et maintenant qu'elle croit avoir trouvé l'homme de ses rêves, personne ne l'en empêchera.

– Je pourrais le tuer, et ensuite, on cacherait le cadavre.

Elle gloussa de rire et lui lança un regard rieur.

– Kate et moi nous ferions un plaisir de t'aider à balancer le corps par-dessus les falaises. Mais, après tout, peut-être que c'est l'homme qu'il lui faut. Il est attentionné, intelligent, et arrive apparemment très bien à maîtriser ses hormones.

– Ne commence pas avec ça, fit Josh, l'air soudain plus sombre. Je préfère ne pas y penser.

— Rassure-toi, le moment venu, ta petite sœur remontera l'allée centrale de l'église en rougissant dans sa robe de mariée toute blanche.

Margo soupira, se demandant comment une femme pouvait envisager d'épouser un homme avant de savoir si elle s'entendrait ou non au lit avec lui.

— Ils ont beaucoup de choses en commun, tu sais. Et d'ailleurs, de quel droit deux cyniques comme nous se permettent-ils de juger ?

— On l'aime, répondit simplement Josh.

— Oui, c'est vrai. Mais les choses bougent, et dans peu de temps nous partirons tous dans des directions différentes. Ce que tu as déjà commencé à faire, monsieur le juriste de Harvard. Quant à Kate, elle vise l'université, et Laura le mariage.

— Et toi, duchesse, qu'est-ce que tu vises ?

— Tout, et même un peu plus.

Elle lui décocha un sourire ravageur, et aurait volontiers poussé le flirt un peu plus avant, mais Kate surgit et les sépara l'un de l'autre.

— Ce n'est pas le moment de vous livrer à des ébats, grommela-t-elle. Regardez, ils nous faussent compagnie.

Elle hocha la tête en direction de Laura qui était main dans la main avec Peter.

— On ferait peut-être mieux de les suivre. Et de faire quelque chose.

— Quoi, par exemple ?

Margo posa la main sur les frêles épaules de Kate.

— Quoi qu'on fasse, ça ne changera rien, ajouta-t-elle.

— Je ne vais pas rester plantée là à les admirer...

Dégoûtée, Kate leva les yeux vers Josh.

— Allons nous asseoir un moment dans le jardin. Josh, tu pourrais nous voler un peu de champagne ?

— Tu n'as pas l'âge d'en boire, rétorqua-t-il froidement.

— Comme si tu n'en avais jamais bu avant d'avoir le droit ! renchérit-elle avec un sourire malicieux. Rien qu'un verre chacune. Pour trinquer à la santé de Laura. Peut-être que ça lui portera bonheur.

– Bon, mais alors, juste un verre.

Margo fronça les sourcils en le voyant balayer la foule du regard.

– Tu vérifies qu'il n'y a pas de flics ?

– Non, je me disais que Michael passerait peut-être.

– Mick ? fit Kate en inclinant la tête. Je croyais qu'il était en Amérique centrale ou je ne sais trop où, en train de jouer les mercenaires.

– Il y est... enfin, il y était, corrigea Josh. Il est de retour, du moins pour quelque temps. J'espérais qu'il répondrait à mon invitation.

Puis il haussa les épaules.

– Il n'aime pas trop ce genre de soirée. Un seul verre, répéta-t-il en tapotant le nez de Kate. Et si on vous le demande, ce n'est pas moi qui vous l'ai donné.

– Bien sûr que non...

Prenant Margo par le bras, Kate l'entraîna vers le jardin tout illuminé.

– Puisqu'on ne peut rien empêcher, autant boire à sa santé.

– C'est ce que nous allons faire, acquiesça Margo. Et nous serons là, quoi qu'il arrive.

– Il y a tellement d'étoiles, murmura Laura en avançant sur le sentier, la main dans celle de Peter. On ne saurait imaginer soirée plus parfaite.

– Et elle l'est plus encore maintenant que je t'ai pour moi tout seul.

En rougissant, elle lui sourit.

– Je suis désolée. J'ai été si occupée, je n'ai même pas eu le temps de parler avec toi.

Ni d'être seule avec toi.

– Tu devais faire ton devoir, et c'est normal. Une Templeton ne saurait négliger ses invités.

– D'ordinaire, non. Mais c'est mon anniversaire...

Sa main dans la sienne était toute chaude, à l'abri. Elle aurait voulu que cette promenade ne prenne jamais fin, aller jusqu'aux falaises pour partager avec lui la magie de ce lieu qu'elle aimait tant.

– Je m'accorde un peu de liberté.
– Alors, profitons-en.

Et il l'emmena vers le petit pavillon blanc situé au bout du jardin.

Là, les bruits de la fête arrivaient assourdis, et on devinait le clair de lune à travers le treillis recouvert de glycine. L'air nocturne embaumait du parfum des fleurs. C'était exactement le décor qu'il souhaitait.

Classique et romantique. Tout comme la femme qu'il allait bientôt épouser.

L'attirant dans ses bras, il l'embrassa. Elle se laissait faire. Si facilement. Si innocemment. Sa jolie bouche s'entrouvrit sous son baiser et ses bras gracieux se nouèrent sur sa nuque. Ce mélange de jeunesse et de dignité, de désir timide et d'innocence, le touchait sincèrement.

Il finirait par l'avoir, il le savait. Il avait suffisamment d'habileté et d'expérience pour y parvenir. Mais il savait aussi se contrôler, aussi l'écarta-t-il doucement de lui. Craignant de gâcher tant de perfection, ou de céder à l'attirance physique. Car il voulait sa femme vierge, même pour lui.

– Je ne t'ai pas assez dit que tu étais ravissante, ce soir.
– Merci...

Elle adorait ces petits frissons qu'il avait le don de déclencher en elle.

– J'avais très envie de l'être. Rien que pour toi.

Peter lui sourit en l'enlaçant tendrement et la laissa poser la tête sur son cœur. Pour lui, elle était parfaite. Jeune, jolie, bien élevée. Malléable. A travers le feuillage, il aperçut Margo, voyante dans sa robe rouge moulante, en train de rire d'un air grivois à une quelconque plaisanterie.

Bien qu'excité par son allure, il la trouvait choquante. La fille de la gouvernante, songea-t-il. Le fantasme du premier homme venu.

Son regard se posa ensuite sur Kate. Une petite pimbêche qui avait plus de cervelle que de style. Que Laura conserve pour elles deux cette amitié puérile le surprenait. Mais cela s'estomperait certainement avec le temps. Après tout, elle était intelligente et d'une dignité étonnante pour une si jeune fille. Dès qu'elle aurait compris quelle devait être sa place dans la société – et auprès de lui – elle se détacherait probablement d'elle-même de ces liens déplacés.

Il ne doutait pas un instant qu'elle fût amoureuse de lui. Elle n'avait aucun don pour la dissimulation ou le mensonge. Et si ses parents n'approuvaient pas entièrement leur liaison, il était persuadé que l'amour inconditionnel qu'il vouait à leur fille jouerait en sa faveur.

Sur le plan personnel ou professionnel, ils ne pouvaient certes rien lui reprocher. Il faisait correctement son travail, et même plutôt bien. Il ferait un gendre convenable. Avec Laura à ses côtés, et le nom de Templeton, il aurait enfin tout ce dont il rêvait. Et méritait. Une épouse irréprochable, une place stable, des fils... La fortune et la réussite.

— Nous ne nous connaissons pas depuis très longtemps, commença-t-il.

— J'ai l'impression que l'on se connaît depuis toujours.

Le menton appuyé sur sa tête, Peter ébaucha un sourire. Elle était si délicieusement romantique...

— Ça ne fait que quelques mois, Laura. Et j'ai presque dix ans de plus que toi.

Elle ne fit que se serrer davantage contre lui.

— Ça a de l'importance ?

— Je devrais te laisser un peu de temps. Diable, tu es encore au lycée.

— Plus que pour quelques mois...

Le cœur battant d'impatience, elle leva la tête.

— Je ne suis plus une enfant, Peter.

— Non, c'est vrai.

— Je sais ce que je veux. Je l'ai toujours su.

Il la croyait volontiers. Et lui aussi savait ce qu'il voulait. Il l'avait toujours su. C'était un autre de leurs points communs.

— Tout de même, je me dis qu'il serait plus sage d'attendre, reprit-il en la regardant dans les yeux. Au moins encore un an.

27

– Je n'aurai jamais le courage, chuchota-t-elle. Je t'aime, Peter.
– Moi aussi, je t'aime. Trop pour attendre ne serait-ce qu'une heure, et encore moins une année.

Il la fit asseoir sur un banc capitonné de coussins. Les mains tremblantes, elle s'efforça de retenir cet instant dans son cœur. Les notes de musique qui résonnaient au loin et que transportait l'air pur de la nuit. L'odeur du jasmin en fleur et le murmure des vagues. La façon dont les ombres et les lumières jouaient entre les croisillons du petit pavillon.

Peter se posta devant elle, un genou à terre, comme elle avait su qu'il le ferait. Son visage était si magnifique sous la lumière délicate de la lune que son cœur se serra. Lorsqu'il sortit un petit écrin en velours noir de sa poche et l'ouvrit, ses yeux se remplirent de larmes. Et à travers ses larmes, elle vit les diamants scintiller tel un arc-en-ciel.

– Laura, veux-tu m'épouser ?

Elle ressentit alors ce que toute femme éprouve à cet instant éblouissant de sa vie. Elle lui tendit la main.

– Oui.

2

Douze ans plus tard

Trente ans était l'âge de la réflexion, le moment de faire un bilan. Non pas de frémir en sentant les années s'accumuler irrémédiablement, mais de regarder ce qu'on avait déjà accompli.

C'est ce que Laura essayait de faire.

Mais quand elle se réveilla ce matin de janvier, jour de son trentième anniversaire, en voyant le ciel gris et la pluie incessante, il lui fallut admettre que le temps reflétait parfaitement son humeur.

A trente ans, elle était divorcée et avait perdu la

majeure partie de sa fortune personnelle à cause de sa propre naïveté. Elle faisait de gigantesques efforts pour continuer d'assumer ses responsabilités envers la maison familiale, élever seule ses deux filles, tenir deux emplois à temps partiel – pour aucun desquels elle n'avait été préparée – et rester une Templeton.

Dans la colonne des moins figuraient l'échec de son mariage, le fait – quelque peu embarrassant – de n'avoir fait l'amour qu'avec un seul homme dans sa vie, l'angoisse que ses filles soient pénalisées par ses propres faiblesses et la peur de voir le château de cartes qu'elle s'appliquait si soigneusement à reconstruire s'écrouler au premier coup de vent.

Sa vie, dans son implacable réalité, offrait peu de ressemblances avec celle dont elle avait rêvé. Etait-ce alors surprenant qu'elle n'ait qu'une envie : rester au fond de son lit et disparaître sous les couvertures ?

Néanmoins, elle se prépara à faire ce qu'elle faisait chaque jour. Se lever, affronter la journée et essayer d'oublier les complications dont elle était la seule responsable. Trop de personnes dépendaient d'elle.

Avant qu'elle ait eu le temps de rejeter les couvertures, on frappa discrètement. Ann Sullivan passa la tête dans l'embrasure de la porte, puis sourit.

– Joyeux anniversaire, Laura !

La gouvernante des Templeton depuis maintenant de longues années entra en portant le petit déjeuner sur un grand plateau sur lequel elle avait posé un vase rempli de marguerites.

– Le petit déjeuner au lit...

Réorganisant en hâte son emploi du temps qui lui laissait à peine le temps d'avaler une tasse de café, Laura s'adossa aux oreillers.

– Mais je suis traitée comme une reine !

– Ce n'est pas tous les jours qu'on a trente ans.

Le sourire que tenta d'esquisser Laura mourut au coin de ses lèvres.

– Heureusement...

– Ah, ne commence pas à dire des bêtises !

D'un geste vif et efficace, Ann déposa le plateau sur

les genoux de Laura. Elle-même avait eu trente ans, puis quarante et venait il y a peu de franchir la cinquantaine. Et sachant à quel point le cap des dizaines affectait les femmes, elle préféra ignorer le soupir que poussa Laura.

Elle s'était fait du souci pour cette demoiselle comme pour sa fille et pour Kate pendant plus de vingt ans. Aussi savait-elle s'y prendre avec elles.

Ann alla ranimer le feu dans la cheminée, autant pour chasser la fraîcheur de janvier que pour ramener un peu de lumière et de gaieté dans la chambre.

— Tu es une belle femme qui a le meilleur de la vie devant elle.

— Et trente années derrière.

Ann avait l'art et la méthode pour enfoncer les touches exactement là où il fallait.

— Et qui n'a rien pour s'enorgueillir à part deux filles superbes, une affaire florissante, une maison splendide et une famille et des amies qui l'adorent.

Aïe ! se dit Laura.

— Je m'apitoie sur moi, dit-elle en s'efforçant de sourire. De manière pathétique et typique. Merci, Annie. C'est gentil.

— Bois un peu de café.

Tandis que le feu reprenait en crépitant vivement, Ann remplit elle-même la tasse, puis tapota la main de Laura.

— Tu sais de quoi tu as besoin ? D'un jour de congé. Une journée entière rien que pour toi, pour faire seulement ce dont tu as envie.

C'était une idée plaisante, mais qu'elle ne pourrait pas mettre en pratique avant de longues années. Ce matin, elle devait préparer les filles pour l'école, passer la matinée au bureau de l'hôtel *Templeton* de Monterey, puis l'après-midi à *Faux-Semblants*, la boutique qu'elles avaient ouverte ensemble avec Margo et Kate.

Ensuite, elle aurait juste le temps d'emmener les filles à leur cours de danse et de passer en revue les factures à payer. Il y aurait alors les devoirs à surveiller, et tous les problèmes que ses filles auraient rencontrés au cours de la journée à résoudre.

Sans compter qu'il lui faudrait trouver un moment pour aller voir Vieux Joe, le jardinier. Elle se faisait du souci pour lui, mais ne voulait pas qu'il le sache.
– Tu ne m'écoutes pas.
Devant le ton vaguement autoritaire d'Ann, Laura se ressaisit.
– Pardon. Les filles doivent se lever pour partir à l'école.
– Elles sont déjà debout. D'ailleurs...
Savourant la surprise qu'elle lui réservait, Ann alla ouvrir la porte. A son signal, la chambre se remplit de monde et de bruit.
– Maman !
Les filles entrèrent les premières et se précipitèrent sur le lit, faisant s'entrechoquer la vaisselle sur le plateau. A sept et dix ans, ce n'étaient plus des bébés, mais elles se lovèrent contre leur mère avec autant de plaisir. Kayla, la plus jeune, était toujours prête à faire un câlin. Mais Allison était devenue plus distante. Laura réalisa que le baiser démonstratif que lui fit sa fille aînée était sans doute le plus beau cadeau qu'elle recevrait aujourd'hui.
– Annie a dit qu'on pouvait tous venir et te fêter ton anniversaire tout de suite...
Kayla se mit à faire des bonds sur le lit, ses yeux gris sombre brillants d'excitation.
– Et tout le monde est là !
– Je vois...
Tenant une fille dans chaque bras, Laura sourit à l'assistance. Margo était déjà en train de passer son fils de trois mois à sa grand-mère tandis que Josh ouvrait une bouteille de champagne. Kate lâcha la main de son mari pour prendre un des croissants sur le plateau de Laura.
– Alors, comment te sens-tu, ma vieille ? demanda-t-elle la bouche pleine. Cette fois, ça y est, tu as la trentaine.
– Je ne me sentais pas en très grande forme jusqu'à il y a une minute. Du champagne ? s'étonna Laura en se tournant vers Margo.

– Evidemment ! Non, ajouta-t-elle en devançant Ali. Toi et ta sœur n'avez droit qu'à du jus d'orange.

– C'est une occasion spéciale, plaida Ali.

– Eh bien, tu boiras dans une flûte à champagne, rétorqua Margo en tendant un jus de fruits aux deux filles. Pour trinquer avec nous.

Elle attrapa son mari par le bras.

– A toi la parole, Josh.

– A Laura Templeton. Une femme qui a de nombreux talents – y compris celui d'être une petite sœur sacrément jolie pour le matin de ses trente ans.

– Si quelqu'un a apporté un appareil photo, fit Laura en repoussant une mèche de cheveux, je le tue.

– Je savais bien que j'avais oublié quelque chose, dit Kate en secouant la tête. Bien, commençons par le premier cadeau. Byron ?

Byron De Witt, mari de Kate depuis six semaines et directeur des *Templeton* de Californie, s'avança d'un pas pour trinquer avec Laura.

– Miss Templeton, si je vous aperçois aujourd'hui rôder autour de l'hôtel avant ce soir minuit, je serai obligé de prendre des mesures et de vous licencier.

– Mais j'ai deux budgets que je dois...

– Non, pas aujourd'hui. Considérez votre bureau comme fermé. Le service des Conventions et des Manifestations extraordinaires devra se débrouiller pour se passer de vous vingt-quatre heures.

– J'apprécie beaucoup, Byron, mais...

– Très bien, soupira-t-il. Puisque vous insistez pour passer outre mes ordres... Mr Templeton ?

D'un air amusé, Josh vint se placer à côté de Byron.

– En tant que vice-président en titre, je t'ordonne de prendre ta journée. Et si tu avais l'idée de me désobéir, sache que j'ai déjà prévenu maman et papa. Ils t'appelleront un peu plus tard.

– D'accord...

Et au lieu de faire la moue, Laura haussa les épaules.

– Ça me donnera l'occasion de...

– Non...

Devinant ce que Laura allait dire, Kate secoua fermement la tête.

– Pas question que tu mettes les pieds à la boutique aujourd'hui.

– Oh, écoute, c'est absurde ! Je peux...

– Rester au lit, poursuivit Margo. Te promener sur les falaises, lire un bouquin, aller à l'institut de beauté...

Elle attrapa le pied de Laura à travers les draps et le chatouilla.

– Ou trouver un marin et...

Se rappelant soudain que les filles étaient présentes, elle battit en retraite.

– Et faire un tour en bateau. Mrs Williamson a prévu de te préparer un grand repas d'anniversaire, auquel nous nous sommes tous invités. Ce soir, si tu as été sage, tu auras le reste de tes cadeaux.

– J'ai quelque chose pour toi, maman. Et Ali aussi. Annie nous a aidées à les choisir. Si tu veux les ouvrir ce soir, il faut que tu sois bien sage.

– Je me plie à la majorité, déclara Laura en buvant une goutte de champagne. D'accord, je vais jouer les paresseuses. Mais si je fais quelque chose d'idiot, ce sera votre faute. A tous.

– Je veux bien porter le chapeau, dit Margo en reprenant son fils qui commençait à s'agiter. Oh, il est tout mouillé !

En riant, elle le tendit à son père.

– C'est à ton tour de le changer, Josh. Nous serons de retour à 19 heures tapantes. Oh ! et si tu jettes ton dévolu sur un marin, je veux que tu me racontes tout en détail.

– Il faut qu'on y aille, annonça Kate. A ce soir.

Ils ressortirent aussi vite et aussi bruyamment qu'ils étaient entrés, laissant Laura seule avec une bouteille de champagne et un petit déjeuner en train de refroidir.

Elle avait vraiment de la chance, se dit-elle en rehaussant ses oreillers. Elle avait une famille et des amis qui l'aimaient, deux petites filles ravissantes et une maison qui avait toujours été la sienne.

Alors pourquoi se sentait-elle si inutile ? se demanda-t-elle, les yeux soudain noyés de larmes.

Enfin du temps libre... Elle se rappela l'époque où tout son temps libre était dévoré par des réunions de comité. Si elle avait participé à certaines par choix – parce qu'elle aimait défendre des gens, des projets et des causes – elle s'était impliquée dans bien d'autres sous la seule pression de Peter.

Pendant trop d'années, elle avait trouvé plus simple de céder que de résister.

Et quand elle avait enfin retrouvé son courage, elle avait aussi découvert que l'homme qu'elle avait épousé ne l'aimait pas, pas plus que ses enfants. C'était le nom de Templeton qu'il avait épousé, et il n'avait jamais voulu de la vie dont elle avait rêvé.

Entre les naissances d'Ali et de Kayla, il avait même cessé de faire semblant de l'aimer. Néanmoins, elle avait tenu bon et entretenu l'illusion du bonheur. En faisant à son tour semblant.

Jusqu'au jour où elle avait été confrontée au plus pathétique des clichés et avait surpris son mari au lit avec une autre femme.

Tout en y repensant, Laura traversa la pelouse fraîchement tondue, puis les jardins exposés au sud et le sous-bois qui longeait les anciennes écuries. La pluie diluvienne avait laissé place à une petite bruine qui se perdait dans les nappes de brouillard tourbillonnant au ras du sol. Lui donnant l'impression de marcher dans le lit d'une rivière glacée.

Faute de temps, elle venait rarement par ici. Pourtant, elle avait toujours aimé la façon dont la lumière jouait à travers les branches des arbres, l'odeur de la forêt et les bruissements furtifs des petits animaux qui y vivaient. A une époque de sa jeunesse, cette forêt lui avait semblé sortir tout droit d'un conte de fées, et elle s'était imaginée en princesse au bois dormant attendant le grand amour qui viendrait la réveiller.

Une vision romanesque de petite fille, pensait-elle, à présent. Mais peut-être y avait-elle cru trop fort. Comme elle avait cru en Peter.

Il l'avait anéantie, lui avait littéralement brisé le cœur. Puis avait piétiné les morceaux qu'il en restait en la trompant. Et finalement dispersé toute trace de poussière en prenant non seulement son argent, mais celui de ses enfants.

Geste qu'elle n'oublierait ni le lui pardonnerait jamais. Cette pensée la rendait amère.

Elle emprunta un sentier au milieu du sous-bois.

Elle voulait se débarrasser de ce sentiment d'amertume une fois pour toutes, le dépasser, complètement, pour enfin avancer. Ce trentième anniversaire était peut-être le moment de commencer à le faire pour de bon.

C'était logique, non ? Peter l'avait demandée en mariage le jour de son anniversaire, il y avait maintenant douze ans. Par une belle nuit étoilée, se souvint-elle en offrant son visage à la pluie fine. Elle était alors si sûre d'elle, si certaine de savoir ce qu'elle voulait, ce qu'il lui fallait... Il était grand temps d'y repenser.

Son mariage était terminé, mais pas sa vie. En deux ans, elle avait pris pas mal de mesures qui en étaient la preuve.

Le travail qui lui permettait de reconstruire sa vie et de renflouer ses finances personnelles lui déplaisait-il ? Non, pas le travail en soi, décida-t-elle en enjambant un tronc d'arbre et en s'enfonçant plus avant dans la forêt. Le poste qu'elle occupait au sein de la chaîne Templeton représentait une responsabilité, un héritage qu'elle avait trop longtemps négligé. Et elle tenait à gagner sa vie.

Il y avait aussi la boutique. Le bruit que faisaient ses bottes sur le sol détrempé lui arracha un petit sourire. Elle adorait travailler à *Faux-Semblants* avec Margo et Kate. S'occuper des clientes, gérer le stock, avoir le sentiment d'accomplir quelque chose, tout cela lui plaisait.

A elles trois, elles avaient réussi à créer quelque chose. Ensemble.

Et comment pouvait-elle regretter les heures et les efforts consacrés à élever ses filles quand elle voyait la vie saine et heureuse qu'elles menaient ? Elles étaient sa chair et son cœur. Elle était prête à tout faire pour elles.

Kayla, sa petite Kayla, songea-t-elle. Si déterminée et si facile à contenter. C'était une enfant aimante et heureuse.

Mais Allison... La pauvre Ali avait désespérément besoin de l'amour de son père. Pour elle, le divorce de ses parents avait été une rude épreuve. Quoi que fasse Laura, elle ne semblait pas parvenir à aider sa fille aînée à s'en remettre. Elle allait cependant mieux que les premiers mois suivant la séparation, et même que cette première année. Mais elle avait refoulé beaucoup de choses et n'était plus aussi spontanée qu'auparavant.

Et elle était méfiante envers sa mère, pensa Laura en soupirant. Continuait à lui reprocher d'avoir un père qui ne s'intéressait pas à ses filles.

Laura s'assit sur un tronc d'arbre, ferma les yeux et se laissa envelopper par la brise qui faisait frémir la forêt. Elle ferait face, se promit-elle. A tout – travail, stress, angoisse et enfants. Personne n'était plus surpris qu'elle de se voir se débrouiller aussi bien.

Mais comment diable continuer à supporter cette solitude ?

Un peu plus tard, dans le jardin, elle coupa les branches mortes, arracha quelques mauvaises herbes et rassembla les débris dans une brouette. Le vieux Joe ne pouvait plus s'occuper tout seul du jardin. Et le jeune Joe, son petit-fils, ne venait passer que quelques heures à la sortie du lycée pour l'aider. Engager un assistant eût entamé trop sérieusement son budget, et blessé l'orgueil du vieux Joe. Laura l'avait alors convaincu de son envie de refaire du jardinage.

C'était d'ailleurs en partie vrai. Elle avait toujours

adoré les fleurs de Templeton House. Enfant, il lui était souvent arrivé de suivre Joe à la trace en le suppliant de lui apprendre à jardiner. Il sortait alors un paquet de bonbons à la cerise de sa poche, lui en donnait un et lui montrait comment palisser une plante grimpante, éliminer les pucerons ou tailler un rosier.

Elle avait toujours eu de l'affection pour lui, aimait son visage buriné, qui avait toujours eu l'air vieux, sa voix lente et songeuse et ses grandes mains patientes. Il avait été engagé comme jardinier à Templeton House quand il était un tout jeune homme, à l'époque de ses grands-parents. Après soixante ans de bons et loyaux services, il avait droit à une retraite pendant laquelle il passerait ses journées à s'occuper de son propre jardin ou resterait assis sur une chaise au soleil.

Mais Laura savait qu'en lui faisant une telle proposition, elle lui briserait le cœur.

Aussi avait-elle trouvé un subterfuge en lui laissant croire qu'elle avait besoin de se distraire. Quand son emploi du temps le lui permettait, et même dans le cas contraire, elle venait voir Joe pour parler avec lui de plantes vivaces, d'engrais et de semis.

En fin d'après-midi, alors que descendait lentement le crépuscule, Laura fit le point. Les jardins de Templeton House étaient comme toujours en hiver. Paisibles, en attente, avec quelques taches ici et là de couleurs éclatantes. Ses parents lui avaient confié la maison et son entretien. Ce dont elle se chargeait avec beaucoup d'application.

S'arrêtant au bord de la piscine, elle hocha la tête d'un air approbateur. Elle entretenait elle-même le bassin. Après tout, c'était un luxe. Quel que soit le temps, dès qu'elle le pouvait, elle faisait quelques brasses. Elle avait appris à nager aux filles dans cette piscine, comme son père le lui avait appris. L'eau scintillait, d'un bleu transparent, grâce à un récent nettoyage de la pompe et du filtre.

Une sirène, mosaïque aux cheveux roux et à la queue vert émeraude, vivait au fond de la piscine. Les filles adoraient plonger pour aller toucher son visage serein et souriant, tout comme Laura lorsqu'elle était petite.

Machinalement, elle vérifia qu'il n'y avait pas de taches sur les tables en verre, ni de poussière sur les coussins des fauteuils et des transats. Ann l'avait certainement déjà fait, mais Laura ne se dirigea vers la maison qu'après s'être assurée que tout était parfait.

Satisfaite, elle remonta l'allée de pierres et entra par la porte de la cuisine. Une foule d'odeurs alléchantes l'assaillirent. Mrs Williamson, avec ses larges hanches et son gros postérieur, était debout devant la cuisinière.

— Un gigot d'agneau, dit Laura en soupirant d'un air gourmand. Avec du chutney à la pomme et des pommes de terre au curry.

Mrs Williamson se retourna, un sourire au coin des lèvres. A plus de soixante-dix ans, elle avait des cheveux d'un noir de jais et son visage creusé de plis et de rides était aussi doux et tendre que ses choux à la crème.

— Vous avez toujours le nez aussi fin, miss Laura, ou bonne mémoire. C'est le menu que vous avez toujours commandé pour votre anniversaire.

— Personne ne sait faire cuire le gigot comme vous, Mrs Williamson.

Connaissant la règle du jeu, Laura fit le tour de la spacieuse cuisine en faisant semblant de chercher quelque chose.

— Je ne vois pas de gâteau.

— Peut-être que j'ai oublié d'en faire un.

Laura feignit le dépit, comme la vieille cuisinière l'attendait d'elle.

— Oh, Mrs Williamson !...

— Mais peut-être pas, gloussa celle-ci avec malice en agitant une cuillère en bois. Et maintenant, allez-vous-en ! Je ne veux personne dans mes jambes pendant que je cuisine. Allez donc vous laver, vous êtes pleine de terre du jardin.

— Bien, madame.

Sur le seuil, Laura se retourna.

— Ce ne serait pas une forêt-noire, par hasard ? Avec deux sortes de chocolat ?

– Attendez, vous verrez bien. Allez, dépêchez-vous de filer !

Laura attendit d'arriver au bout du couloir pour pouffer de rire. Ces derniers temps, il arrivait à Mrs Williamson d'avoir des trous de mémoire, et elle n'entendait plus aussi bien. Mais elle se souvenait en détail de choses aussi essentielles que le repas d'anniversaire préféré de Laura.

Elle grimpa l'escalier en chantonnant avec l'intention de prendre un bain avant de se changer pour aller dîner. Sa bonne humeur retomba très vite en entendant ses filles se quereller.

– Parce que tu es bête, voilà pourquoi ! cria Ali d'une voix aiguë pleine d'amertume. Et parce que tu ne comprends rien à rien et que je te déteste.

– Je ne suis pas bête, riposta Kayla d'une voix tremblante, au bord des larmes. Et je te déteste encore plus.

– Eh bien, voilà qui est très agréable, commenta Laura en se campant devant la porte, fermement décidée à ne pas perdre son calme.

Le tableau semblait pourtant bien innocent. Une jolie chambre blanc et vert pâle de petite fille, avec des poupées en costume traditionnel du monde entier alignées sur les étagères qui flanquaient la grande fenêtre de part et d'autre et des livres sur les rayons de la bibliothèque. Une boîte à bijoux surmontée d'une ballerine faisant la pirouette était ouverte sur la commode.

Ses filles se faisaient face, une de chaque côté du lit à baldaquin, tels deux ennemis mortels se disputant un morceau de territoire.

– Je ne veux pas d'elle dans ma chambre...

Serrant les poings, Ali pivota vers sa mère.

– C'est ma chambre et je ne veux pas qu'elle y vienne.

– J'étais juste venue lui montrer mon dessin.

Les lèvres tremblantes, Kayla tendit sa feuille. C'était le croquis d'un dragon crachant le feu et d'un jeune chevalier en armure d'argent brandissant son épée. Le talent manifeste qui s'en dégageait rappela à Laura qu'il lui faudrait trouver des cours de dessin pour sa fille.

– Il est magnifique, ma chérie.

— Elle m'a dit qu'il était moche...

N'ayant jamais honte de ses larmes, Kayla les laissa couler.

— Et aussi que j'étais bête et que je devais frapper avant d'entrer dans sa chambre.

— Ali ?

— Les dragons n'existent pas, et ils sont moches, fit celle-ci en redressant le menton d'un air de défi. Et elle n'a pas à entrer comme ça dans ma chambre si je ne veux pas.

— Tu as le droit d'avoir ton intimité, dit prudemment Laura, mais tu n'as pas le droit d'être méchante avec ta sœur.

Laura s'accroupit pour sécher les larmes de Kayla.

— Ton dessin est très beau. Si tu veux, nous allons l'encadrer.

Instantanément, la petite fille cessa de pleurer.

— C'est vrai ?

— Absolument, et on l'accrochera dans ta chambre. A moins que tu ne préfères que je le mette dans la mienne.

— Tu peux le prendre, dit la petite avec un sourire radieux.

— Ça me ferait très plaisir. Si tu allais dans ta chambre pour le signer, comme le font les vrais artistes ?

Laura se redressa en laissant sa main sur son épaule.

— Et... si Ali veut que tu frappes à sa porte avant d'entrer, il faut que tu le fasses.

Un air mutin passa brièvement sur son visage.

— Alors, elle doit frapper à la mienne aussi.

— C'est juste. Allez, va. Je veux dire un mot à ta sœur.

Après avoir lancé un regard boudeur à Ali, Kayla s'éclipsa.

— Elle n'a pas voulu partir quand je le lui ai demandé, commença Ali. Elle entre ici en courant dès que ça lui chante.

— Mais tu es plus grande, dit calmement Laura en s'efforçant de la comprendre. Ce qui donne droit à des privilèges, mais entraîne aussi des responsabilités. Je n'attends pas de vous que vous ne vous disputiez jamais.

Josh et moi nous disputions. Et je me querellais avec Kate et Margo. Mais tu lui as fait de la peine.

— Je voulais seulement qu'elle s'en aille. J'avais envie d'être toute seule. Je me fiche pas mal de son stupide dessin de stupide dragon !

Il y avait là bien autre chose qu'une banale querelle entre deux sœurs, réalisa Laura en voyant l'air malheureux de sa fille. Elle s'assit au pied du lit pour regarder Ali les yeux dans les yeux.

— Dis-moi ce qui ne va pas, ma chérie.
— Tu la défends toujours.
Laura retint un soupir.
— Ce n'est pas vrai.

Prenant la main d'Ali dans la sienne, elle l'attira contre elle.

— Mais ce n'est pas ça qui t'embête.

Une âpre bataille se livrait dans la tête de cette enfant, songea Laura lorsque les yeux de sa fille s'embuèrent de larmes. De tout son cœur, elle souhaitait trouver le moyen de l'aider à retrouver la paix.

— A quoi ça sert que je te le dise ? Ça ne changera rien. De toute façon, tu ne pourrais rien faire.

Cette remarque lui fit de la peine, mais, depuis peu, tout ce que disait Ali exprimait sa méfiance à l'égard de sa mère.

— Si tu me disais de quoi il s'agit ? Si tu ne me le dis pas, je ne pourrai effectivement rien faire.

— Il va y avoir un dîner pères et filles à l'école, expliqua la petite d'une voix pleine de colère et de regret. Toutes mes amies vont venir avec leur papa.

— Oh !...

Que faire pour la consoler ? se demanda Laura en lui caressant doucement la joue.

— Oncle Josh viendra avec toi.
— Ce n'est pas pareil.
— Non, ce n'est pas pareil.
— Je veux être comme tout le monde ! souffla Ali d'un air furieux. Pourquoi ne fais-tu pas ce qu'il faut pour que je sois comme tout le monde ?
— Je ne peux pas.

Laura éprouva un certain soulagement quand Ali se jeta dans ses bras. Doublé d'un immense chagrin.

— Pourquoi ne le fais-tu pas revenir ? Pourquoi ne fais-tu pas quelque chose pour qu'il revienne ?

Cette fois, la culpabilité vint s'ajouter à sa peine.

— Il n'y a rien que je puisse faire.

— Tu ne veux pas qu'il revienne, reprit Ali en s'écartant brusquement, les yeux brillants. Tu lui as demandé de partir et tu ne veux pas qu'il revienne.

Parler de ces choses n'était pas facile...

— Ali, ton père et moi sommes divorcés. Ça ne changera pas. Le fait que nous ne puissions plus et ne voulions plus vivre ensemble n'a rien à voir avec toi et Kayla.

— Alors, pourquoi ne vient-il jamais ? insista-t-elle en redoublant de fureur. D'autres enfants ont des parents qui sont séparés, mais leurs papas viennent les chercher, et ils vont se promener ensemble.

Les choses se compliquaient.

— Ton père est très occupé, et il habite pour l'instant à Palm Springs.

Des mensonges, pensa Laura. De pitoyables mensonges.

— Une fois qu'il sera complètement installé, je suis sûre qu'il passera plus de temps avec toi.

Le ferait-il jamais ?

— Il ne vient pas parce qu'il ne veut pas te voir ! rétorqua Ali en tournant le dos. C'est à cause de toi.

Laura ferma les yeux. A quoi bon nier pour se défendre et faire du mal à sa fille ?

— Si c'est ce que tu penses, je vais faire tout mon possible pour vous faciliter les choses à toi et à lui.

Les jambes flageolantes, elle se releva.

— Mais il y a des choses contre lesquelles je ne peux rien. Comme t'empêcher de m'en vouloir.

Faisant un effort pour maîtriser sa colère et son chagrin, Laura respira un grand coup.

— Je n'ai pas envie de te voir malheureuse, Ali. Je t'aime. Je vous aime, toi et Kayla, plus que tout au monde.

— Tu lui demanderas s'il peut venir à ce dîner ? C'est le mois prochain, un samedi.
— Oui, je le lui demanderai.

La honte balaya soudain sa rage et sa douleur. Et elle n'eut pas besoin de regarder sa mère pour savoir qu'elle lui avait fait de la peine.

— Je suis désolée, maman.
— Moi aussi.
— Je vais demander à Kayla de m'excuser. Elle dessine vraiment très bien. Et... pas moi.
— Tu as d'autres dons, dit doucement Laura en prenant sa fille par les épaules pour la faire pivoter vers elle. Tu danses merveilleusement. Et tu joues du piano beaucoup mieux que je n'en jouais à ton âge. Ou même que je n'en joue maintenant.
— Tu n'en joues plus jamais.

Il y avait tant de choses qu'elle ne faisait plus...

— Et si nous faisions un duo, ce soir ? Nous jouerons, et Kayla chantera.
— Elle chante comme une casserole.
— Je sais.

Et quand Ali leva les yeux, elles échangèrent un grand sourire.

Encore une crise d'évitée, soupira Laura en s'installant dans le salon après le dîner. Un grand feu flambait dans la cheminée, et un énorme gâteau crémeux les attendait. Les rideaux ouverts laissaient voir le ciel étoilé. Et les lampes diffusaient une douce et chaleureuse lumière.

Elle avait ouvert ses cadeaux qu'elle avait longuement admirés. Le bébé dormait au premier étage. Josh et Byron fumaient des cigares, et les filles, réconciliées pour l'instant, étaient installées au piano. La voix de fausset de Kayla tentait de rivaliser avec le jeu habile d'Ali.

— ... Et elle a ensuite craqué pour un sac Chanel, était en train de dire Margo, confortablement lovée au bout du canapé. Ça lui a pris plus d'une heure, elle n'arrêtait pas d'empiler des affaires. Trois tailleurs, une robe du soir – ta robe blanche de Dior, Laura – quatre paires de chaussures. Six chemisiers, trois pulls, deux pantalons de soie... Et ça, c'était avant qu'elle passe aux bijoux.

– C'est un jour à marquer d'une croix blanche, dit Kate en posant ses pieds nus sur la table basse Louis XIV. Je m'en suis doutée quand je l'ai vue arriver dans une immense limousine blanche. Elle est venue de Los Angeles parce qu'une amie lui avait parlé de la boutique.

Kate but une gorgée de tisane, pratiquement désintoxiquée du café.

– Je t'assure, reprit-elle, cette femme est une pro. Elle m'a expliqué qu'elle venait d'acheter une maison de campagne, et qu'elle allait revenir choisir des meubles et des babioles chez nous. C'est apparemment la femme d'un gros producteur à la mode. Et elle compte parler à toutes ses copines de cette charmante petite boutique de Monterey.

– C'est merveilleux.

Si merveilleux que Laura arrivait un peu mieux à accepter de ne pas avoir été là.

– Avec tout ça, je me demande si on ne devrait pas ouvrir une autre boutique, lança Margo. Peut-être à Los Angeles plutôt qu'à Carmel.

– Doucement, ne t'excite pas ! fit aussitôt Kate. Nous ne pourrons envisager sérieusement d'ouvrir une seconde boutique qu'après avoir fait tourner celle-ci pendant deux années pleines. J'examinerai alors les chiffres, et nous pourrons commencer à faire des projets.

– C'est toujours la comptable qui parle, maugréa Margo.

– Heureusement pour toi. Alors, Laura, qu'as-tu fait de cette journée de congé ?

– Oh ! j'ai fait un peu de jardinage.

Elle avait également réglé des factures, rangé les placards et fait un peu de nettoyage.

– C'est J. T. ?

En bonne mère à l'oreille fine, Margo entendit les pleurs du bébé dans le moniteur posé près d'elle.

– Je ferais bien d'aller le voir.

– Non, laisse-moi y aller, supplia Laura en se levant d'un bond. S'il te plaît. Tu l'as tout le temps. J'ai envie de jouer avec lui.

– D'accord. Mais si jamais il est...

Margo n'acheva pas sa phrase et jeta un coup d'œil vers les petites filles assises au piano.

– Je suppose que tu sauras quoi faire.

– Je pense que je me débrouillerai.

Craignant que Margo ne change d'avis, Laura sortit en vitesse.

C'était étonnant, et touchant, de voir comment son amie si impulsive et si coquette avait pris son rôle de mère au sérieux. Encore deux ans plus tôt, personne n'aurait cru que Margo Sullivan, mannequin vedette et coqueluche de l'Europe, reviendrait se fixer dans la ville où elle avait grandi pour y tenir une boutique de vêtements d'occasion et fonder une famille. Et Margo ne l'aurait sans doute pas cru non plus, pensa Laura.

Pourtant, le destin ne l'avait guère épargnée. Mais au lieu de fuir ou de baisser les bras, elle avait tenu bon. Et grâce à sa détermination et à son talent, elle avait réussi à retourner les événements à son avantage.

A présent, elle avait Josh, le petit John Thomas, une affaire florissante, ainsi qu'une maison qu'elle aimait.

Laura espérait qu'un jour, d'une manière ou d'une autre, elle parviendrait à décider elle aussi de sa destinée.

– Te voilà, chantonna Laura en s'approchant du vieux berceau qu'Ann et elle avaient ressorti du grenier. Voilà mon joli chéri. Oh, quel beau garçon tu fais, John Thomas Templeton !

Et c'était la pure vérité. Il avait hérité de ses deux parents. D'épaisses boucles dorées encadraient son ravissant petit visage. Un visage de bébé tout rond, avec les yeux du même bleu étonnant que ceux de sa mère et la bouche superbement dessinée de son père.

Il cessa de pleurnicher dès que Laura le prit dans ses

bras. Et elle éprouva alors ce sentiment que seule peut-être une femme pouvait ressentir. Elle tenait là un bébé, symbole même du commencement et de la beauté.

– Alors, mon trésor, tu en avais assez d'être tout seul ?

Elle le promena quelques minutes, autant pour le calmer que pour se faire plaisir. Elle désirait avoir d'autres enfants. C'était sans doute égoïste de sa part, dans la mesure où elle avait déjà deux filles superbes, mais elle en mourait d'envie.

Désormais, elle avait un neveu à gâter et avait l'intention de ne pas s'en priver. Kate et Byron auraient à leur tour des enfants, songea Laura en allongeant J. T. sur la table à langer. Il y aurait d'autres bébés à bercer et à cajoler.

Elle le changea, le talqua et le chatouilla pour le faire rire et pédaler joyeusement. Il lui sourit et empoigna une mèche de ses cheveux en tirant dessus. Laura se laissa faire et l'embrassa dans le cou.

– Ça te rappelle des souvenirs ? demanda Josh en venant la rejoindre.

– A chaque fois. Quand Annie et moi avons arrangé cette pièce au moment de sa naissance, nous nous sommes rappelé des tas de bons souvenirs.

Elle hissa J. T. à bout de bras et il se mit à gazouiller de plaisir.

– Mes deux filles ont dormi dans ce berceau.

– Tout comme toi et moi, dit Josh en effleurant les barreaux avant de se tourner vers son fils.

Il était impatient de prendre le bébé dans ses bras, mais s'en empêcha, afin de laisser Laura le dorloter.

– Tous ceux qui ont vécu cela le disent, mais je ne peux pas m'empêcher de le répéter. Les années passent si vite... Profite bien de chaque seconde qui passe, Josh.

– C'est ce que tu as fait, dit-il en lui caressant affectueusement les cheveux. Tu es, et tu as toujours été, une mère extraordinaire. Ce en quoi je t'admire.

– Arrête, tu vas m'attendrir, murmura-t-elle en respirant dans le cou la peau douce du bébé.

– J'imagine que toi et moi avons eu le meilleur des

exemples sous les yeux. Nous avons de la chance d'avoir des parents comme les nôtres.

– Comme si je ne le savais pas ! Je sais aussi qu'ils sont en pleines négociations pour la construction du nouvel hôtel de Bimini, mais ils ont pris le temps de me téléphoner aujourd'hui pour me souhaiter mon anniversaire.

– Et papa t'a sûrement raconté pour la énième fois comment il avait conduit maman à l'hôpital quand elle a accouché de toi, bravant la pire tempête qu'ait jamais connue la Californie.

– Bien sûr.

Laura releva la tête et sourit à son frère.

– Il adore raconter cette histoire. La pluie, les inondations, les coulées de boue, les éclairs... Comme s'il avait vécu le jour du Jugement dernier et les sept plaies d'Egypte à la fois.

– « Mais je l'ai amenée à bon port, fit Josh en imitant son père. Avec même quarante-cinq minutes d'avance. »

Il caressa les cheveux de son fils.

– Tout le monde n'a pas autant de chance. Tu te souviens de Michael Fury ?

L'image d'un homme inquiétant au regard de braise passa devant les yeux de Laura. Comment ne pas se souvenir de Michael Fury ?

– Oui, tu passais pas mal de temps à traîner avec lui à courir après les filles et les ennuis. Il ne s'était pas engagé dans la marine marchande ?

– Si, et il a beaucoup bourlingué. Il faut dire qu'enfant, il a eu des problèmes familiaux – un divorce, qui s'est assez mal passé. Deux, à vrai dire. Sa mère s'est remariée pour la troisième fois quand il avait vingt-cinq ans. Mais cette fois, ça a l'air de tenir. En tout cas, il est revenu il y a quelques semaines.

– Ah bon ? Je ne savais pas.

– Toi et Michael n'avez jamais eu les mêmes fréquentations, dit sèchement Josh. Finalement, il s'est installé dans la maison où il avait grandi. Sa mère et son beau-père se sont installés à Boca, et il leur a racheté la propriété. Il élève des chevaux.

– Des chevaux. Hum.

Pas vraiment intéressée, Laura recommença à promener le bébé. Josh finirait bien par arriver là où il voulait en venir, elle le savait. Il n'était pas avocat pour rien.

– Tu as vu ces orages que nous avons eus il y a une quinzaine de jours ?

– Oh, c'était terrible ! se souvint Laura. Presque aussi effrayant que cette nuit fatidique qui a vu la naissance de Laura Templeton !

– Oui, et il y a eu d'épouvantables coulées de boue. L'une d'elles a détruit la propriété de Michael.

– Oh ! je suis désolée...

Elle s'arrêta de marcher et regarda son frère d'un air sérieux.

– Sincèrement. Il n'a pas été blessé ?

– Non. Il a réussi à sauver sa peau et celle de ses chevaux. Mais la maison est fichue. S'il décide de la reconstruire, cela lui prendra du temps. En attendant, il va avoir besoin d'un endroit où s'installer. L'idéal serait quelque chose qu'il pourrait louer à court terme. Et je me disais que, puisque les écuries et l'appartement du palefrenier n'étaient utilisés par personne...

L'affolement fut la première réaction de Laura.

– Josh !

– Laisse-moi au moins terminer. Je sais que maman et papa ont toujours été un peu, disons, méfiants à son égard, mais...

– C'est le moins qu'on puisse dire !

– C'est un vieil ami, poursuivit Josh. Et un très bon copain. En plus, il est bricoleur. Personne ne s'est occupé d'entretenir ou de réparer ces bâtiments depuis des années, depuis que...

Il s'interrompit et toussota.

– Pas depuis que j'ai vendu les chevaux, termina Laura à sa place. Parce que Peter n'aimait pas ça, pas plus que le temps que je passais avec eux.

– Le fait est qu'il faudrait s'occuper de ce bâtiment. Pour l'instant, il est vide et ne sert à rien. Sans compter que cela te rendrait service de percevoir un loyer puis-

que tu t'obstines à ne pas toucher à ton capital Templeton pour entretenir cette maison.
– Je refuse de reparler de ça.
– Très bien.
Sachant pertinemment qu'elle ne changerait pas d'avis là-dessus, Josh n'insista pas.
– Mais le loyer d'un bâtiment que tu n'utilises pas ne te serait pas inutile, non ?
– Evidemment, mais...
Josh leva la main. Il aborderait d'abord la logique et le côté pratique.
– Tu aurais quelqu'un capable, du moins pendant quelque temps, de réaliser les gros travaux et de remettre les écuries en état. C'est une chose que tu ne peux pas faire toi-même.
– C'est vrai, mais...
Le moment était maintenant venu de porter l'estocade.
– Et j'ai un vieux copain qui vient de voir sa maison engloutie sous ses yeux. En outre, je considérerais ça comme une faveur personnelle.
– Coup bas, grommela Laura.
– Ce sont toujours les plus efficaces.
Sachant qu'il avait gagné, il lui ébouriffa les cheveux d'un geste affectueux.
– Ecoute, ça devrait contenter tout le monde. Essaie au moins pendant quelques semaines. Si ça ne marche pas, je trouverai une autre solution.
– D'accord. Mais s'il commence à organiser des parties de poker bien arrosées ou des orgies...
– On fera en sorte d'être discrets, conclut Josh avec un sourire. Merci.
Il l'embrassa et prit le bébé dans ses bras.
– C'est un type bien, tu sais. Quelqu'un sur qui on peut compter en cas de coup dur.
Laura fit une grimace derrière le dos de son frère lorsqu'il s'éloigna avec J. T.
– Je n'ai nullement l'intention de compter sur Michael Fury. Surtout en cas de coup dur.

3

La somptueuse propriété des Templeton. Voilà bien le dernier endroit où Michael Fury se serait attendu à emménager, ne fût-ce que temporairement. Certes, il y était souvent venu en visite dans le passé. Sous le regard discrètement vigilant de Thomas et de Susan Templeton. Et celui beaucoup moins discret d'Ann Sullivan.

Il avait pleinement conscience que la gouvernante de cette maison l'avait toujours considéré comme un bâtard lâché au milieu de ses pur-sang. Sans doute s'inquiétait-elle des intentions qu'il nourrissait envers sa fille.

Pourtant, elle aurait pu dormir tranquille. Car, si séduisante et sexy que fût Margo, elle et Michael n'avaient jamais été autre chose que de simples amis.

Il l'avait peut-être embrassée une ou deux fois. Comment un homme digne de ce nom pouvait-il résister à cette bouche ? Mais les choses en étaient restées là. Elle était pour Josh. Il le savait depuis toujours.

Or Michael Fury ne chassait jamais sur les plates-bandes d'un copain.

Bien qu'issus de milieux différents, ils étaient devenus amis. De véritables amis. Terme que Michael réservait à très peu de personnes. Pour Josh, il eût été prêt à faire n'importe quoi et savait qu'en retour il pouvait compter sur lui.

Toutefois, il ne lui aurait jamais demandé une telle faveur, et l'aurait même sans doute refusée s'il n'y avait eu les chevaux. Il ne voulait pas les laisser plus longtemps dans un haras public. Il y était profondément attaché et n'en avait pas honte. Eux, au moins, ne l'avaient pas déçu ces dernières années.

Michael Fury avait tenté beaucoup d'expériences dans sa vie. Très jeune, il s'était embarqué sur un bateau. Certes, s'engager dans la marine marchande avait été une fuite. Mais ce fut une bonne expérience. Il avait bourlingué dans le monde entier, avait découvert des endroits intéressants dont certains lui avaient plu.

Puis il s'était pris de passion pour les voitures. Il les aimait toujours et adorait rouler à toute vitesse. Mais, malgré quelques succès remportés comme pilote de course sur des circuits en Europe, cela ne lui avait pas apporté toute la satisfaction qu'il espérait.

Entre la mer et les voitures, il avait été brièvement mercenaire, et avait appris pas mal de choses sur la façon de tuer et de faire la guerre pour de l'argent. Sans doute avait-il eu peur aussi d'être trop bon dans ce domaine, d'y trouver trop de satisfaction. Cela lui avait permis de remplir son portefeuille et aussi son cœur de cicatrices indélébiles.

Il avait été marié, très peu de temps, et devait admettre que cette expérience avait été un cuisant échec.

Et pendant un stage de cascadeur, il était tombé amoureux des chevaux. Il avait appris toutes les ficelles du métier, s'était taillé une solide réputation et rompu plusieurs fois les os. Sauter du haut d'un immeuble, simuler une bagarre dans un bar, se faire piétiner par des sabots ou s'enflammer n'avaient plus de secret pour lui. Sans compter les innombrables chutes de cheval.

Michael Fury savait tomber et se relever. Mais il ne s'était jamais remis de son amour des chevaux.

Aussi en avait-il acheté quelques-uns qu'il avait patiemment dressés. Il était à présent capable de soigner un cheval malade aussi bien que d'aider un poulain à venir au monde.

Il avait le sentiment d'avoir enfin trouvé ce qu'il avait toujours cherché.

Quand son beau-père lui avait annoncé que sa mère et lui voulaient vendre leur propriété dans les collines, Michael y avait vu un signe du destin. Aussitôt, il avait proposé de l'acheter.

Le coin était idéal pour les chevaux.

Il était donc revenu. Mais la nature lui avait joué un sale tour en guise de bienvenue. Il se fichait pas mal de la maison, pas de ses chevaux. Il les avait sauvés au péril de sa vie et avait bien failli être englouti sous une coulée de boue.

Il s'était retrouvé là, sale, exténué, tout seul, à

contempler ce qui aurait dû être pour lui un nouveau départ et n'était plus qu'un tas de décombres.

A une époque, sans doute aurait-il simplement tout abandonné pour partir ailleurs. Mais cette fois, il était décidé à tenir bon.

Et puis Josh lui avait fait cette proposition. Après avoir hésité entre son orgueil et ses chevaux, Michael avait accepté.

En s'engageant dans l'allée qui menait à Templeton House, il espéra qu'il ne faisait pas une bêtise. Il avait toujours admiré cet endroit. Comment pouvait-il en être autrement ? Il se gara sur le côté, descendit de voiture et regarda longuement la maison.

Sa silhouette élancée d'athlète au corps aguerri et toujours prêt à la bagarre se détachait nettement dans l'air transparent de cette journée d'hiver. Il était vêtu de noir, couleur qu'il portait le plus souvent car cela lui évitait de réfléchir au moment d'enfiler ses vêtements. Avec son jean noir, son pull et son blouson de cuir noir élimé, il avait l'air d'un desperado.

Ce qui était finalement assez proche de la vérité.

Ses longs cheveux bruns flottaient au vent. Lorsqu'il travaillait, il lui arrivait de les attacher en une queue-de-cheval. Il avait en horreur tous les coiffeurs de la terre.

Il avait oublié de se raser, ce qui ne faisait qu'accentuer la dureté de son visage émacié. Sa bouche, en revanche, était d'une étonnante douceur. De nombreuses femmes auraient pu témoigner de son habileté et de sa générosité. Mais ce qui frappait en lui était l'expression menaçante de son regard de braise.

Ses sourcils étaient arqués, le gauche surmonté d'une fine cicatrice blanche.

Il en avait d'autres un peu partout sur le corps, souvenirs d'accidents de voiture, de bagarres ou de cascades. Il avait appris à vivre avec, comme avec ses cicatrices intérieures.

Tandis qu'il regardait les pierres scintillantes, les tours élancées et les baies vitrées étincelantes de Templeton House, il sourit. Seigneur, quelle maison ! Un château pour altesses royales modernes, songea-t-il.

Riant dans sa barbe, il remonta en voiture l'allée qui serpentait entre d'immenses pelouses plantées d'arbres centenaires et de massifs qui n'attendaient que le printemps pour s'épanouir. Il imaginait que la princesse régnante était loin de se réjouir de son installation imminente. Josh avait dû déployer de sacrés arguments pour persuader sa sœur si distinguée de lui ouvrir ses écuries.

Ils s'y habitueraient sans doute. Ce n'était pas pour longtemps, et il était certain qu'ils s'arrangeraient pour ne pas se croiser. Comme ils l'avaient toujours fait.

Laura réussit à trouver une heure pour s'absenter au milieu de la journée. C'était problématique, mais nécessaire. Elle avait chargé la femme de ménage, Jenny, de faire ce qu'elle pouvait pour nettoyer l'appartement du palefrenier situé au-dessus des écuries. Dieu sait s'il y avait là de la poussière, des saletés et des toiles d'araignée ! Et probablement des souris, songea-t-elle en frissonnant avant d'empoigner un grand seau d'eau savonneuse.

Elle ne s'attendait pas que Jenny eût fait des miracles. Elle n'en avait pas eu le temps. Et il ne lui avait pas été possible de demander à Ann de l'aider. A la seule mention du nom de Michael Fury, la gouvernante s'était brusquement pétrifiée.

Par conséquent, Laura avait décidé de terminer elle-même la tâche. Il n'était pas question qu'elle accueille quelqu'un chez elle, ou dans une partie de la propriété, sans que tout soit nettoyé du sol au plafond.

Elle avait profité de son heure de déjeuner à la boutique pour rentrer se changer en vitesse et, maintenant, il ne lui fallait plus qu'un peu d'huile de coude. L'état de la salle de bains avait laissé la jeune Jenny sans voix.

Ce qui n'était guère étonnant ! Les cheveux relevés en chignon, les manches roulées jusqu'au coude, Laura entra dans la baignoire et commença à s'attaquer à la crasse. Quand son hôte – enfin, son locataire – arriverait le lendemain, il ne trouverait pas la moindre trace de saleté sur le carrelage.

Pour ce qui était des écuries, elle avait décidé, après y être allée faire un tour, que ce serait le domaine de Michael.

Tout en frottant vigoureusement, Laura repassa dans sa tête l'emploi du temps du reste de la journée. Elle pourrait être de retour à la boutique vers 15 heures. Fermerait à 18 h 30. Et filerait chercher les filles à leur cours de piano.

Zut ! elle avait complètement oublié de penser à trouver un bon professeur de dessin pour Kayla...

A 19 h 30, dîner. Ensuite, elle vérifierait si les filles avaient fait leur travail au cas où elles auraient une interrogation ou un contrôle dans la semaine.

Demain, Kayla avait-elle orthographe, et Ali, maths ? Ou bien était-ce le contraire ? Seigneur, elle trouvait détestable de retourner à l'école ! Elle avait les fractions en horreur.

Soufflant une seconde pour s'étirer le dos, Laura s'étala un peu de savon crasseux sur la joue.

Il fallait à tout prix qu'elle se penche sur le budget de la convention cosmétique qui devait se tenir le mois prochain. Elle pourrait faire ça au lit, quand les filles seraient couchées. Et Ali avait besoin de nouveaux chaussons de danse. Elle s'en occuperait demain.

– Eh bien, quel tableau !

En arrivant sur le seuil de la porte, Michael découvrit le charmant spectacle d'un joli derrière féminin s'agitant dans un jean délavé. Appartenant à l'une des jeunes domestiques des Templeton, probablement.

– Si c'est compris dans les charges, je vais payer beaucoup plus cher de loyer.

Laura sursauta en étouffant un cri, se cogna la tête contre le bec de la douche et renversa son seau d'eau sale sur les pieds. Il eût été difficile de dire lequel fut le plus surpris des deux.

Jusqu'à cette seconde, Michael n'avait encore jamais réalisé qu'il avait une image très nette de Laura dans sa tête. Celle d'une fille parfaite. Ravissante, rose et dorée. Une sorte de princesse sur papier glacé de conte de fées.

Mais la femme qui se trouvait devant lui à cet instant, qui le dévisageait de ses immenses yeux gris sombre, avait du noir sur les joues, le chignon en bataille, tenant dans ses mains faites pour servir du thé une brosse à récurer.

Il fut le premier à se ressaisir. Un homme qui avait vécu aussi dangereusement se devait d'avoir des réflexes rapides en toute circonstance. Il lui sourit en s'appuyant au chambranle de la porte.

– Laura Templeton. C'est bien toi, je ne me trompe pas ?

– Je ne... Nous ne t'attendions pas avant demain.

Ah ! sa voix, par contre, n'avait pas changé. Détachée, raffinée et légèrement sexy.

– J'ai eu envie de venir jeter un coup d'œil. La porte était grande ouverte.

– J'ai voulu aérer l'appartement.

– Très bien. Je suis content de te revoir, Laura. Je crois n'avoir jamais vu quelqu'un d'aussi séduisant nettoyer ma baignoire.

Humiliée, et sentant le rouge lui monter aux joues, elle hocha la tête.

– Comme Josh a dû te le dire, nous n'avons pas utilisé ce bâtiment depuis longtemps. Je n'ai pas eu assez de temps pour demander aux employés de remettre les choses en état.

Il était étonné qu'elle sache dans quel sens tenir une brosse à récurer.

– Ne te donne pas autant de peine. Je peux très bien le faire moi-même.

Il l'examina de plus près et constata qu'elle était toujours aussi jolie malgré ses joues sales. Des traits délicats, une bouche charnue, des pommettes hautes et de grands yeux rêveurs couleur d'orage.

Il avait oublié qu'elle était si petite. Elle ne devait pas mesurer plus d'un mètre cinquante-huit et était aussi menue qu'une fée. Ses cheveux blonds brillaient comme de l'or dans la pâle lumière du soleil. Un blond subtil, pas du tout agressif.

Elle se rappela qu'il l'avait souvent dévisagée ainsi, comme maintenant, sans rien dire, en se contentant de la regarder jusqu'à ce qu'elle en éprouve une sorte de malaise.

– Je suis désolée pour ta maison.
– Hum !

Il haussa un sourcil, celui surmonté d'une cicatrice, et croisa son regard.

– Oh ! ce n'était rien de plus qu'une maison. Je peux toujours en reconstruire une autre. Je te remercie beaucoup d'accepter de nous fournir un abri à moi et à mes chevaux.

Lorsqu'il lui tendit la main, elle la prit sans réfléchir. Une main ferme, calleuse, qui garda la sienne emprisonnée quand elle essaya de la retirer.

Il esquissa un sourire.

– Tu as l'intention de rester debout dans cette baignoire, ma belle ?
– Non.

Elle toussota et le laissa l'aider à sortir.

– Je vais te faire visiter.

Voyant qu'il ne bougeait pas, son regard gris se durcit.

– Je vais te faire visiter, répéta-t-elle.
– Merci.

Il la suivit et respira avec bonheur le parfum, subtil lui aussi, qui émanait d'elle.

– Josh t'a sans doute expliqué que cet appartement était celui du palefrenier.

Elle avait retrouvé sa voix claire et polie de parfaite maîtresse de maison.

– Mais il y a tout ce qu'il faut, je pense. Cuisine équipée.

Elle lui montra le coin dans la pièce principale où Jenny avait méticuleusement astiqué la cuisinière, l'évier en inox, et le comptoir blanc tout simple.

– C'est parfait. Je ne cuisine pas beaucoup.

— Josh m'a dit que tu avais perdu tes meubles, alors nous avons apporté quelques petites choses.

Les bras croisés, Laura attendit qu'il fasse le tour de la pièce. Le canapé, descendu du grenier, aurait eu besoin d'être retapissé, mais il était solide. Quelqu'un avait fait une brûlure de cigarette sur la petite table Sheridan.

Elle avait ajouté des lampes en cuivre, trouvant que cela convenait mieux à un homme, un fauteuil, des petites tables et même un vase avec un bouquet de fleurs séchées. Elle avait trop l'âme d'une parfaite hôtesse pour ne pas avoir fait un effort pour son locataire.

— Tu t'es donné du mal...

Ce qui le surprit et le toucha.

— Moi qui m'attendais à passer quelques mois à la dure.

— Oh, ça n'a rien d'un palace ! répliqua Laura avec, pour la première fois, un sourire. La chambre est par ici.

D'un geste de la main, elle lui indiqua un étroit couloir.

— Ce n'est pas très grand, mais j'ai mis un lit. Je sais que Josh aime avoir de la place pour, euh...

Elle s'interrompit en voyant que Michael souriait.

— Enfin, de la place. Nous avons donc mis ce grand lit qui se trouvait dans la remise. Je l'ai toujours bien aimé. L'armoire n'est pas immense, mais...

— Je n'ai pas beaucoup d'affaires.

— Eh bien, c'est parfait.

Ne sachant plus que dire, Laura s'approcha de la fenêtre.

— Et puis, il y a la vue.

— Oui, fit-il en la rejoignant, intrigué de voir qu'elle lui arrivait sous le menton.

On apercevait les falaises, la mer d'azur et la côte rocheuse sur laquelle venaient se briser les vagues.

— Tu passais pas mal de temps là-bas, autrefois.

— Je continue.

— Toujours à la recherche du trésor ?

— Bien sûr.

– Comment s'appelait cette fille qui s'est jetée du haut des falaises ?
– Seraphina.
– C'est ça. Seraphina. Une histoire romantique.
– Et triste.
– C'est pareil... Josh se moquait sans cesse de toi, de Margo et de Kate parce que vous passiez votre temps à explorer les rochers en cherchant la dot perdue de Seraphina. Mais je crois que, secrètement, il avait très envie lui-même de la retrouver.
– Nous allons là-bas tous les dimanches. Avec Margo, Kate et mes filles.

A ces mots, Michael se sentit pris de court. Il avait oublié que cette petite jeune femme menue avait donné naissance à deux enfants.

– C'est vrai que tu as des filles.
– Oui, fit Laura en redressant le menton. Deux filles. Mes filles.

Manifestement, il venait de toucher à une corde sensible, songea-t-il en se demandant laquelle.

– Quel âge ont-elles ?

Ne s'attendant nullement qu'il lui pose la question, même par politesse, Laura se troubla à nouveau.

– Ali a dix ans. Et Kayla, sept.
– Tu as commencé de bonne heure. En général, les petites filles de cet âge aiment bien les chevaux. Elles peuvent venir voir les miens quand elles voudront.

C'était encore plus inattendu...

– C'est très gentil à toi, Michael. Mais je ne voudrais pas qu'elles viennent te déranger.
– J'aime bien les enfants.

Il dit cela avec une telle simplicité qu'elle le crut.

– Alors, je te préviens qu'il va leur tarder de venir ici. Mais je suppose que tu es impatient de voir les écuries.

Machinalement, elle regarda sa montre et fit la grimace.

– Tu as un rendez-vous ?
– A vrai dire, oui. Si ça ne t'ennuie pas de terminer la visite tout seul, il faut vraiment que je file me changer.

Pour aller chez le coiffeur, supposa-t-il, ou se faire

faire les ongles. Ou encore à sa séance chez un psychanalyste à la mode.
– Pas de problème.
– J'ai laissé les clés dans la cuisine, poursuivit-elle en revenant aux détails pratiques. Il n'y a pas de téléphone. Je ne savais pas si tu en voulais un ou pas. Mais il y a une prise. Quelque part. Si tu as besoin de quoi que ce soit, tu...
– Ça ira.
Il sortit un chèque de son blouson et le lui tendit.
– Le loyer.
Elle le fourra dans sa poche, gênée de ne pouvoir accueillir un vieil ami de son frère comme un invité. Mais le loyer partirait dans des nouveaux chaussons de danse et des cours de dessin.
– Merci. Sois le bienvenu à Templeton House, Michael.
Elle sortit et descendit l'escalier. Il alla se poster devant la fenêtre et la regarda traverser la pelouse vallonnée en direction de la maison.

– Et j'étais là, debout dans la baignoire...
Laura soupira, contente d'avoir un instant entre deux clientes pour vider son sac devant ses amies.
– Habillée n'importe comment, une brosse à récurer à la main... Arrête de rire.
– Accorde-moi une minute, répliqua Kate en se tenant le ventre. J'essaie de visualiser la scène. L'élégante Laura Templeton surprise en train d'astiquer les robinets entartrés de la baignoire.
– De gratter comme une folle, tu veux dire ! Peut-être que je trouverai ça drôle dans un an ou deux. Mais pour le moment, je me sens mortifiée, un point c'est tout. Et lui qui restait là, immobile, à me regarder en souriant...
– Mmm, fit Margo en se passant la langue sur la lèvre d'un air gourmand. Si je me souviens bien, Michael Fury avait un sourire craquant. Est-il toujours aussi terriblement séduisant ?

— Je n'ai pas fait attention, répondit Laura en s'appliquant à retirer une trace de doigt sur la vitrine.

— Menteuse ! s'exclama Margo en se penchant vers elle. Allez, Laura, raconte.

— Disons qu'il ressemble un peu à une version moderne de Heathcliff dans les *Hauts de Hurlevent*. Sombre, torturé, potentiellement violent avec un air de gros dur. Si on aime ce genre... ajouta-t-elle avec un haussement d'épaules.

— En tout cas, moi, ça ne me ferait pas détourner les yeux, décida Margo. Josh dit qu'il a été mercenaire à ses heures.

— Mercenaire ?

Laura avait oublié ce détail, et en se le rappelant tout à coup, elle hocha la tête.

— Ça ne m'étonne pas.

— Je l'ai croisé une fois en France, à l'époque où il était pilote de course.

A ce souvenir, Margo pencha légèrement la tête.

— Nous avons passé ensemble une soirée fort intéressante.

Laura leva un sourcil.

— Oh, vraiment ?

— Oui, intéressante, répéta Margo sans en dire davantage. Ensuite, il a travaillé comme cascadeur à Hollywood. Et maintenant, il s'occupe de chevaux. Je me demande s'il va persévérer, cette fois. En tout cas, c'est ce que Josh espère.

— Cela m'aura au moins permis de remettre les écuries en état.

Cherchant à s'affairer, Laura s'approcha des étagères qu'elle commença à épousseter avec vigueur.

— J'ai négligé trop longtemps de le faire. En fait, dès que je le pourrai, j'aimerais bien me racheter un cheval.

— Et quel genre de chevaux élève-t-il ? voulut savoir Kate.

— Je ne lui ai pas demandé. Je lui ai juste fait visiter l'appartement et remis les clés. Je suppose qu'il est compétent. Josh a l'air de le penser. Et si son chèque n'est pas en bois, je commencerai à croire qu'on peut lui faire confiance. C'est tout ce qu'on peut attendre d'un locataire. S'occuper de chevaux exige pas mal de temps et de travail.

Ce qui signifiait qu'elle ne pourrait envisager d'en reprendre avant une bonne dizaine d'années, réalisat-elle.

— Il sera très pris. Je doute qu'on se voie beaucoup.

La porte s'ouvrit sur deux nouvelles clientes. Reconnaissant de fidèles habituées de la boutique, Laura sourit et s'avança vers elles.

— Je m'en occupe, murmura-t-elle à l'intention de ses associées. Quel plaisir de vous revoir, Mrs Myers... Mrs Lomax. Je peux vous aider ?

Pendant que Laura passait dans la salle des vêtements, Margo prit un air songeur.

— Elle essaie de ne pas avoir l'air intéressé.
— Pardon ?
— Laura. Elle a la tête d'une femme qu'un homme intrigue, mais qui s'efforce de ne pas le montrer.

Au bout de quelques secondes, Margo sourit d'un air satisfait.

— C'est bien.
— Et en quoi est-ce bien ?
— Il est temps qu'elle mette un peu de distraction dans sa vie. Surtout une distraction masculine.
— Est-ce qu'il t'arrive de penser à autre chose qu'à te distraire ?

Margo tapota la main de son amie.

— Voyons, Kate ! Qu'une jeune mariée comme toi pose cette question à un beau petit lot comme moi est vraiment stupide ! En ce qui concerne les hommes, Laura ne s'est jamais laissée aller. Je pense que Michael Fury pourrait être un cadeau idéal pour son trentième anniversaire.

— C'est un homme, Margo, pas une paire de boucles d'oreilles.

— Oh ! mais justement, ma chérie, je trouve qu'il ferait très bien sur elle... Façon de parler.

— Et j'imagine qu'il ne te viendrait pas une seconde à l'idée qu'ils puissent ne pas avoir d'attirance l'un pour l'autre. Attends ! fit Kate en levant subitement la main. J'oubliais à qui j'étais en train de parler.

– Ne sois pas sournoise. Tu as là un homme et une femme, qui sont tous les deux libres, du moins à ma connaissance, et plutôt séduisants. Josh les a soudainement rapprochés. Et, bien qu'il n'en ait probablement pas eu l'intention, il a créé là une situation très intéressante.

– Evidemment, présenté comme ça...

Kate jeta un œil inquiet vers la salle où se trouvait Laura.

– Tu sais, j'ai toujours bien aimé Mick, mais c'était un garçon rebelle. Nous risquons de nous retrouver avec une histoire du genre le loup et l'agneau.

– J'espère que tu as raison. Toute femme a besoin de rencontrer un loup au moins une fois dans sa vie. Il faudra que j'invite Michael à dîner. Pour vérifier ça par moi-même.

– Et j'imagine que nous devrons nous en remettre à ton jugement infaillible et à ton expérience.

– Naturellement.

La porte s'ouvrit à nouveau.

– Allez, ma vieille, au boulot !

Laura montrait la collection de cashmeres à ses clientes. Si elle s'était doutée une seconde de ce que complotaient ses amies, elle eût été à la fois amusée et scandalisée.

Les hommes en général ne l'intéressaient pas. Mais elle ne les détestait pas pour autant. Son expérience malheureuse avec Peter n'avait pas fait d'elle une mégère ou une femme frigide, et elle ne considérait pas tous les hommes comme des ennemis. Trop d'hommes merveilleux avaient fait partie de sa vie. Le premier avait été son père. Puis son frère. Et en quelques mois, elle s'était prise d'une réelle affection pour Byron De Witt.

La famille était une chose. Les relations intimes en étaient une autre. Or elle n'avait ni le temps ni l'envie, pas plus que l'énergie, d'en avoir. Cela faisait deux ans maintenant que son mariage s'était brisé. Elle avait lutté de toutes ses forces pour reconstruire sa vie sur tous les plans. Ses filles, la maison, son travail chez Templeton... Et la boutique.

Laissant ses clientes discuter tranquillement de ce qu'elles allaient choisir, Laura s'éloigna au fond de la salle. Elle avait ouvert cette boutique sur une impulsion, autant pour Margo que pour elle.

A son retour d'Europe, la carrière et les finances de Margo étaient au plus bas. Elles avaient eu l'idée de liquider tout ce qu'elle possédait et de créer un espace original où le vendre. Un risque qui avait cependant payé dès le premier jour.

Et pas seulement en dollars, se dit Laura en revenant dans la salle principale. Cela s'était avéré excellent pour l'orgueil et la confiance en soi. Pour l'amitié et le plaisir.

Quand elles avaient acheté le local, ce n'était qu'un espace vide et poussiéreux qui sentait mauvais. Grâce à leur imagination et à leurs efforts, elles en avaient fait un lieu exceptionnel. La longue vitrine étincelait au soleil et attirait les passants en montrant quelques-unes des choses les plus extraordinaires que la boutique avait à offrir.

Une robe de cocktail très chic, d'un beau vert émeraude, piquée d'une broche en plume de paon sur l'épaule, était drapée sur une chaise élégante devant une coiffeuse. Des flacons en verre coloré étaient disposés sur la tablette, ainsi qu'un superbe collier. Dans un des tiroirs, on apercevait un bracelet en diamants et des foulards en soie chatoyante. Il y avait aussi une lampe en forme de cygne et une flûte en cristal posée à côté d'une bouteille de champagne. Des boutons de manchette et un smoking d'homme négligemment jeté se mêlaient aux accessoires féminins. Une paire d'escarpins rouges était ingénieusement abandonnée par terre, comme si une femme venait juste de les retirer.

Les vitrines étaient habituellement le domaine réservé de Margo, mais Laura avait réalisé celle-ci. Et elle en était fière. Comme elle l'était de la boutique en général. A l'intérieur, on ne trouvait que des objets uniques, merveilleux. Les murs rose pâle s'harmonisaient heureusement avec les étagères en verre chargées de trésors. Des boîtes en porcelaine, des services en argent, des verres à pied cerclés d'un filet d'or. Le sofa en velours permettait aux clients de s'asseoir en savourant une tasse de thé ou une coupe de champagne.

L'escalier en colimaçon menait à une mezzanine au premier étage et ouvrait sur le boudoir où des peignoirs, des négligés et des chemises de nuit étaient rangés dans une somptueuse armoire en bois de rose. Tout était à vendre, du lit rococo à la plus petite boîte en argent. Et rien n'existait en deux exemplaires.

La boutique les avait littéralement sauvées toutes les trois. Et, bien qu'elle n'eût jamais imaginé cela possible, les avait rapprochées plus encore.

En revenant dans la première salle, Laura vit Margo sortir un bracelet de saphir de la vitrine pour le montrer à une cliente. Kate était en train d'expliquer l'origine d'une lampe Art déco à une autre. Un nouveau client examinait une tabatière en opale pendant que sa compagne farfouillait dans le coin réservé aux sacs du soir.

Un concerto de Mozart passait sur la chaîne stéréo. A travers la fenêtre, Laura apercevait les voitures se faufiler dans la circulation intense de Cannery Row. Des gens flânaient sur le trottoir. Un homme passa avec un petit garçon hilare perché sur ses épaules. Un couple, bras dessus, bras dessous, s'arrêta pour admirer la vitrine. Et entra quelques instants plus tard.

– Miss Templeton ?

Laura se ressaisit et se retourna vers la salle des vêtements.

– Oui, Mrs Myers. Avez-vous trouvé quelque chose qui vous plaise ?

La femme sourit en montrant ce qu'elle avait choisi.

– Je ne repars jamais déçue de *Faux-Semblants*.

Laura prit le pull en cashmere, et la petite bouffée de fierté qui l'envahit brièvement lui procura un immense plaisir.

– Nous sommes ici pour veiller à ce que ça n'arrive pas.

4

— Pas mal, comme endroit, hein, mon vieux ?

Michael était en train de panser Max, le grand étalon couleur chamois faisant sa joie et sa fierté, qui s'ébroua pour lui signifier son accord.

Les luxueuses écuries Templeton étaient loin de ressembler à celles que Michael avait construites dans les collines, et vues s'effondrer sous des torrents de boue. Il repensa au jour où il les avait découvertes pour la première fois. Sans être un palace, l'endroit évoquait alors un cottage de conte de fées déserté par tous ses occupants et sur lequel on aurait jeté un mauvais sort.

L'idée le fit sourire ; tout ici lui faisait penser à un livre de conte bordé d'un liséré doré.

Il n'avait trouvé dans les écuries que de la poussière, des choses rouillées ou cassées.

Et il lui avait fallu une bonne partie de la semaine pour remettre le bâtiment en état. Tâche particulièrement difficile pour un homme n'ayant pas quatre bras. Néanmoins, il avait préféré ne pas faire venir les chevaux tant que leur abri temporaire ne serait pas propre et organisé comme il le voulait.

Il sua sang et eau seize heures par jour mais ne regretta pas le résultat final.

Le bâtiment était sain et solide, rehaussé ici et là de petites touches typiquement Templeton. Les boxes étaient spacieux, avec de l'air et de la lumière, atout plus important aux yeux de Michael que le sol en brique au dessin élaboré, les carreaux décoratifs en céramique autour des mangeoires, ou encore les plaques en fer forgé qui les surmontaient, avec au centre un « T » stylisé en cuivre.

Il avait été surpris par l'état d'abandon dans lequel se trouvaient les écuries. Alors, il avait remonté ses manches et s'était mis au boulot. Il avait donné des coups de marteau, balayé, gratté et frotté jusqu'à ce que chaque box corresponde rigoureusement à ce qu'il voulait pour ses bébés.

Secrètement, c'était ainsi qu'il pensait à eux.

Ce matin, il avait fait livrer de la paille et du foin frais, et à présent, tous les boxes étaient tapissés d'une épaisse couche de paille de blé – chère et difficile à se procurer. A l'aide de quelques outils et d'un peu d'ingéniosité, il avait réussi à refaire fonctionner les abreuvoirs automatiques.

Toutes ses réserves ayant disparu dans la coulée de boue, il avait commandé de nouveau du grain, des vitamines et des médicaments. Il avait tout de même réussi à récupérer quelques accessoires de sellerie et quelques outils, qu'il avait nettoyés et polis un par un. Et ce qui n'avait pas pu être sauvé avait été, ou serait bientôt, remplacé.

Ses quinze chevaux étaient logés aussi royalement que possible. Quant à l'appartement, Michael ne l'utilisait pour l'instant que pour y dormir.

– Tu viens de faire ton entrée dans le monde, Max. Tu ne le sais peut-être pas, mais tu habites désormais sur la propriété Templeton. Et c'est une sacrée chance, mon vieux, crois-moi.

Il flatta le flanc du cheval et prit une carotte dans la besace attachée à sa ceinture.

– Ton nouveau box n'est pas fini, ne t'en fais pas. Nous y ajouterons quelques touches personnelles un peu plus tard. Mais en attendant, tu ne peux pas rêver mieux.

Max prit délicatement la carotte, et le regard sombre qu'il posa sur son maître était plein de patience, de sagesse et – Michael aimait en tout cas à le croire – d'affection.

Il sortit du box, tira le loquet de la partie basse de la porte, puis s'éloigna au fond de l'écurie. Les talons de ses bottes résonnèrent sur les briques. Aussitôt, une tête couleur noisette se tendit vers lui.

– Tu me cherchais, ma jolie ?

C'était sa jument chérie, la plus douce et la plus gentille avec laquelle il eût jamais travaillé. Il l'avait achetée comme poulinière – elle était d'ailleurs grosse – et l'avait baptisée Darling.

– Comment vas-tu, aujourd'hui ? Tu vas être heureuse, ici.

Il entra dans le box et passa les mains sur les flancs énormes de la jument. Tel un futur père, il était à la fois impatient et inquiet. Elle était petite, aussi redoutait-il le moment où elle accoucherait.

Darling, qui adorait se faire caresser le ventre, souffla d'un air approbateur quand Michael lui fit ce plaisir.

– Que tu es belle...

Il prit la tête fine entre ses mains comme il l'aurait fait avec une femme aimée.

– Tu es la plus belle chose que j'aie jamais eue.

Ravie de ses attentions, la pouliche souffla à nouveau, puis plongea la tête pour mordiller sa besace. En riant, Michael en sortit une pomme – sa friandise favorite.

– Tiens, Darling, il faut que tu manges pour deux.

Soudain, il entendit des voix – des voix jeunes, enthousiastes, presque chantantes – et sortit du box.

– Maman a dit qu'on ne devait pas venir le déranger.

– On ne va pas le déranger. On va juste regarder. Viens, Kayla. Tu ne veux pas voir les chevaux ?

– Si, mais... S'il est là ? S'il se fâche ?

– Eh bien, on partira en courant, mais on aura quand même vu les chevaux.

Amusé, et se demandant si Laura l'avait décrit comme un ogre ou un ours, Michael quitta la pénombre des écuries, émergea en plein soleil et se trouva devant deux anges.

Les filles, elles, eurent l'impression de rencontrer le diable en personne. Il était entièrement vêtu de noir. Son beau visage dur, qui ne souriait pas, s'assombrissait d'une barbe de plusieurs jours. Ses cheveux lui arrivaient pratiquement aux épaules et un bandana noir ceignait son front, comme un Indien, ou un pirate.

Il leur parut immense et extrêmement inquiétant.

Le cœur battant, Ali posa la main sur l'épaule de Kayla. A la fois pour la protéger et pour se donner du courage.

– Nous habitons ici, déclara-t-elle. Et on a le droit d'aller où on veut.

Michael ne put résister au plaisir de les taquiner un peu.

— Ah oui ? Eh bien, moi aussi, j'habite ici. Et je n'aime pas qu'on entre chez moi sans prévenir. Vous n'êtes pas des voleuses de chevaux, j'espère ? Parce qu'on les pend, vous savez.

Impressionnée, pour ne pas dire terrorisée, Ali secoua négativement et vigoureusement la tête. Kayla, en revanche, s'avança, l'air fasciné.

— Vous avez de jolis yeux, dit-elle avec un sourire qui fit apparaître de charmantes fossettes. C'est vrai que vous êtes un voyou qui cherchez tout le temps la bagarre, comme le dit Annie ?

Tout ce qu'Ali trouva à faire fut de murmurer le nom de sa sœur, l'air honteux et affolé.

Tiens, tiens... Ann Sullivan leur avait donc déjà fait part de la réputation qui était la sienne étant jeune.

— Je l'ai été. Mais j'ai arrêté.

Cette petite était absolument adorable. A vous faire fondre le cœur.

— Tu t'appelles Kayla, et tu as les yeux de ta mère.

— Oui, et voici Ali. Elle a dix ans. Moi, j'ai sept ans et demi et j'ai perdu une dent.

Et elle lui fit un grand sourire pour lui montrer qu'elle ne mentait pas.

— Formidable. Tu l'as gardée ?

Elle pouffa de rire.

— Mais non, la petite souris l'a emportée au ciel pour la transformer en étoile. Vous avez toutes vos dents, vous ?

— La dernière fois que je les ai comptées, elles étaient toutes là.

— Vous êtes Mr Fury. Maman dit que c'est comme ça qu'on doit t'appeler. J'aime bien votre nom, ça fait penser à un personnage dans un livre.

— Un méchant ?

— Peut-être, rétorqua-t-elle avec malice. On peut voir vos chevaux, Mr Fury ? On ne les volera pas et on ne leur fera pas de mal.

— Je crois qu'ils seront contents de vous voir, dit-il en

tendant la main à Kayla, qui la prit sans hésitation. Viens, Ali. Je ne me fâcherai pas à moins que vous ne le méritiez.

Ali se mordit la lèvre, puis les suivit dans l'écurie.

— Oh ! s'écria-t-elle en sursautant.

Puis elle se mit à rire en voyant Max avancer sa grosse tête au-dessus de la porte de son box.

— Il est grand. Comme il est beau ! fit-elle en s'approchant.

Elle tendit la main, mais la retira aussitôt pour la remettre dans son dos.

— Tu peux le caresser, lui dit Michael.

L'aînée des filles était un peu timide, songea-t-il, et aussi ravissante qu'une gravure.

— Il ne mord pas. Sauf si on l'embête.

Et pour lui en donner la preuve, il hissa Kayla sur sa hanche.

— Tiens, je te présente Max. C'est un gentleman du Sud, il vient du Tennessee.

— Notre oncle aussi est un gentleman du Sud, annonça fièrement Kayla. Mais il ne ressemble pas à Max.

Enchantée, elle lui effleura la tête.

— Tu es doux. Bonjour, Max ! Bonjour !

Ne voulant pas être en reste, Ali fit un pas en avant pour caresser le cheval.

— Il veut bien que tu le montes ?

— Oui. Ensemble, Max et moi avons combattu les Indiens, nous avons attaqué des diligences et sauté dans des ravins.

— Vraiment ?

Aux anges, Kayla toucha l'oreille veloutée du cheval et gloussa en la sentant frémir sous ses doigts.

— Vraiment. Je vous montrerai son dossier de presse plus tard. Venez faire la connaissance de Darling. Elle va bientôt avoir un bébé.

— Tante Margo vient juste d'en avoir un. Son nom est John Thomas, mais on l'appelle J. T. Les chevaux font les bébés de la même façon que les gens ?

– Pour ainsi dire, murmura Michael en cherchant le moyen de détourner la conversation.

Elles firent ensuite la connaissance de Jack, un hongre très digne, et de Lola, une jument toute fringante. Puis ce fut au tour de Zip qui, à en croire Michael, était le cheval le plus rapide de l'Ouest.

– Pourquoi en avez-vous autant ?

La méfiance d'Ali vis-à-vis de cet inconnu ne résista pas longtemps au plaisir de découvrir les chevaux. Très vite, sa curiosité l'emporta sur sa réserve, et elle bombarda Michael de questions en observant attentivement chacun de ses mouvements.

– Je les dresse. Je les achète et je les vends.
– Vous les vendez ?

A cette idée, Kayla fit une moue dépitée.

– Tous sauf Max et Darling. Eux, je ne les vendrai jamais. Mais les autres partiront chez des gens qui apprécieront leurs talents et prendront bien soin d'eux. Chacun suivra sa destinée. Jack, par exemple, fera un excellent cheval de selle. Il peut galoper des heures sans jamais se fatiguer. Et Flash sera un super poney cascadeur quand j'aurai fini de le dresser.

– Vous voulez dire qu'il saura faire des tours ?
– Oui, dit Michael en souriant à Kayla. Il en a déjà plus d'un dans son sac. Mais Max, lui, il les connaît tous. Vous voulez une petite démonstration ?

– C'est vrai, on peut ?
– Oui, mais ça vous coûtera quelque chose.
– Combien ? demanda Kayla. J'ai de l'argent à la banque.

– Non, pas de l'argent, expliqua Michael en les emmenant vers le box de Max. Si le spectacle vous plaît, vous devrez revenir travailler.

– Quel genre de travail ? voulut savoir Ali.
– Nous en reparlerons. Viens, Max.

Michael prit une bride qu'il lui passa sur le cou.

– Tu as là deux jeunes dames à impressionner.

A cinq ans, Max était un vétéran de la performance. Il avança en soulevant très haut ses sabots, ravi d'avoir un public. Michael le conduisit jusqu'au paddock qui jouxtait les écuries.

— Restez derrière la barrière, c'est plus prudent. Allez, Max, fais la révérence.

Gracieusement, le cheval plia ses jambes avant, puis s'assit. Quand les petites filles applaudirent avec enthousiasme, Michael aurait juré avoir vu Max sourire.

— Debout, ordonna-t-il.

Le guidant de la voix et de la main, Michael lui fit exécuter son numéro. L'énorme cheval se cabra et agita les sabots en l'air en poussant un hennissement retentissant. Il marcha à reculons, sur le côté, dansa et tourna sur lui-même. Et quand Michael monta à cru sur son dos, il répéta le même numéro avec quelques variantes.

— A présent, voici la séquence « nous avons marché dans le désert pendant trois jours sans trouver une goutte d'eau ».

A son signal, Max se tassa légèrement, sa tête retomba mollement sur le côté, et il se mit à avancer laborieusement, comme si chacun de ses pas devait être le dernier.

— Attention, un serpent à sonnette !

Le cheval fit un bond en arrière et se recroquevilla en tremblant.

— Aïe, un détachement de soldats a abattu mon cheval sous moi ! Fais le mort, Max.

Pour le final, le cheval tournoya sur lui-même, puis obliqua sur la gauche avant de s'effondrer sur le sol. Michael sauta à terre en faisant une roulade. En se relevant, il aperçut Laura qui arrivait en courant, chaussée de fins talons hauts.

— Ô mon Dieu, ça va, tu n'as rien ? Comment est-ce arrivé ? Oh ! ton cheval...

Michael voulut dire quelque chose, mais en fut incapable devant le spectacle de Laura enjambant la barrière dans son petit tailleur impeccable. Ses longues jambes nues l'étourdissaient littéralement.

Max continua à faire le mort et ouvrit à peine un œil quand Laura s'agenouilla près de lui.

– Le pauvre, oh, le pauvre... C'est sa jambe ? Qui est ton vétérinaire ?

En voyant son cheval poser sa grosse tête sur la jolie jupe bleue de Laura, Michael dut se mordre la lèvre pour ne pas rire.

– Apparemment, c'est fini pour le vieux Max.

– Ne dis pas ça, répliqua Laura. Il s'est peut-être seulement blessé.

Mais si ce n'était pas le cas ? Elle repoussa une mèche de cheveux qui balayait sa joue.

– Les filles, rentrez à la maison.
– Mais, maman...
– Ne discutez pas.

Elle ne supportait pas l'idée que l'une ou l'autre assiste à ce qui risquait de se passer.

– Laura... commença Michael.
– Pourquoi restes-tu là à ne rien faire ?

Une lueur de colère mêlée d'inquiétude passa dans ses yeux.

– Il faut faire quelque chose. Le pauvre animal est en train de souffrir, et tu restes là, les bras ballants. Tu te fiches de ton cheval ?

– Non, je ne m'en fiche pas du tout... Arrête, Max.

Instantanément, et sous l'œil ahuri de Laura, le grand cheval roula sur lui et se redressa.

– C'était pour de faux, maman !

Kayla rit joyeusement de cette bonne blague pendant que Michael aidait Laura à se relever.

– Max sait faire plein de tours. Il a fait semblant d'être mort. Comme les chiens. Ce n'est pas extraordinaire ? Il est intelligent, n'est-ce pas ?

– Oui...

Drapée dans sa dignité, Laura épousseta sa jupe.

– Il est très doué, en effet.
– Désolé, dit Michael.

Un homme raisonnable devait savoir étouffer un sourire. Or Michael choisissait rarement d'être raisonnable.

– Si je t'avais vue arriver, je t'aurais prévenue. Mais tu étais déjà en train de courir.

Il se gratta la joue.
— Tu avais l'air plus embêtée pour mon cheval que pour moi. J'aurais pu me rompre le cou.
— Le cheval était par terre, expliqua Laura d'un ton guindé. Pas toi.

Mais elle ne put s'empêcher de se pâmer d'admiration lorsque le cheval pencha la tête vers elle.
— Oh, comme il est beau ! Tu es vraiment magnifique. Et très futé !
— Max a joué dans des tas de films, dit Ali en s'approchant. Et Mr Fury aussi.
— Oh ?
— Comme cascadeur, expliqua Michael.

Il sortit une carotte de sa besace et la tendit à Laura.
— Donne-lui ça, et il sera ton esclave pour toute la vie.
— Comment lui résister ? fit-elle en lui donnant la carotte. Les filles, ne vous avais-je pas dit de ne pas venir embêter Mr Fury ?
— Si, mais il a dit qu'on ne l'embêtait pas, répliqua Kayla en décochant un sourire rempli d'espoir à Michael.

Assise en équilibre sur la barrière, elle lui tendit les bras, pleine de confiance.
— Parce que c'est vrai.

Il la souleva, et la posa le plus naturellement du monde à califourchon sur sa hanche. Laura fronça les sourcils.
— J'aime bien avoir de la compagnie, dit-il en se tournant vers elle. Les chevaux aussi. Ils en ont assez de me voir toute la journée. Les petites peuvent venir quand elles veulent. Si elles me dérangent, je le leur dirai.

Pour le plus grand bonheur de Kayla, et sous le regard momentanément horrifié de Laura, il hissa la petite fille sur le dos de Max.
— Il est haut ! Tu as vu comme je suis grande ?
— Je ne préfère pas, dit Laura en posant machinalement la main sur la bride. C'est un cheval de cascade, pas un poney de manège.
— Il est doux comme un agneau, lui assura Michael.

Puis il fit passer Ali par-dessus la barrière et l'installa derrière sa sœur.

– Il peut vous porter toutes les trois, si tu veux. Il est fort comme un taureau.

– Non, merci...

Le cœur toutefois attendri, elle observa les yeux du cheval. Effectivement, ils avaient l'air très doux.

– Je ne suis pas vraiment habillée pour.

– J'avais remarqué. Tu es ravissante. Et tu l'étais plus encore quand tu as enjambé la barrière.

Elle se tourna vers Michael. Son regard à lui n'avait rien de doux. Mais il n'en était pas moins fascinant.

– Ça devait valoir le coup d'œil...

– Tu n'imagines pas à quel point, ma belle.

Laura recula d'un pas.

– Allez, les filles, la fête est finie. Il faut aller vous laver avant le dîner.

Ali faillit rechigner, mais se retint à temps, ne voulant pas prendre le risque de s'entendre dire qu'elle ne pourrait pas revenir.

– Mr Fury peut venir dîner avec nous ?

– Oh !...

Les bonnes manières l'emportèrent sur l'embarras.

– Bien sûr. Tu es le bienvenu, Michael.

S'il avait déjà reçu une invitation aussi glaciale et aussi peu enthousiaste, il n'en avait pas le souvenir.

– Merci, mais je suis déjà pris. Je vais chez Josh pour faire la connaissance de son fils.

– Très bien.

Laura prit Kayla dans ses bras, puis fit descendre Ali.

– Nous allons te laisser tranquille.

– Il y a une ou deux choses que je voudrais te demander. Si tu as une minute.

– Bien entendu.

Ses pieds lui faisaient un mal épouvantable. Elle n'avait qu'une envie, retirer ses chaussures et s'asseoir.

– Les filles, allez dire à Annie que j'arrive tout de suite.

– Merci, Mr Fury.

Ali, digne fille de sa mère, lui tendit la main.

— Je t'en prie.
— Merci, Mr Fury, de nous avoir montré les chevaux et les tours et tout et tout. Je vais raconter ça à Annie.

Kayla partit en courant, mais s'arrêta net devant la barrière.

— Mr Fury ?
— Oui, madame ?

Elle pouffa de rire, puis reprit son sérieux.

— Est-ce que vous savez aussi dresser les chiens ? Si vous aviez un chiot, ou que quelqu'un en avait un, vous pourriez lui apprendre des tours, comme à Max ?
— Je suppose que oui, à condition que ce soit un bon chien.

Elle lui sourit une nouvelle fois d'un air malicieux avant de courir rejoindre sa sœur.

— Elle a envie d'un chien, murmura Laura. Je ne le savais pas. Elle n'a jamais rien dit. Elle en avait demandé un il y a des années, mais Peter... Zut, j'aurais dû m'en douter.

Intrigué, Michael observa les diverses émotions qui passèrent sur son visage. Et la plus évidente était la culpabilité.

— Ça t'arrive souvent de te faire comme ça des reproches ?
— J'aurais dû y penser. C'est ma fille. J'aurais dû deviner qu'elle voulait un petit chien.

Soudain très lasse, Laura se passa la main dans les cheveux.

— Eh bien, tu n'as qu'à lui en acheter un.
— C'est ce que je vais faire, fit-elle en redressant le menton. Je suis désolée.

Oubliant ses remords, elle leva les yeux vers Michael.

— De quoi as-tu besoin ?
— Oh ! de pas mal de choses, dit-il d'une voix nonchalante en prenant Max par le cou. D'un bon repas chaud, d'une voiture rapide, de l'amour d'une femme, mais ce dont nous avons besoin lui et moi pour l'instant, c'est de deux matous.
— Pardon ?

— Il faudrait des chats, Laura. Les écuries sont envahies de rongeurs.

— Ô mon Dieu !

Elle réprima un frisson en soupirant.

— Ça aussi, j'aurais dû y penser. A l'époque où nous avions des chevaux, il y en avait, mais Peter...

Elle s'interrompit et ferma les yeux. Non, elle n'allait pas recommencer...

— Apparemment, il va falloir que j'aille faire un tour à la fourrière. Je prendrai aussi deux chats.

— Tu vas aller chercher un chien pour ta fille à la fourrière ?

— Oui, pourquoi ?

— Pour rien, dit-il en tirant Max par la bride. Je pensais que tu étais du genre à vouloir un chien à pedigree, c'est tout. La plupart des gens veulent des chevaux qui en ont un. Des chevaux arabes, ou des pur-sang. Je me suis procuré une des plus jolies pouliches dont on puisse rêver. Elle est aussi rusée et vive qu'un serpent. Mais c'est ce qu'on appelle une bâtarde. J'ai toujours eu un faible pour les bâtards.

— Le caractère a pour moi plus d'importance que la lignée.

— Tant mieux pour toi.

D'un air absent, Michael se pencha pour ramasser un bouton-d'or et le lui tendit.

— Je dois dire que tes filles possèdent les deux. Ce sont de vraies beautés. A vous fendre le cœur. La petite a déjà pris le mien. Et elle le sait.

— Tu me surprends.

Laura considéra la fleur jaune qu'elle tenait à la main d'un air perplexe. Et malgré la fatigue et ses pieds douloureux, elle le suivit dans l'écurie.

— Tu ne me fais pas l'effet d'un homme qui affectionne les enfants. Surtout des petites filles.

— Les bâtards réservent bien des surprises.

— Je n'ai jamais dit que...

— Je sais.

Il fit entrer le cheval dans son box et referma le bas de la porte.

— La petite a tes yeux, d'un gris entre fumée et orage. Ali a ta bouche. Avec une expression douce, mais têtue.

Il ébaucha un sourire.

— Tu es une bonne poulinière, Laura.

— Je suppose que c'est un compliment, même si jamais personne ne m'a formulé les choses ainsi. J'apprécie que tu aies pris le temps de les distraire, mais je ne voudrais pas que tu t'y sentes obligé.

— Ce n'est pas le cas. Je t'ai dit que je les aimais bien. Et je le pense. D'ailleurs, elles me doivent quelque chose pour le show. Max et moi ne travaillons jamais pour rien. Un coup de main serait le bienvenu.

— Un coup de main ?

— Pour transporter de la paille ou changer les litières. A moins que ça ne te pose un problème de voir ta progéniture pelleter du fumier.

Elle-même l'avait souvent fait étant jeune.

— Non. Ça leur fera du bien.

Machinalement, elle posa la main sur le nez de Max.

— Tu as accompli un véritable miracle, remarqua-t-elle en regardant les écuries d'une propreté irréprochable.

— J'ai le dos large et beaucoup d'ambition.

— Quel est ton but ?

— Faire quelque chose de tout ça. Former des chevaux de selle, des poneys de cascade, des sauteurs d'obstacles. Je sais m'y prendre avec les chevaux.

— A en juger d'après ce que je viens de voir, je dirais même que tu sais mieux que t'y prendre ! Tu as vraiment été mercenaire ?

— Entre autres choses. J'ai aussi été le loubard que Mrs Sullivan prétend que je suis.

— Oh ! fit Laura en roulant des yeux vers Max. J'imagine qu'Annie se souvient du garçon qui a donné sa première cigarette à Josh.

— Un de mes moindres crimes... Personnellement, j'ai arrêté de fumer il y a six mois. C'était plus simple que d'avoir peur en permanence de mettre le feu à la paille.

— Ou de mourir d'un cancer du poumon.

— Il faut bien mourir de quelque chose.

Laura se retourna au moment où Michael voulut enlever sa bride au cheval. Ils se cognèrent. Autant par curiosité que pour la retenir, il la saisit par les bras.

Ils étaient doux. Et fragiles, comme il l'avait imaginé. Et lorsqu'il bougea de quelques centimètres, il sentit ses seins fermes se presser contre lui. Le regard de Laura avait croisé le sien au premier contact. Tous deux se figèrent, le cœur battant à tout rompre.

— Je me suis toujours demandé quel effet cela me ferait de te serrer contre moi.

Un sourire au coin des lèvres, Michael promena ses mains sur ses jolis bras.

— Je n'ai jamais eu l'occasion de le savoir. Bien entendu, tu étais alors trop jeune pour moi. Mais, à présent, tu m'as presque rattrapé.

— Excuse-moi, se contenta de dire Laura.

C'était bien sa voix habituelle, calme et froide. Pourtant, à l'intérieur, elle se sentait brûlante et complètement sens dessus dessous.

— Tu ne me gênes nullement.

D'un geste parfaitement naturel, il tendit la main pour jouer avec une boucle qui frôlait sa joue.

— Eh bien, toi, si.

Elle ne savait pas comment se comporter avec les hommes, ne l'avait jamais su vraiment. En revanche, elle était suffisamment intelligente pour comprendre qu'elle courait un risque.

— Cela ne m'intéresse pas de flirter.

— Moi, si.

Empruntant une attitude chère à Margo, Laura prit un air désabusé.

— Michael, je suis sûre que de nombreuses femmes se sentiraient flattées. Et si j'avais du temps, je le serais peut-être aussi. Mais je n'en ai pas. Mes filles m'attendent pour dîner.

— Tu fais ça très bien, reconnut-il. La châtelaine... Tu es née pour faire ça.

Il recula légèrement.

— Si jamais tu as un peu de temps libre, tu sais où me trouver.

— Salue Josh et Margo de ma part, lança-t-elle en sortant de l'écurie, les jambes en coton.
— D'accord. Hé, ma belle...
Vaguement hérissée qu'il l'appelle ainsi, elle lui jeta un regard par-dessus son épaule.
— Pour les chasseurs de souris, ne m'apporte pas des chatons qui ressemblent à des petites boules de poils. Ce que je veux, ce sont de gros matous affamés.
— Je vais voir ce que je peux faire.
— J'en suis sûr, murmura-t-il en se tournant vers Max lorsque Laura s'éloigna.
Amusé, il posa la main sur son cœur. Il battait encore très fort.
— Quelle femme ! Je me sens comme un gros matou affamé. Et carrément balourd.

— Alors, te voilà maman.
Michael sourit à son hôtesse, qui n'avait pas vraiment l'air maternel dans la combinaison couleur pêche qui soulignait voluptueusement ses formes.
— Et non seulement je suis une excellente mère...
Margo l'embrassa sur les deux joues, comme on le faisait en Europe.
— Mais j'adore ça !
Reculant de quelques pas, elle l'observa longuement, et ne fut nullement déçue.
— Combien de temps ça fait, Michael ? Six ans ? Sept ?
— Plus. La dernière fois que nous nous sommes vus, j'essayais de me faire une place sur les circuits européens et tu faisais des ravages sur tout le continent.
— C'était la belle époque ! fit-elle d'un ton léger en le prenant par le bras.
— Superbe baraque ! s'exclama Michael.
Il ne fut pas surpris par l'élégance du style hispano-californien de la maison ; il le fut en revanche par le côté confortable et douillet de l'atmosphère qui y régnait.

— C'est Kate qui nous l'a trouvée. Tu te souviens de Kate Powell ?

— Bien sûr.

Ils traversèrent l'entrée carrelée de céramique et entrèrent dans une pièce spacieuse où trônaient deux canapés identiques d'un marron chaleureux, et dans laquelle flambait un grand feu.

— Comment va-t-elle ? J'ai entendu dire qu'elle était mariée.

— Oui, c'est encore une toute jeune mariée. Byron te plaira, je crois. Dès que tu seras installé, il faudra qu'on organise une soirée pour vous présenter.

— Je ne sors pas beaucoup, ces temps-ci.

— Alors, juste un petit dîner. Qu'est-ce que je te sers à boire ? demanda Margo en se dirigeant vers un bar bien fourni. Josh ne va pas tarder. Il a été retenu par une réunion qui s'est prolongée.

— Tu as de la bière ?

— Je devrais pouvoir te trouver ça...

Elle prit une bouteille dans le petit frigo dissimulé sous le bar.

— Ainsi, maintenant, tu es dans l'élevage de chevaux ?

— On dirait, oui.

Il la regarda déboucher la bouteille et verser délicatement la bière dans un grand verre tulipe. Au majeur de sa main gauche, une bague en or et en diamants scintillait. Ses cheveux retombaient en longues vagues souples et dorées. Et elle avait d'autres petits diamants aux oreilles. Cependant, il constata que c'étaient ses yeux qui brillaient avec le plus d'éclat.

— Tu as l'air en pleine forme, Margo. Et heureuse. Ça me fait plaisir de te voir heureuse.

Vaguement étonnée, elle releva la tête.

— C'est vrai ?

— Tu n'avais pas l'air de l'être vraiment, en Europe.

— Tu as sans doute raison...

Elle posa le verre sur le bar et retira le bouchon en argent d'une bouteille de champagne entamée.

— Mais j'ai finalement réussi à l'être.

— Epouse, mère et propriétaire d'une boutique ! fit

Michael avec admiration en levant son verre pour lui porter un toast. Qui aurait pu l'imaginer ?

— Et je me débrouille merveilleusement bien des trois.

Après s'être servi une coupe, Margo la leva à son tour.

— Il faudra que tu viennes à *Faux-Semblants*, Michael. Nous sommes sur Cannery Row.

— Je viendrai voir ta boutique si tu viens voir mes chevaux.

— Marché conclu. Je suis désolée pour ta maison.

Il haussa les épaules.

— Ce n'est pas grave. De toute façon, elle ne me plaisait pas. J'ai été nettement plus embêté pour les écuries. Je venais juste de les terminer quand elles ont été détruites. Mais après tout, ce n'était jamais que des planches et des clous. Je peux en acheter d'autres.

— Ça a dû être horrible... J'ai vu un reportage sur les coulées de boue, et les dégâts que ça provoque. Je n'aimerais pas me retrouver au milieu.

— Je ne te le souhaite pas.

Il arrivait encore à Michael de revoir défiler les terribles images de la pluie torrentielle, de la terre qui tremblait et du vent soufflant en violentes rafales. Et de repenser à la panique qui l'avait saisi en imaginant qu'il pouvait ne pas être assez rapide, ni assez fort ou assez malin, pour sauver ce qui comptait le plus à ses yeux.

— En tout cas, je travaille sur les plans pour tout reconstruire. J'ai contacté plusieurs entrepreneurs. En fait, ce n'est qu'une question de temps et d'argent.

— En attendant, je suis sûre que tu seras très bien à Templeton.

— Le contraire serait difficile. Aujourd'hui, j'ai fait la connaissance des filles de Laura. Ce sont de belles gamines. La plus grande réserve encore son jugement sur moi, mais Kayla, ajouta-t-il en riant, m'a adopté tout de suite !

— Elles sont merveilleuses. Laura s'en occupe d'une façon extraordinaire.

— Elle n'a pas beaucoup changé.

— Oh ! plus que tu ne le crois. Le divorce a été très dur pour elle. Affreusement dur. Mais elle est de la

trempe des Templeton. Tu n'as jamais rencontré Peter Ridgeway ?
— Non.
— Tu peux me croire, dit Margo avant de boire une gorgée de champagne, c'est un beau salaud.
— Si tu le détestes, ma belle, alors je le déteste aussi.
Margo lui prit la main en riant.
— C'est bon de te revoir, Michael.
— Alors, Fury, tu fais déjà du gringue à ma femme ?
Josh entra, le bébé ouvrant des yeux tout ronds dans les bras.
— Je te préviens que mon fils et moi sommes prêts à nous battre pour elle.
— Et je suis sûr qu'il aurait le dessus.
Curieux, Michael reposa sa bière et s'approcha afin de voir le bébé de plus près. J. T. le regarda droit dans les yeux, puis lui attrapa une poignée de cheveux à pleine main.
— Viens par ici, bonhomme.
Margo ouvrit la bouche, prête à accabler Michael de recommandations toutes maternelles, mais celui-ci prit l'enfant des bras de Josh avec délicatesse et l'installa à califourchon sur sa hanche. Elle cligna des yeux, l'air incrédule, puis les plissa, carrément intriguée.
J. T., visiblement enchanté de découvrir un nouveau venu, se mit à gazouiller gaiement.
— Tu as fait du bon boulot, Harvard, dit Michael en plongeant le nez dans le cou du bébé. Félicitations.
— Merci...
Josh se tourna alors vers sa femme avec un sourire rayonnant.
— Il faut dire que j'ai été un peu aidé.

5

Laura ramena donc un chaton aux poils duveteux à la maison. Et même deux. Ainsi qu'une paire de matous faméliques au regard perçant. Et un chiot à la robe tachetée encore tout pataud mais à la langue bien pendue.

Elle eut quelques problèmes pour transporter ce zoo miniature dans sa voiture. Mais cela lui fit plaisir. Pendant le trajet les chats miaulèrent à qui mieux mieux dans leurs caisses posées à l'arrière, les chatons s'endormirent sur le siège avant et l'adorable petit chien se roula en boule sur les genoux de Laura.

– Attends un peu que les filles te voient...

Déjà folle de lui, elle gratta la tête du chiot.

– Mais si jamais elles se battent pour toi, eh bien, je n'aurai plus qu'à retourner te chercher un petit frère ou une petite sœur !

En riant, elle s'engagea dans l'allée de Templeton House. Quelle bêtise de ne pas avoir fait ça plus tôt ! Peter avait toujours refusé d'avoir des animaux à la maison. Il n'y en avait donc pas eu. Mais il était parti depuis maintenant presque deux ans, et elle aurait dû penser plus tôt à prendre des initiatives aussi simples.

Après avoir garé la voiture, elle jeta un coup d'œil sur sa petite ménagerie. Et soupira.

– Comment vais-je faire pour tous vous emmener à la maison ?

Elle avait une laisse pour le chien qu'elle attacha à son collier flambant neuf. Mais sans doute n'allait-il pas très bien comprendre le but de la manœuvre. L'espace d'une seconde, Laura envisagea de klaxonner pour que quelqu'un vienne l'aider. Ce qui ne ferait qu'exciter sa petite troupe d'animaux...

Aussi décida-t-elle de se débrouiller toute seule.

– Toi d'abord, dit-elle en ouvrant la portière.

Le petit chien se recroquevilla en reniflant l'espace vide de l'autre côté des genoux de Laura. Rassemblant tout son courage, il sauta et atterrit par terre sur le ventre, les pattes écartées, et eut l'air tellement stupéfait qu'elle lâcha la laisse en éclatant de rire.

Aussitôt, il s'enfuit en courant.

– Zut ! s'esclaffa Laura en descendant de voiture. Reviens ici, espèce d'idiot !

Mais le chiot se mit à tourner en rond, puis traversa un massif de narcisses en jappant joyeusement.

– Oh !... Vieux Joe ne va pas être content.

Laura fit le tour de la voiture pour aller chercher les chatons endormis. A l'arrière, les chats continuaient à pousser des miaulements déchirants.

– Oui. Oui... Laissez-moi une minute.

Prise d'une soudaine inspiration, elle fourra un chaton dans chacune de ses poches avant d'attraper les caisses des chats.

– Quant à vous deux, c'est Michael qui va s'occuper de vous.

Se laissant guider par les aboiements du chien, elle se dirigea vers les écuries.

Le tableau qu'elle découvrit derrière la glycine lui fit oublier instantanément tous ses tracas. Les filles étaient agenouillées par terre, en train d'embrasser le petit corniaud tacheté débordant d'enthousiasme et de se faire lécher par lui.

Laura prit le temps d'enregistrer soigneusement la scène dans sa mémoire et dans son cœur.

– Regarde, maman ! s'écria Kayla en apercevant sa mère. Viens vite voir ce chiot. Il a dû se perdre.

– Il ne m'a pas l'air perdu du tout.

– Il a une laisse, gloussa joyeusement Ali – son que Laura n'entendait que trop rarement – quand le chien sauta sur elle. Peut-être qu'il s'est enfui de chez lui.

– Je ne pense pas. Ce chien est chez lui. Il est à nous.

Ali la dévisagea d'un air incrédule.

– Mais on n'a pas le droit d'avoir des animaux.

Laura sourit.

– Il n'a pas l'air d'être d'accord avec toi.

– C'est vrai ? fit Kayla en se levant avec une expression de joie qui alla droit au cœur de sa mère. Tu veux dire que c'est notre chien et qu'on va le garder ? Pour toujours ?

– C'est exactement ce que je veux dire.

– Maman !

D'un bond, Kayla entoura la taille de sa mère et la serra de toutes ses forces.

– Merci, maman ! Tu verras, je vais bien m'occuper de lui.

– J'en suis certaine, ma chérie.

Elle se retourna vers Ali qui restait immobile, sans dire un mot.

– Nous allons toutes nous en occuper. Il a besoin d'un foyer et de beaucoup d'amour. C'est ce que nous allons lui donner, n'est-ce pas, Ali ?

En proie à un conflit intérieur déchirant, l'aînée des filles ne sut que répondre. Son père avait toujours dit que les animaux domestiques étaient pénibles et faisaient des saletés. Et qu'ils laissaient des poils partout sur les tapis. Mais le chiot vint renifler sa jambe en remuant la queue et essaya de sauter dans ses bras.

– Oui, nous en prendrons bien soin, dit soudain Ali d'un ton solennel.

Elle fit un pas en avant et s'arrêta net, bouche bée.

– Maman, tes poches viennent de bouger.

– Oh !...

Laura posa les caisses des chats en riant et sortit deux petites boules de poils de ses poches. L'une, d'un beau gris argenté, l'autre, d'un roux flamboyant.

– Mais... qu'est-ce que c'est que ça ? feignit-elle de s'étonner.

– Des chatons ! s'exclama Kayla en les prenant dans ses mains. Nous avons aussi des chatons ! Regarde, Ali, nous avons tout ce qu'il faut !

– Ils sont minuscules, s'extasia Ali en attrapant doucement le chaton gris.

– Ce sont encore des bébés. Ils n'ont que six semaines, expliqua Laura en le caressant. Ils cherchaient aussi un foyer.

Ali leva un regard rempli d'espoir vers sa mère.

– Tu es sûre qu'on peut vraiment tous les garder ?

– Certaine.

– Et il y en a encore ! pouffa Kayla en entendant du bruit dans les caisses.

– Non, ceux-là ne sont pas à nous. Ce sont des chats d'écurie, pour Michael.

– Je vais les lui apporter...

Mourant d'impatience de partager cette fabuleuse nouvelle avec quiconque voudrait bien l'écouter, Kayla confia son chaton à sa sœur et empoigna les deux caisses par la sangle. Titubant légèrement sous leur poids, elle s'éloigna vers l'écurie.

— Venez, les chats, je vais vous amener chez vous.
— Ils ont des noms ? demanda Ali.
— Hmm !...

Laura caressa distraitement les cheveux de sa fille, puis se détourna du spectacle comique qu'offrait Kayla, marchant en zigzag, une caisse au bout de chaque bras et le chien décrivant de grands cercles autour d'elle.

— Il faudra qu'on leur en trouve.
— Je peux choisir moi-même le nom du chaton gris ? demanda Ali en le frottant contre sa joue.
— Bien entendu. Comment veux-tu l'appeler ?
— C'est un garçon ou une fille ?
— C'est un... Je n'en sais rien du tout ! J'ai oublié de demander. Ce doit être écrit sur un des papiers qu'on m'a remis.

Elle prit sa fille par l'épaule, et elles partirent ensemble rejoindre Kayla.

— Le chien est un mâle, et les deux chats aussi, c'est ce que Michael avait demandé.
— Parce qu'il préfère les garçons ?

Oh, oh !...

— Non, ma chérie. Je suppose qu'il a pensé que des chats seraient plus à même d'attraper les souris.

Ali écarquilla les yeux.

— Il va les laisser manger les souris ?
— Mais oui, c'est ce que font les chats.

La petite fille pressa la boule de poils grise plus fort contre sa joue.

— En tout cas, le mien ne fera pas ça.

La voix tout excitée de Kayla leur parvint, relayée par les aboiements du chiot qui l'avait suivie à l'intérieur de l'écurie. Quand Laura entra, en s'efforçant d'accommoder sa vue à la pénombre, elle les aperçut accroupis sur le sol en brique, en train d'examiner le nouveau corniaud de Templeton House.

— Ça m'a l'air d'un bon chien, déclara Michael en grattant le chiot entre les oreilles.

– Alors, tu pourras lui apprendre des tours, hein, Mr Fury ? Comment s'asseoir, trembler et faire le mort.
– C'est bien possible.

Le chien renifla avec curiosité une des caisses dans lesquelles se trouvaient les chats, et eut droit en retour à un feulement rageur. Il se mit à aboyer comme un fou et fila se cacher derrière les pieds de Laura.

– Il a déjà senti quelque chose...

Michael sourit et ouvrit la première caisse.

– Non, il ne faut jamais toucher à un matou en colère, dit-il en retenant la main de Kayla. Pour l'instant, il ne doit pas être d'humeur très affectueuse. Tu n'apprécies pas d'être enfermé comme ça, hein ? Attends, on va vous libérer, toi et ton copain.

Il ouvrit l'autre caisse, puis fit reculer Kayla.

– On va les laisser découvrir leur nouveau territoire. Dès qu'ils en auront fait le tour, ils se calmeront.

Son regard se posa alors sur Laura, s'y attarda une seconde, puis glissa sur Ali.

– Qu'est-ce que tu tiens dans les mains ?
– Des chatons, répondit-elle d'une voix émue. Maman nous a aussi rapporté des chatons.
– Avec le poil tout hérissé, observa-t-il avec un sourire. Ils sont mignons.
– Maman a dit que je pouvais choisir toute seule le nom du gris.
– Alors, c'est moi qui choisirai celui du roux, annonça Kayla en reprenant le chaton des mains de sa sœur. Je peux, maman ?
– Ça me semble équitable. Nous organiserons un concours de noms après le dîner. Mais il faut qu'on laisse Mr Fury tranquille...
– On ne peut pas aller montrer les chatons à Max ?
– Mais si, bien sûr, répondit Michael en faisant un clin d'œil à Kayla. Surtout que c'est un tendre.

Dès que les filles se furent éclipsées, le chien sur les talons, Michael secoua la tête.

– Dis-moi, Laura, qu'est-ce que tu as fait là ?
– J'ai comblé mes filles de bonheur, dit-elle simplement en repoussant une mèche de cheveux. Et sauver

cinq vies du même coup. Pourquoi ? Ces chatons et ce chiot te posent un problème ?

— Non, pas du tout.

Les chats avaient sauté de leurs caisses et avançaient d'un pas furtif en grognant d'un air mauvais. Michael tendit la main pour caresser le nez du hongre.

— Ça ne t'arrive jamais de faire les choses à moitié ?

— Je suis connue pour ça, dit-elle en consentant à sourire. Je n'ai pas pu me retenir. Si tu avais vu leur tête quand je leur ai annoncé que ce petit chiot était à elles... Jamais je ne l'oublierai.

Avec autant de naturel qu'il venait de le faire avec son cheval, Michael caressa la joue de Laura. Il n'aurait su dire s'il était amusé ou ennuyé quand elle sursauta comme un ressort.

— Tu devrais apprendre à te maîtriser.

— Pardon ?

— Tu rougis facilement. Je te remercie d'être allée me chercher des chats, se hâta-t-il d'ajouter avant qu'elle ne réagisse.

— Il n'y a pas de quoi. Ils vont tous devoir passer chez le vétérinaire. Pour être vaccinés et châtrés.

— Aïe !

Avec une réaction bien masculine, Michael ferma les yeux.

— Oui, je suppose que c'est inévitable.

— C'est une question de responsabilité – et c'est nécessaire quand on adopte des animaux dans ce genre d'endroit. J'ai tous les papiers, sauf que...

— Qu'est-ce qu'il y a ?

— Eh bien, je n'ai pas pensé à demander de quel sexe étaient les chatons. Je ne crois pas qu'ils me l'aient dit. Il y avait un monde fou, et il paraît que c'est difficile à définir sur de très jeunes chatons.

Michael dut faire un effort, mais réussit à garder son sérieux.

— J'ai toujours entendu dire qu'il fallait les secouer. S'ils ne se mettent pas à vibrer, c'est que ce sont des femelles.

Laura le regarda une seconde, puis éclata de rire de bon cœur.

— Ah, quand même !... Je crois que je peux compter sur les doigts d'une main le nombre de fois où je t'ai vue rire comme ça depuis que je te connais. Tu étais toujours si distante et si digne quand j'étais là.

— Je suis sûre que tu te trompes.

— En matière de femmes, ma belle, je ne me trompe jamais.

— Il est vrai que tu ne manques pas d'expérience.

Et pour se donner le temps de se reprendre – dignement, bon sang, il avait raison – Laura se retourna vers le cheval.

— Il est beau. Et il a l'air très calme. Jack, c'est ça ?

En entendant son nom, le cheval dressa les oreilles, puis tourna la tête vers son maître.

— Quel âge as-tu, Jack ? demanda celui-ci.

Le hongre frappa quatre fois son sabot sur le sol.

— Que penses-tu de la dame qui est devant toi ?

Jack roula des yeux en regardant Laura et émit un petit hennissement langoureux qui ne laissait aucun doute sur ce qu'il pensait.

Charmée, Laura éclata à nouveau de rire.

— Comment arrives-tu à lui faire faire ça ?

— Jack comprend le moindre mot de tout ce qu'on dit. Tu veux emmener la dame faire un tour, Jack ?

La réponse ne se fit guère attendre ; le cheval hocha brièvement la tête.

— Tu vois ? fit Michael en se tournant vers Laura avec un petit sourire satisfait – et indéniablement sensuel. Tu veux le monter ?

— Je...

Seigneur, elle aurait adoré aller faire une promenade à cheval. Et se laisser emporter au grand galop.

— J'aimerais bien, mais je n'ai pas le temps, dit-elle avec un sourire poli. Mais une autre fois, très volontiers.

— Quand tu voudras.

Sans doute avait-elle l'habitude de ne monter que des pur-sang, songea Michael en haussant les épaules.

— Merci. Je ferais mieux de ramener ma petite meute

à la maison. Si toutefois Annie veut bien nous laisser entrer.

– Un vrai cerbère, cette Mrs Sullivan.

– Elle fait partie de la famille, corrigea Laura. Mais j'aurais dû la prévenir que j'allais ouvrir un zoo.

– Tous ces animaux vont probablement t'empêcher de dormir.

– Je m'en arrangerai.

Et elle s'en arrangea, mais la nuit fut loin d'être de tout repos. Le chiot gémit, pleurnicha et, en dépit de l'affection sans retenue que lui prodiguait Kayla, ne finit par s'endormir que sur le lit de Laura. C'était une erreur d'accepter, elle le savait, mais elle ne put se résoudre à le repousser lorsqu'il vint se rouler en boule sur la couverture.

Les chatons, eux, miaulèrent et s'agitèrent dans tous les sens, mais finirent par se consoler mutuellement autour de la bouillotte apportée par Annie, qui avait naturellement succombé à leur charme.

Résultat, Laura se réveilla le lendemain matin les yeux ensommeillés et les idées légèrement embrumées.

Une fois dans son bureau à l'hôtel, elle se traita de tous les noms en constatant qu'elle tapait n'importe quoi sur le clavier de son ordinateur et décida de se concentrer sur le dossier de la prochaine convention d'écrivains. Mille deux cents personnes arrivant le même jour représentaient un réel défi. Il fallait bien entendu préparer les chambres, mais aussi le banquet de bienvenue et les salles où se tiendrait le séminaire. Sans oublier le matériel audio, les carafes d'eau ou la pause-café entre les conférences.

Des piles de cartons de livres étaient déjà arrivées par camion. Laura imaginait sans peine la cohue que susciterait la soirée de signatures ainsi que les maux de tête qui en résulteraient vraisemblablement pour elle et son équipe.

Prenant des notes d'une main, elle décrocha le téléphone qui sonnait. Et, reconnaissant la voix de la coordinatrice du colloque, prit sur elle pour ne pas lui raccrocher au nez.

– Oui, Melissa, ici Laura Templeton. En quoi puis-je vous être utile aujourd'hui ?

Et demain, et tout le reste de ma vie, pensa-t-elle tandis que la femme réclamait des changements de dernière minute.

– Naturellement, si le temps se gâte et que la soirée de bienvenue ne peut avoir lieu près de la piscine, nous vous trouverons un autre espace. Le salon du jardin est très beau. Nous y organisons souvent des mariages. Et il est encore libre pour cette date.

Elle écouta son interlocutrice en se frottant la tempe.

– Non, je ne peux pas faire ça, Melissa. Mais si la grande salle est réservée, nous trouverons une autre solution. Je sais parfaitement qu'il s'agit de plus d'un millier de personnes. Mais nous ferons de notre mieux... Oui, je suis impatiente de vous revoir, moi aussi. A bientôt.

Après un long et gros soupir, elle se repencha sur son bloc-notes.

– Laura...

Cette fois, elle se retint de toutes ses forces de hurler.

– Byron... Nous avions une réunion ?

– Non, dit-il en entrant dans le petit bureau qu'il donna l'effet de remplir entièrement. Vous ne déjeunez pas ?

– Déjeuner ? Il ne peut pas être déjà midi ?

– Non, en effet, il est midi et demi.

– Je n'ai pas vu passer la matinée. Il faut que je sois à la boutique dans une heure... Et que je termine ça. Il y a quelque chose d'urgent ?

Il la regarda dans les yeux, puis referma la porte derrière lui.

– Faites une pause.

– Je ne peux pas. Je dois...

– Faites une pause, répéta-t-il. C'est un ordre.

Et pour veiller à ce qu'elle obéisse, il s'assit face à elle.

91

— A présent, miss Templeton, si nous parlions un peu de l'art de déléguer son travail ?

— Mais c'est ce que je fais. Seulement, Fritz court dans tous les sens pour organiser la réception du mariage Milhouse-Drury, et Robyn est débordée. Elle prépare la convention des pharmaciens, son fils a la varicelle et...

— Et tout retombe sur vous, termina-t-il. Vous avez l'air exténuée, ma chère.

Laura fit la moue.

— Qui est-ce qui me dit ça ? Mon beau-frère ou bien le directeur général ?

— Les deux. Si vous ne prenez pas mieux soin de vous...

— Mais je prends soin de moi, coupa-t-elle en esquissant un petit sourire.

La position intransigeante de Byron par rapport à tout ce qui concernait la santé ou la forme était réputée.

— C'est juste que je n'ai pas dormi beaucoup cette nuit. Hier, je suis allée à la S.P.A.

Son regard s'illumina, comme elle s'y attendait. Lui-même avait adopté deux chiens l'année précédente.

— Ah oui ? Et qu'avez-vous choisi ?

— Un chiot et deux chatons. Les filles sont en extase. Et ce matin, Annie a pris le chien dans ses bras comme un bébé pour lui expliquer que les chiens bien élevés ne devaient pas faire pipi sur les tapis d'Orient.

— Vous pouvez commencer à stocker des journaux. Il faudra qu'on passe voir vos nouvelles acquisitions.

— Venez ce soir.

Byron haussa un sourcil.

— Avant ou après la soirée au country club ?

— Le bal de la Saint-Valentin... soupira Laura en fermant les yeux. J'avais complètement oublié.

— Vous ne pouvez pas ne pas venir, Laura. Vous êtes une Templeton. Vous êtes attendue.

— Je sais, je sais...

Elle pouvait dire adieu à son envie de paresser longuement dans la baignoire et d'aller se coucher de bonne heure...

— J'y serai. Je me le serais sans doute rappelé.
— Dans le cas contraire, Kate et Margo s'en seraient chargées. Ecoutez, pourquoi ne pas laisser vos associées s'occuper de la boutique cet après-midi ? Allez faire une sieste.
— J. T. a un rendez-vous chez le pédiatre. Et je ne peux pas laisser Kate toute seule. Avec cette fête de la Saint-Valentin, nous sommes débordées.
— Ce qui me fait penser que...
Devinant ce qu'il allait dire, Laura sourit.
— On est seulement le 10 février, Byron. Vous avez tout le temps de trouver un cadeau digne de ce nom. Mais quoi qu'en dise Kate, ne lui achetez pas un logiciel pour son ordinateur. Personnellement, des fleurs me font toujours plaisir.
Or, personne ne lui avait envoyé de fleurs depuis très longtemps. Mais quand une petite fleur jaune se matérialisa devant ses yeux, elle la chassa aussitôt de son esprit en se traitant d'idiote.
— Et elle n'aura pas non plus la nouvelle calculatrice qu'elle a en vue, dit-il en se levant. Voulez-vous qu'on passe vous prendre, ce soir ?
Tel était le sort des femmes seules, songea Laura. Toujours à la remorque d'un couple ou d'un autre.
— Non, merci. Je vous retrouverai au club.

— Voyons, Josh, tu sais bien que les réceptions mondaines n'ont jamais été mon genre.
Et comme si quelqu'un l'avait déjà forcé à enfiler un costume, il haussa les épaules.
— Je considérerais ça comme une faveur.
— Tu m'énerves quand tu insistes comme ça, répliqua Michael en mesurant une dose de grain.
— En plus, je pourrais te présenter à des acheteurs potentiels. Je connais justement quelqu'un qui possède un superbe étalon. Tu m'as bien dit que tu avais une jument prête à la saillie ?
— Oui, elle est prête...

Et il n'attendait plus que de lui trouver le partenaire idéal.

– Eh bien, tu n'as qu'à me donner son nom, je le contacterai. Je n'ai pas besoin d'assister pour ça à un bal tout ce qu'il y a d'ennuyeux. D'autant plus que je suis la dernière personne avec qui ta sœur a envie de danser.

– Ce n'est quand même pas comme s'il s'agissait d'un coup monté.

C'est pourtant ce que Margo avait en tête.

– C'est seulement que, dans ce genre de soirées, Laura se sent toujours un peu comme la cinquième roue du carrosse. Je ne m'en étais pas rendu compte, mais Margo me l'a fait remarquer.

Et Josh s'était alors traité de tous les noms.

– J'ai alors réalisé que la plupart du temps Laura ne venait pas ou s'éclipsait très tôt. Ce serait bien pour elle d'avoir quelqu'un qui l'accompagne, c'est tout.

– Une femme comme ta sœur doit pourtant connaître un bataillon de types qui n'attendent que ça.

Et qui ont le pedigree requis, songea-t-il.

– Eh bien, ça n'a pas l'air de l'intéresser beaucoup de cultiver ce genre de relations. Elle te connaît, Mick. Avec toi, elle se sentira à l'aise. Et puis, ça te donnera l'occasion de prendre des contacts. Tout le monde sera content.

– Je ne suis jamais content quand je suis obligé de porter une cravate, dit Michael en souriant par-dessus son épaule. Je ne suis pas comme toi, Harvard, dans ton élégant costume italien. Allez, tire-toi en vitesse de mon écurie.

– Voyons, ce n'est jamais qu'une soirée de moins dans la vie de plaisirs fascinante que tu mènes. On jouera au billard. Et on racontera des bobards.

C'était à prendre en considération, réalisa Michael. L'alternative qui s'offrait à lui était un sandwich et une soirée à étudier les plans de la maison qu'il projetait de construire.

– Je parie que je te mets encore la pâtée au billard.
– Je te prêterai une cravate.

– Va te faire voir !

Un des chats passa près d'eux comme une flèche et disparut dans un coin sombre. Un bref cri aigu retentit.

– C'est écœurant.

– C'est la vie, Harvard.

Michael continua à préparer le repas de Darling, mesurant les ingrédients et les additifs nécessaires à son état de santé.

– Tu sais exactement ce que tu fais, n'est-ce pas ?

– Chacun son truc.

Josh repensa au nombre de « trucs » que Michael avait déjà essayés, et abandonnés, au cours de sa vie. Pourtant, il avait le sentiment que cette fois c'était différent. Ils se connaissaient depuis trop longtemps pour ne pas remarquer la satisfaction évidente de son ami. Une satisfaction qu'il ne lui avait encore jamais vue.

– Cette fois, on dirait que c'est la bonne, non ?

Michael lui jeta un coup d'œil. Il ne lui était pas nécessaire d'expliquer à Josh ce qu'il ressentait. Un mot suffirait.

– Oui.

– Je te connais bien, tu comptes faire de cette affaire quelque chose d'important.

Il en mourait d'envie.

– Le moment venu.

Josh attendit qu'il ait fini de nourrir la jument grosse de plusieurs mois, de changer sa litière et de la rassurer de quelques caresses.

– L'Académie d'équitation de Monterey, tu connais ? Les propriétaires sont des amis de la famille.

– Et alors ?

– Ils seront là, ce soir. Kate gérait leur compte quand elle travaillait pour Bittle & Associés. Ils achètent et vendent pas mal de chevaux. Ainsi que leurs étudiants.

L'ambition était toujours un piège, Michael le reconnaissait.

– Tu es un sacré embobineur, Harvard. Tu l'as toujours été.

Josh se contenta de sourire.

– Chacun son truc.

– Laura ne sera peut-être pas d'accord avec ton petit arrangement.
– Je me débrouillerai avec elle, dit Josh l'air sûr de lui en regardant sa montre. Bon, j'ai juste le temps de passer à la boutique avant ma dernière réunion de la journée. Le bal est à 21 heures. Je vais la prévenir que tu passeras la prendre à 20 h 30 – avec une cravate.
– Si jamais je perds mon temps là-bas, tu auras droit à mon pied dans les fesses, mon vieux, dit Michael en frottant ses mains pleines de poussière. Ce ne sera pas de gaieté de cœur, mais je le ferai, crois-moi.
– Compris.
Soulagé d'avoir mené sa mission à bien, Josh se dirigea vers la sortie.
– Ah, au fait, tu connais le chemin pour aller au club ?
Appréciant l'ironie de la question, Michael inclina la tête.
– Finalement, ce sera peut-être plus gai que je ne le pensais.

Elle était blême de rage. Et bel et bien piégée. Ils s'étaient tous ligués contre elle, pesta Laura en attrapant une robe de cocktail gris perle dans son armoire. Josh, Margo et Kate l'avaient coincée à la boutique en la mettant devant le fait accompli.

Michael Fury l'accompagnerait au country club. Cela arrangeait tout le monde. Ainsi, ils n'auraient pas à s'inquiéter de la savoir venir et repartir toute seule, avec le sentiment bizarre d'avoir assisté à une soirée donnée essentiellement pour les couples. Michael serait présenté à des gens appartenant à l'univers du cheval et prendrait des contacts.

Bref, cela arrangeait tout le monde. Sauf elle.

C'était humiliant, se dit Laura en remontant d'un coup sec la fermeture Eclair. Elle avait trente ans, et son grand frère organisait sa vie. Pire, Michael savait maintenant qu'elle était une pauvre divorcée, incapable de se trouver quelqu'un pour l'accompagner à une soirée !

– Je n'ai besoin de personne, lança-t-elle au chien qui suivait chacun de ses gestes d'un regard attentif. D'ailleurs, je n'ai aucune envie d'aller au club. Je suis fatiguée.

Le chiot remua la queue avec compassion tandis qu'elle allait prendre des chaussures et une veste brodée de perles. Elle n'avait pas besoin de s'accrocher au bras d'un homme pour se sentir exister. Ni à quoi que ce soit d'autre. Pourquoi ne pouvait-elle pas tout simplement se mettre au lit avec un bon livre ? Ou manger du pop-corn en regardant un vieux film à la télévision jusqu'à ce qu'elle s'endorme devant l'écran allumé ?

Pourquoi lui fallait-il se mettre sur son trente et un, se montrer en public et être Laura Templeton ?

Elle se figea en poussant un soupir. Parce qu'elle était Laura Templeton, et qu'elle ne pouvait se permettre de l'oublier. Elle avait des responsabilités et une image à maintenir.

Aussi le ferait-elle, se dit-elle en prenant un tube de rouge à lèvres. Elle irait à cette soirée, dirait ce qu'il faudrait aux gens qu'il faudrait. Et serait aussi polie et aimable que possible avec Michael. Mais dès que cette corvée serait terminée, elle s'écroulerait à plat ventre sur le lit pour tout oublier. Jusqu'à la fois suivante.

Laura vérifia sa coiffure. Elle avait besoin d'une coupe de cheveux. Mais quand trouver un moment ? Elle attrapa son sac, et prit soudain un air horrifié en voyant le chien faire pipi sur le tapis d'Aubusson.

– Oh, Bongo !...

Il s'assit au beau milieu de la flaque en la regardant d'un air joyeux.

C'était un acte de rébellion dérisoire, mais Michael avait décidé de ne pas mettre de cravate. Avec Laura Templeton à ses côtés, il imaginait mal se voir refuser l'entrée pour la seule raison qu'il portait un col roulé noir sous sa veste.

Il se gara entre un massif de fleurs et la grande entrée

principale. Et s'il avait eu une cravate, nul doute qu'il aurait tiré dessus pour ne pas s'étrangler.

A son grand étonnement, il était nerveux. Inutile de le nier, il se sentait comme un adolescent boutonneux arrivant à son premier rendez-vous.

Sans même prendre le temps d'admirer le ciel étoilé, l'éclat argenté du clair de lune ou de respirer l'odeur de l'océan mêlée au parfum des fleurs, il marcha vers la porte du pas traînant d'un homme parcourant le dernier kilomètre les chaînes aux pieds.

Comment diable s'était-il laissé embarquer dans cette histoire ?

Il n'était jamais entré par la porte principale de Templeton House. Etant jeune, lorsqu'il venait chercher Josh ou revenait à la maison avec lui, il avait toujours utilisé l'entrée latérale ou celle de l'arrière. La porte principale était si imposante, monumentale et encastrée dans un porche tapissé de céramique. Pour frapper, il fallait soulever une lourde poignée de cuivre en forme de « T » stylisé, au-dessus de laquelle était suspendue une ancienne lanterne de fiacre.

Tout ce cérémonial ne lui donna pas le sentiment d'être le bienvenu.

Pas plus qu'Ann Sullivan lorsqu'elle vint lui ouvrir. Elle se posta devant lui, les lèvres pincées, dans sa robe noire impeccable. Il remarqua tout d'abord que les années n'avaient pas vraiment eu d'effet sur elle. C'était une jolie femme, si toutefois on arrivait à oublier la dureté de son regard. Margo avait d'ailleurs hérité des traits délicats de sa mère.

– Mr Fury.

Son léger accent irlandais eût même été charmant si sa voix n'avait pas été si revêche.

Néanmoins, pour des raisons qu'il ignorait, il avait toujours recherché son approbation. Il lui adressa un sourire aussi insolent que la voix qu'il prit pour la saluer.

– Mrs Sullivan... Cela fait si longtemps...
– En effet, répliqua-t-elle d'un ton qui signifiait clai-

rement qu'elle n'était pas spécialement réjouie de le revoir. Vous pouvez entrer.

Il accepta cette invitation à peine aimable et pénétra dans le vaste hall. Les carreaux de céramique bleu paon et ivoire étaient toujours là. Tout comme le lustre somptueux qui éclairait l'entrée. Contrairement à sa gardienne, la maison était accueillante. Pleine d'odeurs agréables, de couleurs chatoyantes et de lumières chaleureuses.

– Je vais prévenir miss Laura que vous êtes là.

Mais au moment où elle se retourna, Laura apparut en haut du grand escalier. Et, bien que Michael se traitât plus tard de pauvre imbécile, son cœur s'arrêta net.

Les lumières se reflétaient sur les perles de sa veste, sous laquelle elle portait une robe toute simple, couleur de poussière de lune. Les diamants et les saphirs qui brillaient à ses oreilles encadraient son magnifique visage mis en valeur par un chignon.

Elle avait l'air si parfaite, si belle, avec sa main effleurant délicatement la rambarde cirée de l'escalier, qu'elle donnait l'impression de sortir d'un tableau.

– Je suis désolée de t'avoir fait attendre.

Sa voix posée ne trahissait nullement la panique que déclenchait en elle la façon dont il la regardait, pas plus que son agacement d'avoir dû nettoyer les dégâts causés par le chien.

– Je viens juste d'arriver, rétorqua-t-il tout aussi froidement.

Tout à coup, l'absurdité de la situation lui apparut. Il était là, lui, Michael Fury, en train de tendre la main à une princesse.

– Je n'étais pas censé apporter un bouquet de fleurs ou je ne sais quoi de ce genre ?

Laura le gratifia d'un fin sourire.

– Ce n'est pas le bal de fin d'année.
– Heureusement.
– Prends bien soin de toi, Laura, dit Ann avant de se tourner vers Michael. Et vous, jeune homme, conduisez prudemment. Rappelez-vous que vous n'êtes pas sur un circuit.

— Annie, le chien est avec les filles, mais...
— Ne t'en fais pas.

Elle les poussa vers la porte, pensant avec philosophie que plus vite ils partiraient, plus vite elle retrouverait Laura.

— Je vais m'occuper de tout ce petit monde. Amusez-vous bien.

— Je vais essayer de la ramener entière, ajouta Michael par fanfaronnade en ouvrant la porte.

— J'y compte bien, marmonna Ann entre ses dents.

Et à peine la porte refermée, elle commença à se faire du souci.

— C'est très gentil à toi d'avoir accepté de m'emmener au club.

Laura avait décidé de mettre tout de suite les choses au clair.

— Mais, tu sais, il ne faudra pas te sentir obligé de me tenir compagnie une fois que nous serons là-bas.

Michael s'apprêtait à lui dire la même chose et lui en voulut de l'avoir devancé. En ouvrant la portière, il se pencha vers elle.

— A qui en veux-tu, Laura ? A moi ou au monde entier ?

— Je n'en veux à personne, rétorqua-t-elle en s'installant gracieusement sur le siège passager de la Porsche. Je t'explique simplement les choses de manière que nous passions tous les deux une soirée agréable.

— Toi qui prétendais aimer les bâtards...
— Je ne vois pas de quoi tu veux parler.
— Très bien.

Il se retint de ne pas claquer la portière. Décidément, la soirée promettait, se dit-il en faisant le tour du capot.

6

Les choses auraient pu être pires. Il aurait pu se retrouver au cœur de la jungle d'Amérique centrale, en train de tirer des balles ou d'en éviter. Ou de se faire défoncer le crâne, comme cela lui était arrivé une fois à la suite d'une cascade ratée.

Mais il était dans une salle remplie de gens qu'il ne connaissait pas, et n'avait pas la moindre envie de connaître.

Plutôt se faire défoncer le crâne...

La salle lui parut exagérément mièvre, avec tous ces cœurs rouges accrochés à des rubans de dentelle en papier. Les fleurs étaient plutôt belles. Mais ils avaient exploité le thème du rouge et blanc jusqu'à l'écœurement.

Les tables nappées de rose étaient toutes décorées d'un bouquet d'œillets rouges et blancs – d'ailleurs, étaient-ce bien des œillets ? Quant à la musique... ces violons pleurnichards et ce piano discret sur lesquels s'escrimaient des hommes entre deux âges dans des costumes blancs lui donnaient mal au cœur.

Un blues, ou un bon air de rock, ça, c'était de la musique.

Néanmoins, les baies vitrées offraient une vue époustouflante de la côte. L'ambiance dramatique du paysage, la bataille incessante des vagues contre les rochers offraient un contraste intéressant avec l'orchestre indéniablement guindé jouant dans ce country club surchauffé.

Les femmes avaient sorti toute leur artillerie. Elles étaient couvertes de perles, de franges et de bijoux et enveloppées de parfums, de soies et de dentelles. De façon exagérée, pensa-t-il, comme le décor. Il préférait la tenue simple et féminine de Laura. C'était sans doute cela, la classe. Une élégance naturelle qui résultait de toute une éducation. Il le lui aurait dit volontiers, mais elle s'était éclipsée dès leur arrivée, probablement pour aller remplir son rôle de Templeton.

La plupart des hommes étaient en smoking. Petit détail que Josh avait omis de lui signaler. Non que cela eût de l'importance. Michael aurait d'ailleurs refusé d'en mettre un. Si toutefois il en avait eu un.

Cependant, cela lui donnerait une raison supplémentaire de régler son compte à son vieux copain. Si jamais ce traître osait se montrer.

Les points positifs à signaler : la bière bien fraîche qu'il tenait à la main. Et les canapés joliment disposés sur le buffet, minuscules mais bons. Il venait de flirter un moment avec une femme qui l'avait pris pour un jeune réalisateur en vogue à Hollywood. Ce dont il n'avait pas cherché à la dissuader.

Il pensa à aller faire un tour dehors, histoire de respirer un peu d'air frais, ou à aller explorer les autres salles. Peut-être trouverait-il ce billard et quelques pigeons à plumer. Mais au même instant, Laura se dirigea vers lui.

— Excuse-moi. Il y a là quelques personnes à qui je devais absolument dire un mot.

D'un geste absent et automatique, elle accepta la coupe de champagne que lui présenta un serveur qu'elle remercia à voix basse.

— Je t'en prie.

Après tout, si elle était de mauvaise humeur, c'était son problème à elle. Et elle avait eu le temps d'y penser.

— Je suis désolée, Michael. J'étais mécontente que Josh ait manœuvré comme ça dans mon dos, et c'est toi qui as pris.

Comme il ne répondait pas, elle le gratifia d'un sourire.

— Alors, de quoi as-tu parlé avec Kitty Bennett ?
— Qui ? Oh, la brune évaporée avec plein de dents ?

Laura pouffa de rire et but une gorgée de champagne. Personne ne lui avait jamais décrit la présidente du Conseil des Arts de Monterey avec autant de justesse.

— Oui.
— Elle m'a résumé mon dernier film.
— Ah oui ?

Décidant d'être aimable, il lui sourit.

— Pas *Brave Heart*, bien que j'y aie fait quelques belles cascades. Elle croyait que j'étais le réalisateur de je ne sais quel film d'art et d'essai. Une histoire de fétichiste du pied.

— Mmm... Et je suppose que vous avez discuté des effets désastreux du déclin de la morale sur notre société obsédée par le sexe, ainsi que des différents niveaux de symbolisme de ton dernier film.

Il commença à se sentir mieux.

— Quelque chose comme ça. Elle pense que je suis génial, et injustement méconnu. Je crois même qu'elle est prête à m'accorder une bourse.

— Félicitations !

— Mais, évidemment, seul mon corps l'intéressait.

— Un artiste doit savoir faire des sacrifices. Ah ! voilà Byron et Kate.

Michael se retourna. Et fronça les sourcils d'un air surpris en apercevant une jeune femme brune moulée de façon sexy dans une robe noire. Son visage de gamine, ses yeux de biche et ses cheveux bruns coupés très court l'aidèrent à la reconnaître, bien qu'il eût gardé le souvenir d'une fille maigrichonne aux allures de garçon manqué et à la limite de l'insupportable.

— C'est Kate ? Kate Powell ?

— Elle fait de la musculation, maintenant, marmonna Laura. C'est même devenu une obsession. Surtout, ne la branche pas là-dessus.

— Et c'est son entraîneur ? demanda Michael en toisant l'homme élancé aux épaules carrées qui l'accompagnait.

— Et son mari. Qui est aussi mon directeur. Byron.

Laura tendit la main au couple qui se frayait un passage parmi la foule pour venir les rejoindre. Elle les embrassa rapidement et se tourna vers Kate.

— Comme d'habitude, Margo avait raison. Cette robe te va à merveille. Byron De Witt, Michael Fury.

— Ravi de vous rencontrer. Kate m'a parlé de vous.

— Et je n'ai même pas eu besoin d'exagérer, dit-elle avec un grand sourire en étreignant chaleureusement Michael pour l'embrasser.

Ses bras avaient beau être menus, ils étaient durs comme de l'acier. Content de la revoir, il recula.

— Katie Powell ! Dis-moi, tu as l'air en pleine forme.

— Toi aussi, Mick.

— Quelqu'un veut boire quelque chose ? demanda

Byron d'une voix qui évoqua à Michael le whisky-soda et les magnolias.

– Je vais prendre la même chose que Laura, décida Kate.

– Michael ?

– Une bière blonde.

– Ça me paraît un choix excellent, commenta Byron. Je crois que je vais en faire autant. Veuillez m'excuser une minute.

– C'est un homme du Sud, dit Kate en regardant son mari partir vers le bar avec un regard possessif mêlé d'admiration. Un vrai gentleman.

– Visiblement, il n'y a pas que la robe qui te va bien, remarqua Michael.

– En effet, répliqua Kate en pivotant vers lui avec un sourire. Et contrairement à la robe, qui retournera à la boutique dès demain, lui est vraiment à moi. Alors, comment vas-tu, Michael Fury ? Et quand pourrons-nous voir tes chevaux ?

Tout était si facile pour Kate, songea Laura en l'entendant parler avec Michael. Elle avait engagé la conversation avec lui le plus naturellement du monde. Sans ressentir aucune de ces... elle répugnait à utiliser le terme de vibrations, mais ce fut le seul qui lui vint à l'esprit. De dangereuses et inquiétantes vibrations. Rester près de lui la rendait nerveuse, tout comme sentir son bras frôler le sien ou croiser son regard bleu brûlant comme de la braise.

L'arrivée de Josh et de Margo la détendit un peu. Ils continuèrent à discuter gaiement tous ensemble et Byron ne tarda pas à parler de chevaux avec Michael. Apparemment, la famille De Witt en possédait plusieurs. Avant de changer de sujet pour passer aux voitures – autre centre d'intérêt que partageaient les deux hommes – Byron fixa un jour pour venir voir les chevaux de Michael.

Laura saisit l'occasion pour se défiler à nouveau en entraînant Margo à l'écart.

– Alors, tu t'amuses ? lui demanda celle-ci. Michael et toi semblez être l'objet de quelques regards en biais.

Rien n'aurait pu la rendre plus folle de rage. Voyant maintenant clairement quel avait été à tous leur but, Laura se demanda comment elle ne s'en était pas aperçue plus tôt.

Elle ravala toutefois sa colère.

– Ça fait partie de votre petit complot ? Permettre aux gens du country club de se rincer l'œil en voyant la pauvre Laura et son cavalier ?

– Quand le cavalier ressemble à Michael, ça n'a rien d'un supplice, rétorqua Margo d'un air impatient. Oh ! arrête de faire la tête, Laura. Ce n'est jamais qu'une soirée dans ta vie, et je ne vois pas pourquoi tu ne passerais pas un moment agréable avec un bel homme. Tu es restée planquée assez longtemps comme ça.

– Planquée ? Parce que c'est comme ça que tu vois les choses ?

– Ne le prends pas mal.

Regrettant ce qu'elle venait de dire, Margo posa la main sur le bras de son amie.

– Je veux seulement dire que tu t'es tellement concentrée sur ton travail et tes responsabilités que tu n'as pas pris le temps de t'amuser. Alors, vas-y. Propose-lui de danser, d'aller faire un tour ou ce que tu voudras avant que Byron et lui se pâment comme des chats siamois en parlant moteur.

– Je n'ai aucune envie de danser ou d'aller faire un tour avec Michael, dit calmement Laura.

Et soudain, elle se sentit affreusement pathétique. La petite sœur casanière, la fleur de serre négligée, l'ex-femme pitoyable...

– Et je suis ravie qu'il ait trouvé quelque chose pour meubler sa soirée. Il avait l'air de s'ennuyer à mourir.

– Ce qui signifie que tu n'as pas fait ton boulot...

Agacée elle aussi, Margo pencha la tête.

– Etre un peu aimable avec cet homme ne te ferait pas de mal, tu sais. En fait, ce serait même très bien pour toi et tous ceux qui te sont proches si tu te payais une petite partie de jambes en l'air et que tu te libérais un peu de ta frustration.

Une lueur furieuse passa dans le regard paisible de Laura.

– Oh, vraiment ? Je n'avais pas réalisé que mes proches étaient affectés à ce point par mon style de vie.

– Hé, qu'est-ce qui se passe ? s'exclama Kate en reconnaissant les signes avant-coureurs d'une dispute.

– Laura est en rogne qu'on l'ait fait venir ici avec Michael.

– Mick est très sympathique, répliqua Kate en prenant une olive qu'elle fourra dans sa bouche. Où est le problème ?

– Je suis en rogne, dit alors Laura en insistant sur le mot, parce que Margo a l'air de penser que je devrais me jeter au lit avec lui afin que mes amis n'aient plus à supporter ma frustration sexuelle.

Kate jeta un coup d'œil vers Byron, Michael et Josh qui continuaient à discuter tranquillement.

– Il est vrai que ça ne te ferait pas de mal, fit-elle en haussant les épaules. D'ailleurs, si je n'étais pas si heureuse avec mon mari, j'envisagerais cette éventualité volontiers.

– Ça vous arrangerait, n'est-ce pas ? Vous qui êtes toutes les deux si heureusement mariées. En tout cas, j'espère bien n'avoir jamais été aussi suffisante que vous l'êtes.

Et Laura réussit à se maîtriser suffisamment pour ne pas s'enfuir en courant.

– On a dû appuyer sur le mauvais bouton, marmonna Kate en regardant son amie s'éloigner.

– Il est grand temps qu'elle réagisse, soupira Margo avant de boire un peu de champagne. Cela ne me dérange pas qu'elle soit en colère. Mais je ne voulais pas lui faire de la peine. J'espérais seulement qu'elle s'amuserait, que Michael la distrairait un peu. Et, éventuellement, la baiserait un bon coup.

Kate étouffa son envie de rire.

– Tu es une amie pleine d'attentions, Margo. Dis, tu crois vraiment qu'on a fait preuve de suffisance ?

– J'en ai peur.

Quelques minutes dans les toilettes aidèrent Laura à se calmer. Assise sur un tabouret devant le long miroir, elle se remit méticuleusement du rouge à lèvres.

Etait-elle réellement une femme frustrée ? Devenait-elle pénible à supporter ? Elle ne le pensait pas. Par contre, il était exact qu'elle était très occupée et consacrait tout son temps à sa famille et à son travail.

Qu'y avait-il de mal à ça ? En soupirant, elle posa les coudes sur la coiffeuse, les mains sous le menton. Toutefois, elle devait reconnaître que c'était elle qui avait donné des proportions exagérées à une simple soirée. Pour la bonne raison qu'elle ne sortait plus depuis trop longtemps.

Et aussi, elle pouvait bien se l'avouer, parce qu'elle ne savait pas comment se comporter avec les hommes, surtout quand il s'agissait d'un homme comme Michael Fury.

Elle était tombée amoureuse de Peter à dix-sept ans. Et à dix-huit, elle l'avait épousé. Sans avoir eu beaucoup de petits amis auparavant.

Pendant les dix années qu'avait duré son mariage, elle ne s'était pas autorisé le moindre flirt, et encore moins une aventure. Les hommes qu'elle connaissait étaient des parents ou de vieux amis de la famille, les maris des femmes qu'elle fréquentait ou bien des relations d'affaires.

Mais elle avait maintenant trente ans, songea-t-elle avec tristesse, et était incapable de sortir avec quelqu'un. Même en tout bien tout honneur.

Quand la porte des toilettes s'ouvrit, elle se redressa et sortit son peigne de son sac.

– Bonsoir, Laura.
– Judy...

En apercevant Judy Prentice, qui était une amie et une fidèle cliente de la boutique, elle sourit de bon cœur.

– Ça me fait plaisir de te voir. Tu es superbe.
– Ma foi, j'essaie de me maintenir.

Toujours prête à bavarder et à colporter les derniers potins, Judy s'assit sur un tabouret près de Laura.

– Tu as vu Maddy Greene ? Elle s'est fait remonter les seins le mois dernier.

Avec Judy, Laura avait toujours du mal à garder son sérieux.

– Ce serait difficile de ne pas le remarquer, on dirait deux obus.

– Fais attention à ce que tu dis. Quand elle m'en a parlé, je lui ai fait des compliments, bien entendu. Je crois lui avoir dit que ça lui faisait des seins guillerets.

Elle sourit en voyant Laura pouffer de rire.

– Et aussitôt, elle m'a entraînée ici et s'est déshabillée jusqu'à la ceinture pour me les montrer. Et de près, crois-moi !

– Ô mon Dieu, merci de m'avoir prévenue.

– Je dois dire qu'ils sont superbes. A propos, ajouta la jeune femme en reposant son poudrier, je ne crois pas connaître le splendide spécimen qui t'accompagne ce soir. Il est de la région ?

– C'est un vieil ami.

Judy leva les yeux au ciel.

– On devrait toutes avoir un vieil ami comme lui !

– Il vient juste de s'installer par ici.

Soudain, une petite idée fit son chemin dans sa tête.

– Ta fille prend toujours des leçons d'équitation ? reprit Laura.

– Elle a une passion pour les chevaux ! Je suis passée par là moi aussi, mais avec Mandy, ça a l'air de durer.

– Michael élève des chevaux, et il les dresse. Il s'est installé à Templeton House en attendant de pouvoir reconstruire sa maison. Sa propriété a été détruite par une de ces affreuses coulées de boue.

– Oh, quelle horreur ! Une de mes amies a vu sa maison glisser au pied de la falaise sans rien pouvoir faire. C'est traumatisant !

– En tout cas, si tu décides d'acheter un cheval à Mandy, tu peux toujours contacter Michael.

– Justement, nous y pensions. C'est bientôt son anniversaire, et rien ne lui ferait plus plaisir que d'avoir une monture à elle.

Judy rangea son flacon de parfum d'un air songeur.

– Merci du conseil. Je vais en parler à mon mari. En attendant, je te souhaite bonne chance avec ton vieux copain !

Laura sortit des toilettes de meilleure humeur. La soirée s'avançait, l'épreuve serait par conséquent bientôt finie. Le moins qu'elle pût faire était de s'efforcer de profiter du peu de temps qu'il restait.

– Ça va mieux ?

Elle sursauta légèrement en étouffant un juron. Cet homme était-il obligé de la suivre ainsi partout ?

– Pardon ?

– Tu avais l'air d'avoir envie de mordre quand tu as filé aux toilettes, dit Michael en lui tendant une coupe de champagne.

– J'ai dû avoir une petite indigestion... J'ai rencontré une amie.

– Les femmes adorent faire des petites réunions au sommet dans les toilettes, n'est-ce pas ? C'est sûrement pour ça que vous y allez toujours à plusieurs.

– A vrai dire, on joue au poker et on fume des cigares, mais là, il se trouve que cette amie a une fille qui adore monter à cheval. Ils pensent lui en acheter un bientôt. J'ai donc donné ton nom à Judy. J'espère que ça ne t'ennuie pas ?

– Ne te gêne surtout pas pour m'envoyer des clients. Au fait, j'aime beaucoup ton beau-frère.

– Je m'en suis aperçue. Vous devez déjà vous être raconté pas mal de secrets.

– Est-ce une façon subtile de me dire que je t'ai négligée ?

– Non.

Elle avait répondu trop vite, aussi essaya-t-elle de se reprendre.

– Pas du tout. Je suis contente que Byron et toi ayez sympathisé.

Au même instant, elle le vit sur la piste de danse avec Kate. Et son regard se radoucit.

– Ils sont si heureux ensemble. Ils ne sont mariés que depuis quelques mois, mais chez certaines personnes,

109

rien qu'à la façon dont ils se regardent, on sent que ça ne changera pas.
– Ton côté romantique reprend le dessus.
Laura ne se vexa pas.
– J'ai bien le droit d'en avoir un.
– Alors, je suppose que je devrais t'inviter à danser.
Elle le regarda au fond des yeux. Et puis, qu'importe ! songea-t-elle.
– Et je suppose que je devrais accepter.
Au moment où il allait lui prendre la main, il vit son sourire s'évanouir ; elle se figea et devint toute pâle. Il laissa sa main retomber sur son épaule.
– Quel est le problème ?
Elle s'appliqua à respirer le plus calmement possible.
– Bonjour, Peter. Candy.
– Laura.
En se retournant, Michael entoura instinctivement sa taille afin de la soutenir. Ce devait être son ex, pensa-t-il, avec une rousse aux yeux perçants de chat à son bras.
C'était bien le genre de Laura. Grand, blond, distingué, parfait dans son smoking sur mesure, avec des boutons de manchette en diamant qui dépassaient discrètement à ses poignets.
– Je ne savais pas que tu étais en ville, parvint à dire Laura.
Tout en parlant, elle prit conscience que toute la salle les observait.
– Quand je t'ai parlé du dîner à l'école d'Allison, tu m'as pourtant dit que tu ne serais pas là.
– Mes projets ont quelque peu changé, mais je ne pourrai pas y assister.
Il avait dit cela d'un ton détaché, comme s'il venait de décliner une invitation à un match de polo.
– C'est très important pour elle, tu sais. Il s'agit seulement de quelques heures...
– Mes projets m'importent tout autant.
Son regard glissa sur Michael d'un air intrigué.
– Je ne crois pas connaître ton cavalier.
– Michael Fury, se présenta celui-ci sans tendre la main.

— Mais oui... J'aurais dû vous reconnaître, fit Candy Lichtfield de sa voix aiguë. Michael est un vieil ami de Josh Templeton, chéri. Vous étiez parti en mer ou quelque chose comme ça, je crois ?

— Quelque chose comme ça, dit Michael en lui jetant un bref regard.

Ce genre de femme lui tapait sur les nerfs. Trop rusée, trop vicieuse.

— Je ne me souviens pas de vous, ajouta-t-il.

Cette dernière remarque était destinée à lui clouer le bec et à l'agacer. Candy se rengorgea un peu en faisant une moue dédaigneuse.

— Il est vrai que nous ne fréquentions pas le même monde. Votre mère était serveuse, c'est bien ça ?

— C'est exact. A l'hôtel *Templeton*. Et mon père est parti avec une rousse. Mais je ne crois pas qu'elle ait eu un lien de parenté avec vous.

— Ça m'étonnerait, en effet !

Candy sourit d'un air méprisant et se tourna vers Laura.

— Ne harcèle pas trop Peter, ma chérie, nous avons été débordés. Nous sommes arrivés ce matin, et c'est tout juste si nous avons eu le temps de respirer. Nous étions à Saint Thomas, dans les Caraïbes.

— Tant mieux pour vous. Il faut pourtant bien que nous parlions de ces détails pratiques. Si tu...

Laura se tut en apercevant la bague que Candy avait au doigt, et qu'elle passa délibérément sur le torse de Peter. Un diamant gros comme un œuf de poule, monté sur un anneau de platine de chez Tiffany.

Ravie d'avoir enfin attiré l'attention de Laura où elle le voulait, Candy se mit à glousser.

— Oh ! je vois que tu as deviné notre petit secret. Peter et moi voulons annoncer la nouvelle discrètement, mais je suis sûre que je peux compter sur toi.

Et sur ta tristesse, pensa-t-elle dans son for intérieur. Elle détestait Laura depuis d'innombrables années et savoura pleinement ce moment de triomphe.

Laura sentit son estomac se nouer lorsque son regard

croisa celui de Peter. Il avait l'air amusé. Froidement amusé.

— Félicitations, lui dit-elle. Je suis sûre que vous serez très heureux ensemble.

— Je n'en doute pas une seconde...

Candice était parfaite pour lui. Comme Laura l'avait été à une autre époque de sa vie.

— Nous comptons organiser une petite cérémonie en mai à Palm Springs.

— Pas trop petite, rectifia Candy avec une moue boudeuse. Le mois de mai est idéal pour se marier, tu ne trouves pas ? Ce sera une fête charmante et originale. Mais ni trop petite ni trop simple. Après tout, une mariée a besoin de se montrer un peu.

— Ce que tu sauras certainement faire très bien...

Ses mains menaçaient de trembler, mais Laura se dit qu'elle ne pouvait pas se le permettre.

— As-tu l'intention d'informer les filles toi-même de ton mariage, Peter, ou faut-il que je m'en charge ?

— Je te laisse ce soin.

— Elles vont être enchantées, roucoula Candy en attrapant une coupe de champagne sur le plateau d'un serveur. Mes enfants le sont. Charles adore Peter et Adrianna est très excitée à l'idée de cette fête.

— Tant mieux, laissa tomber sèchement Laura. Il est vrai qu'ils doivent être maintenant habitués à tes mariages.

— Inutile d'être sournoise, Laura, dit Peter d'une voix glaciale. Ça n'est pas ton style. A présent, veuillez nous excuser, nous avons des gens à saluer.

— Du calme, murmura Michael dès qu'ils furent partis.

— Quelle garce... Comment puis-je tolérer que cette chipie devienne la belle-mère de mes filles ?

Que ce fût la première chose qui lui vînt à l'esprit surprit Michael. Pourtant, c'était tout à fait normal, songea-t-il.

— Tes filles sont intelligentes, et elle ne m'a pas l'air du genre très maternel.

— Je ne peux pas rester ici plus longtemps.

Avant qu'elle ne lui échappe, il la saisit fermement par le bras.

— Si tu pars maintenant, ça aura tout l'air d'une fuite. Tu ne vas quand même pas faire ça.

— Je ne peux pas rester, répéta-t-elle tandis que la panique venait s'ajouter à la colère. Comment a-t-il osé leur faire ça ?

C'était curieux, mais elle n'avait pas l'air de se rendre compte que c'était à elle qu'ils avaient voulu faire quelque chose. Délibérément. Et ils avaient réussi.

— Si je me fie à ce que je vois, tout le monde dans cette salle est en train de se demander comment Laura Templeton va prendre cette petite rencontre avec son ex et sa greluche. Je crois qu'on ferait mieux de danser.

Il avait bien entendu raison. Malheureusement. Quelle que soit sa peine ou sa colère, il lui restait sa fierté. Elle n'allait pas donner l'occasion à Candy de se réjouir de la voir s'avouer vaincue.

— D'accord.

Laura s'avança avec Michael sur la piste de danse comme si rien ne s'était passé. L'orchestre jouait un air doux et romantique des années 40. Qui résonna néanmoins à ses oreilles comme un cri de guerre.

— Il n'est pas question qu'elle mette ses sales petits doigts crochus sur mes filles, marmonna-t-elle entre ses dents.

— Il vaut mieux qu'elle s'en abstienne, en effet. Ce serait pas mal si tu me regardais un peu.

Il la serra dans ses bras et trouva cela très agréable. Et il découvrit que ses pas s'accordaient harmonieusement aux siens.

— Tu as même le droit de me sourire.

— Ils sont venus ici dans le seul but de me narguer. Ni l'un ni l'autre n'ont pensé une seconde aux enfants. Elle est pourtant mère, elle aussi. Comment peut-elle les traiter ainsi ?

— Elle est trop égoïste. Mais cesse d'y penser. Avec le calendrier mondain qui doit être le sien, elle n'aura pas le temps de jouer à la belle-maman. Allez, souris, murmura-t-il en lui effleurant la joue. Tu n'as qu'à faire croire à tout le monde que tu ne penses qu'à moi, et à ce qu'on fera une fois sortis d'ici. Ça leur fera les pieds.

Une fois de plus, il avait raison, et elle lui fit un sourire.

— Je suis désolée. Tu t'es retrouvé au milieu d'un feu croisé.

— Oh ! je n'ai été meurtri que dans ma chair, tu sais.

Cette fois, il eut droit à un éclat de rire sincère.

— Je ne me souvenais pas que tu étais un type aussi bien... Je dois ressembler à un véritable épouvantail.

— Tu es aussi lisse et impeccable que d'habitude. Ça y est, ça marche, ils commencent à se poser des questions.

Michael inclina alors la tête de façon que sa joue frôle la sienne et sa bouche son oreille.

— Qui est donc le type que Laura Templeton serre de si près ? Depuis quand fricotent-ils ensemble ?

Laura commençait à se demander la même chose.

— Tout le monde ne s'intéresse pas à ce point-là à mes affaires.

Son souffle chaud lui chatouilla l'oreille.

— Qu'est-ce que tu racontes, ma belle ? Tu les fascines. La froide et distante Laura, tu imagines !

— Je suis la pauvre Laura depuis trop longtemps, répliqua-t-elle d'une voix plus guindée. La pauvre Laura que son mari a trompée avec sa secrétaire. Et qui va devoir garder la tête haute, maintenant que son ex va épouser celle qui était ma coprésidente au Garden Club.

— Ne me dis pas que tu as joué avec cette agaçante petite rousse ! fit Michael en secouant la tête. Franchement, tu me déçois... Dis donc, maintenant qu'ils se posent des questions, si on leur donnait un vrai sujet de conversation pour le petit déjeuner demain matin ?

Sa bouche glissa sur sa joue et, avant même que Laura ait le temps de s'en offusquer, se referma doucement sur la sienne. En un long et lent baiser. Elle tourna la tête sur le côté, et il relâcha son étreinte.

Puis il recula afin qu'elle le regarde dans les yeux.

— Essayons encore une fois, dit-il avec douceur. Je pense que tu ne vas pas tarder à comprendre.

Elle aurait dû protester. Elle n'était pas le genre de femme à se laisser embrasser aussi langoureusement en public. Pas plus qu'en privé. Mais sa bouche était à nouveau sur la sienne, habile, persuasive. Brûlante. Et elle se laissa emporter.

Le goût de son baiser, ses lèvres fermes et expertes, sa langue qui s'aventurait entre ses dents... Personne ne l'avait jamais embrassée ainsi, comme si sa bouche à elle seule pouvait être source d'un immense plaisir. Elle entendit un petit soupir monter dans sa gorge, non pas de honte, mais d'émerveillement.

Il s'était demandé quel goût auraient ses lèvres. Et ce fut comme une explosion de contrastes. Malgré son armure de glace, elle était brûlante. Et timide, sous son air fier et digne. Tout son corps était parcouru de petits frissons qui lui firent un effet immédiat.

Soudain il réalisa qu'ils n'étaient pas seuls.

— Ça devrait suffire, murmura-t-il. Moi, en tout cas, je suis convaincu.

Elle se sentit incapable de faire autre chose que de le dévisager. Bizarrement, ils continuaient à danser. Et ses pieds bougeaient, alors qu'ils lui semblaient totalement dissociés du reste de son corps.

S'efforçant de rester léger alors qu'il mourait d'envie de la dévorer sur place, Michael lui prit la main et la mordilla doucement.

— Si tu continues à me regarder comme ça, ma belle, ils auront à parler d'autre chose que de simples baisers.

Laura détourna les yeux et regarda au loin par-dessus son épaule.

— Tu m'as eue par surprise.

— Alors, nous sommes deux. Maintenant, si tu veux, on peut s'en aller. Personne ne pensera que tu as battu en retraite.

— Oui...

Le dos raide, Laura s'appliqua à ignorer sa main qui continuait à lui caresser les reins.

— J'aimerais rentrer à la maison.

Elle ne prononça plus une parole jusqu'à ce qu'ils se retrouvent sous la véranda à l'entrée du club-house. Un des chasseurs s'empressa d'aller chercher la voiture de Michael, et ils restèrent là, enveloppés de lumières et de musique sous le clair de lune.

— Faut-il que je te remercie ?
— Seigneur...

Il fourra les mains dans ses poches. Elle était redevenue aussi chaleureuse que du marbre.

— T'ai-je donné l'impression d'avoir fait un sacrifice ? Il y a un bout de temps que je voulais t'embrasser, et si tu acceptais de descendre de ton piédestal ne serait-ce qu'une minute, tu reconnaîtrais que tu le savais.
— Je ne veux pas te mettre en colère.
— Disons alors qu'il s'agit d'un accident heureux. Laura...

Il se tourna vers elle, sans savoir exactement ce qu'il allait faire, puis jura dans sa barbe en voyant le chasseur arrêter la voiture au bas des marches.

— Bel engin, monsieur ! dit le garçon, qui se courba pour attraper le pourboire que Michael lui lança sans même le regarder. Merci, monsieur. Soyez prudent.

Une fois sur la route, Michael retrouva son calme.

— Ecoute, Laura, ils t'ont joué un sale tour, et j'en suis désolé. Si tu veux mon avis, cet abruti que tu as fait l'erreur d'épouser ne mérite pas une seconde que tu te fasses du souci.

Elle ne lui avait rien demandé, pensa-t-elle méchamment.

— Je ne me fais pas de souci pour moi, mais pour mes filles.
— Il arrive que les parents divorcent. C'est la vie. Et que les pères s'en aillent et ignorent leurs enfants. Ça aussi, c'est une réalité.
— C'est facile à dire quand on n'a pas d'enfants.

Une ombre passa sur le visage de Michael.

— Non, je n'ai pas d'enfants. Mais j'en étais un quand mes parents ont divorcé. On finit par s'en remettre.

Laura ferma les yeux. Elle avait oublié que son père était parti en l'abandonnant seul avec sa mère.

— Excuse-moi. Mais ce n'est pas une raison. Allison

a besoin de l'attention de son père, et le manque d'intérêt qu'il lui manifeste lui fait du mal.

– Et à toi ? Tu es toujours amoureuse de lui ?
– Non. Pas du tout. Candy peut le garder, mais elle n'aura pas mes filles.
– Ça m'étonnerait qu'elles daignent lui accorder autre chose que le mépris bien connu des Templeton. Un vague sourire poli.
– Nous ne sommes pas comme ça.
– Oh, si ! ma belle, c'est exactement ainsi que vous êtes.

Laura lui jeta un regard en biais.

– Tu sais pourquoi tu appelles toutes les femmes « ma belle » ? Parce que, comme ça, quand tu te retrouves à côté de l'une d'elles au milieu de la nuit, tu n'es pas obligé de te rappeler un détail aussi ennuyeux qu'un prénom.

Michael esquissa quelque chose à mi-chemin entre grimace et sourire.

– Pas mal vu. Je te promets que je me souviendrai du tien... Laura. Si toutefois tu me laisses passer la nuit avec toi.

Elle ne sut si elle devait être choquée, scandalisée ou amusée par cette dernière remarque. En revanche, elle sentit que l'affront que lui avait fait Peter commençait à s'estomper.

– C'est une proposition extrêmement flatteuse, Michael. Je ne me rappelle pas en avoir entendu une aussi...
– Honnête, suggéra-t-il.
– Grossière, rectifia-t-elle. Je crains de devoir la décliner.
– A toi de décider. Si on faisait un tour sur les falaises, alors ? dit-il impulsivement en arrêtant la voiture sur le bas-côté.

Les falaises se dressaient au clair de lune, dans une atmosphère romantique à souhait. S'imaginant déjà en train de se promener avec lui main dans la main, Laura secoua vigoureusement la tête.

– Je n'ai pas les chaussures qu'il faut pour marcher sur les rochers.
– Alors, contentons-nous de rester ici une minute.
– Je ne crois pas que...
– J'ai quelque chose à te dire.

Nerveuse à nouveau, elle croisa les mains sur ses genoux. Voilà qu'elle était à présent dans une voiture, garée sur une petite route au clair de lune ! Cela ne lui était pas arrivé depuis d'innombrables années.

– Je t'écoute.
– Tu es une femme extrêmement belle et désirable...

Quand elle tourna la tête, et qu'il vit ses yeux s'écarquiller d'un air troublé, Michael faillit éclater de rire.

– Mais j'imagine que tu entends ça tout le temps.

Ce qui était loin d'être le cas et la laissa perplexe sur ce qu'elle devait dire.

– Je suis flattée que tu penses ça.
– J'ai envie de toi.

Cette fois, la panique l'envahit.

– Je ne... Qu'est-ce que tu veux que je te dise ? Bon sang...

Oubliant ses escarpins, elle ouvrit brusquement la portière et s'éloigna dans la nuit.

– Je ne t'ai pas demandé de dire quoi que ce soit. Je te mets juste au courant, dit-il en la rattrapant et en se plantant devant elle. C'est probablement une erreur, mais je le fais quand même. Tous les souvenirs que j'ai de toi me reviennent à l'esprit. Et à l'époque, je pensais souvent à toi. Ce qui était sacrément peu commode, et embarrassant, dans la mesure où tu étais la petite sœur de mon meilleur copain. S'il l'avait su, Josh m'aurait sûrement botté les fesses. Et je n'aurais rien pu dire.

– Je ne suis pas douée pour ce genre de choses...

Elle recula en hâte.

– Pas douée du tout. Il vaut mieux que tu arrêtes.
– Pas avant d'avoir fini. Je vais toujours jusqu'au bout de ce que je fais. Si tu continues à reculer comme ça, ma belle... Laura, rectifia-t-il, tu vas te tordre une cheville. Peu m'importe que tu aies peur de moi. Le contraire m'étonnerait.

Il lui fit un sourire.

– Je me sentirais même carrément insulté. Mais tiens-toi tranquille une minute.

Il s'avança et lui plaqua les mains le long du corps.

– Je ne te ferai pas de mal, dit-il en approchant sa bouche. Pas cette fois.

Sans plus attendre, il lui donna un long baiser langoureux. Puis un autre, plein de fougue et d'impatience, jusqu'à ce que sa bouche avide, implacable, vienne finalement à bout de sa retenue.

Laura comprit alors que le mariage ne l'avait pas préparée à éprouver un tel désir – un désir fulgurant, qui lui tordait le ventre et l'emplissait d'une frustration rageuse.

Quand elle s'abandonna, Michael redoubla d'envie de la prendre. Il la voulait ici, en haut de cette falaise balayée par le vent, sous cette lune qui les éclaboussait de sa lumière argentée, tandis que les vagues déferlaient sur les rochers. Avec autant de violence que son désir pour elle. Mais il réalisa qu'y laisser libre cours pouvait signifier sa perte.

– Je voudrais que tu y réfléchisses, lui dit-il. Les chevaux m'ont appris la patience, et j'en aurai avec toi. Il me paraissait plus juste de te dire que j'avais envie de toi. Ça n'a rien à voir avec le fait d'avoir voulu te sauver la face devant les gens du country club ou de faire râler ton imbécile d'ex-mari. Ça n'a à voir qu'avec toi et moi. Et quand tu auras bien réfléchi, je doute que tu te demandes si tu dois me remercier ou non.

– J'ai des enfants.

Le rire était décidément capable de soulager d'une bonne dose de tension, songea-t-il.

– Tes enfants sont merveilleux, Laura. Mais cela ne concerne que toi et moi.

– Je... Lâche-moi et laisse-moi respirer, tu veux ?

D'un geste furieux, elle se dégagea et remit de l'ordre dans ses cheveux emmêlés par le vent. Si ébranlée fût-elle, le plus simple lui parut cependant d'être sincère.

– Je n'ai aucune expérience en matière de liaisons amoureuses.

Sa voix avait retrouvé toute sa maîtrise, mais elle continuait à se tordre les mains avec nervosité.

— J'ai été mariée pendant dix ans et j'ai toujours été fidèle.

— Depuis combien de temps es-tu divorcée ?

Voyant qu'elle ne répondait pas, Michael la regarda fixement. Puis il commença à saisir ce qu'elle était en train de lui dire. Elle n'avait connu qu'un seul homme, ce qui le renforça dans son opinion que son ancien mari était un fieffé crétin.

— Et je suis censé te trouver moins attirante ? reprit-il. Tu sais ce que ça me fait, Laura ? Ça me donne envie de te jeter en travers de mon épaule pour voir si je suis encore capable de donner du plaisir à une femme sur la banquette arrière d'une voiture.

Il la vit lancer un coup d'œil vers la Porsche et, l'espace d'une seconde, il crut apercevoir une lueur d'incrédulité dans son regard.

— Je suis même prêt à essayer, ma belle.

Lorsqu'il fit un pas vers elle, elle recommença à reculer, au risque de se tordre la cheville.

— Non. Arrête.

Laura lui tourna le dos et se retrouva face aux vagues qui fouettaient les rochers dans un tourbillon d'écume. La hauteur était vertigineuse, songea-t-elle. Se jeter dans le vide sans réfléchir se soldait immanquablement par une longue chute.

Or elle n'avait jamais sauté dans le vide.

— Je ne sais pas comment prendre ça. Je ne sais pas ce que je vais faire.

— Réfléchis-y, suggéra-t-il. Je suis là pour un petit bout de temps. Alors, on va se bécoter dans la voiture ou je te ramène chez toi ?

Cette fois, elle lui sourit. Comment faire autrement ?

— Encore une de tes propositions bizarres... Je veux bien que tu me ramènes à la maison, merci.

— Tant pis pour toi, ma belle.

7

– Et Mrs Hannah a dit que tous ceux qui avaient fini leurs exercices avaient le droit de continuer à faire de l'ordinateur. J'ai fait un dessin, je l'ai imprimé et tout et tout. Et elle l'a affiché au tableau parce qu'elle a dit qu'il était très bien.

Pendant que Kayla lui racontait sa journée d'école, Michael continua à brosser la crinière de sa jument. La petite fille avait pris l'habitude de venir lui rendre visite et il s'était rendu compte que, quand il passait une journée sans la voir, il était déçu.

Sa mère, en revanche, gardait soigneusement ses distances. Il ne l'avait pas vue depuis trois jours, depuis la fameuse soirée au country club.

– Maman va me faire donner des cours particuliers, et ça va être bien, parce que j'adore faire des dessins. Je peux vous en faire un, si vous voulez.

– J'aimerais beaucoup, dit-il en lui souriant. Qu'est-ce que tu vas me dessiner ?

– Une surprise ! annonça-t-elle d'un air rayonnant.

Les grandes personnes n'écoutaient pas toujours ce qu'on leur disait, Kayla le savait. Mr Fury, lui, écoutait, même quand il avait du travail.

– Vous avez le temps d'apprendre un tour à Bongo ?

– Peut-être.

Michael jeta un coup d'œil au chien qui était allongé sur le sol en brique, très occupé à surveiller un des chats.

– Mais il faut d'abord que je finisse de bichonner Lady. Quelqu'un va venir la voir.

– Pour l'acheter ? demanda Kayla en caressant le flanc luisant de la jument.

– Peut-être.

Voyant l'air dépité de l'enfant, il s'accroupit près d'elle.

– Il lui faut un bon foyer. Comme à Bongo.
– Elle en a déjà un, avec toi.
– Mais je ne peux pas tous les garder. Je m'occupe d'eux pendant qu'ils sont ici et, ensuite, je cherche des gens qui prendront bien soin d'eux quand ils ne seront plus là. Ta maman m'a justement trouvé des gens comme ça. Tu connais Mrs Prentice ?
– Oui, elle est gentille.

Kayla se mordilla la lèvre en réfléchissant. Elle aimait bien Mrs Prentice. Elle avait un drôle de rire.

– Sa fille monte à cheval. Mandy a quatorze ans et elle a un petit ami.
– C'est vrai ? fit Michael, amusé, en ébouriffant les cheveux de la petite fille. Si la jument leur plaît, et que Lady les aime elle aussi, elle sera à elle. Tu penses que Mandy s'en occupera bien ?
– Oui, je crois.
– Viens, on va l'emmener au paddock.
– C'est moi qui prends sa couverture !

Tandis que Kayla partait en courant, Michael examina attentivement son cheval. C'était une bonne jument, se dit-il en la caressant. Elle lui manquerait sûrement.

Kayla revint et, ensemble, ils installèrent la selle. Elle espérait bien que Mr Fury lui laisserait un jour attacher les sangles, mais n'osait pas le lui demander. Plus tard.

– Où est ta sœur ?
– Oh, elle est dans sa chambre ! Elle doit la ranger et finir ses devoirs. Elle n'a pas le droit de sortir de la journée parce qu'elle est punie.
– Qu'est-ce qu'elle a fait ?
– Elle s'est encore disputée avec maman.

Le chien sur les talons, Kayla suivit Michael tandis qu'il emmenait la jument par la bride.

– Elle est furieuse parce que notre papa va épouser Mrs Lichtfield et qu'il ne viendra pas au dîner de l'école. Elle dit que c'est la faute de maman.
– Et pourquoi ?
– J'en sais rien, fit la petite en haussant les épaules.

Elle est bête. C'est oncle Josh qui va l'accompagner, ce sera bien plus amusant. Notre papa ne nous aime pas.

Le ton détaché avec lequel Kayla avait dit cela stupéfia Michael. Il se figea, puis se tourna vers elle.

– Tu en es sûre ?
– Oui, mais ça ne fait rien, parce que...
Elle se mordit la lèvre.
– Je ne devrais pas dire ça.
– Dire quoi, ma chérie ?

Après un bref coup d'œil vers la maison, Kayla le regarda droit dans les yeux.

– Je ne l'aime pas non plus. Je suis contente qu'il soit parti et qu'il ne soit pas revenu. Mais ne le répétez pas à maman.

Michael vit soudain une lueur de crainte passer dans ses yeux.

– Il ne t'a jamais fait de mal, dis-moi ? demanda Michael en s'agenouillant devant l'enfant et en la prenant doucement par les épaules. Il ne vous a jamais battues, toi et ta sœur... ou ta maman ?
– Non !

Voyant que cette idée semblait la surprendre, il se détendit.

– Mais il n'écoute jamais ce qu'on dit, il ne veut jamais jouer à rien et il fait pleurer maman, alors je ne l'aime pas. Mais ne le dites à personne.
– Promis ! fit Michael en traçant une croix sur son cœur.

Qu'un homme, *a fortiori* son père, puisse ne pas être en adoration devant une petite fille aussi fascinante que Kayla le dépassait complètement.

– Tu veux faire un tour sur Lady ?
La petite fille écarquilla de grands yeux remplis d'espoir.
– Je peux ? C'est vrai ?
– Oui, dit-il en la hissant sur la selle. Nous allons voir si elle aime les filles, d'accord ?

Patiemment, il lui expliqua comment guider la jument, et Kayla l'écouta d'un air sérieux et solennel.

– Maintenant, baisse les talons. C'est bien. Rentre les

genoux. Le dos bien droit... Voilà. Alors, quel effet ça fait d'être perchée là-haut, miss Ridgeway ?

— Je sais monter à cheval, gloussa-t-elle d'un air ravi.

— A présent, tire les rênes à gauche, doucement, comme je t'ai montré. Tu vois comme elle tourne bien. Lady est une bonne fille.

Michael avait du travail, des coups de fil à passer, mais il oublia tout cela. Pendant vingt minutes, il prit la peine d'enseigner les bases indispensables à Kayla, puis, sautant à son tour sur le dos de la jument, il lui fit faire un tour au galop, qui arracha des cris de joie à la petite fille.

Le ciel était couvert, la pluie menaçait, mais cette enfant était un véritable rayon de soleil.

Lorsqu'il la prit dans ses bras pour la faire descendre, elle s'accrocha très fort à son cou et, pour la première fois de sa vie, Michael eut le sentiment d'être un héros.

— Je pourrai recommencer, Mr Fury ?

— Bien sûr.

D'un geste plein d'affection et de confiance, Kayla noua ses jambes autour de sa taille et lui sourit.

— Quand maman va rentrer, elle va être surprise. Je suis montée toute seule sur la jument, je l'ai guidée et tout et tout !

— Absolument. Et nous savons maintenant que Lady aime les filles.

— Mandy lui plaira, et comme ça, elle sera heureuse. Je vais aller raconter tout de suite à Annie que je suis montée sur un vrai cheval. Merci, Mr Fury !

Elle sauta à terre et détala aussitôt, le chiot bondissant derrière elle. Michael la regarda s'éloigner en caressant le cou de la jument.

— Bravo, Fury ! murmura-t-il. Te voilà amoureux de cette jolie petite blonde.

Il regarda son cheval dans les yeux et l'embrassa sur le nez. Puis il soupira.

— Mais il ne faut jamais s'attacher à ce qu'on ne peut pas garder.

Deux heures plus tard, il se répéta la même chose. Les Prentice s'étaient épris de Lady au premier coup d'œil et n'avaient même pas cherché à discuter le prix que Michael en avait demandé. Le chèque était maintenant dans sa poche, et la jument n'était plus à lui.

Il se dirigea vers Templeton House avec des sentiments confus. Il avait réalisé une vente, ce qui était après tout son job. La jument, il n'en doutait pas, serait bien traitée et aimée le reste de sa vie. Et il était persuadé que les Prentice feraient courir le bruit que Michael Fury avait de superbes chevaux à vendre.

Il ne lui restait plus qu'à remercier Laura, ce qui était le but de sa visite. Mais surtout, une occasion de la revoir. Comment réagirait-elle en le retrouvant ? Par habitude, et parce qu'il appréhendait vaguement de rencontrer Ann Sullivan, Michael s'essuya les pieds devant la porte de la cuisine. Il frappa, une grosse voix l'invita à entrer, et ses craintes laissèrent place aussitôt à un réel plaisir.

Mrs Williamson était exactement comme dans son souvenir. De dos, énorme et imposante, mélangeant quelque chose d'une main experte sur la cuisinière à six feux. Le chignon très brun juché au sommet de son crâne donnait l'impression de pouvoir résister à un tremblement de terre.

La cuisine sentait bon les épices et les fleurs, et le plat qui cuisait dans le four vous mettait l'eau à la bouche.

– Vous n'auriez pas quelques petits biscuits, par hasard ?

Mrs Williamson se retourna, une longue cuillère en bois à la main, et son visage se fendit d'un large sourire accueillant. Elle avait toujours eu un faible pour les garçons malheureux. Et pour les voyous.

– Mais c'est Michael Fury ! Je me demandais quand tu te déciderais à frapper à ma porte.

– Alors, vous êtes prête à m'épouser ?

– Pourquoi pas ? rétorqua-t-elle en lui faisant un clin d'œil. Tu es devenu un sacré beau gars.

S'étant toujours senti à l'aise avec elle, Michael s'approcha pour lui faire un baisemain.

– Où vous voudrez et quand vous voudrez.
– Oh, toi, alors ! s'exclama Mrs Williamson en gloussant de rire. Assieds-toi, mon garçon, et raconte-moi tout de tes aventures.

Comme elle le faisait depuis toujours, chaque fois qu'un des enfants venait lui rendre visite, elle sortit des biscuits d'une boîte en fer et les disposa sur une assiette.

– Tu vends des chevaux, c'est bien ça ?
– Oui, m'dame. Je viens juste d'en vendre un.

Il tapa sur sa poche tandis qu'elle lui servait un café.

– C'est bien. Mais tu n'as pas trouvé de femme à ton goût au cours de tous ces voyages ?
– Je me réservais pour vous, répliqua Michael en mordant un biscuit et en roulant des yeux. Personne ne fait la pâtisserie comme vous, Mrs Williamson. Pourquoi voudriez-vous que je me contente d'autre chose que de ce qu'il y a de mieux ?

Elle éclata de rire et lui tapa dans le dos avec une telle vigueur qu'il faillit plonger la tête la première dans sa tasse de café.

– Ah, tu es un sacré voyou !
– C'est ce qu'on m'a toujours dit. Vous faites encore votre fameux *apple pie* ? Celui qui fait monter des larmes de bonheur aux yeux de tous les hommes.
– Si tu es sage, je t'en ferai apporter un, dit la vieille dame en retournant devant la cuisinière. Notre petite Kayla passe pas mal de temps aux écuries, ces jours-ci.
– Si vous ne voulez pas de moi, c'est elle que j'épouserai.
– C'est un vrai petit singe, n'est-ce pas ? fit Mrs Williamson en soupirant. Allison aussi. C'est une gamine adorable et maligne comme tout. Miss Laura a fait du bon travail. Et toute seule, en plus. Lui, il ne s'en est jamais occupé.

Quand on cherchait à s'informer, le mieux était encore d'aller directement à la source, songea Michael. Or Mrs Williamson était une mine d'informations.

– On n'a pas l'air de l'apprécier beaucoup, par ici.

La vieille dame renifla bruyamment.

– Et pourquoi l'apprécierait-on, j'aimerais bien le savoir. Un type prétentieux et guindé qui n'est même pas capable de dire bonjour ! Qui n'a jamais consacré une minute de son précieux temps à ses magnifiques petites filles. Et qui, en plus, fricotait avec sa secrétaire, et Dieu sait qui encore...

Elle posa la main sur son cœur, comme pour l'empêcher d'exploser de colère.

– Mais je ne devrais pas parler de ça. Ce n'est pas mon rôle.

Michael savait cependant qu'elle en parlerait volontiers s'il l'aidait un peu.

– Si je comprends bien, Ridgeway ne mériterait pas le prix de père de l'année ?

– Ha ! Ni même celui de père tout court ! Et comme mari, ma foi, il ne valait guère mieux ! Il a toujours traité miss Laura comme un accessoire plutôt que comme une épouse. Et sévère avec les domestiques, en plus, avec de grandes idées sur tout !

Michael se retint de rire.

– Laura est restée mariée avec lui trop longtemps.

– Elle a pris ses promesses et ses devoirs au sérieux. Cette petite a été élevée correctement. Divorcer a bien failli lui briser le cœur, même si c'était la seule chose à faire et que personne ne l'ait regretté un instant. Bon débarras ! C'est d'ailleurs ce que j'ai dit à Ann Sullivan. Et voilà qu'il va épouser cette tigresse rousse. A mon avis, ils sont faits l'un pour l'autre.

Et pour donner du poids à ce qu'elle venait de dire, elle tapa un bon coup sur le bord de la casserole avec la cuillère en bois.

– Je parie que Ridgeway n'est jamais venu grignoter des biscuits dans votre cuisine.

– Oh, non ! Il ne se serait jamais abaissé à entrer ici. Maître de maison, mon œil ! Je n'entends peut-être plus aussi bien qu'avant, mais j'entends ce que je dois entendre, et je sais qu'il a essayé de persuader miss Laura de m'envoyer à la retraite pour engager un cuisinier français. Mais elle a refusé.

Mrs Williamson se retourna, l'air soudain plus doux.

– Notre miss Laura sait être juste et loyale. C'est une vraie Templeton, comme ses filles, quel que soit leur nom légal.

Elle s'arrêta brusquement en plissant les yeux.

– Eh bien, tu as encore gagné ! Je suis là à bavasser et toi, tu ne m'as toujours rien dit. Décidément, tu n'as pas changé, Michael Fury !

– Je n'ai pas grand-chose à raconter.

La vieille Mrs Williamson préparait toujours le meilleur café de toute la Californie, se dit-il, en goûtant une gorgée.

Et la cuisine des Templeton, malgré sa taille et son aspect rutilant, était toujours un des endroits les plus accueillants de la terre.

– J'ai fait deux trois petites choses ici et là. Mais je suis revenu.

Elle imaginait sans peine où il était allé et ce qu'il y avait fait. Néanmoins, elle voyait en lui ce qu'elle avait toujours vu, un garçon au regard sombre et mélancolique débordant de talents inexploités.

– Et si tu veux mon avis, tu devrais rester. Tu as passé suffisamment de temps comme ça à te balader.

– Je le pense aussi, acquiesça Michael en reprenant un biscuit.

– Tu penses t'établir sérieusement, cette fois ?

– C'est en tout cas mon intention. Passez me voir aux écuries, Mrs Williamson, ajouta-t-il avec un sourire malicieux. Je vous ferai faire un petit tour à cheval.

La tête renversée en arrière, la vieille dame partit d'un grand éclat de rire quand la porte s'ouvrit. Ann Sullivan entra dans la cuisine. Dès qu'elle vit Michael attablé devant des biscuits et une tasse de café, elle pinça les lèvres.

– Je vois que vous avez de la visite, Mrs Williamson.

– Ce garçon est juste venu me dire bonjour.

Les deux femmes travaillaient ensemble depuis trop longtemps pour que la lueur de désapprobation qui brillait dans le regard d'Ann échappe à Mrs Williamson. Et qu'elle y accorde la moindre attention.

– Un café, Mrs Sullivan ?

– Non, merci. Miss Laura est dans le solarium et elle en voudrait un.

La porte s'ouvrit à nouveau, et Kayla entra en courant.

– Maman a dit... Bonjour !

Oubliant subitement ce qu'elle allait dire, elle se précipita vers Michael et sauta sur ses genoux.

– Vous êtes venu nous voir ?

– Je suis venu soutirer des biscuits à Mrs Williamson. Mais il faut que je voie ta mère une minute.

– Elle est dans le solarium. Vous n'avez qu'à aller la rejoindre. Je vous ai fait un dessin. Vous voulez le voir ?

– Et comment ! dit Michael en l'embrassant sur le bout du nez. Qu'est-ce que tu m'as dessiné ?

– C'est une surprise, répondit la petite fille en bondissant par terre d'un air pressé. Je vais le chercher. Et je vais prévenir Ali que vous êtes là. Ne partez pas.

Ann, immobile, regarda Kayla sortir en trombe. Même un aveugle eût été capable de percevoir l'affection qui existait entre cet homme et cette enfant. Un air dubitatif passa dans ses yeux. Loin d'elle l'idée de se laisser attendrir, mais il lui faudrait toutefois reconsidérer les choses sous un autre angle.

– Vous pouvez aller retrouver Laura dans le solarium, si vous vous rappelez où c'est, dit-elle d'un ton sévère. Je vais apporter le café.

– D'accord. Merci.

Michael se leva, raide lui aussi, puis se tourna vers Mrs Williamson.

– Merci pour les biscuits. Et souvenez-vous que mon offre tient toujours, dit-il avant de sortir de la cuisine.

Il se souvenait parfaitement comment aller au solarium. En fait, il se souvenait dans les moindres détails de Templeton House. Il longea le couloir qui ouvrait sur des pièces élégantes et eut l'impression de remonter le temps. Son temps. Sa jeunesse.

Ici, rien n'avait changé. Les hauts plafonds décorés de moulures, le mobilier choisi et entretenu avec autant de soin que d'amour, l'escalier imposant qui s'envolait au fond de l'entrée, tout était pareil. Même le vase de fleurs posé sur la console et les candélabres aux bougies plus ou moins consumées.

Dans le salon, il s'arrêta devant l'âtre où brûlait un feu. Le manteau de la cheminée était en lapis-lazuli. C'était Josh qui lui avait dit un jour comment s'appelait la pierre bleu foncé, et il s'en souvenait. Un grand compotier en cristal trônait sur le piano et un immense tapis aux couleurs fanées recouvrait le plancher ciré.

Et il y avait des fleurs partout. Des fleurs fraîches venant du jardin ou de la serre. Non seulement de magnifiques roses, mais aussi de simples marguerites ou de flamboyantes tulipes, dont le parfum subtil imprégnait l'atmosphère de toute la maison.

Les Templeton avaient donné ici de nombreuses soirées – il avait même été autorisé à participer à quelques-unes. Des centaines de gens, gracieux comme des dieux, s'étaient promenés d'un salon à l'autre, avaient franchi les portes voûtées pour admirer la vue sur les terrasses fleuries.

La maison dans laquelle Michael avait grandi aurait facilement tenu dans une seule de ces pièces. Ce n'était cependant pas la taille de la demeure qui impressionnait, mais plutôt sa splendeur. La façon dont elle surplombait les falaises, les collines et les jardins, dont les tours s'élançaient vers le ciel et dont la lumière scintillait derrière les fenêtres, de jour comme de nuit. Et aussi l'enfilade des pièces qui donnait l'impression d'être dans un espace ouvert, accueillant.

Il n'avait jamais réussi à analyser ce sentiment de permanence qu'il ressentait dans ce lieu. Il avait toujours su que la famille était importante pour les Templeton. En dépit de sa splendeur, Templeton House était un vrai foyer. Ce qu'il n'avait jamais connu.

Michael se ressaisit avant de s'engager dans le couloir qui menait au solarium. Là, il retrouverait les plantes vertes exubérantes et toutes sortes de fleurs splendides. Les fauteuils et les chaises longues confortables, les petites tables en verre et les tapis aux couleurs chatoyantes. La pluie fine qui venait de commencer à tomber crépiterait sur les baies vitrées à travers lesquelles on verrait le brouillard se lever au-dessus des falaises.

Tout était exactement comme dans son souvenir. La brume et la bruine tourbillonnaient derrière les vitres et donnaient à la pièce une sorte de magie. La seule lampe allumée diffusait une douce lumière dorée. La musique, un air avec des violons languissants qu'il ne reconnut pas, se déversait telles des larmes des haut-parleurs.

Et Laura était là, recroquevillée sur les coussins pastel d'une chaise longue en rotin. Endormie.

Etait-ce l'atmosphère, la lumière, le brouillard, la musique et les fleurs ? Michael eut l'impression de pénétrer dans un univers enchanté. Il était de tempérament peu romanesque. Pourtant Laura endormie lui évoqua un univers de princesses, de châteaux, et la magie d'un baiser.

Il se pencha vers elle, écarta une mèche de cheveux sur sa joue et posa ses lèvres sur les siennes.

Laura ouvrit lentement les yeux. Comme se doit de le faire une princesse. Elle battit des cils, et ses joues s'empourprèrent. Le petit soupir qu'elle laissa échapper fit à Michael l'effet d'une douce et charmante musique.

– On ne dirait pas que tu as dormi cent ans, murmura-t-il.

Laura posa sur lui un regard flou et lourd de sommeil.

– Michael ?

– Et maintenant, on vit heureux jusqu'à la fin des temps ou je me transforme en crapaud ? Je n'arrive jamais à me souvenir de ces histoires.

Elle leva la main pour toucher son visage. C'était bien la réalité, songea-t-elle. Elle ne rêvait pas. Reprenant peu à peu conscience, Laura rougit plus encore et se redressa en hâte.

– Je me suis endormie.

– J'avais remarqué.

Des cernes soulignaient ses yeux. L'idée qu'elle se fasse du souci pour sa fille au point de ne plus dormir la nuit le mettait hors de lui.

– La journée a été longue ?

– Oui.

L'inquiétude qu'elle se faisait pour Allison l'avait réveillée à 3 heures du matin. Tout comme l'homme qui la regardait en ce moment. Ce qui ne l'avait pas empêchée d'assumer ses responsabilités à l'hôtel, de régler un problème d'expédition à la boutique l'après-midi et de passer une heure à surveiller les devoirs et à expliquer les secrets des divisions en rentrant à la maison.

– Excuse-moi...

Ses mots s'étouffèrent dans sa bouche alors que Michael l'embrassait à nouveau.

– Quand je suis entré ici, tu m'as fait penser à un conte de fées. La belle endormie.

– La Belle au bois dormant, tu veux dire.

– C'est ça, fit-il en lui souriant. Je ne connais pas bien mes classiques, mais j'ai dû voir le film de Walt Disney quelque part. Voyons si je m'en souviens.

Mais au moment où il approcha une nouvelle fois ses lèvres, Laura se leva d'un bond.

– Je suis réveillée.

Trop réveillée, pensa-t-elle en sentant sa gorge se nouer. Trop vivante. Et trop vibrante de désir.

– Je suppose qu'on va devoir en rester là pour l'instant. J'étais à la cuisine, en train de faire du charme à Mrs Williamson pour qu'elle me donne des biscuits. En fait, j'étais venu te voir, mais je n'ai pas pu résister.

– Personne ne résiste à ses biscuits.

Réalisant subitement qu'elle devait être dans un état épouvantable, Laura essaya de remettre un peu d'ordre dans sa coiffure.

– Non, j'aime bien quand tu es décoiffée. Tu es toujours si impeccable.

– C'est que tu ne m'as jamais vue en train d'essayer de convaincre les filles qu'il est l'heure d'aller au lit.

Toutefois, elle laissa retomber ses mains.

– Kayla m'a dit que Judy Prentice devait passer ce soir.

– Ça y est, elle est venue avec son mari et sa fille qui, par parenthèse, est une excellente cavalière. Ils lui ont acheté une bonne jument. Je pense qu'elles vont très bien s'entendre.

– Oh, mais c'est merveilleux ! s'exclama Laura avec une joie sincère. Félicitations.

Tout à coup, Michael cueillit une fleur blanche d'hibiscus qu'il lui tendit.

– J'étais venu te remercier.

Absurdement touchée, terriblement nerveuse, elle considéra la fleur d'un air perplexe.

– Je n'ai rien fait d'autre que mentionner ton nom, il n'y a vraiment pas de quoi. Judy connaît beaucoup de monde dans l'univers du cheval. Je suis sûre qu'elle parlera de toi.

– J'y compte bien. J'aimerais t'inviter à dîner.

Laura sursauta légèrement.

– Quoi ?

– Je suis en fonds, reprit Michael en tapant sur sa poche. Et c'est à toi que je le dois.

– Non, absolument rien. Je n'ai rien...

– J'aimerais t'emmener dîner, Laura. J'aimerais aussi t'emmener ailleurs, mais je pense qu'il est préférable de nous en tenir à des méthodes plus conventionnelles. Tu as cherché à m'éviter.

– Mais non, je t'assure.

Enfin, pas vraiment...

– J'ai été très occupée, c'est tout.

Son agenda mondain devait être fort bien rempli, il n'en doutait pas. Par des réunions de comité, des déjeuners entre copines, plus les petits boulots qu'elle avait pris pour s'occuper.

– Je ne savais pas qu'une Templeton s'affolait si facilement.

C'était précisément le genre de choses qu'il ne fallait pas dire.

– Il ne s'agit pas de s'affoler ou non, mais j'ai une quantité de choses à faire.

– Il n'y a pas le feu... Si jamais tu trouves un moment à me consacrer, préviens-moi.

En le voyant se lever, elle lui effleura la main.

– Je ne voudrais pas te paraître désagréable...

— Toi ? fit-il avec un petit sourire. Jamais.
— Je ne m'attendais pas que tu...
— Que j'aie envie de toi ? Je suis un homme tout ce qu'il y a de plus ordinaire. Mais si ça ne t'intéresse pas, tu n'as qu'à me le dire. Je pense être capable d'assumer un refus.
— Ce n'est pas que ça ne m'intéresse pas, mais...

Elle résista, non sans peine, à l'envie de passer l'hibiscus contre sa joue.

— Je ne suis pas prête à affronter ce que je vois briller en ce moment dans ton regard. Changeons de sujet, veux-tu ?

Laura poussa un long soupir et décida d'ignorer l'embarras qui l'envahit en le voyant sourire d'un air moqueur.

— Kayla m'a dit que tu lui avais donné une leçon d'équitation.
— Et il ne fallait pas ? Je suppose que j'aurais d'abord dû te demander la permission.
— Non, dit-elle en se passant la main dans les cheveux. Non, ça ne pose aucun problème. Je te remercie d'avoir pris le temps et la peine de le faire. Mais je ne voudrais pas qu'elle te dérange.
— Elle ne me dérange pas du tout. Je compte d'ailleurs attendre une dizaine ou une quinzaine d'années avant de lui demander de m'épouser.

Le sourire que lui fit Laura fut cette fois spontané et chaleureux.

— Ce n'est pas difficile de tomber amoureux d'elle. Elle est si chaleureuse, si affectueuse... Et elle n'a plus que ton nom à la bouche. Mr Fury par-ci, Mr Fury par-là. Elle est persuadée que tu vas dresser Bongo et en faire une sorte de chien génial.
— Il va falloir que j'y travaille.
— C'est justement de ça que je voulais te parler. Je voudrais te donner une compensation pour le temps que tu passes avec elle. Je...
— Arrête.

Il avait rétorqué cela calmement, mais fermement.

— Je ne suis pas un domestique.

— Ce n'est pas du tout ce que je voulais dire...

Affolée à l'idée qu'il puisse se sentir insulté, Laura se leva.

— Mais si tu dois passer autant de temps à...

— C'est mon temps, et j'en fais ce que je veux. Je ne veux pas de ton argent. Il n'est pas question que tu m'engages comme compagnon de jeu pour tes filles ou comme substitut paternel temporaire, ni n'importe quoi d'autre.

Laura devint brusquement toute pâle.

— Bien sûr que non. Je suis désolée.

— Et puis, inutile de prendre cet air blessé. A te voir, on croirait que je viens de donner un coup de pied à un chiot sans défense !

Furieux, Michael fourra les mains dans ses poches. Une compensation ! Comme on en donne à un serviteur pour bons et loyaux services. Il aurait pourtant dû s'y attendre.

— Laisse tomber, ajouta-t-il en allant devant la vitre regarder la brume.

Ann entra avec le café sur un plateau. Impassible. Sans même un battement de cils risquant de laisser deviner qu'elle avait écouté la dernière partie de leur conversation derrière la porte.

— Voilà ton café, Laura. Les filles descendent tout de suite.

Si ce n'avait été le cas, Ann aurait d'ailleurs volontiers fait taire sa conscience afin d'en écouter davantage.

— Oh, merci, Annie !

Laura afficha un sourire et le garda quand ses filles arrivèrent.

— Je crois que Kayla a quelque chose pour toi, Michael.

La petite fille s'approcha en tenant son dessin derrière son dos.

— Si ça vous plaît, vous pourrez l'accrocher sur votre mur.

— Voyons un peu ça...

Il prit la feuille de papier et la regarda d'un air stupéfait.

Le visage de Kayla s'assombrit de façon comique. Aussitôt, Laura posa la main sur son épaule pour la réconforter.

– Mon dessin ne vous plaît pas, dit la petite en baissant la tête. Je n'aurais pas dû le dessiner aussi vite, mais je voulais le faire pendant que je me souvenais encore de tous les détails.

– Mais pas du tout, il est très réussi.

Michael releva la tête avec un grand sourire.

– Tu m'avais prévenu que c'était une surprise. Eh bien, je dois dire que c'en est une. C'est bien Lady. Oui, c'est exactement elle.

– Vraiment ? D'habitude, je dessine des choses que je trouve dans des livres, ou qui sont devant moi. Mais j'ai pensé que, puisque vous deviez la vendre, vous seriez content d'avoir un dessin d'elle à garder en souvenir toute votre vie.

– C'est un très beau dessin.

Et qui n'avait rien du gribouillage enfantin auquel il s'attendait. Elle avait réussi à rendre le mouvement et le port de tête gracieux de la jument. Sans doute un œil avisé aurait-il pu suggérer quelques améliorations, comme par exemple la perspective ou d'autres détails techniques auxquels il ne connaissait rien. Quoi qu'il en soit, il était réellement impressionné.

– C'est ma première œuvre originale d'un Templeton.

Si Ann remarqua qu'il n'avait pas employé son vrai nom, elle se garda néanmoins de tout commentaire. Kayla se rengorgea discrètement et glissa sa main dans celle de Michael.

– Je vous en ferai d'autres, si vous voulez.

– Avec grand plaisir.

Il la prit sur un genou et regarda Allison.

– Alors, tu as fini de ranger ta chambre, blondinette ?

Ali redressa la tête en rougissant légèrement, puis jeta un regard en biais à sa sœur.

– Oui, j'ai fini.

– Parfait. Je me disais qu'une fois ta punition levée,

tu voudrais peut-être venir prendre une leçon avec moi, histoire de rattraper ta sœur.
— J'aimerais tellement apprendre à monter à cheval.
Puis, bien que cela lui coûtât, elle se tourna vers sa mère.
— Tu veux bien ?
— Je trouve que c'est une merveilleuse idée. Mais il va falloir que je m'entraîne, si je ne veux pas que vous deveniez de meilleures cavalières que moi.
Laura prit sa fille par l'épaule. Et la sentit se relâcher un peu.
— Merci, Michael. Nous verrons comment faire coïncider nos emplois du temps.
— Le mien est assez flexible.
Il fit rebondir Kayla sur ses genoux avant de la reposer par terre et de se lever.
— Mais, pour l'instant, je dois m'en aller.
— Et ton café... commença Laura.
— Ce sera pour une autre fois.
Un sourire éclaira lentement et malicieusement son visage.
— Remettre les choses à plus tard, tu sais sûrement ce que c'est, pas vrai, Laura ?
— Oui...
Comment une mère était-elle supposée contrôler ses émois sexuels en présence de ses filles ? Laura n'en avait pas la moindre idée.
— Merci d'être passé.
— Tout le plaisir a été pour moi.
— Je vais vous raccompagner, proposa Ali d'un air très digne.
— Merci, fit Michael en hochant sobrement la tête.
— Je viens aussi ! s'exclama Kayla. Dites, Mr Fury, vous croyez que vous pourrez apprendre à Bongo à trembler ? Les chiens d'oncle Byron savent le faire.
Une fois seule, Laura retourna s'asseoir et entendit la voix joyeuse de sa fille résonner au loin. Décidant de se livrer à un petit test, elle pressa la main sur son estomac : complètement noué. Puis sur son cœur : il battait à tout rompre...

137

Comment une femme n'ayant aucun point de référence décidait-elle de se lancer ou non dans une liaison amoureuse ?

Laura n'en savait rien. Absolument rien.

8

Le soleil avait chassé les nuages, la brume et la fraîcheur de l'hiver californien. Pendant que les bulletins d'informations diffusaient des reportages sur les tempêtes de neige qui paralysaient le Midwest, Monterey jouissait d'un ciel bleu pâle, et une brise légère annonçait les premiers signes du printemps.

Sur les falaises, le vent de la mer soufflait plus fort, et Laura se dit qu'il avait un goût d'aventure et de romance.

Les hautes herbes frémissaient, les vagues rugissaient dans des gerbes d'écume. Il y avait longtemps, une jeune fille avait choisi de mourir ici. Un vieil homme était venu la pleurer en replongeant dans ses souvenirs. Et il y avait de l'or quelque part, caché depuis plus d'un siècle, qui attendait d'être découvert.

Laura adorait venir ici. Autant, d'ailleurs, pour être avec ses amies que pour chercher le trésor. Pratiquement chaque dimanche, elles se réunissaient toutes les trois, avec les petites, dans l'espoir de retrouver la dot perdue de Seraphina.

— On pourra acheter un cheval, quand on aura trouvé le trésor ?

Kayla, qui creusait avec une pelle, releva la tête d'un air enthousiaste.

— Mr Fury pourrait nous en vendre un. Je sais m'occuper d'un cheval, tu sais. Il nous a montré. Il faut leur donner à manger, à boire, les brosser, nettoyer leurs pieds...

— Leurs sabots, corrigea Ali d'un air supérieur. Ça

s'appelle curer les sabots. Il faut aussi leur faire faire de l'exercice. Et changer la litière des boxes.

– Tu l'as déjà fait, Ali ?

Celle-ci haussa les épaules, en espérant que ses nouvelles boucles d'oreilles se voyaient bien.

– Mr Fury dit que ça fait partie du travail. Quand on a un cheval, on ne peut pas juste le monter, il faut aussi s'en occuper.

– Oui, c'est vrai, confirma sa mère.

Le dîner pères-filles était maintenant passé, et Ali avait survécu à sa déception, songea Laura en caressant les cheveux de sa fille.

– Quand j'étais petite, et que nous avions des chevaux, je m'occupais moi-même de l'entretien des boxes. Ça ne m'a jamais dérangée.

– On ne pourrait pas en avoir, nous aussi ?

Ali avait pourtant essayé de ne pas le demander.

– Mr Fury va bientôt construire ses propres écuries et sa maison. Et quand il partira, il emmènera ses chevaux avec lui.

– Nous en reparlerons.

– Quand tu dis ça, ça veut toujours dire non, maugréa Ali.

– Quand je dis ça, ça veut dire qu'on en reparlera, répliqua Laura en s'exhortant à la patience. Pour l'instant, Mr Fury loue les écuries, et il n'a vraiment pas le temps de s'occuper d'un autre cheval.

– Il nous en vendrait un des siens, si tu lui demandais.

Ali fit volte-face et alla rejoindre Margo et Kate qui déambulaient, le détecteur de métal à la main.

– Elle est furieuse parce qu'il va se marier, dit subitement Kayla.

– Pardon ?

– Tu sais bien, maman. Il va se marier avec Mrs Lichtfield.

– J'en reparlerai avec ta sœur...

Elle ne voyait pourtant pas très bien quoi ajouter de plus à Ali sur cette question, bien que sachant que celle-ci refusait de lui pardonner d'avoir laissé partir son père.

— Et toi, tu es fâchée, ma chérie ?
— Non, ça m'est égal. Mais je ne comprends pas pourquoi il veut l'épouser. Elle a un sourire méchant. Et quand elle rit, elle me fait mal aux oreilles.

Laura s'efforça de ne pas rire. Elle pouvait compter sur Kayla pour faire part à Candy de ce qu'elle pensait d'elle en termes bien sentis.

— Les gens se marient parce qu'ils s'aiment.

Du moins l'avait-elle cru autrefois, se dit-elle en regardant l'océan.

— Et toi, tu vas tomber amoureuse de quelqu'un et te remarier ?

— Je n'en sais rien. Il est impossible de prévoir ce genre de choses.

— J'ai entendu Mrs Williamson dire à Annie que Mrs Lichtfield avait tout manigancé pour faire tomber papa dans son piège, et qu'il l'avait bien mérité.

— Ah bon ? Elle voulait sûrement dire qu'ils seraient heureux ensemble.

— Oui, peut-être...

Kayla n'en pensait pas un mot, mais préféra sagement le garder pour elle.

— Je vais chercher de la citronnade dans la Thermos, tu en veux ?

— Avec plaisir, ma chérie, fit Laura en se levant à son tour pour aller rejoindre ses amies.

— Mais je ne fais pas qu'effleurer le sol, bon sang !

Margo écarta les cheveux qui lui balayaient le visage en continuant à passer le détecteur.

— Je fais exactement comme d'habitude !

— Quelle feignasse ! dit Kate en levant les yeux au ciel, ce qui fit ricaner Ali. Oh ! excuse-moi.

— Elle fréquente trop les clubs de gym, expliqua Margo à sa nièce. Voilà maintenant qu'elle parle comme les garçons dans les vestiaires.

— Tu as trop de bijoux, insista Kate. Cet engin ne sait plus où donner de la tête.

— Quelle râleuse tu fais...

Margo fit un clin d'œil à Ali.

– Tiens, tu ne voudrais pas mettre mon bracelet une petite minute ?
– Je peux ?
La petite fille regarda sa superbe tante retirer sa grosse gourmette en or pour la mettre à son bras, puis elle leva la main en regardant le soleil se refléter sur les maillons.
– Il est beau. Tu as vu comme il brille ?
– A quoi ça sert de porter des bijoux s'ils ne brillent pas ? fit Margo en effleurant l'oreille d'Ali. Dis-moi, tu as de jolies boucles d'oreilles.
– C'est maman qui me les a offertes. J'ai eu une bonne note à mon devoir de sciences.
Elle jeta un coup d'œil à sa mère, et un petit sourire éclaira son visage.
– Elle a dit que j'avais bien travaillé et que je méritais une récompense.
– Et c'est vrai, confirma Laura. Tu veux bien aider Kayla à servir la citronnade ? Je crois que nous mourons toutes de soif.
– D'accord.
Ali fit un pas, puis se retourna.
– Vous voulez aussi des sandwiches ?
C'était une façon de s'excuser, réalisa Laura, et bien qu'elle n'eût pas vraiment faim, elle sourit.
– Oh ! c'est une excellente idée. Tu n'as qu'à étendre la couverture avec ta sœur, et nous ferons une pause déjeuner, d'accord ?
– Elle fait des efforts, murmura Laura en regardant sa fille s'éloigner entre les rochers. Mais elle a du mal à accepter.
– Si je devais me retrouver avec une belle-mère comme Candy, je trouverais ça plutôt dur à avaler, marmonna Kate.
Margo se contenta de hausser élégamment une épaule.
– Candy s'aime trop pour leur consacrer du temps. Et ces petites sont assez malignes pour ne rien lui donner de plus que ce qu'elle leur offrira.
– Si elles l'aimaient bien, je suppose que tout serait

plus facile, soupira Laura. Et c'est probablement égoïste de ma part, mais j'avoue que je suis contente qu'elles ne l'aiment pas.

— Quelqu'un veut parier combien de temps Peter et Candy resteront ensemble ? Moi, je suis prête à...

Soudain prise d'un léger vertige, Kate se laissa tomber sur un rocher.

— Voilà que ça recommence...

— Ça va ? s'inquiéta Laura qui n'avait pas oublié que son amie avait eu un ulcère l'année précédente. Tu as mal à l'estomac ?

— Non.

Kate respira à fond, le temps que la terre cesse de tourner devant ses yeux. Bon, le ciel était bien là, tout bleu, et le sol à sa place.

— Vous savez quoi ? reprit-elle. Je crois que je suis enceinte.

— Enceinte ?

Margo posa le détecteur et s'accroupit près d'elle.

— Depuis combien de temps ? Tu as fait un test ?

— Quelques mois, répondit Kate en fermant les yeux afin d'essayer d'analyser ce qu'elle ressentait. J'ai acheté un test à la pharmacie. Mais je ne l'ai pas fait, de peur de découvrir qu'il est négatif.

— Tu vas le faire dès demain, ordonna Margo en la prenant par le menton. Quand tu te lèves le matin, tu as mal au cœur ?

— Pas vraiment. Ça tourne un peu quand je pose le pied par terre, mais ça passe aussitôt. Oh, arrêtez de me regarder avec ces sourires idiots !

— Pas question, fit Laura en s'asseyant près d'elle. Qu'en pense Byron ?

— Je ne lui ai pas encore dit. Au cas où je me serais trompée. J'espère que ce n'est pas le cas, ajouta-t-elle d'une voix tremblante. Je sais que nous ne sommes mariés que depuis quelques mois et que nous avons tout le temps devant nous, mais je souhaite vraiment être enceinte...

— Ça, c'est un signe qui ne trompe pas, déclara Laura avec assurance. Instabilité, hyperémotivité...

Elle entendit alors une voix masculine, grave et profonde. La grossesse provoquait en effet instabilité et hyperémotivité. Le désir pouvait avoir exactement les mêmes effets, se dit-elle.

La main sur l'épaule de Kate, elle se leva.

— C'est un club réservé aux dames ?

— Ça dépend, dit aussitôt Margo de sa voix sensuelle. De l'homme. Tu veux nous aider à chercher le trésor, Michael ?

— Vous seriez bien embêtées si, par un coup de chance, je le trouvais le premier, après y avoir passé tant de temps.

— En effet, dit Kate en tapotant la main de Laura pour lui faire comprendre qu'elle se sentait mieux. De toute manière, les hommes n'ont pas le droit de toucher à la dot de Seraphina. Compris, Mick ?

— A mon avis, elle aurait été plus avisée d'en faire quelque chose plutôt que de l'enterrer et de sauter dans le vide.

— C'est bien mon avis ! fit Kate en se levant. Bon, je vais voir où en est ce déjeuner. Il paraît que Mrs Williamson nous a préparé de la salade de pommes de terre.

— Je t'accompagne.

Ravie de la tension subite de l'atmosphère, Margo décida de ne rien faire pour la faire retomber et adressa un petit clin d'œil à Michael avant d'emboîter le pas à Kate.

— J'étais monté passer des coups de fil, commença Michael avant que Laura puisse s'échapper à son tour. Je regardais par la fenêtre, et j'ai vu cinq jolies nanas qui se promenaient sur les falaises. Impossible de me remettre au travail sans venir voir ça de plus près.

— On essaie de passer quelques heures ici tous les dimanches. Jusqu'à présent, nous n'avons trouvé que deux pièces. Ou plus exactement Margo a trouvé la première et Kate la seconde. Les filles et moi n'avons encore rien trouvé.

— C'est important pour toi ? De trouver de l'or ?

– Ça l'est en tout cas de participer à une chasse au trésor. Pour l'ambiance.

Laura détourna le regard vers la mer.

– Et pour tout ce que ça représente. J'imagine cette jeune fille ici, debout au bord de la falaise, se disant qu'il ne lui restait plus aucune raison de vivre.

– Il y en a toujours une.

– Oui.

Elle fit un pas en arrière sur les marches que formaient les rochers quand Michael lui effleura doucement la joue.

– Je devrais aller les aider à déballer le pique-nique. Tu peux déjeuner avec nous si tu veux.

– Je voulais te parler des filles, si tu as une seconde.
– Oh...

Aussitôt, la lassitude laissa place à une réelle inquiétude dans son regard.

– Si elles te dérangent trop...

– Laura, dit-il patiemment, crois-tu vraiment être la seule à apprécier leur compagnie ?

– Non, bien sûr que non.

Irritée contre elle-même, et en proie à toutes sortes d'émotions, elle laissa retomber ses mains le long de son corps.

– Qu'est-ce qu'il y a ?

– Je leur ai enseigné quelques rudiments pour se tenir en selle. Kayla...

Il jeta un coup d'œil par-dessus son épaule et sourit en voyant danser la petite tête blonde.

– C'est une sacrée rapide. Elle ferait volontiers du saut d'obstacles à cru, si je la laissais faire.

– Je t'en prie, frémit Laura. Mon cœur...

– Cette petite est déjà prête à se lancer au grand galop. Ce qui est tout à son honneur. Mais elle écoute bien. Et elle apprend vite. Je l'adore.

Laura cligna des yeux, à la fois étonnée et à cause du soleil.

– Elle... elle ne parle que de Mr Fury et de ses chevaux chaque fois qu'elle revient des écuries.

Cherchant à se détendre un peu, elle s'assit sur un

rocher et sursauta légèrement en voyant Michael l'imiter.

– Elle commence à moins s'intéresser à ses cours de danse.

– Je ne voudrais pas contrarier tes plans.

– Non, dit Laura en souriant. Elle a voulu en prendre uniquement pour faire comme Ali. Kayla est déterminée à ne jamais se laisser dépasser.

De minuscules fleurs bleues poussaient dans les interstices des rochers. Michael en cueillit une d'un air absent et la lui offrit.

– Tu lui as trouvé un professeur de dessin ?

Surprise, Laura cligna une nouvelle fois des yeux, trouvant étrange qu'il se rappelle d'aussi infimes détails.

– Justement, oui.

Elle considéra la fleur qu'elle tenait à la main, regrettant de ne pas prendre cette habitude qu'il avait de lui offrir des fleurs aussi naturellement que lui-même semblait le faire.

– Elle doit commencer la semaine prochaine.

– Cette gosse a un réel talent. Moi, la seule façon dont je puisse dessiner, c'est avec une règle. Quant à Ali...

– Elle traverse un moment difficile. Elle n'est pas aussi souple que Kayla, ni aussi résistante. Elle est très vulnérable.

– Elle s'en remettra, dit-il en lui prenant la main et en jouant avec ses doigts. Pour les leçons d'équitation, je ne sais pas jusqu'où tu veux que je la pousse.

Laura soupira et regarda sa fille aînée, assise comme une grande aux côtés de Margo.

– Si elle ne coopère pas, il n'y a aucune raison que tu insistes.

– Elle est d'un naturel étonnant.

– Pardon ?

– Cette enfant se tient sur un cheval comme si elle y avait passé toute sa vie. Elle possède une sorte de grâce confondante. Et elle m'écoute comme si ce que je disais était à graver dans la pierre. Si tu tiens à ce qu'elle poursuive dans cette voie, tu devrais peut-être lui chercher quelqu'un qui ait plus d'expérience que moi pour enseigner.

Laura le regarda d'un air perplexe.

— Elle ne me raconte jamais rien. Kayla revient toujours en jacassant comme une pie, mais Ali se contente de hausser les épaules et de dire que c'était bien.

— Kayla est un vrai boulet de canon. Et Ali est comme une chanson. Elle la chantera quand elle se sentira prête.

Comment pouvait-il connaître les filles aussi bien ? Comment avait-il réussi à lire aussi clairement et aussi vite dans leur cœur ?

— Elle a confiance en toi, dit lentement Laura. Et Dieu sait si avoir confiance en quelqu'un lui est difficile ! Si ça ne t'ennuie pas, j'aimerais que tu continues. Elle a tellement besoin de s'accrocher à quelque chose en ce moment. Ce que, visiblement, je n'arrive pas à lui donner.

Michael, l'air désolé, la prit par le menton pour qu'elle le regarde dans les yeux.

— Tu as tort. Tu lui donnes tout ce dont elle a besoin. Elle te fait des reproches pour la bonne raison qu'elle sait que tu les accepteras. Et que tu seras toujours là.

Il laissa retomber sa main, résistant à l'envie de se lever et de faire les cent pas. Il n'était pas psychanalyste, mais il était évident que cette femme était en manque de quelque chose.

— A une époque, j'ai moi-même reproché beaucoup de choses à ma mère. Mais je ne lui en ai jamais rien dit. Parce que je ne savais pas si elle le supporterait. Ni si elle serait toujours là pour moi.

Peut-être était-ce pour cela qu'il voyait et comprenait si bien les choses, songea-t-elle.

— C'est probablement plus facile pour toi de la comprendre. Mon père et ma mère sont, et ont toujours été, aussi solides que ce roc. Ils n'ont jamais failli à leur devoir.

Ce dont elle-même ne pouvait guère se vanter. Ce n'était pas si simple de retrouver son équilibre après avoir été déstabilisée.

— Encore une fois, dit-il en la regardant au fond des yeux, il est possible qu'elle te fasse des reproches parce que tu t'en fais toi-même. Ressaisis-toi, Laura.

— On voit bien que tu n'as jamais été marié, rétorqua-t-elle.

— Si, je l'ai été. Six mois.

Il se releva en fronçant les sourcils.

— Mais ce n'est pas seulement à cause de moi que ça a été un échec. Je vais continuer à travailler avec les filles, ajouta-t-il en voyant qu'elle n'ajoutait rien. Mais à une condition.

Il avait été marié ? se dit-elle en s'efforçant de se concentrer sur ce qu'il venait de révéler.

— D'accord. Laquelle ?

— Que tu cesses de te cacher chez toi et que tu viennes voir ce qu'elles font.

Amusé par leur comportement à tous les deux, il lui prit la fleur des mains et la lui piqua dans les cheveux.

— Rassure-toi, je ne te sauterai pas dessus devant tes enfants.

— Je ne me cache pas, et je n'ai jamais imaginé que tu te conduirais ainsi en leur présence.

— Tu reprends tes grands airs de châtelaine. C'est proprement fascinant ! Je me demande si je dois faire preuve de déférence envers toi ou au contraire te sauter dessus.

Aussi glaciale que de la neige fondue, Laura inclina la tête.

— J'aimerais mieux que tu ne fasses ni l'un ni l'autre. Maintenant que nous en avons parlé, je ne manquerai pas de venir voir les progrès que font les filles. Je te remercie de m'avoir mise au courant.

— Parfait, Mrs Templeton...

— Ce ton sarcastique te va très bien, Michael.

Au moment où elle passa devant lui, il l'agrippa par le bras.

— A toi aussi, dit-il doucement tout près de son visage. Et même à merveille. Mais tu devrais prendre garde à ne pas trop jouer à la princesse et au paysan avec moi,

Laura. Ça me hérisse le poil. Ça me donne envie de prouver quelque chose.

– Tu n'as rien à me prouver. A présent, si tu veux bien me lâcher le bras...

– Pas avant d'avoir terminé.

Il la préférait ainsi, le regard brûlant de défi sous son armure de glace. La voir blessée le faisait se sentir faible, maladroit, et plus avide que jamais de la consoler.

– Au cas où tu l'aurais oublié, permets-moi de te rappeler à qui tu t'adresses, reprit-il. J'adore enfreindre les règles, et quand on me fixe une limite, rien ne me réjouit davantage que de passer outre. Si quelqu'un me provoque, je réagis. Plus durement. Et plus méchamment.

Laura n'en doutait pas une seconde. L'homme qui lui faisait face était capable de n'importe quoi. Dès qu'elle aurait un moment, il lui faudrait tenter d'analyser quelle part d'elle-même était si irrésistiblement attirée par lui. Pour l'instant, la fuite lui tiendrait lieu de bravoure.

– Merci de ce rappel. Mais je ne voudrais pas t'empêcher de travailler.

– Tu ne m'en empêches pas.

Et avec un brusque changement d'attitude qui la laissa perplexe, il prit son poing crispé qu'il porta à ses lèvres, la força à ouvrir la main et déposa un baiser au creux de sa paume.

– N'oublie pas que tu dois dîner avec moi, ma belle.

Puis il s'en alla, en prenant le temps de s'arrêter devant le panier de pique-nique pour voler un sandwich et faire rire les filles. Dès qu'il fut assez loin, et qu'elle sentit le rouge disparaître de ses joues, Laura alla rejoindre sa petite famille.

– Mr Fury t'a embrassé la main, maman ! claironna Kayla. Exactement comme dans les films.

– Il a fait ça pour plaisanter, dit Laura en prenant un verre de citronnade, pressée de désaltérer sa gorge sèche. Il me racontait les progrès que vous aviez faits à cheval.

L'estomac encore un peu noué, elle prit un quartier de pomme.

– Je crois que ça lui plaît autant qu'à vous de vous donner ces leçons.
– Oui, ça se passe bien.
Tout en faisant semblant de ne pas avoir l'air intéressée, Ali observait sa mère derrière ses longs cils. Ce baisemain ne lui avait pas paru n'être qu'une plaisanterie. Et elle avait une fleur dans les cheveux.
– Michael pense que vous vous débrouillez plus que bien.
– Tu devrais te remettre à l'équitation, Laura.
Enchantée par la façon dont évoluaient les choses, Margo mordilla un bout de fromage. Non, ce baisemain n'était pas une plaisanterie. Il avait été parfait.
– Je vais y songer.
Et comme elle mourait d'envie de regarder Michael remonter vers Templeton House, elle se tourna délibérément vers l'ouest, puis vers l'océan.

Elle n'arrivait pas à dormir. L'immense fatigue qu'elle éprouvait n'y changeait absolument rien. Laura préféra se dire que la nuit était claire, constellée d'étoiles, et qu'il eût été dommage de ne pas en profiter. Elle savait cependant que seuls ses rêves l'empêchaient de s'abandonner au sommeil.
Elle avait déjà fait plusieurs rêves de lui dont le contenu la choquait tout autant qu'il la stupéfiait.
Avec un peu de concentration, il était possible de contrôler ses pensées pendant la journée. Mais comment contrôler ses rêves ?
Elle marchait dans le jardin endormi, passant en revue les songes qui peuplaient ses nuits.
Ils étaient si... sexuels. « Erotiques » eût été un terme trop faible et trop formel pour définir ce qui se passait la nuit dans sa tête.
Elle aurait dû être capable de les accepter, d'en rire, et même de les partager avec ses amies. Toutefois, elle n'y parvenait pas. Pour la simple raison qu'elle n'avait jamais expérimenté aucune de ces choses que son subconscient lui soufflait.

Faire l'amour de cette façon brutale, primitive, était loin de ses rêves d'enfance – à l'exception de ceux, rares et choquants, qu'elle avait faits de Michael quand elle était jeune. Et qui n'étaient bien sûr que la conséquence de débordements hormonaux passagers. Pas de réelles envies. Mieux valait les oublier. D'ailleurs, la plupart de ses rêves avaient été doux et charmants, à l'époque où elle imaginait que l'amour était ainsi. Il n'y avait alors ni tissus déchirés, ni mains avides, ni cris frénétiques dans ses fantasmes innocents.

Pas plus qu'il n'y en avait eu dans la réalité pendant la durée de son mariage.

Peter ne lui avait jamais arraché ses vêtements, ne l'avait jamais jetée à même le sol pour la faire crier de plaisir. Il avait toujours été tendre, presque doux. Avant de se désintéresser d'elle. Ce dont elle s'accusait, naturellement. Sans doute avait-elle eu trop d'inhibitions, de naïveté et de rigidité pour lui inspirer un désir plus intense. Maintenant qu'elle arrivait mieux à cerner ses fantasmes les plus secrets, il lui était plus facile de l'accepter, et peut-être même de commencer à lui pardonner son infidélité.

Mais rêver de faire sauvagement l'amour et passer à l'acte étaient deux choses différentes. Laura enfonça les mains dans les poches de sa veste et respira à fond l'air nocturne dans l'espoir de se calmer quelque peu avant de retourner au lit.

Elle n'irait pas voir Michael. Que ce fût par peur ou par sagesse, elle n'irait pas. Il n'était pas pour elle, décida-t-elle en traversant le bosquet derrière lequel les écuries se dressaient, nimbées de brouillard. Cet homme était à la fois trop troublant et trop imprévisible pour une femme ayant ses responsabilités.

En outre, bien qu'il fût l'ami de Josh depuis tant d'années, elle ne le connaissait pas vraiment. En tout cas, elle ne le comprenait pas. Aussi ne pouvait-elle se permettre de prendre un tel risque.

Elle continuerait par conséquent à être ce pour quoi elle avait été élevée. Une femme ayant de la force de caractère, consciente de ses devoirs et de ses obligations. Sa vie serait comblée par ce qu'elle avait déjà la chance de posséder. Des enfants, une maison, une famille, des amies et un travail.

Elle n'avait besoin de rien d'autre. Pas même en rêve.

Tout à coup, Laura vit la lumière s'allumer dans l'appartement au-dessus des écuries. Telle une espionne, elle se tapit dans l'ombre. Michael rêvait-il d'elle, lui aussi ? Se réveillait-il en pleine nuit trempé de sueur, le corps douloureux et l'esprit troublé ?

Tout en s'interrogeant, elle le vit ouvrir la porte à toute volée et se ruer dehors, cheveux au vent. Ses bottes résonnèrent sur les marches de l'escalier tandis qu'il se précipitait vers l'écurie.

Laura resta quelques instants immobile, sans trop savoir quoi faire. Mais quelque chose n'allait pas. Un homme tel que Michael Fury ne paniquait pas pour rien. De plus, il était locataire de Templeton House. C'est-à-dire chez elle.

N'écoutant que son devoir, elle s'élança sur la pelouse qu'éclairait le clair de lune.

A présent, il y avait de la lumière dans les écuries. Elle mit la main au-dessus de ses yeux éblouis, mais ne le vit pas. Hésitant à nouveau, elle se demandait si elle ne ferait pas mieux de s'en aller quand elle entendit sa voix marmonner tout bas des mots inintelligibles au milieu desquels l'inquiétude était toutefois perceptible. Sans plus attendre, Laura longea le mur de brique jusqu'au box de la jument.

Michael était agenouillé devant le cheval et ses cheveux noirs masquaient son visage. Son tee-shirt noir tout fripé révélait des bras puissants et musclés, ainsi qu'une fine cicatrice au-dessus de son coude gauche. Ses mains, larges et burinées, caressaient doucement les flancs gonflés de la jument.

L'espace d'une seconde, elle pensa qu'aucune femme sur le point d'accoucher n'eût osé espérer être rassurée aussi tendrement. Puis elle entra et s'agenouilla près de lui.

— Elle va mettre bas d'ici peu. Du calme, ma jolie.

Instinctivement, Laura s'approcha de la tête de la jument.

— Tout va bien se passer.

– Ça arrive toujours en pleine nuit, dit Michael en repoussant ses cheveux de ses yeux. Je l'ai entendue de là-haut. Je suppose que je la guettais.
– Tu as appelé un vétérinaire ?
– Pas la peine. La dernière fois qu'il l'a examinée, il a dit que tout devrait se dérouler sans problème.

D'un geste impatient, il extirpa un bandana de sa poche arrière.

– Mais que fais-tu ici ?
– J'étais dans le jardin. Là, ça va aller, murmura-t-elle en posant la tête de l'animal sur ses genoux. Les lumières se sont soudain allumées, et tu es descendu en courant. J'ai eu peur qu'il ne soit arrivé quelque chose.
– Ça devrait aller...

Mais Darling comptait pour lui plus que tout, et il était aussi nerveux qu'un futur père faisant les cent pas dans la salle d'attente à la maternité.

– Retourne te coucher. Ce genre de choses se passe très bien en général, mais ça peut être impressionnant à regarder.

Laura haussa les sourcils, et une lueur amusée brilla dans ses yeux.

– Ah oui ? Tu crois que je ne le sais pas, moi qui ai eu deux enfants ? Tu crois que, quand la cigogne est arrivée, elle était toute propre et impeccable ?

Laura reporta son attention sur la jument, prise d'une nouvelle contraction.

– Allons, tout va bien. Il ne sait pas ce que c'est, pas vrai ? murmura-t-elle tandis que la jument roulait des yeux suppliants vers elle. Que veux-tu ? Ce n'est qu'un homme. S'il devait faire cette expérience une seule fois, on verrait ce qu'il en dirait !
– Je crois deviner...

Partagé entre l'inquiétude et l'envie de rire, Michael se gratta le menton.

– Tu veux que je sorte ? Que j'aille faire bouillir de l'eau et acheter des cigares ?
– Tu pourrais nous faire du café. Ça risque de prendre un bout de temps.
– Tu sais, Laura, je peux m'en occuper tout seul. Je l'ai déjà fait. Tu n'es pas obligée de rester.

— Je reste, dit-elle simplement. Et je boirais volontiers un café.
— D'accord.
Quand il se releva, elle remarqua qu'il avait pris le temps de remonter la fermeture Eclair de son jean, mais pas de fermer le bouton. Le moment était toutefois mal choisi pour avoir l'eau à la bouche. Sagement, elle se reconcentra sur l'animal.
— Noir et sans sucre, s'il te plaît.
— Je reviens tout de suite.
Il s'arrêta sur le pas de la porte.
— Merci. Un peu d'aide et de compagnie ne me feront pas de mal. Cette jument... m'est particulièrement chère.
— Je sais.
Laura le regarda alors avec un charmant sourire.
— Ça se voit. Mais ne t'en fais pas, papa, tu pourras offrir les cigares demain matin. Oh, au fait, comment s'appelle-t-elle ?
— Darling...
Vaguement gêné, Michael haussa les épaules.
— Elle s'appelle Darling.
— C'est un nom qui lui va bien.
Laura continua à sourire tandis que Michael s'éloignait en faisant résonner ses bottes sur le sol en brique.
— Et, à ma grande surprise, je dois dire qu'il te va très bien aussi, ajouta-t-elle dans un murmure.

9

Ce n'était pas précisément de cette façon qu'il avait envisagé de passer la nuit avec elle. Lorsqu'il lui arrivait de penser à elle, et il le faisait souvent, c'était immanquablement dans des circonstances tout à fait différentes.

Et pourtant, ils se retrouvaient là, côte à côte, éreintés de fatigue et trempés de sueur.

Elle avait plus d'énergie qu'il ne l'aurait cru. Il y avait

près de quatre heures qu'ils étaient là à surveiller la jument, qui ne cessait de se relever, de tourner en rond et de se rallonger et était entrée maintenant dans la deuxième phase du travail.

Laura n'avait pas flanché une seule seconde. Et si le café commençait à taper sur les nerfs de Michael, elle restait d'un calme olympien.

– Si tu allais faire un tour ? suggéra-t-elle.

Elle s'assit confortablement dans la paille, les bras autour des genoux, les yeux sur la jument.

– Non, ça va.

Il essuya la transpiration sur les flancs de la jument en plissant le front. Il avait pris le temps de s'attacher les cheveux, aussi Laura distinguait-elle parfaitement son regard.

– Tu as l'air dévasté, Fury.

Oui, bon, il le savait. Et ça lui était égal de se l'entendre dire. Ses yeux s'assombrirent en se posant sur Laura.

– J'ai fait ça des dizaines de fois, tu sais.
– Mais pas avec elle. Elle tient mieux le coup que toi.

Et puis, tant pis ! décida-t-il en s'étirant le dos.

– Je n'ai jamais compris pourquoi une chose aussi élémentaire prenait tant de temps. Comment faites-vous pour endurer ça ?

– On n'a pas vraiment le choix, répondit sèchement Laura. Alors il faut se concentrer sur ce qui se passe dans son corps. A l'intérieur. Plus rien d'autre n'existe. Les guerres, les famines, les tremblements de terre, tout ça n'est rien comparé à un accouchement.

– J'imagine...

Il fit un effort pour se détendre en se disant que la nature savait généralement ce qu'elle faisait.

– La première fois que j'ai vu naître un poulain, j'ai pensé à ma mère. En espérant que je lui avais donné moins de difficultés.

Elle se dit que parler lui ferait du bien. Et jusqu'à ce que la jument perde les eaux, ils avaient le temps.

– Ta mère est partie vivre en Floride, n'est-ce pas ?
– Oui. Avec Frank. C'est le type qu'elle a épousé il y a une dizaine d'années.

— Tu l'aimes bien ?
— Ce serait difficile de ne pas aimer Frank. Il se laisse porter par le courant, et se débrouille toujours pour arriver à flotter sans faire de vagues. Ils se font du bien mutuellement. Jusqu'à ce qu'elle le rencontre, les hommes qu'elle choisissait étaient épouvantables.
— Le divorce a dû être un moment difficile pour toi.
— Non, c'est pour elle que ça a été dur.

D'un geste nonchalant, il ramassa un brin de paille qu'il lissa entre ses doigts. Puis, sous l'œil amusé de Laura, il le lui tendit comme si c'était une fleur.

— Ce n'est jamais facile, un divorce.
— Je ne vois pas pourquoi. Quand quelque chose ne marche pas, ça ne marche pas. Mon père l'a trompée dès le départ, et n'a jamais pris la peine de s'en cacher. Mais elle ne voulait pas le lâcher. Je n'ai jamais compris pourquoi.
— Cela ne me paraît pas anormal de vouloir sauver son mariage.
— Ça l'est dans la mesure où il s'agit d'une imposture. Il ne rentrait pas pendant plusieurs nuits d'affilée et, tout à coup, réapparaissait. Elle se mettait alors à tempêter contre lui, à casser la vaisselle, mais il se contentait de hausser les épaules et s'écroulait devant la télé. Et un beau jour, il n'est plus jamais revenu.
— Jamais ?
— On ne l'a plus jamais revu.
— Je suis désolée, Michael. Je ne savais pas.

Laura continua à caresser le ventre de la jument sans le quitter des yeux.

— Ça ne m'a pas perturbé. Enfin, pas trop. Mais ma mère était malheureuse, et furieuse, si bien qu'il devint difficile de vivre avec elle. Pendant presque deux ans, je n'ai pas mis beaucoup les pieds à la maison. Je traînais avec Josh, et Mrs Sullivan devenait folle à l'idée que j'allais le corrompre.

Elle se souvenait de lui à cette époque. De son regard triste, menaçant. Mais aussi de l'effet qu'il lui faisait.

— Mes parents t'ont toujours bien aimé.
— Ils étaient sympas. Ça m'a pas mal ouvert les yeux

de vous observer, eux, toi, et tout ce qui se passait à Templeton House. C'était un autre monde pour moi.

Tout comme l'était pour elle celui qu'il était en train de lui décrire...

— Mais ta mère s'est remariée.

— Elle s'est mise à la colle avec Lado quand j'avais environ seize ans. Je haïssais ce crétin. J'ai toujours pensé qu'elle l'avait ramassé parce qu'il était l'exact opposé de mon vieux. Il était sale, méchant, et jaloux comme un tigre. Il ne la quittait pas d'une semelle. Et il lui est même arrivé de la frapper.

— Seigneur ! Il la battait ?

— Elle l'a toujours nié. Souvent, quand je rentrais à la maison, elle avait un œil au beurre noir ou la lèvre fendue, mais elle inventait à chaque fois une excuse ridicule pour me faire croire qu'elle avait trébuché ou s'était cognée contre une porte. Je la laissais dire.

— Tu n'étais qu'un enfant.

— Non, fit-il en la transperçant de ses yeux noirs. Je n'ai jamais été un enfant. A seize ans, j'avais déjà vu et fait plus de choses que tu n'en feras dans toute ta vie, ma belle. Ça me convenait assez.

— Tu crois ? répliqua-t-elle en soutenant son regard. Tu ne te disais pas ça plutôt par désespoir ?

Michael hocha la tête.

— Sans doute un peu des deux. Mais le fait est que Mrs Sullivan avait vu juste. J'étais un camarade peu recommandable, et si Josh n'avait pas été tel qu'il est, nous aurions pu nous retrouver ensemble devant un tribunal. Ou pire. Finalement, c'est grâce à lui si rien de tout cela n'est arrivé.

— Je suis sûre qu'il apprécierait ton témoignage, mais je pense que tu y étais aussi pour quelque chose.

Pour la première fois depuis des mois, Michael éprouva une envie folle de tabac, et se surprit même à palper sa poche avant de réaliser que cette période de sa vie était désormais très loin derrière lui.

— Tu sais pourquoi je me suis engagé dans la marine marchande ?

— Non.

– Eh bien, je vais te le dire. Un soir, je suis rentré chez moi. Je revenais des falaises où j'avais un peu bu avec Josh et des copains. Nous avions dix-huit ans, nous étions stupides, et j'avais piqué un pack de bières à Lado. Et en rentrant à la maison, vaguement éméché, j'ai trouvé ce gros lard en train de bourrer ma mère de coups de poing parce qu'elle ne lui avait pas gardé son repas au chaud ou je ne sais quelle autre sottise. J'ai décidé de ne pas laisser passer ça, en me disant que c'était à moi de la protéger. Alors, je lui ai sauté dessus.

D'un air absent, Michael effleura la petite cicatrice sur son arcade sourcilière. Impressionnée, Laura papillota des yeux.

– Il était plus fort que moi, mais j'étais jeune, et rapide, et puis, je n'en étais pas à ma première bagarre. Je lui ai mis la pâtée. Et quand il est tombé par terre, inconscient, j'ai continué à le frapper. Je ne sentais même plus mes poings cogner son visage. Je l'aurais tué, c'est sûr. Je l'aurais battu à mort sans le moindre regret.

Elle avait du mal à se représenter la scène, n'en avait pas les moyens. Toutefois, elle comprenait sa réaction.

– Tu voulais protéger ta mère.

– Au début, oui, mais ensuite, j'ai vraiment eu envie de le voir mort. C'était plus fort que moi. Je l'aurais sûrement achevé, si elle ne m'avait pas retenu. Et alors que j'étais encore à califourchon sur lui, qu'elle tenait sa joue couverte de sang, là où il l'avait frappée, elle m'a demandé de partir.

– Michael...

– Elle m'a dit que je n'avais aucun droit de me mêler de ça. Et encore tout un tas de choses du même genre. Je suis donc sorti, en les laissant là tous les deux.

– Elle ne pensait sûrement pas ce qu'elle disait...

Comment une mère, quelle qu'elle fût, pouvait-elle se retourner contre son enfant ? C'était impossible à admettre.

– Elle devait être en colère, malheureuse et folle de peur.

– C'est pourtant bien ce qu'elle voulait. Ce soir-là,

c'était exactement ça qu'elle voulait. Même si, par la suite, elle a changé d'avis. Elle a fini par se débarrasser de lui, et s'est plus ou moins ressaisie. C'est à ce moment-là qu'elle a fait la connaissance de Frank. Mais j'étais déjà parti, et je ne suis jamais vraiment revenu. Sais-tu où je suis allé quand j'ai claqué la porte de chez moi ?

– Non.

– A Templeton House. Ne me demande pas pourquoi. Mrs Williamson était dans sa cuisine. Elle s'est occupée de moi, m'a lavé la figure, m'a parlé, m'a écouté... Elle m'a aussi donné des biscuits.

Michael se passa la main sur le visage en poussant un soupir. Il n'avait encore jamais réalisé que le souvenir de cette nuit était resté gravé aussi profondément dans sa mémoire.

– Elle m'a probablement sauvé la vie. Si elle n'avait pas été là, je ne sais pas ce que j'aurais fait. Elle m'a dit qu'il fallait que je fasse quelque chose de moi. Non que j'aie eu tellement le choix, mais elle m'a simplement dit : « Il faut faire quelque chose de toi, mon gars. »

– Elle a toujours eu un petit faible pour toi.

Et à juste titre, pensait à présent Laura. Il avait mérité d'être réconforté, aimé et compris. Pauvre garçon, rejeté et livré à lui-même...

– Elle a été la première femme que j'aie jamais aimée, dit-il en ramassant un autre brin de paille dont il mordilla l'extrémité. Et sera peut-être la dernière. Elle m'a dit d'aller attendre à l'écurie pendant qu'elle allait chercher Josh. Lui et moi sommes restés assis, ici même, à discuter toute la nuit. Chaque fois que je parlais de faire quelque chose de fou, il m'en dissuadait en avançant ses arguments froids et logiques d'avocat. Le lendemain, je me suis engagé. Je suis resté caché ici jusqu'à ce que je m'embarque.

– Ici ? Tu es resté ici ? Josh ne m'en a jamais rien dit.

– Sans doute respectait-il déjà la sacro-sainte confidentialité. Il a toujours eu un grand sens de l'amitié. Mrs Williamson m'apportait à manger. Elle et Josh sont les deux seules personnes à qui j'ai écrit après mon départ. C'est elle qui m'a fait savoir que ma mère avait viré Lado. Je suppose que Mrs Williamson était allée la voir. Je ne lui ai jamais demandé.

Il haussa les épaules, puis ébaucha un petit sourire.

– Sais-tu que ses biscuits m'ont valu de devenir célèbre sur le bateau ? Une fois par mois, elle m'en envoyait une pleine boîte. Un jour où j'étais en train de perdre ma chemise au poker, j'ai misé les derniers biscuits qui me restaient. Et avec une quinte, j'ai raflé tout ce qu'il y avait sur le tapis.

– Elle serait flattée d'entendre ça.

Saisissant l'occasion au vol, Laura se pencha pour lui toucher la main.

– Tous ceux que Mrs Williamson prend sous son aile le méritent. Elle sait reconnaître les imbéciles, mais elle ne les supporte pas. Tu es un type bien, Michael.

Il l'observa une seconde et vit, à la lueur qui brillait dans ses yeux, que l'instant lui était favorable.

– Je pourrais te laisser croire ça et en profiter pour t'emmener plus vite au lit.

Il s'empressa de lui sourire.

– Je ne suis pas un type bien, Laura, mais je suis honnête. Si je t'ai raconté tout ça, c'est parce que j'estime que tu dois savoir à quoi tu t'engages.

– Pour diverses raisons, j'ai décidé de ne m'engager dans rien.

– Tu changeras d'avis, répliqua-t-il en lui faisant un clin d'œil coquin. C'est ce qu'elles font toutes.

Et au même moment, la poche d'eau de la jument se rompit, inondant la litière.

– Le compte à rebours a commencé, dit Michael, à nouveau tendu. Tiens-lui la tête.

Laura sursauta. La fatigue et l'état quasiment onirique dans lequel elle s'était laissée glisser pendant qu'il lui parlait se traduisirent tout à coup par une brusque montée d'adrénaline.

Le premier écoulement de fluide ne l'alarma nullement. C'était un processus naturel, tout comme l'étaient les gémissements plaintifs de l'animal. Un processus dont elle-même avait fait l'expérience, et qu'elle mourait d'envie de connaître à nouveau.

Laura se concentra sur sa tâche, exécutant les ordres que lui aboyait Michael sans poser de questions, et lui en donnant elle aussi.

– Le voilà. Tiens bon, Darling... C'est presque fini.

Il s'agenouilla dans une flaque de sang afin de tirer les jambes du poulain.

– Il va falloir que je l'aide un peu. Tu la tiens bien ?
– Oui, vas-y. Dépêche-toi. Elle est à bout de forces.
– Ça vient...

Et soudain, la tête du poulain apparut.

– Allez, Darling, encore un petit effort.
– Ô mon Dieu ! s'exclama Laura, les yeux brouillés de larmes et de sueur. Le voilà !

Une fois les épaules de l'animal dégagées, Michael retira la membrane qui lui recouvrait le nez. Le poulain tout humide, encore attaché à sa mère par le cordon ombilical, se dégagea lui-même du placenta et le cordon se rompit le plus naturellement du monde.

Pendant quelques instants, il n'y eut d'autre bruit dans l'écurie que la respiration haletante de la jument, suivi d'un petit hennissement ravi lorsqu'elle comprit qu'elle venait de donner naissance à son petit.

– Il est magnifique, murmura Laura avec admiration. Absolument magnifique.
– Elle, sourit Michael en essuyant son front couvert de sueur. C'est une fille que nous avons là. Une superbe fille. Bravo, Darling. Tu as vu ce que tu as fait ?

La jument tourna la tête et, avec un instinct tout maternel, se dressa sur ses pattes afin de commencer à nettoyer son bébé.

– C'est aussi merveilleux à chaque fois, dit Laura à voix basse en reculant pour ne pas gêner l'opération. Tu n'es pas trop déçu que ce ne soit pas un étalon ?
– Elle a quatre jambes et une queue, non ? Et sa robe est de la couleur de celle de sa mère.
– En effet, tu n'as pas l'air déçu du tout ! dit-elle en riant, heureuse de voir la joie illuminer son visage.

D'un air solennel, elle lui tendit la main.

- Toutes mes félicitations, papa !
- Oh ! laisse tomber...

Et sans perdre une seconde, Michael la tira de toutes ses forces en la faisant basculer sur ses genoux et écrasa sa bouche contre la sienne.

Elle était à bout de souffle. La tête lui tournait et elle se sentait toute faible... Ils étaient couverts de sang, de transpiration, et exténués de ne pas avoir dormi de la nuit. La paille était tachée, l'air épais et vicié.

Et pourtant ils étaient là, enlacés tous les deux, telles la gloire et l'espérance.

Il avait agi ainsi dans le seul but d'exprimer la joie immense qu'il ressentait. Et pour la remercier, à sa manière, d'avoir partagé ce moment avec lui. Mais il éprouva soudain un violent désir en sentant ses jambes soyeuses s'enrouler autour de lui, comme si elle était suspendue au bord d'une falaise et qu'il était son dernier espoir.

Michael bredouilla quelques mots incompréhensibles, mélange des pensées sauvages et téméraires qui lui traversaient l'esprit. Puis sa main remonta sur sa hanche et se referma progressivement sur sa poitrine. Laura se cabra et s'arc-bouta contre lui en gémissant.

- Du calme...

Il avait dit cela du même ton patient et rassurant avec lequel il s'était adressé à la jument un instant plus tôt. Mais ses dents mordillèrent sa mâchoire, s'attardèrent sur la veine qui battait follement à son cou, ne faisant que l'exciter davantage.

- Je ne peux pas,...

Elle n'arrivait plus à respirer. Ni à penser. Ni à le lâcher.

- Michael, reprit-elle, le visage enfoui au creux de son cou. Je ne peux pas...

Lui aurait très bien pu, songea-t-il douloureusement. Et même bien plus encore. Il reconnut cependant que le moment comme le lieu étaient mal choisis. Elle venait de passer toute la nuit près de lui. Profiter d'elle à présent ne ferait que lui fournir la preuve que même un honnête homme pouvait manquer d'intégrité.

– Je n'avais pas l'intention de te rouler dans le foin, dit-il en s'efforçant de garder un ton léger, en dépit de ce qu'il lui en coûtait. Allons, détends-toi.

D'un geste plein de douceur, il lui fit tourner la tête.

– Regarde, notre petite fille est déjà grande.

Les mains crispées de Laura s'ouvrirent doucement en voyant la jeune pouliche tenter de se mettre debout, et y parvenir finalement après quelques tentatives plutôt comiques.

– Tu as...

Laura essuya ses paumes moites sur son pantalon pour s'empêcher de trembler.

– Tu lui as trouvé un nom ?
– Non.

Il respira ses cheveux, se soumettant de lui-même à une délicieuse torture.

– Si tu lui en choisissais un ?
– Non, c'est à toi de le faire.
– Nous nous y sommes mis à trois pour mettre cette pouliche au monde. Comment veux-tu l'appeler ?

Laura s'appuya contre lui en souriant. Le bébé avait déjà appris comment téter sa mère.

– Quand j'étais petite, j'ai eu une jument que j'adorais. Elle s'appelait Loulou.
– Loulou ?

Michael pouffa de rire et enfouit le nez dans ses boucles blondes.

En sentant la façon dont il la respirait, Laura ferma les yeux. Et son cœur se remit à battre à tout rompre.

– Je me promenais avec elle sur les collines et dans mes rêves.
– Ce sera donc Loulou.

Il se releva et aida Laura à en faire autant.

– Tu es toute pâle...

Doucement, il lui caressa la joue, avec l'impression que ses doigts n'allaient rencontrer que du brouillard.

– Plus le matin approche, plus tu as l'air fragile. Et plus j'ai envie de te toucher.

– Je ne vais pas pouvoir te donner ce que tu veux, Michael.

– Tu n'as pas la moindre idée de ce que je veux. Et si tu en avais une, tu ne m'aurais pas laissé m'installer à moins d'un kilomètre de Templeton House. Mais comme nous sommes trop épuisés toi et moi pour que je t'explique ça maintenant, tu ferais mieux d'aller dormir.

– Je vais t'aider à nettoyer...

– Non, je peux le faire tout seul. Je ne suis pas aussi fatigué que ça, tu sais, et tu es décidément trop attirante. Va-t'en.

– D'accord.

En sortant du box, elle se retourna pour le regarder. Il étira son long corps viril, moulé dans son jean ouvert à la taille. Instantanément, la femme qu'elle était se mit à vibrer. Et à le désirer.

– Michael ?

– Oui ?

Ses yeux étaient cernés, son regard las, mais il la fixa d'une telle manière qu'elle eut la sensation que son sang se mettait à bouillir dans ses veines.

– Personne ne m'a jamais désirée autant que tu sembles me désirer. Je ne sais pas très bien ce que je ressens, ni quoi faire.

Une lueur brûlante anima soudain son regard noir.

– Ce n'est pas avec des déclarations de ce genre que je risque d'avoir moins envie de toi !

Aussi vif qu'un serpent, et l'air aussi menaçant, Michael fondit sur elle en l'agrippant par le devant de son chemisier. Sa main libre se referma sur sa nuque et la serra légèrement tandis qu'il pressait ses lèvres doucement sur les siennes. Lorsqu'il la relâcha, Laura tituba en arrière, le regard flou, brillant à la fois d'affolement et de désir.

– Va-t'en, Laura. Tu n'es pas en sécurité, ici.

Elle se dirigea vers la porte en marchant comme une aveugle et sortit dans la lumière blanche du matin. Les os en compote, l'esprit brouillé et tous les sens en émoi. Du bout des doigts, elle effleura ses lèvres, cherchant à retrouver le goût de son baiser.

Avant de rentrer à Templeton House, Laura regarda encore une fois derrière elle. Et se demanda si elle avait, au fond, tellement envie d'être en sécurité. Elle l'avait toujours été, or sa vie était loin d'être une grande réussite. Tout à coup, elle eut la sensation désagréable que ses réflexions n'étaient plus guidées que par son corps et non plus par sa tête. Oui, c'était exactement cela, elle avait la sensation de n'être plus qu'un corps palpitant sans plus d'esprit.

Expérience nouvelle, certes, mais qu'elle n'était pas certaine de vouloir pousser plus avant.

Avant d'avoir décidé ce qu'elle allait faire, Laura poussa la porte de la cuisine, et ce fut subitement comme si le ciel lui tombait sur la tête.

– Laura ! Mon Dieu ! s'écria Ann en se précipitant vers elle.

La gouvernante, en proie à une réelle panique, la serra dans ses bras, lui frotta le dos et la fit asseoir devant la table.

– Que t'a-t-il fait ? Cet homme est un monstre, une créature du diable ! Où as-tu mal, ma chérie ?

Les yeux écarquillés, Ann lissa les cheveux hirsutes de la jeune femme en lui tapotant les joues pour qu'elles reprennent un peu de couleur.

– Je savais bien que sa présence finirait par nous attirer des ennuis, mais je n'aurais jamais imaginé que... Je vais le tuer, l'étrangler de mes propres mains, je te le promets !

– Mais qui ? De quoi parles-tu ?

– Cette pauvre enfant est encore sous le choc. Mrs Williamson, allez vite chercher le cognac.

– Si seulement vous vouliez bien vous calmer, Mrs Sullivan...

– Me calmer ? Vous ne voyez donc pas ce qu'il a fait à notre petite Laura ?

Après s'être essuyé consciencieusement les mains sur son tablier, la cuisinière se détourna de ses fourneaux.

– Que s'est-il passé, miss Laura ?

– J'ai juste...

– Je vais vous le dire, moi, ce qui est arrivé ! l'interrompit Ann, une lueur vengeresse dans les yeux. C'est cet homme, et rien d'autre ! Il est clair qu'elle a essayé de lui résister... Oh ! mais il va le payer. Et quand j'en aurai terminé avec Michael Fury, il ne restera pas grand-chose de lui, croyez-moi !

– Michael... ?

Sans doute était-ce dû à l'épuisement, mais Laura ne comprenait rien à ce que la gouvernante racontait. Ne venait-elle pas de quitter Michael ?

– Qu'est-ce qu'il a fait ? demanda-t-elle.

Ann pinça les lèvres et s'assit en prenant la main de Laura dans la sienne.

– Inutile d'avoir honte, ma chérie, surtout, ne t'inquiète pas. Ce n'est en rien ta faute.

– Mais qu'est-ce qui n'est pas ma faute ?

– Pauvre petite...

Manifestement, Laura essayait de refouler l'horreur qu'elle venait de vivre, songea Ann.

– Déshabille-toi, nous allons voir où tu es blessée. J'espère que c'est son sang qui a taché tes vêtements.

– Son sang ?

Laura baissa les yeux et vit alors dans quel état lamentable étaient son chemisier et son pantalon.

– Ô mon Dieu...

Et soudain, tout devint plus clair.

– Mon Dieu ! répéta-t-elle en éclatant de rire.

– Le cognac, Mrs Williamson ! Apportez-le en vitesse.

– Non, non, fit Laura en rattrapant Ann avant qu'elle n'aille réclamer vengeance. Ce n'est ni mon sang ni celui de Michael. C'est celui de la jument... La jument a mis bas cette nuit et j'ai aidé Michael, c'est tout.

– Eh bien, voilà ! fit Mrs Williamson d'un air satisfait en retournant à ses fourneaux.

– La jument a... bredouilla Ann avec un regard suspicieux. Et tu es allée l'aider ?

– Oui. C'est une pouliche. Et elle est magnifique.

Laura soupira et résista à la tentation de s'écrouler sur la table et de s'endormir là. Vidée de toute énergie, elle avait l'impression de flotter dans une douce torpeur.

– C'est un travail salissant, Annie. Je suppose que Michael et moi avons l'air de nous être bagarrés dans un bar.

– Oh...

Stupéfaite et vaguement honteuse, Ann se leva.

– Je vais te faire du café.

– J'en ai tellement bu cette nuit que je devrais pouvoir m'en passer pendant au moins deux ans !

Retrouvant son sérieux, Laura prit les mains de la gouvernante dans les siennes.

– Mais je suis étonnée que tu aies cru une seconde que Michael ait pu me faire du mal.

– Je lui ai pourtant dit que ce garçon valait de l'or, glissa Mrs Williamson. Mais vous croyez qu'elle m'écouterait ?

– Je sais reconnaître un voyou quand j'en vois un.

– Le voyou en question, dit calmement Laura, a passé toute la nuit à se faire du souci pour sa jument. Il prend sur ses heures de travail pour apprendre à mes filles à monter à cheval. Il est gentil avec elles, et plein d'attentions. Et si j'en juge par ce que j'ai pu voir aux écuries, il abat le boulot de facilement deux hommes !

Ann repensa à la manière dont la petite Kayla s'était jetée dans les bras de Michael, et à celle dont il l'avait accueillie. Néanmoins, sa mâchoire se crispa. Elle savait tout de même de quoi elle parlait.

– Un léopard ne se transforme pas en agneau, que je sache !

– Sans doute. Mais un homme peut changer, si on lui en donne l'occasion. Et quels que soient tes sentiments à son égard, je te rappelle que, pour l'instant, Michael Fury habite à Templeton House et qu'il est notre locataire.

Laura se leva d'un air las en frottant ses yeux ensommeillés.

– Je crois que j'ai besoin d'une bonne douche et d'un petit...

Soudain, son regard se posa sur la pendule accrochée au-dessus de la cuisinière.

– Ô mon Dieu, il est déjà 7 h 30 ? Comment est-ce

possible ? J'ai un rendez-vous à 9 heures... Les filles sont debout ?

— Ne t'en fais pas pour elles, dit Ann. Ce matin, c'est moi qui vais me charger de superviser l'habillage et de les emmener à l'école. Tu n'as qu'à annuler ce rendez-vous et aller dormir.

— Je ne peux pas. C'est très important que j'y aille. Je vais voir où elles en sont et prendre une douche en vitesse. Je les déposerai en partant. S'il te plaît, Annie, assure-toi qu'elles avalent un bon petit déjeuner.

— Et vous, miss Laura ? s'inquiéta Mrs Williamson.

Mais elle avait déjà filé.

— Juste du café, merci ! Je n'ai pas le temps, cria-t-elle par-dessus son épaule.

— Trop, c'est trop, déclara la vieille cuisinière en tournant sa pâte à crêpes. Si elle continue à ce rythme, elle ne va pas tarder à s'effondrer. Souvenez-vous de ce que je vous dis.

Et elle espérait bien qu'un certain jeune voyou serait là pour la rattraper. Elle le souhaitait même de tout son cœur.

— Elle n'aurait pas dû passer toute la nuit debout à se préoccuper des affaires d'autrui, remarqua sèchement Ann.

— Mrs Sullivan, Dieu sait si vous êtes une femme sensée, mais vous êtes plus têtue que six mules réunies ! Et je vous parie un mois de salaire que vous regretterez vos paroles d'ici peu.

— Nous verrons bien...

D'un air guindé, Ann remplit une tasse de café et s'apprêta à l'apporter à Laura.

— Ce garçon n'est qu'une source d'ennuis.

— Dans ce cas, conclut placidement Mrs Williamson, c'est le genre d'ennuis dont rêvent toutes les filles. Personnellement, je regrette de ne pas avoir connu plus d'ennuis comme lui dans ma vie !

Et dès que la gouvernante sortit de la cuisine, drapée dans sa dignité, Mrs Williamson se mit à chantonner gaiement.

Elle ne doutait pas de cette histoire de pouliche, mais Ann Sullivan préférait aller le constater de ses propres yeux. D'un pas énergique, elle se dirigea vers les écuries tout en maugréant contre la corbeille de muffins que Mrs Williamson lui avait confiée avec insistance. Si tout se passait comme elle l'espérait, Michael Fury ne mangerait plus rien sortant de la cuisine de Templeton House avant longtemps.

Elle jeta d'abord un coup d'œil à l'appartement et se renfrogna en découvrant qu'il avait été repeint de frais. Sans doute essayait-il de se faire bien voir. De se rendre agréablement utile en attendant de semer la pagaille. Eh bien, il pouvait essayer de donner le change à qui il voulait, mais sûrement pas à elle !

Ann entra dans les écuries, ce qu'elle avait soigneusement évité de faire depuis l'arrivée de Michael. Sa première réaction fut une réelle surprise. L'endroit était aussi propre et impeccable qu'un salon, et l'odeur de foin et de cheval n'était nullement déplaisante. Elle fit un léger bond quand Max avança la tête et lui renifla l'épaule en signe de bienvenue.

– Seigneur, tu es aussi grand qu'une maison !

Toutefois, le regard très doux du cheval lui arracha un sourire et, après un bref coup d'œil derrière elle afin de s'assurer que personne ne l'observait, elle caressa le nez soyeux de l'animal.

– Tu es un beau garçon, dis-moi. C'est toi qui fais tous ces tours dont me parlent les filles ?

– C'est bien lui...

En voyant Michael sortir du box de la jument au bout de l'allée, Ann laissa retomber sa main et se reprocha de ne pas avoir été plus prudente.

– Vous voulez le monter ?

– Non, merci.

Raide comme un piquet, elle s'avança vers lui.

– Mrs Williamson vous envoie des muffins.

– Ah oui ?

Il prit la corbeille, en choisit un et, quand il mordit

dedans et qu'un peu de vapeur s'en échappa, faillit se mettre à pleurer de gratitude.

– Cette femme est une véritable déesse ! dit-il la bouche pleine. Mais j'imagine que vous n'êtes pas ici pour jouer au Petit Chaperon rouge qui vient apporter des douceurs au grand méchant loup, Mrs Sullivan.

– Vous mélangez tout ! C'est l'histoire d'une innocente petite fille qui vient rendre visite à sa grand-mère et se fait attaquer par un loup.

– Merci de cette précision.

Puis, parce qu'elle l'agaçait autant qu'il l'agaçait, il retourna dans le box afin de finir d'administrer les médicaments nécessaires à la jument et à sa pouliche.

– C'est un beau cheval que vous avez là.

– Oui. Deux belles pouliches. La nuit a été longue, pas vrai, Darling ?

L'état du box ne laissait deviner en rien qu'une naissance longue et difficile venait d'avoir lieu. La paille était fraîche, et la mère et son bébé parfaitement brossés. Etant donné qu'il n'y avait pas une heure que Laura était arrivée en titubant de fatigue dans la cuisine, ce garçon n'avait visiblement pas perdu son temps.

– D'après ce que j'ai entendu, elle a été longue pour vous aussi. Je suis étonnée que vous ne soyez pas en train de ronfler au fond de votre lit.

– C'est bien ce que je compte faire dès que j'en aurai terminé ici. Mais il faut d'abord que je nourrisse mes chevaux et que je leur donne à boire.

Sachant pertinemment comment l'irriter, il lui fit un grand sourire par-dessus son épaule.

– Vous voulez me donner un coup de main ?

– Chacun ses tâches. Occupez-vous des vôtres.

Ce qu'il faisait d'ailleurs fort bien, il fallait l'avouer. L'ordre et la propreté avaient toujours suscité le respect d'Ann Sullivan. Cependant...

– Quand je pense que miss Laura est restée debout toute la nuit. Cela ne semble pas vous avoir posé de problèmes.

Satisfait de voir que la jument et la pouliche étaient en pleine forme, Michael sortit du box, décrivit un large

169

cercle autour de la gouvernante et commença à préparer la nourriture.

— Non, en effet.
— Cette petite a besoin de dormir.
— Eh bien, c'est sûrement ce qu'elle est en train de faire.
— Elle vient de partir à Monterey.

Il se retourna vivement et un peu de grain s'échappa du seau qu'il tenait à la main.

— C'est ridicule. Elle a veillé toute la nuit.
— Elle avait un rendez-vous important.
— Elle était pourtant épuisée.
— Je sais.

Cela étonna Ann de le voir si contrarié, ou de faire semblant.

— C'est idiot, fit-il en recommençant à doser le grain. Elle aurait pu aller chez le coiffeur ou chez la manucure plus tard.
— Chez le coiffeur ? La manucure ?

Ecœurée, Ann plaqua ses mains sur ses hanches.

— Si c'est ce que vous pensez que miss Laura est en train de faire, vous êtes vraiment stupide ! Ce dont je n'ai d'ailleurs jamais douté. Elle est partie à son bureau à l'hôtel, espèce de babouin ! Avant d'aller travailler cet après-midi à la boutique. Et ensuite, si elle résiste à la nuit que vous lui avez fait passer à cause de votre cheval, elle rentrera s'occuper de ses filles, puis elle...
— Ecoutez, cet hôtel est à elle, rétorqua-t-il. Tout comme la boutique. Or je suppose qu'on peut se passer d'elle une journée.
— Elle prend ses responsabilités très au sérieux. Sans compter qu'elle a des enfants à élever. Il y a l'école à payer, les vêtements et la nourriture à acheter, les factures à régler...
— Les Templeton n'ont jamais eu besoin de travailler pour gagner leur vie.
— Eh bien, Laura Templeton, si ! Parce que vous imaginez qu'elle vit aux crochets de sa famille ? Vous croyez qu'après que cette ordure sans cœur lui eut pris tout

son argent, elle serait allée pleurer auprès de ses parents ?

– Comment ça... il lui a pris tout son argent ?

– Comme si vous ne le saviez pas ! railla Ann d'un air méprisant. Comme si tout le monde, de Big Sur à Monterey, ne savait pas que ce traître a vidé leurs comptes bancaires et empoché toutes les actions et tous les titres avant le divorce !

– Ridgeway, marmonna Michael, le regard soudain plus sombre. Pourquoi n'est-il pas mort ?

Ann réprima un soupir. Sur ce point, tout voyou qu'il fût, elle ne pouvait qu'être d'accord avec lui. Mais elle en avait déjà dit beaucoup plus qu'elle n'aurait dû.

– La place que j'occupe ici ne m'autorise pas à répéter les ragots à un palefrenier.

– Je ne suis pas un palefrenier et, en ce qui me concerne, vous ne vous êtes jamais privée de me dire le fond de votre pensée. Pourquoi ont-ils laissé filer Ridgeway ? Josh aurait pu l'en empêcher. Les Templeton ont les moyens de le casser.

– Ce sont les affaires de miss Laura, et son choix, dit Ann en croisant les bras, les lèvres pincées.

– Je ne comprends pas...

Michael déposa une ration de grain devant Max qui attendait patiemment.

– Elle doit bien avoir une fortune personnelle dans laquelle puiser. Il y a la maison, les domestiques... On ne vit pas sur un tel pied quand on n'a pas d'argent.

Ann répliqua d'un air moqueur :

– La situation financière de miss Laura ne vous regarde pas, Michael Fury. Mais si vous comptiez l'attendrir dans l'intention de lui soutirer une partie de sa fortune, vous feriez mieux d'aller voir ailleurs.

Ann savait reconnaître un homme fou de rage, de même que la maîtrise qu'il s'imposait pour se retenir de laisser exploser sa colère. Or si elle s'était attendue à la première chose, elle n'avait toutefois nullement envisagé la seconde.

– Me voilà prévenu, fit Michael en continuant à nourrir ses chevaux.

N'était-ce pas de la peine qu'elle avait cru deviner un instant sous la colère bouillonnante ? Non, elle ne pouvait croire ça chez un homme comme lui. Néanmoins, elle se mordit la lèvre en se demandant si elle n'avait pas eu tort et n'allait pas effectivement regretter ce qu'elle venait de dire.

– Je vous laisse à vos occupations.

Lorsqu'elle fut partie, il continua à mesurer le grain avec précision. Tout à coup, le seau vola à travers le box et heurta le mur avec une telle force que l'anse se brisa. Plusieurs chevaux hennirent avec nervosité. Max cessa de manger et releva la tête en regardant fixement son maître.

– Quel abruti je suis ! murmura Michael en se passant les mains sur le visage. Cette femme devrait être en train de dormir.

Il ramassa le seau à mesurer le grain et le rejeta par terre. Puis décida d'aller en chercher un autre.

10

Vers 2 heures de l'après-midi, Laura était entrée dans une nouvelle phase d'épuisement. Cette impression qu'elle avait de flotter à quelques centimètres au-dessus du sol et de se mouvoir dans une sorte de brouillard n'était d'ailleurs pas désagréable.

Elle avait présidé la réunion de mise au point en vue de la convention des écrivains, avait donné les derniers ordres à son équipe pour faire face à l'arrivée massive des participants, qui devait s'étaler sur deux jours, et avait vérifié une dernière fois tous les détails avec le directeur de salle, le personnel de l'entretien, le traiteur, les serveurs et les femmes de chambre.

Et à 13 heures, elle avait repris quelques forces en avalant un café et une barre de chocolat avant de foncer à la boutique. Le seul moment enthousiasmant de la journée ayant été le coup de fil à moitié hystérique de

Kate ce matin, au moment même où Laura était sortie de la douche.

— C'est rose. C'est carrément rose ! Je suis enceinte. Byron, repose-moi par terre ! Tu entends ça, Laura ? Je vais avoir un bébé !

Elles avaient alors ri toutes les deux, et pleuré un peu. Mais à présent, Kate allait et venait dans la boutique, l'air songeur.

— Que penses-tu de Guenièvre, si c'est une fille ? demanda-t-elle à Laura. La famille de Byron a une tradition qui consiste à choisir les prénoms dans des œuvres littéraires.

— Guenièvre était un peu faiblarde, question morale, commenta Margo. Elle a quand même tourné la tête au meilleur ami de son mari. Mais si c'est ce côté-là qui te plaît...

— J'ai toujours aimé Ariel, de *La Tempête* de Shakespeare, dit alors Laura.

— Ariel De Witt...

Kate l'inscrivit sur un carnet sorti de sa poche, estimant que le choix d'un prénom était une affaire sérieuse qu'il fallait considérer sous tous les angles.

— Hum... Pas mal, marmonna-t-elle en remettant ses lunettes dans sa poche. Tiens, Laura repique un petit roupillon !

— Pas du tout, protesta celle-ci en sursautant.

De quoi diable étaient-elles en train de parler ?

— Ah oui, des noms !... bredouilla-t-elle rapidement comme si elle était en train de répondre à un jeu. Des noms de filles pris dans la littérature. Hester, Juliette, Dalila...

— Et pour cette bonne réponse, vous avez gagné un abonnement d'un an à un centre de remise en forme ! s'écria Kate. A moins que vous ne préfériez revenir en deuxième semaine et tenter le voyage à Honolulu ?

— Très drôle...

Laura résista à l'envie de se frotter les yeux comme un enfant grincheux.

— Je préfère Juliette.

— Nous allons soumettre ça à notre distingué jury.

173

Laura, tu devrais aller faire un somme avant de tomber raide.

— Et si quelqu'un s'y connaît en matière de dépassement de ses limites, c'est bien notre copine enceinte au regard vaseux, commenta Margo. Si tu allais t'allonger un peu ? Passer une nuit avec Michael viderait n'importe quelle femme de son énergie.

Laura fit la grimace en s'assurant qu'aucune cliente ne pouvait entendre leur conversation.

— Je t'ai dit que nous avions mis un poulain au monde, pas qu'on s'était roulés dans les draps.

— Ce qui prouve que tu n'as pas le sens des priorités... Kate, il me semble que ce monsieur aurait besoin d'un petit coup de pouce, fit Margo en hochant la tête vers un homme en train de regarder des tabatières.

Elle se tourna vers Laura.

— Je crois que tu lui as tapé dans l'œil.

— A qui ? A ce client ?

— A Michael, voyons ! Et si tu ne l'as pas remarqué, tu ferais bien d'aller voir ton ophtalmo.

— Je n'ai pas de temps à... Bon, d'accord, je l'ai remarqué.

Margo reposa un verre en cristal qu'elle venait d'épousseter. C'était déjà un progrès, songea-t-elle.

— Et tu as besoin d'encouragements ?

Laura soupira.

— Il veut me... Il a envie de moi.

— Tu parles d'une surprise !

— Non, je veux dire qu'il me l'a avoué. Comme ça, de but en blanc. Comment est-on censé réagir à une chose pareille ?

— Il y a plusieurs façons. Je crois bien les avoir toutes essayées.

Margo se tapota la joue en réfléchissant.

— Lequel de mes stratagèmes aurait ta préférence ?

— Je ne cherche aucun stratagème...

Sentant ses jambes se dérober sous elle, Laura alla s'asseoir sur le tabouret derrière le comptoir.

— Tu oublies que je n'ai eu qu'un seul homme dans

ma vie. Auquel j'ai été mariée pendant dix ans. Je ne connais donc pas trente-six façons de...

— Peut-être, et c'est tant mieux pour toi. Mais chaque femme a sa manière. Pose-toi une simple question : est-ce que tu le trouves attirant ?

— Oui, mais...

— La réponse est oui, coupa Margo en jetant un coup d'œil sur deux clientes qui contemplaient les bijoux dans une vitrine le long du mur. Tu es donc une femme adulte, libre et responsable, attirée par un homme adulte et libre qui te trouve attirante.

— C'est chez les lapins que ça marche comme ça !

— Chez les gens aussi. Bien sûr, il n'y a jamais de garanties. Tu t'en doutes. Et tu risques d'y laisser des plumes. Mais ça peut aussi te rendre heureuse. Ou tout simplement te dérouiller un peu.

Laura secoua la tête en soupirant.

— Les choses du sexe ont toujours été plus simples pour toi que pour moi.

— Je suis mal placée pour dire le contraire, et je n'en suis pas particulièrement fière.

— Je ne voulais pas te...

— Je sais. J'ai couché avec plus d'un homme, dont certains étaient mariés. Parfois c'était bien, quelquefois moins bien...

Elle pouvait se l'avouer sans regret ni remords dans la mesure où elle était consciente que tout ce qu'elle avait fait n'avait servi qu'à l'amener là où elle était maintenant.

— Mais Josh est le seul qui ait vraiment compté.

— Parce que vous vous aimez, dit doucement Laura. Mais entre Michael et moi, il ne s'agit pas d'amour. Juste de désir physique.

— Et qu'y a-t-il de mal à cela ?

— J'arrive en général à l'expliquer, sauf quand ses mains se posent sur moi.

Ce qui, d'après Margo, était très bon signe.

— Et alors ?

— J'ai juste envie de lui, comme je n'ai jamais eu envie

de personne. Tout va trop vite, fit-elle en se trémoussant, mal à l'aise.

— Tant mieux ! s'exclama Margo en se penchant vers elle. Etonne-toi, Laura ! Un de ces soirs, va faire un tour aux écuries et saute-lui dessus !

— Comme si c'était ce que j'allais faire ! Ecoute, c'est de conseils raisonnables dont j'ai besoin.

— Etre raisonnable, c'est bien quand on est à la retraite, pas quand...

— Mademoiselle...

Une des clientes attira l'attention de Margo.

— Pourrais-je voir cette broche, s'il vous plaît ?

— Bien sûr !

Margo prit les clés de la vitrine avant de s'éloigner.

— Oh, vous aimez le style Art déco ? C'est une pièce fabuleuse ! Je l'ai trouvée à une vente aux enchères à Los Angeles. On m'a dit qu'elle avait appartenu à Marlene Dietrich.

Laura balaya la boutique d'un regard en réprimant un bâillement. Il y avait du monde, mais elles n'étaient pas débordées. Peut-être allait-elle finalement s'éclipser et faire une petite sieste. Elle se laissa glisser du tabouret et s'approcha d'une cliente pour lui demander si elle avait besoin d'aide... en priant le ciel qu'elle lui réponde non. Au même instant, la porte s'ouvrit.

— Peter...

Laura se figea sur place.

— J'ai appelé ton bureau à l'hôtel. On m'a dit que je te trouverais ici.

— Oui, c'est un des après-midi où je suis à la boutique.

— Très intéressant...

Il n'était encore jamais venu à *Faux-Semblants*, ayant délibérément étouffé sa curiosité quant à l'aventure financière dans laquelle s'était lancée son ex-femme. Mais maintenant qu'il était là, il regarda lentement autour de lui pour en juger par lui-même.

La description que Candy lui avait faite de la boutique comme étant un fouillis de choses de seconde main n'était pas tout à fait exacte. Connaissant les sentiments de sa fiancée à l'égard de Laura, il ne s'était d'ailleurs pas attendu qu'il en fût autrement.

Néanmoins, il fut étonné de trouver un endroit aussi charmant, et une clientèle distinguée à laquelle se mêlaient quelques touristes. Et intrigué par les vitrines et un peu envieux des marchandises exposées sur les rayons.

– Alors ? fit Laura en voyant son air impressionné. Qu'en penses-tu ?

– C'est plutôt original. Ça doit pas mal te changer.

Il la regarda à nouveau. Elle était toujours aussi jolie, et aussi distante. C'était curieux, il n'aurait jamais cru que Laura ou ses amies eussent assez de cervelle, de moyens et d'imagination pour créer une affaire aussi séduisante et qui ait autant de succès.

Laura refusa de se laisser agacer par ces remarques vaguement condescendantes.

– J'ai eu le temps de m'habituer.

– Je suppose que ça te distrait.

– C'est une affaire, Peter, pas une distraction.

Pourquoi s'attendait-elle qu'il comprenne ce que la boutique représentait pour elle ? Il ne l'avait jamais comprise. Peut-être s'entendrait-il mieux avec la nouvelle femme qu'il avait choisie.

– Mais tu n'es sûrement pas venu ici pour acheter un cadeau à Candy. En général, elle n'apprécie pas trop notre marchandise.

– Non, je suis venu te parler.

Peter se retourna et remarqua l'escalier en colimaçon et la mezzanine autour de laquelle courait un petit balcon. Puis il aperçut Margo, qui s'appliqua à lui jeter un regard froidement dédaigneux. Il n'allait quand même pas tolérer ce mépris silencieux de la part de la fille d'une domestique !

– Tu n'as pas un bureau où nous pourrions parler en privé ?

– Nous utilisons la majeure partie de l'espace pour entreposer notre stock.

Laura n'avait aucune envie de discuter avec lui dans

la boutique. Cet endroit était à elle, et il n'était pas question de le souiller avec des problèmes personnels.
– Si nous allions discuter dehors ? Margo, je reviens dans quelques minutes.
– Si tu y tiens, marmonna celle-ci en adressant un petit sourire à Peter. N'oublie pas de saluer ta fiancée pour nous. Kate et moi étions justement en train de dire à quel point nous étions ravies que tu aies trouvé quelqu'un à ta mesure.
– Je suis sûr que Candice trouvera cela... très amusant.

Laura se contenta de faire un petit signe de tête à Margo pour la dissuader de tout autre commentaire.
– Ce ne sera pas long, dit-elle en ouvrant la porte et en sortant sous la véranda.

Peter n'avait jamais apprécié Cannery Row et son atmosphère de fête permanente. Il trouvait l'endroit trop fréquenté, bruyant et déplaisant.
– Ça manque d'intimité, Laura.

Elle sourit en regardant les gens déambuler sur les trottoirs au milieu de la circulation incessante.
– Il n'y a rien de plus anonyme qu'une foule, rétorqua-t-elle.

Et sans lui demander son avis, elle s'éloigna vers le bout de la rue pour traverser.
– Cet endroit offre beaucoup d'avantages. Pas mal de gens qui se promènent sur le quai ou vont visiter l'aquarium passent faire un tour à la boutique.

Elle lissa ses cheveux rabattus par la brise, puis marcha jusqu'à la jetée pour admirer la mer.
– Sans compter que c'est très agréable de pouvoir prendre une pause et de venir regarder l'eau ou donner à manger aux oiseaux.
– Ce n'est pas en rêvassant devant la mer qu'on fait tourner une affaire.
– On se débrouille plutôt bien.

Laura s'appuya à la rambarde en fer en regardant les bateaux danser sur les vagues. Les mouettes virevoltaient, et une petite fille éclata d'un rire joyeux lorsque

l'une d'elles se posa sur ses genoux pour picorer dans son paquet de crackers.
– Qu'est-ce que tu veux, Peter ?
– Parler d'Allison et de Kayla.
– Parfait, dit Laura en faisant volte-face et en s'accoudant à la rambarde. Allison travaille très bien à l'école. Elle a d'excellentes notes, ce qui devrait te faire plaisir. Kayla a quelques petits problèmes en maths, mais ça va sûrement s'arranger.
– Ce n'est pas exactement ce que je...
– Excuse-moi, mais je n'ai pas terminé.
Elle savait pertinemment que tout cela ne l'intéressait pas, mais elle continua sur sa lancée :
– Ali a joué Carla dans le ballet de *Casse-Noisette* que son cours de danse a monté en décembre. Elle était magnifique, mais elle a pleuré à la fin parce que son père n'était pas venu la voir comme il le lui avait promis.
– Je t'ai déjà expliqué que j'avais eu un empêchement.
– Oui, en effet. Kayla jouait une des souris, mais ton absence n'a pas eu l'air de trop la contrarier. Je pense qu'Ali va continuer ses leçons de danse. Elle devrait commencer les pointes l'année prochaine. Kayla ne s'y intéresse plus vraiment, mais elle dessine de mieux en mieux. Elles prennent aussi des leçons d'équitation avec Michael Fury. Il est très impressionné par leurs progrès. Kayla a eu un rhume la semaine dernière, mais ça ne l'a pas ralentie pour autant. Oh ! et je leur ai acheté un chiot et deux chatons.
Peter attendit une seconde.
– Tu as fini ?
– En fait, j'aurais encore beaucoup de choses à te dire. Ce sont des enfants actives, et en pleine transformation. Mais je t'ai résumé l'essentiel.
– Je suis venu ici dans l'espoir d'avoir une conversation calme et civilisée avec toi, pas pour écouter un sermon.
– Ça n'avait rien d'un sermon, mais, si tu veux, je peux t'en faire un.

Il se retourna d'un air irrité quand quelqu'un le bouscula légèrement.

— Candy et moi allons nous marier dans huit semaines à Palm Springs. Allison et Kayla devraient venir.

— C'est un ordre ou une invitation ?

— Les gens s'attendront que les enfants soient là. Candy est en train de s'organiser pour que ses enfants viennent nous rejoindre. La jeune fille au pair les amènera la veille de la cérémonie. Allison et Kayla pourraient voyager avec eux.

Que ses manières étaient civilisées, songea-t-elle. Et froides !

— Tu veux que la jeune fille au pair de Candy te les amène, et qu'elles reviennent de la même manière, je suppose ?

— Ça me paraît raisonnable et pratique.

— Et puis ça n'empiétera pas sur ton précieux temps.

Laura leva la main avant qu'il ne puisse réagir.

— Excuse-moi. Je suis fatiguée et d'assez mauvaise humeur. Je suis sûre que les filles seraient contentes de venir. Tu n'as qu'à les appeler ce soir...

— J'ai d'autres projets. Je ne vois d'ailleurs pas la nécessité de répéter ces détails une seconde fois.

Laura se retourna à nouveau vers la mer. Elle allait tâcher d'oublier son propre ressentiment et d'essayer, une fois de plus, de donner à sa fille ce qui lui manquait.

— Peter, Ali a beaucoup de peine, elle vit dans la confusion et dans la peur. Tu viens les voir et tu leur téléphones si rarement... Elle se sent abandonnée.

— Nous avons déjà abordé ce sujet, Laura.

Et il se trouva infiniment patient de bien vouloir l'écouter une nouvelle fois.

— C'est toi qui as voulu divorcer. Maintenant, c'est fait, et elle a largement eu le temps de s'adapter. Je dois penser à ma propre vie.

— Et tes enfants, il t'arrive d'y penser ?

Il soupira en jetant un bref coup d'œil à sa Rolex. Il pouvait lui accorder encore dix minutes, pas une de plus.

– Tu as toujours attendu de moi beaucoup plus que je ne le juge utile dans ce domaine.

– Il ne s'agit pas d'un domaine, mais de tes filles.

Elle pivota sur elle-même, se retenant de lui cracher toute l'amertume qu'elle ressentait à la figure, puis l'observa un instant. Il avait l'air si séduisant, si glacial, si composé. Si parfait.

– Tu ne les aimes pas... Tu ne les as jamais aimées, n'est-ce pas ?

– Ce n'est pas parce que je refuse de les gâter comme tu as choisi de le faire que je ne suis pas conscient de mes responsabilités.

– Ce n'est pas ce que je t'ai demandé.

Surprise de s'entendre parler ainsi, Laura posa une main sur son bras.

– Peter, nous ne sommes que tous les deux. Au point où nous en sommes, nous n'avons plus rien à perdre, alors, essayons au moins d'être sincères. Parlons franchement une bonne fois pour toutes, au lieu de continuer à ressasser éternellement les mêmes choses et de n'aboutir à rien.

– C'est toi qui insistes pour reparler de tout ça, lui rappela-t-il.

– Bon, d'accord, c'est moi.

Argumenter était inutile, et elle devait admettre que ça l'épuisait.

– Je voudrais seulement comprendre. J'en ai besoin. Il ne s'agit plus de ce que tu as fait, ni de tes sentiments pour moi ou de ceux que j'ai pour toi. Il s'agit des enfants. De nos filles. Aide-moi à comprendre pourquoi tu n'en veux pas.

Pendant un instant, il considéra la main posée sur son bras. Une main fine, dont la délicatesse lui avait toujours paru attirante. Or le fait de découvrir une poigne de fer en dessous le déconcertait et le décevait à la fois.

Mais une fois ce point éclairci, peut-être renoncerait-elle enfin à lui demander sans cesse de modifier son emploi du temps pour répondre à ses exigences.

– Je n'ai pas la fibre paternelle, Laura. Ce que je

considère comme un simple fait et nullement comme une tare.

– Très bien.

Bien que trouvant cela extrêmement douloureux à entendre, elle hocha la tête.

– Je peux accepter ça. Il n'en reste pas moins que tu es père.

– Ta définition de ce mot et la mienne sont profondément différentes. J'assume mes responsabilités, ajouta-t-il d'un ton sec. Tu reçois une pension alimentaire tous les mois.

Qui allait directement remplir les comptes qu'il avait eu le culot de vider avant le divorce...

– Ah oui ? Une obligation financière ? C'est tout ce que ça représente pour toi ?

– Je ne suis pas un papa gâteau et ne l'ai jamais été. A une époque, j'ai pensé que j'aurais préféré avoir des fils. Je regrettais même de ne pas en avoir.

Il écarta ses mains élégantes.

– Mais à la vérité, ça n'a plus d'importance. Nous n'avons pas eu de fils, et je ne veux plus avoir d'enfants. Ceux de Candy sont déjà élevés, polis, et n'ont pas besoin de moi. Je pense qu'Allison et Kayla non plus. Elles reçoivent une éducation correcte et vivent confortablement dans une maison agréable.

Comme des caniches, songea Laura, la mort dans l'âme.

– La réponse est donc que tu ne les aimes pas.

– Disons que je ne ressens pas pour elles le lien que tu voudrais que je ressente.

Il se pencha vers elle.

– Soyons francs, Laura. Ces enfants sont plus des Templeton que des Ridgeway, elles sont plus à toi qu'à moi. Et ça a toujours été comme ça.

– Ce n'était pas une fatalité, murmura-t-elle. Elles sont tellement belles. De vrais petits miracles... Je trouve dommage pour toi que tu ne veuilles pas profiter de ce qu'elles ont à te donner.

– Et j'ajouterai que cette situation me paraît mieux pour tout le monde. Au départ, vois-tu, j'étais furieux que tu insistes pour divorcer. Je craignais que ça ne me coûte ma place chez Templeton. Mais au cours de ces derniers mois, je me suis rendu compte que c'était inévitable. Ouvrir mon propre hôtel a été un défi qui me stimule énormément et, pour être franc, Candice est le genre de femme qui correspond mieux à ma nature et à mes besoins.

— J'espère que vous serez heureux. Sincèrement.

Elle poussa un soupir.

— Tu tiens vraiment à ce que les filles assistent à ton mariage, Peter, ou bien est-ce simplement pour la forme ?

— Si elles décident de ne pas venir, il suffira que je trouve une excuse convenable.

— Parfait. Je vais leur en parler, et elles décideront.

— Je compte sur toi pour me prévenir d'ici la fin de la semaine. Bien, si nous avons terminé, je vais filer car j'ai un rendez-vous.

Il jeta un coup d'œil de l'autre côté de la rue. Les choses étant à présent réglées, il décida de se montrer magnanime.

— Ta boutique en impose, Laura. J'espère que ça marchera.

— Merci... Peter, dit-elle au moment où il se retournait pour s'en aller.

Les gens passaient devant eux sans les voir. Elle repensa tout à coup à la nuit magique qu'ils avaient passée ensemble dans la gloriette, cette nuit où la lune jouant à cache-cache derrière la glycine et le parfum des fleurs lui avaient semblé être des promesses de rêve.

— M'as-tu jamais aimée ? Je voudrais le savoir. Je dois penser à ma vie, moi aussi.

Il considéra un instant sa silhouette gracieuse qui se détachait sur le bleu de la mer, ses cheveux sur lesquels le soleil jetait des reflets dorés, son teint pâle et délicat. Et quand les mots franchirent sa bouche, il fut surpris de s'entendre dire la vérité.

— Non. Non, je ne t'aimais pas. Mais j'avais envie de toi.

Un cœur pouvait donc se briser plusieurs fois, réalisa

Laura en hochant la tête avant de détourner le regard vers l'océan. Eclater en mille morceaux. Encore et encore.

A la seconde où elle pénétra dans la boutique, Kate fondit sur elle.

– Là-haut !
– Pardon ?

Etourdie de fatigue et de chagrin, Laura se laissa entraîner dans l'escalier en colimaçon.

– Là-haut, et au lit !
– Mais la boutique est ouverte. Le boudoir...
– ... est fermé pour le reste de la journée.

Kate poussa son amie sur la couette en satin du grand lit, puis s'agenouilla pour lui retirer ses chaussures.

– Tu vas obéir et déconnecter. Je veux que tu ne penses à rien, tu m'entends ? A rien du tout. Et surtout pas à ce que cet abruti a pu te dire.

Comme c'était étrange, songea Laura. Elle avait l'impression que sa vision se brouillait sur les bords, comme si un écran se rétrécissait.

– Il ne les a jamais aimées, tu sais. Il me l'a avoué. Il ne nous a jamais aimées, ni elles ni moi.
– N'y pense plus, fit Kate, dont les yeux s'embuèrent de larmes compatissantes. Ne t'en fais pas. Dors.
– Je suis désolée pour lui. Pour nous. Je suis épuisée.
– Je sais, je sais. Allonge-toi.

Avec autant d'attention que l'aurait fait une mère poule avec son poussin malade, elle remonta les couvertures sur Laura avant de s'asseoir au bord du lit en lui tenant la main.

– Endors-toi.
– J'ai tellement rêvé à la façon dont les choses devaient se passer... Tout devait être si parfait... Si beau...
– Chut ! murmura Kate tandis que la voix de Laura s'évanouissait. Rêve à autre chose. A quelque chose de nouveau.
– Elle est endormie ? demanda Margo depuis le seuil.
– Oui.

Kate soupira et sécha ses larmes. En pensant à l'enfant qu'elle portait dans son ventre. A l'homme qu'elle aimait, qu'elle avait épousé, et qui chérissait déjà si tendrement leur futur bébé.

— Je hais ce Peter Ridgeway.

— Tu n'es pas la seule, dit Margo en posant la main sur son épaule. Quand elle est revenue, elle avait l'air carrément... brisée. Je le tuerais volontiers, rien que pour lui avoir donné ce regard si triste.

— Tu n'es pas la seule, répéta Kate à son tour. Mais elle s'en remettra. Nous serons là pour y veiller.

Laura rentra chez elle exténuée, dans un état de profonde lassitude. Elle n'avait qu'une envie : prendre un long bain chaud, se glisser entre des draps frais et tout oublier. Mais elle avait d'abord besoin de voir ses enfants. Grandement besoin.

Elle les trouva aux écuries, comme elle s'y était attendue. Bongo fut le premier à venir à sa rencontre en tirant la langue d'un air joyeux. Il s'arrêta juste devant ses pieds, s'assit et lui tendit la patte.

— Qu'est-ce que c'est que ça ? fit-elle, charmée, en s'accroupissant pour lui prendre la patte. Tu es devenu un vrai chien de cirque ? Michael a joué avec toi, à ce que je vois. Et qu'est-ce que tu sais faire d'autre ? T'allonger ?

Instantanément, le chien s'aplatit sur le sol, guettant l'approbation de sa maîtresse, ainsi que le biscuit de rigueur.

— Tu sais faire des roulades ? Ou faire le mort ?

— On y travaille encore, dit Michael en s'approchant, et en donnant un biscuit à Bongo. Il faut toujours récompenser les performances.

— Les filles doivent être aux anges.

— Elles lui apprennent à faire des roulades. Il fait des progrès.

Tout en parlant, il nota le regard triste de Laura, et les cernes qui soulignaient ses yeux.

— Tu viens de rentrer ?

– Oui. Je voulais voir les filles, et aussi la pouliche. Comment va-t-elle ?

– Elle est en pleine forme, ce qui n'a pas l'air d'être ton cas.

L'irritation et la colère qu'il avait ruminées toute la journée se traduisirent pas des paroles plus brutales qu'il ne l'aurait voulu.

– Tu n'es pas folle d'aller travailler comme ça toute une journée sans avoir dormi ? Tu aurais pu t'assoupir au volant sur la route de la corniche et te tuer !

– J'avais des réunions.

– Tu parles ! Qu'est-ce que c'est que ces histoires ? Tu as laissé filer Ridgeway avec ton argent, et tu te retrouves obligée de faire deux boulots pour payer les factures ?

– Ne parle pas si fort, dit Laura en jetant un regard anxieux par-dessus son épaule. J'ignore à qui tu as parlé, mais ça ne te regarde pas. Et je ne veux pas que les filles entendent un mot de tout ça.

– Que tu n'aies pas dormi de la nuit me regarde. Surtout quand tu l'as passée à m'aider, et que tu arrives ici dans un état pareil. Il suffirait de te souffler dessus pour que tu t'écroules !

Il lui prit la main pour qu'elle se relève.

– Moi qui croyais que tu passais tes journées à jouer les vendeuses à la boutique, à traînasser dans un bureau et à aller chez le coiffeur !

– Eh bien, tu te trompais ! Et ce que je fais ne regarde ni toi ni personne. Où sont les filles ?

En proie à un sentiment d'impuissance et de rage à ne pouvoir ni l'aider ni la retenir, il haussa les épaules, puis tourna les talons.

– Dans le paddock.

– Toutes seules ?

Des images catastrophiques défilèrent devant les yeux de Laura tandis qu'elle se précipitait vers l'écurie. Et, tout à coup, sa peur laissa place à une réelle stupéfaction.

Ses filles étaient tranquillement en train de tourner en rond sur deux chevaux à l'air paisible.

– Je ne les ai pas encore fait sauter à travers des roues enflammées, dit sèchement Michael.

On lisait dans cette femme comme dans un livre, songea-t-il.

– Je garde ça pour la semaine prochaine.
– Tu as vu comme elles sont belles ?

Oubliant tous ses tracas, Laura l'agrippa par le bras.

– Ali trotte déjà bien. Et elle a beaucoup d'allure en selle.

– Quand je te disais qu'elle avait ça dans le sang... Kayla, cria-t-il, rentre les talons !

Aussitôt, les petites bottes rectifièrent la position et, comme le chien, la fillette quêta son approbation du regard.

– Maman ! Regarde, je sais faire du cheval !
– Et comment !

Tout excitée, Laura s'approcha et posa un pied sur la barrière.

– Vous êtes toutes les deux de splendides cavalières !

La tête haute et le cou bien dégagé, Ali trotta jusqu'à elle et arrêta sa monture avec adresse.

– Elle s'appelle Tess. Elle a trois ans. Mr Fury m'a dit qu'elle était très forte au saut d'obstacles et qu'il allait m'apprendre.

– Elle est très belle, ma chérie. Et tu la montes merveilleusement.

– C'est pour ça que je la veux. Je peux l'acheter avec mes sous à moi. Je les prendrai sur mes économies, déclara Ali avec un regard de défi. Après tout, c'est mon argent.

Mais ça ne l'était plus, se dit Laura d'un air inquiet. Peter avait tout pris, jusqu'à l'argent destiné à payer l'école, et, bien entendu, elle n'avait pas réussi à remettre la somme de côté.

– Un cheval est une très grosse responsabilité, Ali. Il ne suffit pas de l'acheter, il faut aussi l'entretenir.

– Nous avons des écuries...

Elle y avait longuement pensé, et en rêvait déjà depuis des jours.

— Je pourrai la nourrir en payant le foin grâce à ma pension. S'il te plaît, maman.

Laura fut prise subitement d'une violente migraine qui vint s'ajouter à sa fatigue.

— Ali, je ne veux pas penser à ça maintenant. Attendons de...

— Puisque c'est comme ça, je demanderai à mon père ! rétorqua Ali, les lèvres tremblantes, en redressant le menton. Je vais l'appeler et lui demander.

— Tu peux l'appeler si tu veux, mais il n'a rien à voir là-dedans.

— Tu avais bien un cheval, quand tu étais petite. Tu avais tout ce que tu voulais, mais moi, tu me dis toujours d'attendre. Tu ne comprends jamais ce qui est important... Tu ne comprends jamais rien.

— Bon, eh bien, pense ce que tu veux... Je n'ai aucune envie de me disputer avec toi pour l'instant.

Laura fit brusquement volte-face et s'éloigna à grands pas, de peur d'exploser, et parce qu'elle sentait déjà son cœur se fissurer.

— Descends de cheval, Ali.

L'enfant posa sur Michael un regard furieux en le voyant saisir la jument par la bride.

— Descends immédiatement.

— Mais ma leçon n'est pas terminée...

— Si. Et tu vas même avoir droit à une autre.

Dès qu'elle eut mis pied à terre, il noua les rênes autour du portail, puis empoigna la petite fille et la hissa sur la barrière de façon que leurs regards soient au même niveau.

— De quel droit te permets-tu de parler à ta mère ainsi ?

— Elle n'écoute jamais ce...

— C'est toi qui n'écoutes pas, et qui ne vois rien. Mais moi, j'ai écouté. Et tu veux que je te dise ce que j'ai entendu ?

Ali baissa les yeux, mais il la força à le regarder en face.

— Une sale gosse, gâtée et ingrate, qui est insolente avec sa mère.

L'enfant écarquilla les yeux de stupeur.
– Je ne suis pas une sale gosse !
– En tout cas, tu fais drôlement bien semblant. Tu crois qu'il suffit de claquer des doigts pour obtenir tout ce qu'on veut ? Et de faire une crise de colère quand ça ne vient pas assez vite ?
– C'est mon argent ! riposta l'enfant d'un air furibond. Elle n'a pas le droit de...
– Si. Justement. Elle a tous les droits. Ta mère vient de passer une journée harassante au travail pour que tu puisses avoir une belle maison et de la nourriture sur la table... Pour t'offrir des leçons de danse et une super école.
– J'ai toujours habité ici. Et d'ailleurs, elle n'a pas besoin de travailler, mais elle s'en va tous les jours.
– Ouvre donc un peu les yeux...
Chose qu'il aurait lui-même dû faire, il l'admettait de bon cœur.
– Tu es tout de même assez grande et assez intelligente pour te rendre compte qu'elle traverse une période difficile.
Les larmes d'Ali se mirent soudain à couler.
– C'est elle qui a voulu divorcer... Et qui a obligé mon père à partir.
– Et je suppose qu'elle a fait ça dans le seul but de te rendre malheureuse.
– Vous ne comprenez pas ! Personne ne comprend rien !
– Au contraire ! C'est uniquement parce que je comprends très bien que je ne te botte pas les fesses !
– Vous n'avez pas le droit de me donner une fessée.
Il se pencha sur elle.
– Tu veux parier ?
L'idée sembla à Ali si choquante et si incroyable qu'elle en resta bouche bée.
– Tu fais bien de ne pas répondre, dit Michael en hochant la tête. Sache en tout cas que je ne te vendrai pas cette jument.
– Mais...
– Inutile de revenir ici tant que tu ne te seras pas

excusée auprès de ta mère. Si jamais je te revois être insolente avec elle, gare à tes fesses !

Sur ces mots, il la souleva et la posa par terre.

Aussitôt, Ali se planta devant lui en serrant les poings.

— Vous n'avez pas le droit de me toucher ! Ici, c'est chez moi, et vous n'êtes qu'un locataire.

— A ton avis, lequel de nous deux est le plus fort ? répliqua Michael en sautant par-dessus la barrière pour aller chercher le cheval. En attendant, je te signale que tu es sur mon territoire.

— Je vous déteste ! s'écria Ali en étouffant un sanglot. Je vous déteste tous !

Puis elle s'enfuit à toutes jambes.

— Je sais l'impression que ça fait, dit Michael tout bas en flattant le flanc de la jument.

— Vous lui avez crié après.

Il se retourna en plissant le front et aperçut Kayla, toujours en selle, qui le regardait avec de grands yeux étonnés. Il avait complètement oublié qu'il avait un public.

— Personne ne lui crie jamais après. Maman l'a fait une fois ou deux, mais, ensuite, elle a toujours dit qu'elle regrettait.

— Eh bien, moi, je ne le regrette pas. Elle n'a eu que ce qu'elle méritait.

— C'est vrai que vous allez lui donner une fessée ? demanda la petite fille, une lueur d'inquiétude dans ses yeux gris. Et à moi, vous m'en donneriez une, si je n'étais pas sage ?

Il y avait une tristesse si poignante dans sa question que Michael préféra ne pas insister. Il fit descendre Kayla de cheval et la serra dans ses bras.

— Je te mettrais une telle raclée, répondit-il en lui donnant une légère tape sur les fesses, que tu ne pourrais plus t'asseoir pendant au moins une semaine !

La petite fille le serra de toutes ses forces.

— Vous savez, Mr Fury, je vous aime.

Diable, qu'avait-il fait ?

— Moi aussi, je t'aime.

Et il réalisa avec un certain amusement que c'était la première fois de sa vie qu'il disait ces mots à une femme.
— J'ai été un peu dur avec elle, murmura-t-il, pris tout à coup de remords en repensant à l'air malheureux d'Ali.
— Je sais où elle va aller. C'est toujours là qu'elle va quand elle est fâchée.

Il ferait mieux de rester en dehors de tout ça, se dit-il. De ne pas s'en mêler et de... Oh, et puis, tant pis !
— Viens, allons vite la chercher.

11

Le cœur frémissant de rage et de honte, Ali traversa la pelouse en courant et se faufila derrière la glycine. Personne ne la comprenait, personne ne l'aimait. Ruminant de tristes pensées dans sa tête, elle s'engagea dans l'allée dallée de pierres entre les massifs d'hibiscus et de jasmin.

De toute façon, elle s'en fichait pas mal, elle non plus n'aimait personne. Et rien ne la ferait changer d'avis. A la sortie du sous-bois, elle déboucha dans un petit recoin inondé de soleil où des bancs en marbre étaient disposés tout autour d'une fontaine.

Elle stoppa brusquement sa longue course effrénée et ses bottes dérapèrent sur le sol. Et elle se figea sur place, l'air médusé.

C'était son endroit à elle, celui où elle venait chaque fois qu'elle avait besoin d'être seule. Pour réfléchir ou pour bouder. Toutefois, elle ignorait que sa mère y venait elle aussi. N'allait-elle pas toujours sur les falaises ? Et pourtant, elle était là, assise sur un banc, en train de pleurer.

Ali n'avait jamais vu sa mère pleurer. En tout cas, pas comme ça. Le visage dans les mains, le corps secoué de sanglots désespérés.

Elle regarda d'un air ébahi la femme qu'elle avait

toujours crue invincible, et qui laissait libre cours à son chagrin.

C'est à cause de moi, pensa la petite fille en ayant soudain du mal à respirer.

– Maman...

Laura releva vivement la tête et se leva d'un bond en essayant de se ressaisir. Mais en vain. Anéantie, elle se laissa retomber sur le banc, trop lasse et trop meurtrie pour se battre.

– Je ne sais plus quoi faire. Je ne sais vraiment pas... Je n'en peux plus.

La panique, la honte, toutes sortes d'émotions incompréhensibles envahirent Ali qui se précipita vers sa mère pour l'entourer de ses bras.

– Pardon, pardon... Je te demande pardon.

A la lisière du sous-bois, Kayla attrapa la main de Michael.

– Maman pleure...
– Je sais.

La voir et l'entendre ainsi, tout en sachant qu'il ne pouvait rien faire pour la consoler, affligea profondément Michael.

– Ça va passer, ma chérie...

Il prit Kayla dans ses bras et la laissa presser sa joue contre son épaule.

– Elles ont besoin de se dire ce qu'elles ont sur le cœur. On va les laisser tranquilles.

– Je ne veux pas qu'elle pleure, renifla Kayla tandis qu'il la remmenait.

– Moi non plus, mais quelquefois ça fait du bien.

L'enfant se détendit quelque peu, certaine qu'il ne la lâcherait pas.

– Ça vous arrive de pleurer ?
– A la place, je fais des choses idiotes comme en font les hommes. Je dis des gros mots ou je casse quelque chose.
– Et ça vous fait du bien ?
– La plupart du temps.
– On ne pourrait pas casser quelque chose ?

Il lui sourit. Décidément, quelle drôle de petite bonne femme !

— Mais si. On va chercher quelque chose à casser. Mais à une seule condition. C'est moi qui dirai tous les gros mots.

Près de la fontaine, Laura berçait sa fille dans ses bras. En s'efforçant de la rassurer, comme toujours.

— Allons, calme-toi, Ali... C'est fini.
— Je ne veux pas que tu me détestes.
— Comment peux-tu dire une chose pareille ? Ce n'est pas possible.

Elle s'écarta légèrement afin d'essuyer le visage baigné de larmes de sa fille. Son bébé, songea-t-elle, débordant à la fois d'amour et de culpabilité. Son premier enfant. Son trésor.

— Je t'aime, Allison. Personne n'y pourra rien changer.
— Tu as pourtant un jour cessé d'aimer papa.

Laura frissonna. Pourquoi fallait-il donc que tout soit si difficile ?

— Oui. C'est vrai. Mais c'est différent. Je sais que ce n'est pas très facile à comprendre, mais c'est complètement différent.
— Je sais pourquoi il est parti, annonça Ali en s'efforçant de contrôler le tremblement de sa mâchoire. C'est ma faute.
— Mais non, absolument pas, dit Laura en la prenant par le menton.
— Si. Il ne m'aimait pas. J'essayais pourtant d'être gentille et de faire des efforts. Je voulais qu'il reste et qu'il nous aime toutes les trois, mais il ne voulait pas de moi. Alors il est parti.

Pourquoi n'avait-elle pas compris cela ? Pourquoi personne dans son entourage ne s'en était-il encore jamais aperçu ?

— Ce n'est pas vrai. Des tas de gens divorcent, tu sais. C'est triste et regrettable, mais c'est ainsi. Si ton père et moi avons divorcé, c'est uniquement à cause de lui et de moi. Tu sais bien que je ne te mens pas.
— Si, ça t'arrive souvent.

Laura sursauta.
— Ali...
— Tu ne mens pas vraiment, mais tu inventes des excuses, et ça revient au même.

Elle se mordit la lèvre, terrorisée à l'idée que sa mère se remette à pleurer. Il fallait pourtant bien qu'elle le lui dise...

— Tu lui trouves toujours des excuses. Tu m'as dit qu'il voulait venir au spectacle, mais qu'il avait une réunion importante. Et qu'il voulait nous emmener au cinéma, ou au zoo, ou n'importe où, mais qu'il avait du travail. Mais tu m'as menti. Il n'est pas venu parce qu'il ne voulait pas être avec moi.

Oh, Seigneur, comment le fait de vouloir protéger son enfant pouvait-il se retourner ainsi contre soi ?

— Ce n'est pas ta faute, Ali. Ni celle de Kayla. Je t'assure que ce n'est pas vrai.

— Il ne m'aime pas.

Que répondre à ça ? Que fallait-il dire ? Espérant trouver les mots justes, Laura caressa les cheveux emmêlés d'Ali.

— C'est sans doute difficile pour toi à comprendre, mais il y a des gens qui ne sont pas faits pour être parents. Ils aimeraient l'être, mais ils n'y arrivent pas. Ton père n'a jamais voulu vous faire du mal, à toi ou à Kayla.

L'enfant secoua lentement la tête.

— Il ne m'aime pas, répéta-t-elle calmement. Il ne nous aime pas. Ni Kayla. Ni toi.

— S'il ne t'aime pas comme tu le voudrais, ce n'est en rien ta faute. Tu n'as rien fait pour cela. Et ce n'est pas sa faute non plus parce que...

— Tu vois, tu lui trouves encore des excuses...

Laura renversa la tête en arrière en fermant les yeux.

— Bon, d'accord. Il n'a aucune excuse.

— Et toi, tu regrettes de m'avoir eue ?

Laura rouvrit brusquement les yeux.

— Quoi ? Si je regrette ? Oh, Allison !

Cette fois, la tâche allait être plus facile.

— Tu sais, quand j'étais petite, à peine plus âgée que

toi, je rêvais souvent que je tomberais un jour amoureuse, et que je me marierais, que j'aurais une maison, et de beaux enfants que je regarderais grandir.

Ses lèvres ébauchèrent un sourire et elle écarta des mèches de cheveux collées sur les joues mouillées de sa fille.

— Et si mon rêve ne s'est pas réalisé entièrement, la meilleure partie l'a été. Ce qu'il y a de plus beau dans mon rêve, et dans ma vie, c'est toi et Kayla. Rien n'est plus vrai que ce que je te dis là.

Ali essuya une grosse larme sur sa joue.

— Je ne pensais pas les choses que je t'ai dites tout à l'heure.

— Je sais.

— J'ai dit ça parce que je savais bien que tu ne t'en irais pas. Quoi qu'il arrive, je sais que tu ne t'en iras jamais.

— Exact ! fit Laura en souriant. Te voilà coincée avec moi !

— Mais je me sentais malheureuse, alors je voulais que ce soit ta faute.

Elle hésita avant de poursuivre :

— Il a vraiment couché avec une autre femme ?

Laura sursauta à nouveau. Juste au moment où l'on croyait que les choses s'arrangeaient...

— Où as-tu entendu dire une chose pareille ?

— A l'école.

Les joues d'Ali s'empourprèrent, mais elle continua à regarder sa mère droit dans les yeux.

— Des filles plus grandes en ont parlé.

— Ce n'est pas une chose dont toi ou des filles plus grandes devriez parler.

— Mais il l'a quand même fait, déclara Ali d'un air décidé.

Elle se leva, lentement, abandonnant une part de son innocence sur le banc.

— Ce n'est pas bien. Il t'a fait du mal, et tu as eu raison de lui dire de partir.

— J'ai demandé le divorce pour des tas d'autres raisons, tu sais...

Prudence, se dit Laura, le cœur chamboulé de voir un regard presque adulte dans les yeux de sa petite fille.

— Mais ce n'est pas un sujet de conversation pour toi ou tes amies.

— Là, c'est à toi que je parle, maman, répliqua Ali si simplement que Laura ne sut que dire. Ce n'était pas ma faute. Ni la tienne. C'était sa faute à lui.

— Non, ce n'était pas ta faute. Mais un mariage se fait et se défait à deux.

Non, pensa Ali en regardant sa mère. Pas toujours...

— Tu as couché avec un autre homme, toi ?

— Non, bien sûr que non...

Laura se tut, ahurie de se retrouver en train de parler de sa vie sexuelle avec une enfant de dix ans.

— Allison, poser ce genre de question ne se fait pas.

— Tromper sa femme non plus.

Inquiète à nouveau, Laura se frotta les sourcils.

— Tu es trop jeune pour en juger.

— Est-ce que ça veut dire qu'on a parfois le droit de le faire ?

Piégée... Elle venait de se laisser piéger par la logique incontournable et le sens des valeurs admirable d'une gamine de dix ans !

— Bon, d'accord. Non, ce n'est pas bien.

— Et il a aussi pris notre argent, n'est-ce pas ?

— Oh, Seigneur... Ecouter les ragots n'est pas correct. C'est indigne de toi.

Ali comprenait à présent quelle était la cause des ricanements des autres filles ou des conversations chuchotées des adultes. Et de tous ces regards méprisants.

— C'est pour ça que tu as dû travailler.

— Ce n'est pas du tout pour une question d'argent.

Laura se refusait toujours à l'admettre.

— J'ai décidé de travailler et d'ouvrir la boutique parce que j'en avais envie. Les hôtels *Templeton* ont toujours fait partie de ma vie. Tout comme Margo et Kate. C'est parfois difficile de travailler, et même fatigant. Mais ça m'aide à me sentir bien, d'autant plus que je fais consciencieusement mon travail.

Elle reprit sa respiration en espérant que ce qu'elle allait dire serait convaincant.

— Tu sais comme tu es fatiguée quand tu as fait une longue répétition en vue d'un récital ? Mais tu aimes ça, et quand tu as bien joué, quand tu sais que tu as fait de ton mieux, tu te sens forte et heureuse.

— Ce n'est pas une excuse ?

— Non, dit Laura dans un sourire. Ce n'est pas une excuse. D'ailleurs, j'envisage sérieusement de demander une augmentation à mon patron. Car je me débrouille sacrément bien.

— Grand-père t'en donnera une.

— Les Templeton ne font jamais jouer le piston.

— Est-ce qu'un jour je pourrai venir avec toi à l'hôtel pour te regarder travailler ? J'aime bien aller à la boutique, mais je n'ai jamais vu ton autre bureau.

— Avec grand plaisir, dit Laura en lui passant la main dans les cheveux. Il n'est jamais trop tôt pour commencer à préparer la génération qui prendra la suite dans l'organisation Templeton.

Apaisée, Ali posa la tête sur l'épaule de sa mère.

— Je t'aime, maman.

Laura se dit qu'il y avait trop longtemps qu'elle n'avait pas entendu cela. Des oiseaux chantaient dans le jardin, la fontaine s'écoulait mélodieusement, l'air était doux, et sa fille était dans ses bras.

Tout irait bien.

— Moi aussi, je t'aime, Ali.

— Je ne serai plus jamais insolente avec toi, ni une sale gosse. Je ne dirai plus des choses qui te font pleurer.

Oh ! ça arrivera sûrement, songea Laura en retrouvant son sourire. Car tu n'as pas fini de grandir...

— Et moi, je tâcherai de ne plus inventer d'excuses.

Ali releva la tête avec un sourire malin.

— Mais personne ne me forcera à aimer Mrs Lichtfield et je ne l'appellerai jamais maman.

— Oh ! je crois pouvoir tolérer ça...

D'un air complice, elle se pencha à l'oreille de sa fille. Pour lui parler de femme à femme.

— Je vais te dire une chose, mais ne la répète surtout

pas. Je ne l'aime pas non plus, chuchota-t-elle en effleurant la joue d'Ali du bout du doigt. Ça va mieux ?

– Oui... Maman, tout le monde a dit que notre foyer était brisé, mais ce n'est pas vrai. Il n'est pas brisé du tout.

Laura enlaça sa fille en regardant les jardins de Templeton House.

– Non, pas du tout. Nous allons bien. Et même très bien.

Pour une petite fille orgueilleuse, faire le premier pas n'était guère facile. Bien que cela l'eût ennuyée, et empêchée de dormir une bonne partie de la nuit, Ali n'avait rien raconté à sa mère de ce que lui avait dit Michael. Ni de ce qu'elle avait ressenti ensuite.

Si elle avait du mal à imaginer la manière dont sa mère aurait réagi, elle savait en revanche que, lorsqu'on avait fait quelque chose de mal, il fallait réparer.

Elle s'était donc levée tôt, s'était habillée pour l'école, puis s'était faufilée par la porte de service afin d'éviter toute question. Le vieux Joe était dans le jardin, en train de chantonner devant un parterre d'azalées. Ali prit soin de ne pas se faire voir et se dirigea vers les écuries.

Elle avait préparé un discours dont elle était particulièrement fière. Elle le trouvait mature, digne et plutôt adroit. Nul doute que Mr Fury hocherait la tête d'un air impressionné une fois qu'elle aurait terminé.

Elle s'arrêta un instant pour regarder les chevaux rassemblés dans le paddock. Il devait être en train de nettoyer les boxes. En voyant Tess, et en repensant au plaisir qu'elle avait eu à la monter, à la brosser et à lui donner des pommes, elle s'appliqua à ne pas faire la tête.

Sa mère avait beau avoir éludé les questions d'argent, Ali – dans sa grande et nouvelle sagesse – savait bien qu'acheter et entretenir un cheval serait trop lourd pour leur budget.

De plus, elle n'avait pas l'intention de demander quoi que ce soit à Mr Fury.

Il lui avait crié après, l'avait réprimandée et menacée d'une fessée. Ce qui était tout simplement inadmissible.

La tête haute, elle entra dans l'écurie. L'odeur de paille et de foin qu'elle commençait à aimer l'assaillit bientôt. Elle repensa à la façon dont il l'avait hissée sur la selle la première fois et lui avait fait des compliments.

Ali se mordit la lèvre. Tout cela était sans importance. Il n'en restait pas moins qu'il l'avait insultée.

Elle entendit un bruit et avança jusqu'au bout de l'allée où Michael était en train de remplir une brouette de fumier.

– Excusez-moi, Mr Fury, fit-elle d'une voix détachée qui rappelait étrangement celle de sa mère.

Michael se retourna et aperçut une silhouette menue vêtue d'une robe bleue impeccable et de tennis italiennes à la mode.

– Tu es debout de bonne heure, dit-il en s'appuyant d'un air songeur sur sa pelle. Tu n'as pas école, aujourd'hui ?

– J'ai un peu de temps avant de partir.

Elle jeta un coup d'œil à sa montre et croisa les mains. Ses gestes étaient si semblables à ceux de Laura qu'il réprima un sourire.

– Tu voulais me dire quelque chose ?

– Oui, monsieur. Je suis venue m'excuser d'avoir été impolie et d'avoir provoqué une scène de famille devant vous.

Mais ton menton tremble, miss Dignité, pensa Michael.

– J'accepte tes excuses, se contenta-t-il toutefois de dire.

C'était maintenant à lui de s'excuser. Après tout, c'était la meilleure façon de mettre fin à un malentendu. Voyant qu'il ne disait rien, elle fronça les sourcils.

– Je pense que vous avez été impoli vous aussi.

– Pas moi.

Michael posa sa pelle et empoigna la brouette.

– Tu ferais mieux de te pousser. Tu risques de salir ta robe.

– Vous m'avez crié après, et vous m'avez insultée.

199

– Où veux-tu en venir exactement ?
– Vous êtes censé dire que vous regrettez.

Il reposa la brouette et s'essuya les mains sur son jean.

– Je ne regrette rien du tout. Tu l'avais parfaitement mérité.

– Je ne suis pas une sale gosse ! s'exclama alors Ali en perdant toute sa belle dignité. Je ne pensais pas ce que j'ai dit... Je ne voulais pas faire pleurer maman... Mais elle, elle me comprend. Et elle ne m'en veut pas.

– Je sais. Parce qu'elle t'aime. Avoir une mère comme la tienne et ne pas se rendre compte de sa chance est vraiment stupide.

– Je ne le referai plus. J'ai compris beaucoup de choses, ajouta-t-elle en ravalant ses larmes. Vous pouvez me donner la fessée si vous voulez, je ne dirai rien à personne. Mais je ne veux pas que vous m'en vouliez.

Michael s'accroupit en la regardant attentivement.

– Viens ici.

Tremblante, et terrorisée à l'idée de l'humiliation et de la douleur qu'elle allait subir, Ali s'avança vers lui. Quand il l'attrapa par la manche, elle étouffa un petit cri apeuré avant de réaliser qu'il la serrait tendrement dans ses bras.

– Tu es une sacrée tête de mule, Blondie !

Il sentait les chevaux.

– Vous trouvez ?

– Ce n'est jamais facile de ravaler sa fierté, je le sais. Mais tu t'en es bien tirée.

Elle se lova contre lui, émerveillée. C'était comme d'être dans les bras de grand-père, d'oncle Josh ou d'oncle Byron, bien que légèrement différent.

– Vous n'êtes plus fâché contre moi ?
– Non. Et toi ?

Ali secoua vigoureusement la tête et lâcha d'un coup ce qu'elle avait sur le cœur.

– Je voudrais continuer à monter sur les chevaux. Je vous en prie... Je veux revenir vous aider à les nourrir et à les brosser. J'ai dit à maman que je regrettais, et que je ne ferai plus de caprice. Ne m'interdisez pas de revenir.

— Comment veux-tu que j'arrive à venir à bout de tout cet ouvrage si tu n'es pas là ? D'ailleurs, Tess s'ennuie déjà de toi.

Ali renifla et recula d'un pas.

— Ah bon ? C'est vrai ?

— Tu as sûrement le temps de lui dire bonjour avant de partir à l'école. Mais il faut d'abord sécher ça.

Il sortit son bandana de sa poche. Faisant pour la première fois l'expérience de voir ses larmes séchées par un homme, Ali se sentit soudain déborder d'affection pour Michael Fury.

— Vous continuerez à me donner des leçons, et vous m'apprendrez à sauter les obstacles ?

— J'y compte bien, fit-il en lui tendant la main. Alors, on est amis ?

— Oui, monsieur.

— Michael. Mes amis me tutoient et m'appellent Michael.

Il n'avait jamais mis les pieds au *Templeton* de Monterey. Ce qui n'avait rien de très surprenant, même si Michael avait grandi près de la côte. Il n'avait jamais eu besoin de dormir à l'hôtel et, s'il avait dû le faire, celui-ci eût été largement au-dessus de ses moyens.

Mais il était déjà allé au country club, où sa mère avait travaillé à une époque. Aussi savait-il à quoi s'attendre, se dit-il en passant devant le portier à l'uniforme impeccable.

Le hall était immense, avec de grands canapés disposés ici et là entre des plantes grasses et des palmiers en pots pour permettre aux clients d'attendre ou de discuter tranquillement. Le bar situé à proximité du grand escalier était séparé du reste de la salle par une élégante barre de cuivre.

A la disposition de ceux qui avaient besoin d'un petit remontant ou envie de savourer un cocktail en regardant les gens aller et venir.

Et ils étaient nombreux, nota Michael.

A la réception, les gens se pressaient en faisant la queue le long du comptoir en acajou en attendant que des employés leur assignent leurs chambres. Deux serveuses passaient au milieu de la foule en offrant des verres d'eau gazeuse.

Le tout dans un brouhaha infernal.

De quelque côté qu'on tourne le regard, il y avait du monde. Des gens, assis ou debout, qui bavardaient. Et principalement des femmes. Certaines en tailleur strict, d'autres en tenue de voyage décontractée. Mais toutes avaient apporté assez de valises pour tenir au moins six mois, se dit-il en apercevant le chariot à bagages.

Tandis qu'il se frayait un passage au milieu de la cohue, deux jeunes femmes se jetèrent dans les bras l'une de l'autre en poussant des cris de joie. Plusieurs autres lui lancèrent des regards en coin, ce qui ne le dérangeait pas vraiment. Devant leur nombre impressionnant, il préféra cependant opter pour la discrétion et battit en retraite.

Puis il l'aperçut, et ce fut soudain comme s'il n'y avait plus d'autres femmes dans le hall. Elle tenait un bloc-notes sur une pile de dossiers. Ses cheveux étaient relevés en un chignon élégant et elle portait un tailleur noir très simple qu'un œil même peu entraîné pouvait deviner coupé par un grand couturier.

Par pur plaisir, il laissa son regard descendre lentement sur ses jambes. Et remercia intérieurement le sadique qui avait réussi à convaincre les femmes de porter des talons fins aussi hauts.

Alors qu'elle était en grande conversation avec la présidente de la conférence, et s'efforçait d'enregistrer une foule de petits détails, Laura ressentit une sorte de décharge électrique au creux des reins.

Elle continua à parler quelques secondes comme si de rien n'était avant de jeter un coup d'œil par-dessus son épaule.

Il était là – au milieu de toutes ces femmes qui étaient nombreuses à rouler des yeux sur son passage – les pouces enfoncés dans les poches de son jean. Il lui souriait.

– Laura ?

– Euh, oui, Melissa, je vais vérifier ça tout de suite.

La présidente de la conférence était aussi nerveuse et débordée que Laura. Mais elle était également femme, aussi esquissa-t-elle un petit sourire en tournant la tête de l'autre côté du hall.

– Eh bien, dites-moi, vous avez de sacrés beaux gosses à Monterey !

– En effet... Si vous voulez bien m'excuser une minute...

Ses dossiers sous le bras, Laura se précipita vers Michael.

– Sois le bienvenu dans cet asile de fous ! Tu es venu voir Byron ?

– Je ne me doutais pas qu'une directrice pouvait être aussi sexy...

Du bout du doigt, il effleura l'étiquette en forme de cœur épinglée à son revers.

– C'est charmant.

– Tout le personnel a les mêmes. C'est un séminaire d'écrivains de romans d'amour.

– C'est sérieux ?

Perplexe, Michael laissa son regard errer dans la salle, et croisa plusieurs paires d'yeux féminins tout aussi intrigués par sa présence.

– Tu veux dire que ce sont ces femmes qui écrivent tous ces livres avec des scènes osées ?

– Les romans d'amour constituent une énorme industrie qui représente plus de quarante pour cent des publications en livres de poche et apportent joie et distraction à des millions de gens en leur parlant d'amour, d'engagement et d'espoir.

Laura se gratta le cou.

– Tu n'aurais jamais dû me brancher là-dessus ! Jusqu'à présent, je lisais ce genre d'histoires parce que ça me plaisait, mais voilà maintenant que je m'en fais l'avocat ! Le bureau de Byron est au dernier étage. L'ascenseur...

- Je ne suis pas venu voir Byron, quoique je puisse aller lui dire bonjour. C'est toi que je voulais voir.
- Oh ! fit-elle en regardant sa montre à son poignet. C'est que je suis affreusement pressée... C'est important ?
- Je suis passé à la boutique, tout à l'heure. Très bel endroit. Il y avait un monde fou, là-bas aussi.
- Oui, ça marche plutôt bien.

Laura essaya de l'imaginer à *Faux-Semblants*. Elle ne le voyait pas exactement comme un éléphant dans un magasin de porcelaine, mais plutôt comme un loup au milieu d'agneaux.

- Tu as vu des choses qui te plaisent ?
- La robe de la vitrine a un certain charme, dit-il en la caressant des yeux. Elle en aurait encore plus avec une femme dedans. Mais je n'y connais pas grand-chose en matière de paillettes. Kate a eu vite fait de me refiler un cheval bleu.
- Ah oui, en aigue-marine. Il est ravissant.

Michael haussa les épaules.

- Je ne sais pas très bien ce que je vais en faire, ni comment elle a réussi à m'extorquer trois billets pour un si petit objet.

Laura éclata de rire.

- Elle est très forte. Mais je suis désolée que tu m'aies cherchée comme ça partout. D'autant plus que je dois...
- J'adore te regarder, dit-il en se penchant vers elle.
- Michael...

Elle recula d'un pas et bouscula une dame qui n'avait visiblement pas perdu une miette de leur conversation.

- Il faut vraiment que je retourne dans mon bureau.
- Pas de problème. Je t'accompagne.
- Non, c'est par ici, dit-elle quand il la prit par le bras. Mais je n'ai vraiment pas de temps à te consacrer.
- Moi, si. J'ai rendez-vous avec un éleveur dans une heure.

Il aperçut la porte en verre derrière la réception sur laquelle était gravé le mot « Direction ».

- C'est toujours aussi bruyant, ici ?

– Non. L'arrivée des participants à un séminaire met souvent beaucoup d'animation.

Et ce n'était guère mieux derrière le comptoir. Des téléphones sonnaient sans arrêt, des cartons étaient empilés jusqu'au plafond et les employés s'affairaient dans tous les sens. Laura entra dans un minuscule bureau dans lequel étaient entassés des monceaux de papiers. Le fax ronronnait en continu en crachotant des kilomètres de papier.

– Dis-moi, comment fais-tu pour travailler là-dedans ?

Se sentant à l'étroit, Michael fit rouler ses larges épaules.

– C'est à peine si on peut respirer.

– Ça me suffit amplement, et puis un espace limité exige beaucoup d'efficacité.

Elle arracha un fax qu'elle lut en diagonale avant de décrocher le téléphone.

– Assieds-toi, si tu veux. Excuse-moi, mais il faut absolument que je termine quelque chose.

Après avoir composé un numéro, elle coinça le combiné entre son menton et son épaule de façon à garder les mains libres.

– Karen ? Je viens juste de le recevoir. Ça m'a l'air d'aller. Oui, je sais, mais il faudra réviser l'estimation au fur et à mesure des arrivées... Oui, en principe, c'est Mark qui s'en occupe, mais son bip ne répond pas... Non, j'espère qu'il n'a pas perdu la tête !

En souriant, elle reposa le fax pour attraper son bloc.

– Oui, c'est sur ma liste, ne t'en fais pas. Si tu pouvais seulement... Oh, tu me sauves la vie ! Non, je te paierai une bouteille quand tout sera fini. Merci. Je voulais aussi te... Zut, j'ai un autre appel sur ma ligne. Je te rappelle plus tard.

Michael s'assit, une cheville croisée sur le genou, et la regarda s'agiter. Qui aurait pu deviner qu'une princesse froide et lointaine s'intéresserait de si près à de tels détails ?

Selon le sujet abordé, sa voix se faisait chaude, glaciale, brusque ou persuasive. Et elle réagissait au quart de tour.

En réalité, Laura avait l'impression que son cœur allait cesser de battre chaque fois qu'elle levait les yeux et le voyait devant elle. Jean noir, bottes élimées, cheveux décoiffés par le vent... Et ses yeux suivaient chacun de ses mouvements.

– Michael, tu n'es pas obligé de...

Avant qu'elle ait eu le temps d'achever sa phrase, et de lui conseiller de s'en aller, un homme maigrichon passa la tête dans l'embrasure de la porte.

– Excusez-moi... Laura ?

– Mark ! Je vous cherche partout depuis une heure.

– Je sais. J'étais coincé, je vous assure. Je descendais à la réception, mais il y a un petit problème dans le Salon Doré. On vous demande.

– Il ne manquait plus que ça ! soupira-t-elle en se levant. Michael, il faut que j'aille voir ce qui se passe.

– Allons-y.

– Tu n'as rien de mieux à faire ?

Elle était nerveuse à l'idée qu'il la suive ainsi.

– Ça m'amuse de te regarder. Un homme a bien le droit de prendre une heure de loisirs de temps en temps.

Lorsqu'ils montèrent le grand escalier tapissé de moquette épaisse, Michael s'étonna d'un air admiratif.

– Je n'étais encore jamais venu ici. C'est un sacré bel endroit.

– Je n'avais pas réalisé. Je t'aurais volontiers fait visiter, mais...

Elle haussa les épaules.

– Tu peux le faire tout seul. Je te conseille toutefois de ne pas prendre l'ascenseur. Nous attendons huit cents personnes aujourd'hui, et il risque d'y avoir quelques petits embouteillages.

– Se retrouver dans un ascenseur rempli de femmes qui écrivent des romans d'amour... Il y a sans doute pire.

Le premier étage était aussi spacieux que le hall, aussi élégamment meublé, et presque aussi animé. D'énormes lustres tout allumés faisaient scintiller les cuivres et l'argenterie, jetant sur les jardinières de bégonias un éclat blanc neigeux et rouge sang. Le long de la baie vitrée, les lourds rideaux étaient tirés, offrant une vue spectaculaire sur la mer.

Laura se précipita vers une porte surmontée d'une plaque de métal cuivré indiquant le Salon Doré.

– On ne peut qu'admirer les Templeton.
– Pardon ?
– Ils savent comment construire un hôtel.

Appréciant sa remarque, elle s'arrêta une seconde.

– Il est beau, n'est-ce pas ? C'est un de mes préférés, bien qu'ils aient chacun leur charme particulier. L'hôtel de Rome donne sur la Piazza di Spania. La vue des chambres est à vous faire fondre le cœur. Le *Templeton* de New York a un très joli jardin. On ne s'attendrait pas à trouver un tel calme en plein Manhattan. Il est à deux pas de Madison Avenue, mais on a la sensation d'être dans un tout autre monde. Il y a des guirlandes de lumières dans les arbres, une petite fontaine. Et à Londres...

Elle secoua la tête.

– C'est un sujet sur lequel il vaut mieux ne pas m'entraîner non plus !

– Moi qui croyais que tu trouvais tout ça parfaitement normal ! Mais j'avais tort, murmura-t-il tandis qu'ils marchaient vers le salon de réception. Il est vrai que je ne connais pas grand-chose de toi.

– Les Templeton ne considèrent jamais rien comme allant de soi.

Et comme c'était la vérité, elle entra dans le salon en se préparant au pire.

Il régnait une pagaille indescriptible. La moitié des tables pour la séance de signatures prévue ce soir-là étaient installées, mais les autres étaient encore entassées dans un coin. Des montagnes de cartons étaient alignées le long des murs. La seule idée du temps que nécessiteraient le déballage et la distribution des livres au bon endroit la fit loucher. Heureusement que cette tâche ne lui incombait pas.

– Laura...

Les lunettes de Melissa glissèrent au bout de son nez quand elle bondit sur la moquette en lui tombant dans les bras.

– Je suis si contente que vous soyez là ! Il y a six colis expédiés par des auteurs que nous n'arrivons pas à localiser et tout ce que nous a envoyé un des éditeurs est perdu quelque part dans les entrailles de l'hôtel !

– On va les retrouver, ne vous en faites pas.

– Oui, mais...

– Je vais descendre moi-même au service des livraisons, renchérit Laura avec un sourire qui se voulait rassurant. Et s'il le faut, je retournerai personnellement tout le sous-sol de l'hôtel pour retrouver ces livres.

– Si vous saviez ce que cela signifie pour moi ! Vous n'imaginez pas ce que c'est que de devoir dire à un écrivain qu'il ne pourra pas dédicacer ses livres. Peu leur importe qu'une inondation, la peste ou toute autre catastrophe en soient la cause, ils sont prêts à vous sauter dessus !

– Nous veillerons à ce qu'ils soient tous là, quitte à envoyer quelqu'un dévaliser les librairies.

Melissa souffla sur sa frange.

– J'ai déjà organisé quatre conférences nationales, et six régionales, mais vous êtes la meilleure collaboratrice avec qui j'aie jamais bossé ! Et je ne dis pas cela parce que ma vie est entre vos mains !

Soulagée, elle posa le regard sur Michael et sourit d'un air triomphant.

– Bonjour, je suis Melissa Manning... du moins quand j'ai toute ma tête à moi !

– Michael. Vous êtes écrivain ?

– Oui, particulièrement quand je n'ai plus toute ma tête.

– Vous n'auriez pas un livre que je pourrais vous acheter ?

Melissa papillota des yeux derrière ses lunettes d'un air ravi.

– Eh bien, justement, je crois que j'en ai un dans ma serviette. Vous pouvez le prendre. Vous voulez que je vous le dédicace ?

– Ce serait formidable.
– Attendez une seconde.
– C'est très délicat de ta part, murmura Laura quand Melissa partit chercher le livre.
– J'aime bien lire et, qui sait, peut-être que j'apprendrai quelque chose.
Il s'approcha subrepticement de Laura, et sa main se referma sur la sienne.
– Que dirais-tu de dîner avec moi, ce soir ? Ou de faire un tour en voiture ? Ou de faire l'amour sauvagement toute la nuit ?
– Tes propositions sont toujours aussi intéressantes... Ce soir, je travaille.
– Alors ça, c'est carrément de la folie...
Amusée, Melissa revint en tendant son livre à Michael.
– Vous êtes nettement plus forte que moi, Laura ! Préférer travailler au lieu de faire l'amour sauvagement toute une nuit !
Michael lui sourit.
– Je pense que votre livre va me plaire.
– Je l'espère bien !
– Vous pouvez en être sûre. Excusez-moi une minute.
Il prit Laura dans ses bras, se pencha vers elle et lui planta un baiser qui la laissa hors d'haleine, les jambes en coton. Avant de la relâcher, il lui mordilla l'oreille.
– Ce n'est que partie remise, ma belle... Ravi de vous avoir rencontrée, Melissa.
– Moi de même.
Sans quitter Michael des yeux, elle pressa une main sur son cœur.
– Moi qui prône une écriture de qualité, descriptive et au style original, tout ce que je trouve à dire, c'est « ouah », fit-elle dans un souffle. Ouah !
– Oui, répliqua Laura qui tentait de reprendre ses esprits.
La tête lui tournait, et la salle tanguait dans tous les sens.
– Je, euh...
– Je vous en prie, prenez votre temps.

— Je vais aller chercher le sous-sol dans les livres.

La coordinatrice du colloque retint un grand éclat de rire.

— Je vous en remercie.

— Veuillez m'excuser.

Et tandis que Laura s'éloignait vers la porte en s'appliquant à ne pas marcher de travers, Melissa soupira de joie.

— Décidément, j'adore ce métier !

12

Il était 22 heures passées quand Laura s'engagea dans l'allée de Templeton House. Fatiguée, mais avec le sentiment du devoir accompli. Un genre de fatigue qui ne donnait pas vraiment envie de dormir, se dit-elle en entrant dans la maison.

Toutefois, une autre journée bien remplie l'attendait dans neuf heures à peine. Ce dont elle avait besoin, c'était d'un bon bain chaud et de son lit.

Après avoir jeté un coup d'œil sur les filles, qui dormaient toutes deux à poings fermés, elle se fit couler un bain dans lequel elle versa une dose généreuse de sels parfumés. Puis elle se plongea dans la baignoire en soupirant de bien-être.

Laura s'étira voluptueusement, puis leva les yeux vers la petite lucarne au-dessus de la baignoire et se mit à rêvasser en admirant les étoiles. Sa vie commençait à retrouver une certaine harmonie. Elle s'était sensiblement rapprochée de sa fille aînée. Il y aurait sans doute quelques heurts un jour ou l'autre, mais elle saurait s'en arranger. En attendant, tout s'était merveilleusement bien passé ce matin quand elle les avait accompagnées à l'école.

Côté famille, tout était en ordre. Ses parents étaient très pris par leur vie et leur travail, Josh et Margo en admiration devant leur bébé, et Kate et Byron se réjouissaient de l'arrivée du leur.

Son travail à l'hôtel était épanouissant, et elle se sentait à nouveau partie intégrante de l'équipe Templeton. Quant à la boutique... Laura effleura sa jambe couverte de mousse en souriant. La boutique était un rêve excitant et inattendu qui lui apportait autant de plaisir que de surprises. Elle avait été débordée aujourd'hui, et passer l'après-midi sans faire sonner le tiroir-caisse ni bavarder avec les clientes lui avait manqué. Tout comme de ne pas être avec Kate et Margo.

Elle se débrouillerait pour y passer quelques heures le lendemain, quels que soient les imprévus ou les catastrophes qui lui tomberaient sur la tête. D'ailleurs, même les mauvaises surprises ne l'affolaient plus. Elle y voyait un défi, et l'occasion de trouver des solutions à des problèmes. Ainsi que la satisfaction de savoir qu'elle puiserait en elle la bonne réponse.

Comme dans un livre, un nouveau chapitre de sa vie venait de commencer. Et elle comptait en profiter pleinement.

Laura sortit de la baignoire, se sécha longuement, puis se passa de la crème sur tout le corps d'un air songeur. Après avoir retiré les épingles de son chignon et les avoir posées dans la petite boîte en argent où elle les rangeait, elle brossa ses cheveux jusqu'à ce que ses boucles soient lisses et brillantes.

Ce fut seulement lorsqu'elle se rhabilla en se surprenant à chantonner qu'elle se rendit compte qu'elle ne se préparait nullement à aller au lit. Ou du moins, pas toute seule.

Stupéfaite, elle se regarda dans le miroir, qui lui renvoya le reflet d'une femme séduisante vêtue d'un pantalon et d'une chemise en soie. Elle s'était préparée pour un homme, réalisa-t-elle. Le bain, les lotions, les parfums... Elle s'était préparée pour Michael.

Mais en y repensant, elle n'était plus certaine d'être capable d'aller jusqu'au bout.

Michael la désirait, mais il ne la connaissait pas. Et il ignorait ce qu'elle voulait, ou ce dont elle avait besoin.

Dans la mesure où elle n'en était pas elle-même certaine, comment l'aurait-il pu ? S'offrir à un homme était une chose qu'elle ne savait pas faire. En tout cas, pas dans la réalité. Peut-être en rêve, où tout se passait dans une lenteur un peu floue, mais dans la vie réelle, où les actes entraînaient toujours des conséquences, elle ne savait pas comment s'y prendre.

Autrefois, dans une autre vie, elle s'était offerte à un homme en toute innocence. Mais ça n'avait pas marché. Nul doute que recommencer et échouer à nouveau la détruiraient pour de bon.

Lâche ! se dit-elle en fermant les yeux. Allait-elle rester seule et célibataire jusqu'à la fin de sa vie uniquement parce qu'elle n'avait réussi ni son rôle d'épouse ni celui de maîtresse ?

Puisqu'il avait envie d'elle, elle voulait qu'il la prenne. Ce soir. Et qu'il ne lui laisse pas le choix.

Laura se précipita à toute vitesse dans l'escalier de peur de changer d'avis.

La nuit était splendide. Une brise légère transportait une foule de bruits et de parfums. Elle s'élança en courant dans l'obscurité comme tant de femmes l'avaient fait depuis des siècles et des siècles. Vers sa destinée. Vers un homme.

Mais elle perdit de sa superbe en arrivant au bas des marches.

La lumière était allumée. Il lui suffisait de monter l'escalier de bois et de frapper à la porte. Il comprendrait et la prendrait dans ses bras. Elle allait le faire, se promit-elle en croisant les mains sur son cœur qui battait à tout rompre. Dès qu'elle se serait reprise, dès qu'elle cesserait d'avoir le vertige.

En attendant, elle alla faire un tour aux écuries et passa devant les chevaux somnolents. Elle n'avait pas revu la pouliche depuis sa naissance. Elle voulait seulement la regarder un instant, l'admirer, et ensuite, elle monterait frapper à la porte.

Arrivée devant le box, elle s'arrêta pour observer la jument et son petit. La jeune pouliche était allongée sur la paille, sa mère debout à ses côtés.

– Cela me manque de ne plus avoir un bébé qui ait besoin de moi, murmura-t-elle. Un nouveau-né a une telle confiance en vous. C'est un sentiment incroyable. Savoir que c'est soi qui a fait ça.

Elle s'attarda encore un instant pour caresser le cou de la jument. Puis elle se retourna, il était là. Tout en noir, telle une ombre surgie de la nuit. Elle recula d'un pas.

– J'étais... Je n'avais pas vu la pouliche depuis... Je ne voulais pas te déranger.

– Tu me déranges depuis déjà pas mal de temps. Depuis plus longtemps que je ne le croyais.

Sans la quitter des yeux, il avança vers elle.

– Je t'ai aperçue traverser la pelouse en courant. A la lueur des étoiles. Tu avais l'air de sortir d'un rêve. Mais tu es bien là, n'est-ce pas ?

– Oui.

Laura recula encore, les nerfs à fleur de peau.

– Je ferais mieux de partir...

Elle n'arrivait pas à détacher son regard du sien. Il s'approcha et la coinça contre la porte du box.

– Je devrais m'en aller.

– La jolie Laura Templeton, dit-il dans un murmure. Tu as toujours l'air si parfaite, si impeccable. Sans le moindre cheveu qui dépasse...

Il passa la main sur le col de sa chemise en soie, glissa un doigt dans l'échancrure en V, et vit son regard se troubler.

– Ça donne envie à un homme comme moi de te décoiffer, de te retirer cette carapace pour voir ce qu'il y a en dessous.

Ses mains se refermèrent sur ses seins, des mains calleuses à travers la soie fine et délicate. Il la sentit frémir.

– Qui es-tu vraiment, Laura ? Pourquoi es-tu là ?

Son cœur battait sous sa paume avec une telle violence qu'elle pensa qu'il allait exploser.

– Je suis venue voir la pouliche.

– Menteuse !

Il la plaqua contre la porte en bois, et quand celle-ci

céda, Laura serait certainement tombée s'il ne l'avait pas rattrapée.

— Je parie qu'il ne t'a jamais décoiffée, hein ? Toujours poli, toujours gentleman... Mais avec moi, ça ne sera pas comme ça.

— Je...

Elle était à présent paniquée, excitée, terrifiée. Elle détourna les yeux en sentant la paille craquer sous ses pieds. Le box était vide. Elle était seule avec lui. Piégée.

— Je ne sais pas comment faire.

— Moi, je sais. Je peux te convaincre de rester, ou bien te faire fuir. Je me demande ce que tu vas choisir. Mais puisque tu es venue à moi, c'est à moi de décider.

Michael empoigna tout à coup le devant de sa chemise qu'il déchira d'un coup sec.

— Reste ou va-t'en.

Ses yeux sombres, exigeants, étaient rivés sur les siens. Sa peau nue frissonna sous la caresse de l'air frais.

— Si tu restes, tu seras à moi. Comme je le voudrais. Alors, reste ou va-t'en.

Il l'empoigna par les cheveux en lui renversant la tête en arrière et attendit.

— Reste, dit-il tout bas.

Puis sa bouche s'écrasa contre la sienne.

Et quand il la coucha dans la paille en couvrant ses lèvres, sa gorge, sa poitrine de baisers enflammés, Laura se sentit tiraillée entre l'excitation et le désespoir. Elle laissa échapper un cri quand ses dents voraces la mordillèrent, des seins jusqu'au creux des reins, transformant tout son corps en une masse secouée de frissons.

La question n'était plus de mise, elle le savait. Son choix était fait. Il allait la prendre, la posséder, comme dans les rêves qui la hantaient la nuit. Rapidement, de façon brutale, impitoyable.

Et c'était ce qu'elle voulait. Perdre tout contrôle d'elle-même, sentir ses mains impatientes lui labourer le corps, sa bouche affamée, presque brutale, la dévorer sans merci.

Sa peau lui parut délicieusement chaude et douce. La paille lui griffait le dos, ajoutant une nouvelle sensation à celles qui l'enivraient déjà. Et le bruit que firent ses vêtements en se déchirant sous ses doigts avides, qui la pinçaient, la palpaient sans retenue, lui parut incroyablement érotique.

Laura s'entendit gémir et suffoquer de surprise et de plaisir. Aussi impuissante qu'un radeau dérivant sur un océan déchaîné, elle se laissa rouler, écraser, en s'abandonnant à son sort.

Chaque fois que ses mains l'agrippaient, que ses ongles se plantaient dans son dos, il avait l'impression que son sang coulait plus vite dans ses veines. Chaque fois qu'elle gémissait, son pouls s'accélérait. Lorsqu'elle se convulsa brusquement sous lui, et qu'elle cria son nom dans un sanglot, Michael fut pris de vertige.

Il voyait la stupéfaction dans ses yeux, ces yeux gris orage. Personne ne l'avait jamais aimée comme ça, il en était convaincu. Avec une telle fougue. Dans une écurie. Malgré tout ce qu'elle avait reçu, tous les endroits qu'elle avait eu l'occasion de connaître au cours de sa vie de privilégiée, c'était pour elle entièrement nouveau. Même si quelque part au fond de lui il regrettait de ne rien avoir d'autre à lui offrir, ce serait suffisant pour cette nuit.

Cette nuit, et le temps que ça durerait, il serait pour elle ce que personne n'avait jamais été.

Chaque nouvelle réaction de plaisir se propageait dans son corps menu avant d'exploser dans le sien. Il voulait la sentir encore se cabrer sous lui, violemment, la rendre folle de désir.

Ses mains étaient fortes, puissantes, rapides. Elles la pétrissaient, la martelaient, la broyaient inexorablement. Elle le saisit par les cheveux pour prendre sa bouche et répondre à ses baisers brûlants à sa manière.

Son corps était ferme, terriblement viril, ses muscles roulaient sous ses doigts avides. Assoiffée de désir, elle le mordit sauvagement à l'épaule puis lécha sa peau brûlante et perlée de sueur.

L'air était lourd, épais, et lui semblait imprégné de

son odeur. Quoi qu'il lui fît, elle l'acceptait, quoi qu'il exigeât, elle le lui donnait.

Michael l'agrippa par les hanches en la regardant droit dans les yeux. D'un geste violent, il la pénétra, profondément. Ses mains se crispèrent sur ses bras, tandis que tout le corps de Laura explosait.

– Reste avec moi.

Ses doigts s'enfoncèrent dans sa chair, et il commença à aller et venir en elle.

– Reste avec moi, Laura.

Avait-elle d'autre choix ? Elle était prisonnière, piégée, empalée. Sa respiration était maintenant plus lente, légère, sa vision un peu floue, mais elle se mit à bouger en rythme avec lui, accompagnant chacun de ses mouvements.

En la sentant jouir et se refermer autour de lui comme un poing humide, il frissonna, et dut faire un gigantesque effort pour ne pas jouir à son tour. Pas encore. Il voulait plus. Le sang avait beau bourdonner follement dans sa tête, il la voulait encore.

Alors, il la souleva de façon qu'elle noue ses jambes autour de ses reins, que tout son corps s'enroule autour de lui comme une liane. Et il reprit son mouvement jusqu'à ce qu'elle vienne à nouveau.

Alors, seulement alors, le visage enfoui dans ses cheveux, il s'abandonna en elle.

Son poids la clouait littéralement au sol. Le poids de cet homme étendu sur elle lui procura une impression étrange. Ainsi qu'un sentiment glorieux de le savoir incapable de bouger, aussi étourdi et comblé qu'elle.

Car elle n'en doutait pas. Elle avait vu ses yeux, senti ses mains, entendu le grognement rauque monter de sa gorge. Elle l'avait surpris, tremblant, à l'instant éblouissant où, perdant tout contrôle, il était venu en elle.

Là, dans la pénombre de l'écurie où flottait une odeur de paille et de chevaux, ses vêtements en lambeaux et le sang coulant à flots dans ses veines, elle se sentit femme à nouveau. Non plus mère, amie ou membre responsable au sein de la société, mais simplement femme.

Il ne fallait surtout pas tout gâcher en commençant à débiter des platitudes. Qu'elle n'avait encore jamais fait l'amour comme ça, qu'elle ne savait même pas que c'était possible. Mieux valait, pour eux deux, garder un ton léger.

Aussi Laura sourit-elle, et trouva-t-elle la force de soulever la main pour lui caresser les cheveux.

— Tu vois, j'ai finalement accepté ta proposition.

— Comment t'appelles-tu déjà, ma belle ? fit-il en ricanant.

Rassemblant le peu d'énergie qui lui restait, il roula paresseusement sur le côté et l'entraîna avec lui en l'allongeant sur son torse. Un petit sourire suffisant relevait le coin de ses lèvres, et elle avait de la paille dans les cheveux.

— Comme tu es jolie ! Tu es vraiment une jolie petite chose. L'irréprochable Laura Templeton possède le corps surprenant et souple d'une locomotive à vapeur. Qui l'aurait cru ?

Certainement pas elle, songea Laura en haussant un sourcil.

— Je dois avouer que ni moi ni personne n'avait encore songé à me décrire de cette manière, répliqua-t-elle en lui souriant. Mais je crois que ça me plaît.

— Puisque que tu es de si bonne humeur, si tu me disais maintenant pour quelle raison tu étais venue ce soir.

— Pour voir la pouliche.

Laura enleva méticuleusement quelques brins de paille emmêlés dans ses boucles, puis son regard se reposa sur Michael.

— Avant de venir te voir, toi. Tu savais bien que je viendrais.

— Je l'espérais. Si tu n'étais pas venue, j'aurais été contraint d'escalader les murs du château pour t'enlever. Je ne sais pas combien de temps encore j'aurais pu me passer de toi.

— Michael...

Emue, elle lui effleura la joue.

— C'est vrai ? Tu m'aurais enlevée ?

217

— Sans hésiter, ma belle.
— C'est la première fois que ça m'arrive... Et j'espère que ce ne sera pas la dernière.
— Je n'ai jamais pensé expédier ça vite fait dans la paille, tu sais.

Satisfaite de se l'entendre dire, Laura hocha la tête en remettant un peu d'ordre dans ses cheveux.

— Alors je reviendrai, dit-elle en lui donnant un baiser. Il faut que je file.

Réagissant aussitôt, Michael la plaqua au sol.

— Laura, tu ne penses quand même que je vais te laisser partir ce soir ?

Elle sentit qu'elle n'était pas de taille à lutter avec lui et cela l'excita à nouveau.

— Parce que tu comptes m'en empêcher ?
— Oui.

Sa main remonta alors sur son sein tandis que sa bouche fondait sur son cou.

Elle s'arc-bouta en laissant échapper un long soupir.

— Tant mieux.

Toutefois, elle n'avait jamais eu l'intention de rester jusqu'au matin. Ni de s'assoupir sur un tas de paille, étroitement enlacée. Et encore moins imaginé qu'elle se réveillerait toujours brûlante de désir, sa bouche sur la sienne et ses mains...

— Michael...

Lorsqu'elle ouvrit les yeux, il s'enfonça lentement en elle. Puis il se mit à bouger, exécutant de longs mouvements langoureux qui lui firent confondre rêve et réalité.

Il observa son visage, ses joues légèrement rouges d'avoir dormi et fait l'amour, son regard dans le vague, et sa bouche gonflée de baisers, qui frémissait à chacune de ses respirations.

Ils allaient pouvoir se voir maintenant en plein jour, se regarder.

De petits morceaux de paille flottaient dans la lumière transparente du matin, dansant dans l'air paisible.

L'alouette succéda aux oiseaux de nuit. Dans les boxes, les chevaux commencèrent à bouger, les chats à s'étirer et à jouer avec les rayons de soleil.

Laura chercha son visage, le prit dans ses mains en guidant encore une fois sa bouche vers la sienne tandis qu'ils glissaient doucement l'un sur l'autre.

– Michael, répéta-t-elle.
– Je ne peux pas arrêter de te toucher.
– Et je ne veux pas que tu le fasses.

Mais il avait vu les bleus sur sa peau fine pendant qu'elle dormait.

– J'ai été un peu brusque avec toi, hier soir.
– Aurais-je oublié de t'en remercier ?

Il releva la tête en souriant.

– Je suppose que le fait que tu aies crié mon nom dix ou douze fois devrait me suffire.
– Eh bien, alors, je ne veux plus jamais que tu me traites comme si j'étais un objet de verre fragile, dit-elle d'un air sérieux en écartant une mèche de son visage. Plus jamais.
– Donc, si je décide de sortir les menottes et le fouet, tu seras d'accord ?

Laura resta bouche bée et le fixa d'un air abasourdi.

– Je... je...
– Je plaisantais.

Seigneur, cette femme était incroyable ! songea-t-il en partant d'un grand éclat de rire. Et toute à lui. Dans un sursaut d'enthousiasme, il se leva et la souleva dans ses bras.

– Du moins, pas tant que nous ne serons pas totalement en confiance.
– Tu ne veux pas dire que... je crois que je ne pourrais pas, que je ne voudrais pas...

Il se mit à rire si fort qu'il faillit la lâcher. Laura redressa fièrement le menton.

– Tu te fiches de moi mais cela m'est complètement égal.
– C'était une blague... (Il lui planta un baiser sonore sur la bouche.) Je doute que tu veuilles rentrer chez toi

dans cet état, nous allons monter te chercher des vêtements.

— Oui, ce serait bien que tu me prêtes... **Mais qu'est-ce que tu fais ?**

Elle faillit pousser un cri quand il l'emporta hors de l'écurie.

— Je t'emmène là-haut pour te trouver quelque chose à te mettre sur le dos.

— Tu ne vas pas sortir comme ça ! Je suis toute nue. Nous sommes tout nus ! Je ne plaisante pas... Ô mon Dieu !

Le soleil et l'air frais du matin lui firent l'effet d'une gifle.

— Il est tôt, dit-il nonchalamment. Il n'y a encore personne.

— Mais on est tout nus...

Et elle ne trouva rien de mieux à dire quand il monta l'escalier.

— Nous sommes là, dehors, tout nus...

— Et la journée s'annonce superbe. Tu as prévu quelque chose ce soir ?

— Je...

Ne voyait-il donc pas qu'ils étaient là, sur le perron, les fesses à l'air ?

— Rentre-moi vite à l'intérieur !

— Tu as froid ? Je vais me dépêcher.

La soutenant d'un seul bras, il ouvrit la porte.

Quelle insulte ! songea-t-elle. Quelle insensibilité ! Quel scandale !

— Pose-moi par terre !

— Tout de suite.

Il obéit aussitôt, puis attendit la suite. Et ne fut pas déçu...

— Tu es devenu fou ? Et si une des filles nous avait aperçus par la fenêtre ?

— Allons, il n'est même pas 6 heures du matin. Elles n'ont quand même pas l'habitude de se lever à l'aube pour regarder par la fenêtre avec des jumelles ?

Bien sûr que non.

— Là n'est pas le problème. Je n'ai aucune envie de me faire trimballer comme ça, uniquement parce que, avec ton esprit tordu, tu trouves ça amusant ! Donne-moi vite une chemise.

Michael la considéra une seconde en se retenant de sourire. Même avec de la paille dans les cheveux, et rouge comme une écrevisse de la tête aux pieds, elle arrivait à rester parfaitement digne. Ce qu'il trouva... sidérant.

– Tu recommences à m'exciter, ma belle, mais je pense que nous n'avons pas le temps pour un autre round.

– Espèce de...

– Paysan ? Barbare ?

Laura prit sur elle de se calmer. Il était évidemment impossible de discuter raisonnablement dans de telles conditions.

– S'il te plaît, prête-moi des vêtements.

– Tu sais, ça ne prendra que quelques minutes.

– Michael...

Devinant clairement ses intentions dans son regard, Laura fit un bond en arrière.

– Michael, je ne te laisserai pas...

Me jeter par terre, me couvrir de baisers à m'en rendre folle et me faire crier de plaisir.

– Oh ! pour l'amour du ciel...

Ses poings se crispèrent sur le tapis, et elle se laissa ravir.

Laura se surprit à rentrer dans sa propre maison comme une voleuse. Elle n'avait plus qu'à regagner le premier étage, se dit-elle en ouvrant tout doucement la porte, puis sa chambre.

Les filles allaient se réveiller d'une minute à l'autre. Faisant une grimace, ses chaussures à la main, elle traversa le hall d'entrée sur la pointe des pieds. Elle devait avoir perdu la tête. Que pourrait-elle inventer si jamais...

– Laura !

... Si le pire se produisait, pensa Laura, fataliste, en se retrouvant face à une Ann Sullivan à l'air stupéfait.

– Annie... J'étais, euh... sortie. Faire un tour.

Très lentement, Ann continua à descendre l'escalier. Elle avait beau être veuve depuis plus de vingt-cinq ans, elle savait reconnaître une femme qui venait de passer la nuit dans les bras d'un homme.

– Tu portes une chemise d'homme, dit-elle avec raideur. Et tu as de la paille dans les cheveux.

– Ah !...

Laura s'éclaircit la gorge en retirant un brin accroché à ses boucles.

– Oui, je sais. J'étais... dehors, je viens de te le dire, et...

– Tu n'as jamais su mentir de ta vie.

Ann s'arrêta au bas des marches, face à sa proie, exactement comme une mère s'apprêtant à faire la morale à un enfant désobéissant. Avec un mélange d'amusement et d'appréhension, Laura en reconnut les signes.

– Annie...

– Tu es allée aux écuries te rouler dans la paille avec ce séducteur de Michael Fury ?

– J'étais aux écuries, oui, répliqua dignement Laura. Avec Michael Fury, en effet. Et je te rappelle que je suis une adulte.

– Ce garçon a autant de bon sens qu'une cacahuète ! Mais qu'est-ce qui t'est passé par la tête ? poursuivit la gouvernante en brandissant un doigt accusateur. Comment une femme comme toi peut-elle se vautrer dans une meule de foin avec quelqu'un comme lui.

Capable d'une infinie patience envers tous ceux qu'elle aimait, Laura garda un ton posé.

– Je suppose que tu sais parfaitement ce qui m'est passé par la tête. Quoi que tu penses de lui, ou de son bon sens, le fait est que j'ai trente ans. Il avait envie de moi, moi de lui, et je n'ai jamais ressenti avec personne ce que j'ai éprouvé avec lui.

– Un moment de plaisir pour...

– Oui, un moment de plaisir, confirma Laura.

Même si c'était à cela que cette nuit se résumait, elle ne regrettait absolument rien.

– J'ai été mariée pendant dix ans sans connaître le bonheur qu'il y a à recevoir du plaisir et – du moins je l'espère – à en donner à un homme comme lui. Tant pis si tu me désapprouves.

Ann resta impassible.

– Il ne me revient pas d'approuver ou de désapprouver.

– Oh, inutile de me faire le coup de la gouvernante outrée par les remarques de sa maîtresse ! Tu t'y prends un peu tard.

Laura posa la main sur celle d'Ann, crispée sur la rampe.

– Je sais que tu te fais du souci pour moi, et que tu dis cela parce que tu m'aimes, mais ça ne changera rien à ce que je ressens. Ni à ce dont j'ai besoin.

– Parce que tu crois avoir besoin de Michael Fury ?

– Non, je ne le crois pas, j'en suis sûre. Je ne sais pas encore ce que je vais faire, ni où cela me mènera, mais j'ai la ferme intention de prendre un maximum de moments de plaisir.

– Quel qu'en soit le prix ?

– Oui. Pour une fois dans ma vie, le prix à payer m'est complètement égal. Il faut que je prenne une douche.

Au milieu de l'escalier, Laura s'arrêta et se retourna.

– Et je ne veux pas que tu ailles harceler Michael en lui parlant de ça, Annie. Ça ne regarde ni toi ni personne.

Ann inclina la tête et la garda baissée jusqu'à ce qu'elle entende la porte de la chambre de Laura se refermer. Ce n'était peut-être pas à elle de parler à Michael Fury, cependant, elle connaissait son devoir. Et elle allait le faire.

Sans attendre davantage, elle se rendit dans la bibliothèque. Ce ne serait pas long d'appeler la France. Et ensuite, ils verraient bien, se dit-elle en regardant par la fenêtre.

– Je voudrais parler à Mr ou Mrs Templeton, je vous prie. De la part d'Ann Sullivan, la gouvernante de Templeton House.

223

– Dans l'écurie ? Sur la paille ? Toute la nuit ?

Dans la cuisine de la boutique, Kate pivota sur son tabouret en suffoquant. La pause de dix minutes de l'après-midi s'avérait nettement plus intéressante qu'elle ne l'aurait cru.

– Toi ?
– Qu'est-ce qu'il y a de choquant ?

Laura tambourina du bout des doigts sur le comptoir, ignorant sa tasse de thé.

– Je suis un être humain, non ? Pas une poupée qu'on remonte avec une clé.

– Pourtant, ma vieille, tu m'as l'air sacrément remontée ! Et je ne suis pas choquée du tout. Seulement, je n'imaginais pas que t'envoyer en l'air dans la paille était ton style. Mais, après tout, chacun son truc !

Elle sourit et croqua un des biscuits que son amie avait achetés à la pâtisserie.

Vaguement rassurée, Laura en prit un à son tour.

– J'étais comme une bête, dit-elle avec fierté.

Kate tâta un des bras de Laura en riant.

– Tu as encore du chemin à faire. Bon, et maintenant, raconte-moi ça en détail.

– Je ne peux pas faire ça... Enfin, je ne crois pas. Non.

– Allez, juste un. Rien qu'un petit détail de la folle nuit de Laura !

Celle-ci éclata de rire, secoua la tête, puis se mordit la lèvre. Elle savait bien qu'elle pouvait tout raconter à Kate ou à Margo. En outre, ces derniers temps, il était rare qu'elle ait à partager avec elles quelque chose d'aussi merveilleux et d'aussi fou. Elle baissa les yeux en retirant une à une les miettes sur le comptoir.

– Il m'a arraché mes vêtements.
– Métaphoriquement ou littéralement ?
– Littéralement. Il les a tout simplement réduits en lambeaux. Il a...

Elle pressa la main sur son ventre.

– Seigneur !
– Seigneur ! répéta Kate en s'éventant le visage de la main.

— C'est tout.

Laura sauta du tabouret et vida son thé froid dans l'évier.

— Je ne peux pas faire ça, reprit-elle. J'ai l'impression d'être à l'école.

— Eh bien, tu as eu ton diplôme, et ta toge et ta coiffe sont en lambeaux. Félicitations !

Elle pencha la tête en regardant son amie. Elle connaissait la jeune femme qui rinçait si soigneusement sa tasse en porcelaine presque aussi bien qu'elle-même.

— Tu es amoureuse de lui ?

Laura regarda l'eau couler pendant un instant.

— Je n'en sais rien. L'amour, ce genre d'amour, n'est pas aussi simple que je le pensais. J'ai peur de le devenir, mais je n'ai pas envie de tout compliquer.

— Tu m'as dit un jour que l'amour vous arrivait dessus comme ça, sans prévenir, lui fit remarquer Kate. Et j'ai pu vérifier depuis que tu avais raison.

Laura déposa délicatement la tasse sur l'égouttoir. Elle avait déjà pas mal réfléchi à la question de Kate, sachant pertinemment que ses amies finiraient par la lui poser tôt ou tard.

— Si jamais ça m'arrive, je verrai bien. Il est tellement différent de ce que je pensais. Et chaque fois que je découvre un nouvel aspect de sa personnalité, je me sens un peu plus impliquée.

Laura s'essuya les mains avant de se retourner.

— Mais cette fois, je ne vais pas me raconter d'histoires, ni exiger de quelqu'un plus qu'il n'est capable de me donner. Je vais me contenter d'en profiter.

— Et tu crois que tu supporteras ?

— Si j'en juge par ce que je ressens cet après-midi, je le supporte très bien !

Dans une sorte d'état second, Laura s'étira langoureusement.

— Et même parfaitement bien.

— Je suis ravie de constater que vous avez l'air de bien vous amuser, grommela Margo en entrant dans la cuisine. L'une de vous était supposée venir me remplacer, vous vous souvenez ? Contrairement à mes chères associées, je n'ai pas pris une seule pause depuis quatre heures, moi !

— Pardon, dit Laura en baissant les bras. Je descends tout de suite.

— Non, j'y vais, dit Kate en sautant de son tabouret. Ça te donnera l'occasion de mettre Margo au courant.

— Au courant de quoi ?

— Michael et Laura ont fait sauvagement l'amour toute la nuit dans un box de l'écurie.

D'un geste gracieux, Margo s'ébouriffa les cheveux tandis que Laura devenait rouge comme une pivoine.

— C'est vrai ?

— Il lui a arraché ses vêtements, ajouta Kate avant de sortir. Mais je laisse Laura te raconter ça en détail.

Margo siffla d'un air admiratif, puis s'assit dans un des fauteuils ivoire en croisant ses longues jambes magnifiques.

— Sers-moi une tasse de thé, s'il te plaît. Je suis vannée.

Laura s'exécuta aussitôt et lui apporta une tasse.

— Tu veux un biscuit ?

— Ce n'est pas de refus.

Margo les examina longuement avant d'en choisir un qu'elle croqua d'un air gourmand.

— Maintenant, pose tes fesses là et raconte-moi tout ça. Et n'aie pas peur d'être trop précise.

13

Sifflotant entre ses dents, Michael lança Zip au grand galop et déboucha du bois dans la lumière éclatante du soleil. Ce cheval était d'une vivacité extraordinaire, et il aurait de la peine à s'en séparer, mais il avait reçu une offre intéressante ce matin.

Dans quelques heures, l'étalon serait en route pour l'Utah.

– Tu vas t'amuser avec de jolies juments, là-bas. Et tu leur feras plein de beaux champions.

En outre, le prix de la vente permettrait à Michael d'acheter une jument particulièrement magnifique qu'il avait en vue, ainsi que son poulain aux yeux de faon qui ferait un excellent étalon d'ici peu.

Ces deux nouveaux pensionnaires l'aideraient à faire fructifier son affaire. Dans deux ans, le ranch de Michael Fury aurait acquis une réputation de sérieux et de qualité.

Car, bien qu'il eût été incapable, voire embarrassé, de l'expliquer à qui que ce soit, c'était ce qu'il avait toujours recherché. Etre respecté. Devenir quelqu'un.

Cependant, il était parti de rien. C'était une réalité qu'il lui fallait regarder en face, et à laquelle il ne pourrait rien changer. Pas plus qu'il ne pouvait quelque chose au fait que cela lui ait laissé une cicatrice douloureuse qui ne s'effacerait sans doute jamais.

Pendant de longues années, il avait préféré ne pas penser à ce qu'étaient ses parents ou aux conditions dans lesquelles il avait vécu et été élevé. Mais il savait que cela comptait, aujourd'hui plus que jamais. Car il y avait à présent dans sa vie une femme qui n'aurait pas dû y être.

Tôt ou tard, nul doute qu'elle s'en apercevrait. Cette idée, insultante autant qu'intolérable, lui donna envie de talonner son cheval et d'accélérer l'allure. Mais pas une seconde il n'eût été prêt à admettre que c'était par besoin de fuir. Pas plus qu'il ne pouvait s'avouer, même à lui seul, qu'il était complètement chamboulé depuis qu'il était descendu aux écuries la veille et y avait trouvé Laura.

Comme si elle avait été là exprès pour lui. Comme s'il avait pu prendre, serrer contre lui, ou même mériter quelque chose d'aussi beau, d'aussi délicat et vital que Laura Templeton. Et être pour elle ce qu'elle était pour lui.

Au diable ces fadaises ! se dit-il en plissant les yeux sous la lumière éblouissante du soleil. Il n'allait quand même pas se mettre à rêver de vivre toute sa vie avec

Laura ! A défaut d'autre chose, il était réaliste. Sa liaison avec elle n'était que temporaire, mais il comptait en profiter pleinement le temps que cela durerait.

Lancé au galop, l'étalon venait de se ramasser légèrement pour sauter l'obstacle lorsque Michael aperçut une silhouette près du paddock. Le cavalier et sa monture franchirent la barrière dans un envol de terre et de poussière.

— Sacré beau cheval ! s'extasia Byron dès que Michael trotta vers lui.

— Oui.

Michael flatta l'animal avant de mettre pied à terre.

— Je viens de le vendre. A un type qui habite dans l'Utah, dit-il en retirant la selle qu'il accrocha à la barrière. Il veut lui faire faire des chevaux de course.

— Ça ne devrait pas être difficile, répliqua Byron en caressant le long cou de l'étalon. Il n'est même pas essoufflé.

— Non. Il fatiguera son cavalier avant. Je le regretterai sûrement, mais je dois d'abord penser à vendre et à investir.

— Tu es pas mal parti. Et ce cheval, là-bas, dit Byron en tendant la main, combien en demandes-tu ?

— Max ?

Michael se tourna vers le cheval qui remua la queue.

— Je préférerais vendre ma propre mère. Alors, Max, tu es content de me voir ?

Le cheval s'approcha de son maître et hennit en découvrant ses dents.

— Allez, fais-nous un baiser.

Max lui lécha affectueusement le menton et, pas fou, renifla ses poches.

— L'amour n'est jamais gratuit. Ça te dit ?

— Quoi ? Un baiser de ton cheval ou une carotte ?

— Comme tu voudras.

— Ni l'un ni l'autre, merci.

Mais Byron caressa la crinière de Max qui croqua la carotte que Michael lui tendait.

— Tu as là un très bel élevage.

— Ça t'intéresse ?

— Je pensais que je ne l'étais plus, surtout avec le bébé qui va naître. Mais voilà que ça me reprend, c'est plus fort que moi.

— Le hongre qui est là te conviendrait très bien.

Byron regarda l'alezan, appréciant sa ligne et sa crinière d'un blanc éclatant.

— Il est superbe.

— C'est un bon cheval de selle, bien élevé, mais pas très docile. Il lui faut une main ferme.

Michael sourit d'un air malin.

— En tant que beau-frère de Josh et mari d'une personne que j'apprécie beaucoup, je te ferai un prix.

— Je n'étais pas venu dans l'idée d'acheter un cheval.

— Non ? fit Michael en curant les sabots de Zip. Pourquoi alors ?

— Je passais dans le coin, et je me suis dit que tu voudrais peut-être venir samedi soir. Pour un poker.

— Quand il s'agit de jouer, je suis toujours partant, répliqua Michael.

Puis il releva la tête en plissant les yeux.

— Ça ne sera pas une de ces édifiantes soirées où les femmes demandent si la suite bat la quinte ?

— Kate te boxerait volontiers pour une pareille remarque, dit Byron en souriant. Non, ce sera une soirée tout ce qu'il y a de sexiste. Il n'y aura que des hommes.

— Alors, je veux bien. Merci.

— Qui sait ? Peut-être que je gagnerai l'alezan.

— Tu peux toujours rêver, De Witt !

— Il a une cage thoracique impressionnante. Je vais aller le regarder de plus près.

Oubliant son élégant costume de Savile Row et ses fines chaussures italiennes, Byron enjamba prestement la barrière et sauta à l'intérieur du paddock.

— J'ai souvent entendu dire que vous, les gars du Sud, étiez de redoutables tricheurs aux cartes et voleurs de chevaux, dit tranquillement Michael en s'approchant avec lui de l'alezan.

— Et c'est la stricte vérité.

Combien de temps allait-elle le faire attendre ? Michael marchait de long en large en fixant la bouteille posée sur la table. Il se gratta la tête. Il avait pris la peine d'aller acheter du vin. Ce qui n'était pas son style, mais il supposait que faire l'amour dans un box d'écurie n'était pas celui de Laura non plus. La moindre des choses était de lui offrir une boisson civilisée. Avant de lui sauter dessus à nouveau.

Ce qui était précisément ce qu'il mourait d'envie de faire.

Si toutefois elle arrivait...

Mais elle viendrait sûrement. En tout cas, il se l'était répété une bonne dizaine de fois en moins d'une heure. A en juger par ce qui s'était passé entre eux la nuit dernière, elle devait être impatiente de renouveler la performance. Et avait certainement pensé à lui d'innombrables fois dans la journée, tout comme lui avait pensé à elle.

Et chaque fois, il avait eu l'impression de sentir son odeur, de voir son image, d'entendre sa voix, de...

Il la désirait. Comme un fou.

Il ne se souvenait pas d'avoir voulu quelque chose aussi intensément. A une époque, il avait décidé de fuir, et il l'avait fait. Puis il avait eu soif de danger, de risque et d'aventure. Et il en avait eu son lot. Et quand il avait eu envie de paix, d'une vie qu'il puisse considérer avec un minimum de fierté, il avait finalement réussi à l'obtenir.

Mais avait-il vraiment Laura ? Allait-elle lui glisser entre les mains sans qu'il puisse la retenir, ou avant qu'il sache quoi faire d'elle ?

Elle n'appartenait pas à son milieu ; il le savait et ça l'agaçait. Il la voulait à égalité avec lui. Faire l'amour était le meilleur moyen, et elle semblait d'accord. Pour l'instant.

Furieux de se ronger les sangs pour ce qui n'aurait pas dû poser de problème, il se servit un verre de vin. Puis il le sentit, haussa les épaules et le vida d'un trait.

– Arrête de t'en faire, Fury.

Mais il reposa son verre et recommença à arpenter la pièce, tel un tigre explorant les limites de sa cage.

Cet après-midi, au moment de faire monter l'étalon dans le van, il avait brièvement aperçu Ann. Et d'après le regard assassin qu'elle lui avait jeté, il avait le sentiment que Laura n'avait pas réussi à l'éviter en rentrant chez elle comme une voleuse ce matin.

Cette image lui arracha un sourire. L'élégante maîtresse de maison, rentrant à l'aube dans un jean et une chemise trop grande, se faisant surprendre par l'omniprésente gouvernante au regard impassible.

Peut-être Ann Sullivan avait-elle enfermé Laura. A cette idée, son sourire s'évanouit. Peut-être l'avait-elle bouclée dans sa chambre à double tour en refusant de la laisser sortir. A moins qu'elle n'ait...

Quoi qu'il en soit, il ferait bien de se ressaisir, décida-t-il.

Et puis tant pis ! Il allait de ce pas la chercher.

Il ouvrit la porte à toute volée, et Laura sursauta en portant la main à sa gorge.

– Tu m'as fait une peur bleue !

– Pardon. Je m'apprêtais à t'enlever de ton donjon.

– Oh ? Vraiment ? fit-elle avec un sourire perplexe.

– Mais, apparemment, tu as réussi à t'en évader toute seule.

– Je n'ai pas pu venir plus tôt. Il y a eu un petit chamboulement. Mes parents ont décidé de venir nous faire une brève visite. Ils seront là dans deux jours, et les filles étaient tellement excitées que j'ai eu du mal à les mettre au lit. Et ensuite, nous avons dû...

– Tu n'es pas obligée de me fournir des explications. Viens ici, ça suffira.

Il la prit dans ses bras, et évacua une partie de sa frustration en l'embrassant fougueusement. Puis il la plaqua contre la porte, plongea les doigts dans ses cheveux et se défoula encore un peu.

Et ce fut la même chaleur, la même précipitation, le même émerveillement... Lorsque Laura réussit enfin à reprendre son souffle, ses poings restèrent crispés sur sa chemise.

— Je croyais que...
— Tu croyais quoi ?
— Rien, fit-elle en secouant la tête.

Prenant alors son visage entre ses mains, elle lui sourit.

— Bonsoir, Michael.
— Bonsoir, Laura.

Il la fit passer devant lui avant de refermer la porte d'un coup de botte.

— Je comptais t'offrir un verre de vin.
— Oh oui, merci. Avec plaisir.
— Mais ça devra attendre un peu, dit-il en l'enlaçant à nouveau.
— Oh ! ce sera avec encore plus de plaisir...

Michael apporta effectivement un verre à Laura, qui était assise sur le lit défait, vêtue d'une de ses chemises. N'étant nullement gêné par ce qu'il considérait comme de la pudeur mal placée, il s'assit face à elle, tout nu, genou contre genou.

— J'ai quelque chose à fêter, annonça-t-il en trinquant avec elle.
— Ah oui ? Et qu'est-ce que c'est ?
— Aujourd'hui, j'ai vendu deux chevaux. Dont un à ton beau-frère.
— Byron ?

Visiblement surprise, Laura but une gorgée, et reconnut le goût riche et onctueux d'un excellent chardonnay Templeton.

— C'est drôle. Kate ne m'a pas dit qu'ils allaient acheter un cheval.
— Je pense qu'il ne lui en a pas encore parlé.
— Oh... Je vois.
— Elle n'aime pas les chevaux ?
— Si, mais ce n'est pas une décision qu'on prend à la légère. Je suis étonnée qu'ils n'en aient pas d'abord discuté. Mais je suis sûre que Kate n'y verra pas d'objection.
— A mon avis, il n'aura aucun mal à la convaincre.

— Là n'est pas la question. Le mariage est un partenariat, et prendre des décisions nécessite une discussion et un accord mutuel... Pourquoi souris-tu ?

— Tu es adorable, assise là, les cheveux en bataille après avoir fait l'amour, en train de me faire la morale sur l'éthique de la vie de couple.

— Je ne te fais pas la morale, rétorqua-t-elle en buvant un peu de vin frais. Je dis les choses comme elles sont, c'est tout. Tu ne penses pas que j'ai raison ?

— Si.

Sa main remonta sur sa cuisse.

— Mais je suppose que, comme dans tout partenariat, il arrive qu'une des parties prenne une décision de son côté, et que l'éthique puisse être un peu malmenée. J'aime bien la petite tache de naissance que tu as là.

Ses doigts glissèrent en haut de sa cuisse sur une petite marque en forme de croissant.

— On dirait une lune. C'est plus sexy qu'un tatouage.

— Tu cherches à me distraire.

— Ce n'est pas très difficile...

Toutefois, sa main redescendit sagement sur son genou.

— Mais je ne voudrais pas que Byron se fasse boxer par sa femme à cause de cette histoire. Il est tombé amoureux de ce cheval, mais il est possible que je l'aie influencé un peu.

Il haussa les épaules.

— Si ça pose un problème à Kate, nous pourrons toujours annuler le marché.

Laura inclina la tête.

— Et tu penserais alors que Kate est une mégère et Byron une chiffe molle.

— J'aurais plutôt dit une poule mouillée.

Amusé, Michael lui souleva la jambe et embrassa son genou.

— Et toi, tu discutais toujours de tout de manière civilisée avec Ridgeway ?

— Non, ce qui était d'ailleurs une partie du problème. Je me contentais de faire ce qu'il me disait et de me conduire lâchement en épouse soumise.

– Excuse-moi...

S'en voulant d'avoir cherché à en savoir plus sur cette période de sa vie, Michael lui serra affectueusement le genou.

– C'était une mauvaise question.

– Pas du tout, dit Laura en s'adossant aux oreillers. Ça m'a permis d'apprendre quelque chose. Je sais à présent que je ne serai plus jamais soumise, et que je ne resterai pas à me désespérer dans mon coin.

Elle fit tinter son verre du bout des ongles tout en formulant à haute voix ce qu'elle avait gardé jusqu'alors enfermé dans son cœur.

– S'il a agi comme ça, c'est parce que je l'ai laissé faire, si bien que c'est ma faute autant que la sienne. Je regrette seulement qu'il ait fallu que je le surprenne au lit avec une autre femme pour arriver à me ressaisir.

– Et maintenant, tu es heureuse ?

– Oui, et même reconnaissante.

Elle lui sourit.

– Tout comme je le suis envers toi.

Il caressa sa jambe avec son pouce.

– Je peux savoir de quoi ?

– De m'avoir aidé à me rendre compte que j'avais aussi des besoins sexuels.

Appréciant sa remarque, il se pencha et effleura ses lèvres en posant son verre sur la table de nuit.

– Tu avais des problèmes dans ce domaine ?

– Je n'en ai plus.

– Il faudrait peut-être vérifier ça, histoire de s'en assurer.

Et avant qu'elle ne referme ses bras sur lui, Michael se laissa glisser à l'autre bout du lit.

– Je crois que je vais commencer par là, murmura-t-il en lui prenant un pied.

– Tu ne vas pas... Oh !

Laura renversa la tête en arrière en sentant sa langue et ses lèvres s'activer sur sa plante de pied.

– J'ai déjà fait de la réflexologie au club, mais je n'ai jamais ressenti ça...

Laura gémit et frissonna de plaisir.

– Je... Zut !

Elle renversa son verre, et le vin se répandit sur les draps.

– Oh ! je suis désolée. Laisse-moi aller...

– Reste ici, dit-il en la repoussant doucement sur les oreillers. Reste où tu es jusqu'à ce que j'aie fini.

Et il entreprit de lui mordiller voluptueusement la cheville.

– La dernière fois, tout est allé un peu trop vite. Je crois que j'ai négligé quelques-uns des points les plus sensibles.

Elle avait l'impression d'être prise d'assaut de toutes parts. Dedans, dehors, physiquement et mentalement, sans rien pouvoir faire d'autre qu'en profiter. Il remonta lentement sur sa jambe, comme si elle était un repas raffiné dont il savourait chaque plat.

Les lumières allumées lui brûlaient les yeux, même quand elle les fermait. L'air, qui entrait par la fenêtre ouverte, lui parut tout à coup lourd et épais, l'empêchant de respirer normalement. Sous sa peau, brûlante, le sang circulait de plus en plus vite au fur et à mesure que ses mains et sa bouche remontaient sur elle.

Ses longues cuisses musclées frémirent, et elle agrippa les draps.

Personne ne l'avait jamais caressée, mordillée ou touchée ainsi, comme si elle était ce qu'il y avait de plus important au monde.

Soudain, Michael fondit sur sa bouche, et sa main se faufila entre ses cuisses, avide de la posséder et de lui donner du plaisir.

La tête renversée en arrière, le regard flou, Laura s'accrocha de toutes ses forces aux barreaux du lit en fer, comme si c'était la seule chose qui la rattachât encore à cette terre.

Il ressentit alors une envie folle de la faire jouir. Encore et encore.

Il la caressa longuement, jusqu'à ce que ses hanches ondulent au rythme de ses mains. Et soudain, il la vit crier son nom dans un sanglot, lâcher les barreaux et s'arc-bouter aussi souplement qu'une poupée en pâte à modeler.

Elle retomba sur le lit, le corps lourd et alangui, et se contenta de gémir quand il la souleva afin de faire glisser la chemise sur ses épaules.

— Tu es magnifique, Mrs Templeton. Tu me fais penser à de l'or, dit-il en touchant ses cheveux. A un bouton de rose.

Et tandis qu'il pinçait son mamelon, elle trembla sous sa main.

— Michael...

Laura ouvrit les yeux. La chambre tournait dans tous les sens.

— Je ne peux pas.

— Tu ne peux pas ? Je n'en suis pas si sûr, dit-il en léchant la pointe de son sein.

— Je sais que tu n'as pas...

Elle tendit la main, sachant qu'elle le trouverait dur et prêt à lui faire l'amour.

— A mon tour.

— Non, une autre fois.

Il sourit, mais son désir ne fit que redoubler en sentant sa main douce se refermer sur lui.

— Voyons si nous pouvons conclure ça en ayant recours aux bonnes vieilles méthodes.

Cette fois, quand ses lèvres engloutirent son téton, elle éprouva un long frisson au creux des reins.

— Tu me fais ressentir tellement de choses, murmura-t-elle, haletante. Tu n'imagines pas ce que tu me fais...

Une onde de plaisir la déchira de part en part avec une intensité fulgurante. Elle en aurait pleuré... Il s'attarda sur ses seins, savourant avidement le goût de sa peau dont il ne pouvait déjà plus se passer. Puis il lui prit les mains qu'il plaça sur les barreaux du lit en les maintenant fermement.

Laura pensa tout à coup qu'ils étaient tous les deux prisonniers de leur désir, enchaînés.

Résignée, elle lui tendit sa bouche en nouant ses jambes autour de lui, et il la pénétra.

Tout se passa alors très vite, dans un flamboiement

entre les soupirs et les cris étouffés d'amants avides de se posséder. Il s'enfonça plus loin en elle. Alors, réunis l'un à l'autre par la bouche, les mains, le sexe, ils basculèrent ensemble dans l'extase.

Un peu plus tard, Laura se retourna, reprenant lentement ses esprits. Michael l'enlaça par l'épaule et la serra tout contre lui.
– Je croyais que tu dormais, murmura-t-elle.
– C'est ce que j'ai fait.
– Il faut que je m'en aille. Je ne peux pas rentrer chez moi tous les matins à l'aube avec mes chaussures à la main.
– Attends encore un peu...
Il était à moitié endormi, et sa voix était lourde de sommeil.
– J'ai envie de te tenir dans mes bras.
Laura sentit son cœur fondre. Tout doucement, elle écarta des mèches de cheveux de son visage. Des cheveux fous, indomptables, très noirs et séduisants en diable.
– Juste un petit moment, alors.
Elle posa la tête contre son épaule et sa main sur son cœur. Il s'était déjà endormi. Aussi resta-t-elle là quelques instants à écouter battre son cœur.

Mrs Williamson déposa une pile de *pancakes* sous le nez de Michael. Y faire honneur était la moindre des choses. Elle le regarda mordre une première bouchée, les bras croisés sur la poitrine.
– Excellent, dit-il. Quand j'aurai fini de reconstruire, cela va me manquer de ne plus me faufiler ici discrètement pour me faire nourrir. Vous êtes sûre que vous ne voulez pas m'épouser et venir vivre avec moi ?
– Si tu continues à me demander ça, tu risques d'avoir une surprise ! répliqua-t-elle en le resservant de café.

Ce garçon avait toujours eu un appétit féroce, songea-t-elle. Et pour toutes sortes de choses.

– Tu as terminé le ragoût que je t'avais fait porter ?
– J'ai tout mangé, même la casserole.

D'un air absent, Michael se pencha pour gratter le dos du chaton pelotonné entre ses jambes.

– Ainsi que le gâteau et tous les biscuits.

Il baisa la main de la vieille cuisinière, qui gloussa de plaisir.

– D'ailleurs, si l'envie vous prenait de faire votre fameux gâteau au chocolat... Vous savez, celui avec de la crème et des cerises ?
– Une forêt-noire. C'est le préféré de miss Laura.
– Ah oui ?

Les goûts qu'ils avaient en commun ne se limitaient donc pas uniquement au lit.

– Si je lui en prends une petite part ou deux, ça ne devrait pas trop lui manquer.
– On verra ça.

Mrs Williamson ébouriffa les cheveux de Michael, puis tira sur sa queue-de-cheval.

– Tu as besoin d'une bonne coupe. Un homme de ton âge ne devrait pas se coiffer comme un hippie... Allons, finis vite ton petit déjeuner. Il faut que je veille à ce que les petites avalent quelque chose avant de partir à l'école. Et aussi miss Laura, ajouta-t-elle en s'affairant dans la cuisine. Elle mange comme un moineau. Elle ne prend jamais le temps de s'asseoir et de commencer la journée avec quelque chose de solide dans le ventre. « Juste un café », me dit-elle toujours. On ne peut pas rester en forme en ne buvant que du café !

Laura paraissait en très grande forme à Michael, qui jugea cependant plus sage de n'en rien dire. Mrs Williamson avait beau l'adorer, il doutait qu'elle approuvât les nuits torrides qu'il passait avec sa maîtresse.

– Elle va finir par tomber malade, comme miss Katie l'année dernière.

Cessant de rêvasser, Michael redressa la tête.

– Kate a été malade ?
– Elle a fait un ulcère. Tu te rends compte ? A force

de trop travailler, de ne rien manger, et de se faire tellement de souci qu'elle était à ramasser à la petite cuillère. Mais on s'est occupé d'elle à temps.

– Elle va mieux, non ? En tout cas, elle en a l'air.

– Elle est en très grande forme. Et elle est enceinte.

– Kate attend un bébé ? demanda Michael avec un grand sourire.

Puis il laissa échapper un juron, qui lui valut un regard noir de la cuisinière. Il se rappela tout à coup qu'elle avait horreur d'entendre prononcer des gros mots dans sa cuisine.

– Pardon.

– Ça ira pour cette fois... Notre Kate est maintenant rayonnante de santé et de bonheur. Il faut dire que l'homme qu'elle a épousé ne la laisse pas faire n'importe quoi. C'est quelqu'un de raisonnable, et qui sait prendre soin d'une femme.

– Ils ont l'air d'être bien ensemble.

Et ils ont de la classe, pensa Michael en baissant les yeux sur son assiette. Mais il était vrai que Byron avait grandi dans une famille aisée du Sud et que Kate était pour ainsi dire une Templeton.

– Ils se sont trouvés, commenta-t-il.

– Ça, c'est bien vrai. Ça me fait tellement plaisir de voir miss Kate enfin heureuse ! Et miss Margo si bien installée avec sa petite famille ! Mais miss Laura n'a que ses deux petits anges qu'elle doit élever toute seule, fit-elle en brandissant sa spatule. C'est une bonne chose que ses parents viennent passer un petit moment ici. Personne ne sait mieux résoudre les problèmes que Mr et Mrs T.

En voyant la porte s'ouvrir, elle s'empressa de se taire, ne voulant pas se faire accuser de papoter à tort et à travers.

– Mrs Williamson, je... Oh ! bonjour, Michael.

Laura entra, fraîche comme une rose dans un tailleur jaune pâle. Difficile d'imaginer que c'était là la femme qui avait hurlé son nom entre deux sanglots la nuit dernière. Sauf si on regardait attentivement ses yeux.

— Bonjour, Laura. Mrs Williamson a eu pitié d'un homme affamé.
— Des *pancakes* aux myrtilles ? Miam ! Les filles vont être folles de joie.
— Asseyez-vous, miss Laura. Et mangez quelque chose.
— Non, merci. Juste un café, s'il vous plaît. Je cherchais Annie.

Elle accepta la tasse que la cuisinière lui tendit.

— Je dois filer de bonne heure. Il y a un problème au bureau, poursuivit-elle en jetant un coup d'œil à sa montre. Je devrais déjà être dans la voiture. Mais je ne trouve pas Annie, et il faut que je lui demande si elle peut déposer les filles à l'école.
— Elle est sortie. C'est le jour où elle va au marché.
— Oh, j'avais complètement oublié ! s'exclama Laura en fermant les yeux. Il va donc falloir que...
— Je les déposerai.

Déjà en train de réorganiser son emploi du temps, Laura regarda Michael en clignant des yeux.

— Comment ?
— Je les déposerai à l'école.
— Je ne veux pas t'imposer ça, mais...
— Ça ne me pose aucun problème, et il me semble que tu n'as plus le temps de discuter. Va-t'en vite. Je pense être capable d'emmener deux petites filles à l'école sans qu'elles en soient traumatisées à jamais.
— Ce n'est pas ce que je voulais dire...

Il avait raison, réalisa Laura en regardant une nouvelle fois sa montre. Elle n'avait plus le temps de discuter.

— Je te remercie. C'est l'Académie Hornbecker. Il faut prendre la route de la corniche jusqu'à...
— Je sais où c'est, coupa-t-il. C'est l'école où tu allais.
— Oui.

Pas une seconde elle n'aurait soupçonné qu'il ait pu le savoir, et encore moins qu'il s'en souviendrait.

— Je te remercie beaucoup, Michael. Je suis tellement en retard.

Laura reposa sa tasse, puis se leva et rougit légèrement quand Michael lui prit la main.

— Détends-toi. L'hôtel ne va pas s'écrouler si tu arrives un peu en retard à une réunion.

— Non, mais mon département, peut-être. Ali doit rendre sa composition d'anglais. Elle l'a, j'ai vérifié. Mais ce serait bien que tu le lui rappelles. Et Kayla doit revoir sa liste de mots à épeler pendant le trajet. Elle a un contrôle. Ali peut l'aider.

— Je t'ai dit que je m'en occupais.

— Oui, mais si tu veux bien t'assurer qu'elles ont leurs parapluies... Je les ai sortis. Il va sans doute pleuvoir.

— Bien...

Michael se leva et, oubliant qu'ils n'étaient pas seuls, prit le visage de Laura dans ses mains et lui plaqua un baiser sur la bouche.

— Maintenant, file.

— Je...

Elle se tourna vers Mrs Williamson qui continuait à préparer ses *pancakes* en chantonnant, comme si de rien n'était.

— J'y vais. Mais il faut leur faire penser à donner à manger au chien. Il leur arrive de...

— Dehors.

Et comme elle avait manifestement besoin d'encouragement, il l'entraîna vers la porte.

— Va embêter quelqu'un d'autre.

Lorsqu'elle ouvrit à nouveau la bouche, il lui donna une tape amicale sur les fesses en la poussant dehors.

— Comment fait-on pour commencer une journée de cette manière ? marmonna-t-il dans sa barbe.

Puis il se retourna et trouva Mrs Williamson en train de l'observer discrètement.

Il jura, mais eut la présence d'esprit de ne pas le faire à voix haute.

— C'est comme ça tous les jours ?

Ignorant sa question, elle se mit à tourner autour de lui. Il avait une petite idée de ce qu'elle voyait. Un homme qui entrait par la porte de service parce qu'il n'avait pas le droit d'utiliser celle de l'entrée principale.

Elle s'arrêta face à lui en faisant la moue.
- Je me demandais justement s'il y avait autre chose qui t'intéressait ici en dehors de ma cuisine.

Michael fourra ses mains dans ses poches, vaguement gêné.
- Et alors ?
- Alors, je trouve ça très bien.

Elle lui pinça affectueusement la joue, amusée de voir une expression de surprise apparaître sur son visage. Ce garçon n'avait jamais eu conscience de sa propre valeur, songea-t-elle.
- Très bien pour vous deux, reprit-elle. Je dirais même qu'il était grand temps. C'est la première fois que cette petite a un homme digne de ce nom dans sa vie.

Embarrassé, Michael secoua la tête sans rien trouver à répondre. Quand il retrouva finalement sa voix, il prit les mains de la vieille cuisinière dans les siennes.
- Mrs Williamson, vous me tuez.
- Je le ferai sans hésiter si tu lui brises le cœur. Mais en attendant, vous devriez vous faire du bien l'un à l'autre. Assieds-toi, et finis vite de manger avant que ça refroidisse. Si tu veux t'occuper tout seul des filles ce matin, tu as intérêt à faire le plein d'énergie.
- Je vous adore. Sincèrement.

Son visage ridé s'illumina d'un large sourire.
- Je sais, mon garçon. Moi aussi. A présent, dépêche-toi de manger. Elles vont débouler ici dans une minute en jacassant comme de vrais moulins à paroles.

14

Michael Fury avait sauté du haut d'immeubles, combattu dans la jungle, essuyé un typhon en pleine mer, couru sur des circuits dans des bolides et s'était retrouvé avec pratiquement tous les os brisés à différentes périodes de sa vie.

Il s'était bagarré dans des bars, et avait même passé

une nuit dans une cellule dont les murs étaient agrémentés de dessins représentant l'anatomie féminine avec force détails. Il avait tué des hommes et aimé des femmes.

Une vie relativement paisible, finalement.

Car il n'avait encore jamais affronté la situation périlleuse qui consiste à préparer deux petites filles un jour d'école.

– Comment ça, tu ne peux pas mettre ces chaussures ?

– Elles ne vont pas avec le reste.

Michael plissa les yeux en regardant la jupe à fleurs et le pull rose que portait Ali. N'en avait-elle pas un vert juste une minute plus tôt ?

– C'est ce que tu m'as dit tout à l'heure. Mais ça me paraît très bien. Ce sont seulement des chaussures.

Comme toutes les femmes le faisaient depuis la nuit des temps, Ali leva les yeux au ciel.

– Ce ne sont pas les bonnes chaussures. Il faut que j'en change.

– Alors, dépêche-toi !

Elle remonta en courant, le laissant maugréer entre ses dents. Kayla le tira par la main.

– J'ai oublié comment on épelle pagaille.

– A-deux l-i-s-o-n.

Elle pouffa de rire.

– Non, pour de vrai. A la fin, c'est a-i-l-l-e ou a-ï-e ?

– A-i-l-l-e.

Il en était presque certain. L'orthographe n'était pas précisément son point fort. Mais s'ils ne partaient pas bientôt, il allait arriver en retard à son rendez-vous avec l'entrepreneur. Or, il lui avait fallu un temps fou pour obtenir le permis de construire et son projet n'avançait pas aussi vite qu'il le souhaitait.

– Allison, je te préviens que je m'en vais dans dix secondes, avec ou sans toi.

– Quelquefois, maman dit ça aussi, l'informa Kayla, mais elle ne le fait jamais.

– Moi, si. Viens, dit-il en entraînant la petite fille vers la porte.

243

— On ne peut pas partir sans elle ! s'exclama-t-elle en trottinant derrière lui. Maman sera fâchée si tu fais ça.
— On y va. Allez, en voiture.
— Mais comment fera Ali pour aller à l'école ?
— Elle marchera, répondit Michael en souriant. Avec les chaussures qu'elle aura finalement choisies.

Après tout, il avait déjà résolu le problème de la barrette cassée de Kayla, non ? Et elle était très bien comme ça, avec sa queue-de-cheval attachée avec l'élastique qu'il avait retiré de ses propres cheveux. Il n'avait pas paniqué non plus quand Ali ne retrouvait plus son cartable. C'était d'ailleurs lui qui l'avait déniché sous la table de la cuisine, là où elle l'avait elle-même laissé en venant prendre le petit déjeuner.

Il avait même joué les médiateurs quand les deux enfants s'étaient disputées pour savoir qui donnerait à manger aux animaux ce jour-là. Et il n'avait pas bronché quand Bongo avait exprimé son chagrin de voir partir ses jeunes maîtresses en faisant pipi au milieu de l'entrée.

Non, il avait fait preuve de beaucoup de patience, se dit-il en mettant le moteur en marche. Mais il connaissait ses limites, et mieux valait ne pas le pousser à bout.

Son impatience laissa place à un sourire amusé en voyant Ali sortir de la maison comme une fusée. Les yeux brillants d'indignation, elle ouvrit la portière.

— Tu allais partir sans moi ?
— Exactement. Monte en vitesse, Blondie !

Ne voulant surtout pas lui montrer, étant donné les circonstances, que ce surnom la ravissait, elle redressa fièrement le menton.

— Il n'y a que deux sièges. Où est-ce que je suis supposée m'asseoir ?
— A côté de ta sœur.
— Mais...
— Allez, grimpe !

Devant son ton autoritaire, elle s'empressa d'obéir et se serra contre Kayla. Michael se pencha pour les attacher toutes les deux avec la ceinture.

— Je ne crois pas que ce soit légal, lui fit remarquer Ali d'un air théâtral.

Elle avait pris son ton de châtelaine, pensa Michael. Comme sa mère.

— Eh bien, appelle un flic, maugréa-t-il en s'engageant dans l'allée.

Pendant les quinze minutes qui suivirent, il eut droit à toute une série de plaintes et de lamentations. « Elle n'arrête pas de me pousser »... « Elle prend toute la place »... « Elle est assise sur ma jupe »...

Le muscle de son œil se mit à tressauter nerveusement. Comment pouvait-on supporter de vivre ce genre de scène chaque matin de sa vie ?

— Il faut que je révise mes mots, gémit Kayla. J'ai un contrôle... Michael, Ali n'arrête pas de me donner des coups de coude.

— Ali, tiens-toi à la poignée, dit-il en soufflant sur ses cheveux qui, sans son élastique, dansaient devant ses yeux.

— Il n'y a pas assez de place, rétorqua l'enfant. Kayla prend tout le siège.

— Ce n'est pas vrai.

— Si, tu...

Le grognement que poussa Michael les plongea toutes les deux dans un silence provisoire.

Satisfait, il reprit calmement sa respiration.

— Quels sont ces mots ?

— Je ne m'en souviens plus. Ils sont écrits dans mon cahier. Si je n'ai pas une bonne note, je n'aurai pas le droit de jouer à l'ordinateur pendant la récréation.

— Alors, sors ton cahier.

Ce qui, il aurait dû s'en douter, fut l'occasion de nouvelles jérémiades.

— Tu marches sur mes chaussures. Elles vont être toutes sales. Kayla, arrête de...

— Je ne veux plus entendre parler de ces chaussures, Blondie. C'est compris ?

— Ça y est, je l'ai trouvé ! s'exclama Kayla en agitant son cahier, avec lequel elle lui donna un coup enthousiaste sur la tête.

245

– Eh bien, révise tes mots.

– Non, Ali doit les lire, et moi, je les épelle. Et il faut fabriquer une phrase pour chacun d'eux.

– Je n'ai pas envie de les lire.

Michael lui jeta un regard lourd de signification.

– Et marcher, tu en as envie ?

– Bon, d'accord, soupira-t-elle en arrachant le cahier des mains de sa sœur. De toute façon, ce sont des mots de bébé.

– Pas du tout. Tu es méchante parce que Todd aime mieux Marcie que toi.

– Ce n'est pas vrai ! D'ailleurs, ça m'est bien égal. Et si tu n'as pas appris tes mots, c'est parce que tu as passé trop de temps à faire des dessins idiots.

– Ils ne sont pas idiots. C'est toi qui es idiote de...

– Ça suffit ! Arrêtez. Si vous m'obligez à stopper la voiture, je vous jure que je...

Michael ne termina pas sa phrase, atterré par ce qu'il avait été sur le point de dire, et respira un grand coup pour se calmer.

– Allison, lis ces mots à ta sœur.

– Oui, oui, je vais le faire, dit-elle en se penchant sur la liste. Commis.

– C-o-m-m-i-s, épela Kayla tel un perroquet.

Puis elle se mordit la lèvre en cherchant une phrase et se tourna vers Michael avec un regard rempli d'espoir.

– Michael Fury, qui avait innocemment proposé de conduire deux jeunes demoiselles à l'école, a été commis d'office dans un asile de fous.

Ali éclata de rire.

– Qu'il est bête !

– Tu as tort de croire ça, ma petite, fit-il en se creusant la tête pour trouver une autre phrase. Le témoin a pointé un doigt accusateur vers l'homme qui avait commis le crime. Ça va, ça ?

– Oui, très bien.

Ils passèrent les autres mots en revue, et Michael louchait presque quand il freina devant les portes de l'école. Sa vieille Porsche ne passa pas inaperçue au milieu des Mercedes rutilantes, des Lincoln aussi longues que des paquebots et des 4 x 4 flambant neufs.

— Sortez vite, dit-il aux filles en détachant la ceinture. Je suis en retard.

— Tu dois d'abord nous souhaiter une bonne journée, lui rappela Kayla.

— Ah oui ? Alors, bonne journée. A plus tard.

— Michael, ajouta la petite fille en roulant des yeux. Tu dois aussi nous embrasser.

Elle avança les lèvres et lui planta un baiser sonore sur la joue.

Amusé, il regarda Ali.

— Ça m'étonnerait que ta sœur veuille m'embrasser. Elle est encore furieuse contre moi.

— Absolument pas, rétorqua l'enfant, qui se pencha gracieusement pour lui faire un baiser. Merci de nous avoir accompagnées à l'école.

Il les regarda monter quatre à quatre les marches de l'école au milieu d'une horde d'enfants.

— Dieu du ciel ! souffla-t-il en posant le front sur le volant. Laura, comment arrives-tu à faire ça tous les jours sans sombrer définitivement dans l'alcoolisme ?

Elle aurait pu lui répondre que tout était une question d'organisation, de discipline et de priorités. Sans oublier de faire des prières pour faire preuve de patience. Et à la fin de cette journée, les trois premiers principes lui ayant échappé, elle avait grand besoin de prier.

Mais comment aurait-elle pu prévoir que deux femmes de deux magazines concurrents se crêperaient le chignon dans le hall de l'hôtel ? Ou deviner qu'en tentant de les séparer, deux chasseurs se retrouveraient avec plusieurs points de suture ? C'était évidemment impossible.

Par contre, après la bagarre, elle aurait dû se douter que la presse arriverait à grand renfort de micros et d'appareils photo en la sommant de répondre à des questions. Que cela lui plaise ou non.

Et les choses ne s'étaient guère arrangées quand elle était arrivée, en retard, à la boutique. Kate était folle de rage parce que Margo avait eu le malheur de toucher à son sacro-saint tableur sur ordinateur.

Ensuite, il y avait eu la cliente qui, au lieu de surveiller les trois enfants qui l'accompagnaient, avait passé des heures dans la cabine d'essayage en les laissant courir partout.

Ce qui s'était finalement soldé par un vase cassé, des traces de doigts gras partout sur les vitrines... et des nerfs en pelote. La femme était repartie vexée après s'être vu demander de s'occuper de ses enfants et de payer les dégâts.

A son retour à la maison, la vie ne s'était nullement simplifiée, et Laura, près de s'effondrer, s'était retrouvée avec un exposé de science à préparer, une réquisition de volontaires pour participer à une visite à l'aquarium et une division à quatre chiffres, terreur de tous les parents.

Son humeur ne s'améliora guère en découvrant que Bongo n'avait rien trouvé de mieux pour lui témoigner son affection que de se faufiler dans le placard et de mâchouiller trois de ses chaussures, appartenant toutes à des paires différentes.

Et ses parents arrivaient le lendemain.

Bon... Laura se changea en vitesse, enfila un pantalon et se passa les mains sur le visage. Elle se débrouillerait. Les devoirs étaient faits, Bongo avait été puni, et il était peu probable que l'hôtel soit attaqué en justice parce que deux femmes avaient failli s'entre-tuer dans le hall.

Néanmoins, elle avait besoin de prendre l'air, ce qui lui donnerait l'occasion de vérifier que le vieux Joe s'était bien occupé du jardin et que les allées avaient été balayées. Et puisqu'elle avait oublié de demander à Ann de faire vider la piscine et de la préparer pour l'arrivée de sa mère, elle s'en chargerait elle-même.

Retroussant ses manches, elle sortit de sa chambre, passa devant celle d'Ali et s'arrêta un instant, un sourire aux lèvres. Derrière la porte, ses deux filles bavardaient gaiement et se pâmaient d'admiration en pouffant de rire pour un nouvel acteur de cinéma même pas en âge de se raser.

Rien ne pouvait aller très mal lorsque ses filles riaient de si bon cœur.

Laura sortit par la porte de service, sachant qu'Ann la réprimanderait de ne pas avoir demandé au vieux Joe et à son petit-fils de nettoyer la piscine. Mais ça ne lui prendrait après tout qu'une dizaine de minutes, enfin, vingt. En outre, cela lui plaisait d'effectuer ce genre de tâche qui ne nécessitait aucune réflexion.

Elle pourrait rêver à loisir dans le jardin qui commençait à prendre fort belle allure. Les pensées que le vieux Joe avait plantées au milieu des massifs de fleurs persistantes explosaient en énormes taches de couleurs vives.

Les allées avaient été balayées, le paillis arrosé et ratissé.

– Tout a l'air d'aller, dit-elle au chiot qui trottinait derrière elle.

Elle lui avait pardonné l'incident des chaussures en le voyant venir, tout honteux, lui lécher le visage.

– Assieds-toi ici et tiens-toi bien.

Cherchant à se racheter, Bongo s'étendit sur le rebord de la piscine, suivant les gestes de sa maîtresse entre ses pattes poilues avec des yeux éperdus d'amour.

Laura déroula les tuyaux soigneusement entreposés dans la petite cabane et les emboîta les uns dans les autres. Elle fit cela avec des gestes mécaniques, en rêvassant. Une fois son devoir accompli, elle irait préparer les enfants pour la nuit. C'était si bon de voir Ali sourire au moment du baiser du soir.

Peut-être sa fille aînée avait-elle perdu ses illusions sur son père, mais elle se sentait mieux dans sa peau. Ce qui était l'essentiel.

Après avoir bordé les enfants, elle se pencherait sur les dépenses de la maison avec Annie, décida Laura. Ses deux revenus, ainsi que les intérêts des investissements que Kate avait faits pour elle, leur permettaient de garder la tête hors de l'eau. D'après les calculs de Laura, d'ici environ six mois, elles pourraient même commencer à faire quelques brasses.

Elle ne serait plus obligée de vendre ses bijoux, sauf en cas de nécessité absolue. Ni d'esquiver habilement les questions de ses parents ou de Josh.

Peut-être même arriverait-elle à réunir les fonds pour acheter ce cheval que voulait Ali. Elle vérifierait ses comptes tout à l'heure. Ou demain, se dit-elle en songeant à Michael.

Ce soir, elle avait l'intention d'aller une nouvelle fois le rejoindre pour tout oublier. Pour être, et sentir, tout simplement. C'était l'effet qu'il lui faisait. Chaque fois qu'il lui faisait l'amour, il lui donnait l'impression d'être le centre de l'univers.

Elle avait toujours rêvé d'un homme qui ne penserait à rien d'autre qu'à elle lorsqu'il la tiendrait dans ses bras. Qui se perdrait en elle comme elle en lui. Savoir qu'il n'existait plus rien d'autre dans son esprit ou dans son cœur.

Oh ! elle aurait tellement voulu connaître ce qu'il y avait dans son cœur...

Ce qui était son problème, admit-elle en passant délicatement la perche à la surface de l'eau. Tant pis pour elle si elle espérait encore connaître ce genre d'amour bêtement romantique dont elle rêvait étant petite.

Comme Seraphina, songea-t-elle avec un sourire ému. Un amour pour lequel une femme était prête à mourir.

Toutefois, elle ne pouvait se permettre de larmoyer au point de se jeter d'une falaise pour quelqu'un. Elle avait des enfants à élever, une maison à faire tourner et une carrière – fort intéressante – à poursuivre.

Aussi se contenterait-elle de ce qui existait entre elle et Michael. Et elle lui en serait reconnaissante. Infiniment, se dit-elle en pensant à ses mains impatientes qui faisaient d'elle ce qu'elles voulaient et l'enflammaient de désir.

– Qu'est-ce que tu fabriques ?

La perche faillit lui échapper des mains. Laura fit volte-face, et elle aperçut son amant, sourcils froncés, les jambes légèrement écartées et les mains dans les poches, ses cheveux noirs retombant librement autour de son visage.

Résistant à une envie irrépressible de se jeter sur lui et de lui arracher ses vêtements, elle pencha la tête.

– Je prépare un soufflé, ça ne se voit pas ?

– Pourquoi fais-tu ça toi-même ? dit Michael, qui la rejoignit en trois enjambées furieuses pour lui prendre la perche. Tu n'as pas des employés qui peuvent faire ça ?

– Eh bien, non. J'ai laissé partir le garçon qui s'occupait de l'entretien il y a deux ans, quand j'ai appris que Candy l'utilisait pour ses besoins personnels en plus de sa piscine. Je trouvais ça... désagréable.

Michael n'avait pas l'intention de sourire, ni même de faire semblant. La voir ainsi, s'épuisant à une tâche aussi ridicule après une longue journée de travail, le mettait en colère.

– Tu n'as qu'à en engager un autre.

– Je crains que ce ne soit pas à l'ordre du jour. Et d'ailleurs, je suis parfaitement capable de le faire toute seule.

L'observant plus attentivement, elle lui passa la main dans les cheveux.

– Tu as l'air tendu. Mauvaise journée ?

Il était effectivement d'une humeur de chien depuis que son entrepreneur lui avait annoncé qu'il n'estimait pas la fin des travaux avant six mois. Et ce après qu'ils eurent longuement discuté des permis, des inspections, du cadastre... Le fait était là : il allait rester locataire de Laura beaucoup plus longtemps que prévu.

Or il n'avait pas envie d'être son locataire, et de devoir lui remettre le chèque du loyer chaque mois. Ce n'était pas pour une question d'argent, se dit-il avec rage. C'était seulement que... il trouvait cela désagréable.

– J'en ai connu de meilleures, admit-il en la poussant sur le côté afin de passer lui-même l'aspirateur. Mais nous ne parlions pas de moi, reprit-il. Tu ne peux pas élever deux enfants, avoir deux boulots et t'occuper, en plus, de ces bêtises ! Pourquoi ne condamnes-tu pas tout simplement la piscine ?

– Parce que j'adore nager. Et d'ailleurs, des tas de femmes en font beaucoup plus que moi et s'en sortent très bien.

– Mais elles ne sont pas toi.

Et il était clair que cette raison lui semblait se suffire à elle-même.

– Non, en effet, toutes n'ont pas comme moi la chance d'avoir une maison magnifique que jamais personne ne pourra leur enlever, ni un poste qu'elles ne risquent pas de se faire piquer quand elles ont besoin d'un emploi du temps plus souple.

Se sentant insultée, Laura essaya de lui reprendre la perche.

– Je ne suis pas la petite princesse trop gâtée que tu imagines ! Je suis une femme intelligente, et tout à fait capable de gérer sa vie. J'en ai assez qu'on me tapote la tête et qu'on plaigne la « pauvre Laura » dans mon dos !

Elle tira brutalement sur le manche en lâchant un juron.

– Je ne suis pas la pauvre Laura, et je peux très bien nettoyer ma piscine toute seule ! Donne-moi ce fichu machin !

– Non.

Cela l'avait considérablement calmé de la voir s'énerver ainsi. Il y avait quelque chose de très prometteur dans ce regard orageux, ces joues roses de colère et ces dents prêtes à mordre.

– Si tu insistes, je te jette à l'eau, ajouta-t-il. Et elle ne doit pas être très chaude, ce soir.

– Très bien. Fais-le toi-même. Après tout, tu es un homme, or les hommes sont bien plus capables d'effectuer des corvées stupides. Mais je ne t'ai pas demandé ton aide et je peux très bien m'en passer. Tout comme je peux me passer de ton précieux avis ou de tes critiques sur la manière dont je mène ma vie !

– Me voilà prévenu, dit-il d'une voix égale. J'ai les mains qui tremblent.

Les yeux de Laura se plissèrent subitement d'un air menaçant.

— Tu pourrais bien te retrouver à l'eau, toi aussi.

Très intéressant, se dit Michael. Etait-elle vraiment capable de violence physique lorsqu'elle se mettait en colère ?

— Ah oui ? Tu veux essayer ?

— Si je faisais ça, tu nagerais sur place en... Oh, non ! Bongo, non !

Laura ravala ses insultes en apercevant le chien qui retournait le parterre de pensées fraîchement plantées.

— Arrête ! Arrête tout de suite !

Elle se précipita vers le chiot qu'elle empoigna par le collier et fit une grimace en voyant son nez humide tout couvert de terre.

— Pourquoi as-tu fait ça ? Je te l'avais pourtant dit. Ce n'est pas bien. Tu ne dois pas creuser près des fleurs.

Quand elle le reposa pour constater l'étendue des dégâts, Bongo bondit allégrement au milieu du parterre en se remettant à creuser de plus belle.

— J'ai dit non. Arrête ! Pourquoi ne m'écoutes-tu pas ?

— Parce que tu n'es pas convaincante. Bongo !

En entendant la voix de Michael, le chien dressa les oreilles, l'air honteux, puis s'éloigna du massif de fleurs, s'ébroua et s'assit sagement.

Partagée entre l'écœurement et l'admiration, Laura soupira entre ses dents.

— Comment arrives-tu à obtenir ça ?

— C'est un don.

Finalement, l'écœurement l'emporta, et elle se passa les mains dans les cheveux.

— Génial ! Si je ne peux même pas me faire obéir d'un chiot de deux kilos et demi !

— C'est une simple question d'entraînement et de patience.

— Eh bien, je n'ai pas le temps de m'entraîner pour l'instant, répliqua-t-elle en se mettant à genoux pour replanter les fleurs. Et je suis à bout de patience. S'il voit ça, le vieux Joe va me tuer.

— Laura...

Michael s'accroupit et, bien que cela lui parût une évidence, décida de dire franchement ce qu'il pensait.

– Il travaille pour toi.

– Qu'est-ce que tu en sais ? marmonna-t-elle en tassant la terre humide de ses mains nues. Si par malheur je renifle une rose qu'il ne faut pas dans le jardin, il...

Elle s'interrompit en fronçant les sourcils.

– Ne reste pas là comme ça ! Aide-moi.

– Je croyais que tu n'avais pas besoin d'aide.

– Oh, ça va ! Efforce-toi plutôt de sauver ces pensées avant que Bongo et moi nous retrouvions tous les deux dans un refuge.

– C'est demandé si gentiment...

Il enfonça les racines dans le sol et entendit Laura soupirer avec ardeur.

– Pas comme ça... Ce ne sont pas des séquoias ! Un peu de délicatesse.

– Je suis désolé, c'est mon premier jour en tant que jardinier.

Michael secoua la tête en la voyant s'activer, agenouillée dans la terre humide, son pantalon couleur pastel couvert de taches. Et tout ça pour ménager la susceptibilité d'un vieux jardinier !

– Tes employés te font tous aussi peur ?

– Et comment ! La plupart habitent ici depuis plus longtemps que moi. Bon, ça devrait aller, estima-t-elle en tassant une dernière fois la terre.

– Ça me paraît très bien.

– Tu parles ! Je parie que tu ne sais pas faire la différence entre une pensée et un géranium !

– Là, tu deviens méchante. Attends, tu as quelque chose...

Calmement, il lui effleura la joue de ses doigts maculés de terre, ajoutant une grosse trace noire.

– Voilà qui est mieux. C'est plus équilibré comme ça.

– Je suppose que tu trouves ça drôle.

S'efforçant de rester digne, Laura s'essuya le visage, ne faisant qu'étaler la terre et empirer les choses.

– Mais ça l'est, rétorqua-t-il en prenant une poignée de mousse humide qu'il lui posa sur les cheveux.

— Dommage que je n'aie pas ton sens de l'humour. Mais je peux toujours essayer...

Elle essuya ses mains toutes sales sur le devant de sa chemise.

— Là... Je suis morte de rire.

Michael regarda sa chemise. Il venait juste de la laver.

— C'est malin, dit-il d'un ton posé.

Toutefois, quelque chose dans sa voix la mit en garde. Inutile de chercher à lui donner des raisons et des excuses. Mieux valait fuir. D'un bond, elle se releva, déclenchant les aboiements joyeux et frénétiques de Bongo. Elle avait réussi à faire deux mètres quand il la rattrapa par la taille et la souleva de terre.

— C'est toi qui as commencé ! se défendit-elle entre deux rires étouffés.

— Alors, à moi de terminer.

— Je ferai laver ta chemise. Oh !

Le monde se mit à tourner quand il la fit basculer dans ses bras.

— Vous êtes si fort, Mr Fury, si puissant, si... Mais qu'est-ce que tu fais ?

Laura céda soudain à la panique en comprenant ce qu'il allait faire.

— Michael, ce n'est pas drôle du tout...

— Chacun son sens de l'humour, dit-il en s'approchant de la piscine.

— Non, ne fais pas ça ! Je ne plaisante pas, Michael ! dit-elle en s'accrochant de toutes ses forces à son cou. Je suis toute sale, il commence à faire froid, et je viens juste de nettoyer la piscine.

— Tu as vu comme l'eau scintille ? fit-il tranquillement en se débarrassant de ses chaussures. Quelle lumière ! Le crépuscule est superbe, non ?

— Je te le ferai payer. Je te jure que si tu oses...

— Retiens ta respiration, lui conseilla-t-il en sautant dans la piscine.

Et il se mit à hurler de rire en la voyant boire la tasse et remonter à la surface en suffoquant.

— Espèce d'imbécile, tu es...

Aussitôt, il lui enfonça la tête sous l'eau, et elle but une nouvelle fois la tasse.

Ce qu'il ignorait cependant, c'était que Laura Templeton avait été capitaine de son équipe de natation, qu'elle avait un tiroir entier rempli de médailles et s'était plus d'une fois défendue avec succès des attaques de son grand frère.

Alors que Michael restait sur place en se tordant de rire, elle se faufila gracieusement entre ses jambes, l'empoigna à l'entrejambe et serra un bon coup. Le cri étouffé qui lui parvint l'enchanta, et elle replongea aussitôt.

Arrivée à l'autre bout de la piscine, elle le regarda avec un sourire malicieux agiter les bras dans tous les sens en essayant de s'agripper au rebord et de reprendre son souffle.

– Ça, tu vois, c'est vraiment drôle ! s'exclama-t-elle en lissant ses cheveux trempés.

Il la regarda en plissant les yeux d'un air menaçant.

– Tu veux vraiment qu'on se batte, ma belle ?

– L'eau est mon élément, Michael. Tu ne fais pas le poids.

– Tu crois ?

A une époque, il avait effectué de nombreuses cascades dans l'eau. Prenant de l'élan contre la paroi du bassin, il s'élança à sa poursuite.

Elle était plus rapide qu'il ne l'aurait cru, et beaucoup plus roublarde. Chaque fois qu'il la rattrapait, elle lui échappait en plongeant au fond. Avec des mouvements d'une fluidité et d'une grâce étonnantes.

Ils refirent tous les deux surface et se regardèrent, chacun à un bout de la piscine.

– Avec un jean mouillé, ce n'est pas très commode.

– S'il te faut une excuse... fit Laura en penchant la tête.

Elle attrapa une chaussure qui flottait près d'elle et soupira.

– Quatre paires en une seule journée ! C'est un record.

Résignée, elle posa les pieds au fond et se redressa, de l'eau jusqu'à mi-cuisse.

L'eau ruissela sur elle, le tissu fin de son chemisier soulignant ses seins superbement galbés, sa taille fine et la courbe subtile de ses hanches. Dans la lumière déclinante, ses cheveux trempés brillaient comme de l'or.

– Là, tu n'es pas fair-play, murmura-t-il.

Elle vida l'eau de sa chaussure, puis se tourna vers lui. La main suspendue en l'air, elle le regarda nager lentement vers elle. Lorsqu'il la rejoignit, il se mit debout, et ses mains palpèrent ses cuisses, ses hanches et sa taille avant de se refermer sur sa poitrine.

– Michael...

La chaussure lui échappa et retomba dans l'eau.

– On ne peut pas faire ça...
– Je veux seulement t'embrasser.

Ses mains glissèrent sur son dos, sur ses fesses, puis il l'enlaça et l'entraîna sur le dos avec lui.

– Et te toucher. Tu me rends fou.

La tête lui tournait déjà... Il lui mordilla la lèvre.

– Oh, alors, si ce n'est que ça !...

Enroulée autour de lui, sa bouche dévora la sienne, cherchant ses lèvres et sa langue en un baiser à lui couper le souffle.

Michael sentit son désir se réveiller. Elle le consumait à petit feu... Ses jambes l'agrippaient si fortement que son corps mince était comme moulé au sien, et ses hanches ondulaient en se frottant à lui langoureusement, ventre contre ventre.

– Laura...

Pour toute réponse, il n'eut droit qu'à un gémissement impatient, et elle enfouit ses mains dans ses cheveux en se jetant sur sa bouche de plus belle. Une sensation fulgurante lui déchira les reins, comme une blessure.

– Attends une minute...
– J'ai envie de toi, dit-elle d'une voix rauque. Je meurs d'envie de toi.
– On ne peut pas faire ça ici.

A moins que... La vision de Michael se troubla lorsque ses lèvres reprirent les siennes. Il se laissa glisser au fond de l'eau avec elle. Les cheveux de Laura flottaient, comme ceux de la sirène qui les surveillait au fond de la piscine.

Il aurait voulu se laisser descendre encore et encore, sa bouche collée à la sienne, se laisser sombrer dans un univers où l'air et la lumière ne seraient plus nécessaires. Là où plus rien n'existerait en dehors d'elle, et de ce désir qui le torturait avec délices.

Lorsqu'ils refirent surface, il secoua la tête en tentant de se ressaisir. Puis il battit des pieds pour continuer à flotter.

– Non.

Ce n'était pas le mot qu'il se serait attendu à dire à une femme en pareille circonstance... Il le prononça d'une toute petite voix en lui prenant la tête qu'il appuya doucement sur son cœur.

– Tu devrais me laisser une minute.

Laura flottait contre lui, le regard ébloui de désir autant que de fierté.

– Je t'ai séduit.
– Tu as failli me tuer, tu veux dire.

La tête rejetée en arrière, elle éclata de rire.

– Je t'ai séduit ! répéta-t-elle d'un air triomphant. Je ne savais pas que j'en étais capable. C'est extrêmement... libérateur !

– Viens me rejoindre ce soir, et tu pourras te libérer autant que tu voudras, ma belle. Mais, en attendant, ne me touche plus.

Elle noua les mains derrière son cou et s'écarta légèrement pour voir son visage dans la lumière du crépuscule.

– Tu étais sur le point de m'arracher mes vêtements.
– J'y pense encore, alors, tiens-toi bien.
– J'avais envie de te déshabiller, moi aussi. Je me demande ce que je ressentirais si je déchirais ta chemise et... si je te mordais. Parfois, j'ai furieusement envie de planter mes dents dans ton...

– Tais-toi !

Sans défense, Michael lui prit la tête et la pressa à nouveau sur son épaule.

– Je crois que j'ai fait de toi un monstre.

– Je n'en sais rien, mais, en tout cas, tu sais sur quel bouton appuyer... Et j'adore ça ! avoua-t-elle en s'esclaffant à nouveau. Revenons ici cette nuit, quand tout le monde sera endormi. On plongera et on fera l'amour dans l'eau. Et ensuite, on ira sur les falaises, et on refera l'amour, comme Seraphina et Felipe.

Laura se redressa, ruisselante d'eau.

– Faisons quelque chose d'un peu fou.

Il était justement sur le point de le faire quand il entendit un bruit de pas dans l'allée. Discrètement, du moins l'espérait-il, il changea de position, ne voulant pas être surpris en train d'enlacer la fille de la maison de manière incongrue.

– Laura ?

Susan Templeton haussa les sourcils sous sa frange. Elle ne pensait pas être du genre à se laisser surprendre facilement. Mais elle éprouva un petit choc en découvrant sa fille agrippée à un homme au milieu de la piscine, l'air d'une femme venant de faire l'expérience d'un très agréable vertige dont, visiblement, elle n'était pas encore tout à fait remise.

– Maman ?

Laura encaissa d'abord le choc, puis rougit d'embarras. Elle se tortilla vaguement, mais Michael la retint fermement. Ni l'un ni l'autre n'auraient pu dire si c'était par entêtement ou par habitude.

– Tu es là ?

– Oui, je suis là.

– Mais vous ne deviez arriver que demain.

– Nous avons terminé ce que nous avions à faire un peu plus tôt que prévu, expliqua-t-elle avec douceur.

Car c'était une femme douce. Petite et de stature aussi délicate que sa fille, elle avait l'air jeune et très élégante dans son tailleur de voyage de chez Valentino, ses cheveux blond foncé coupés court encadrant un visage anguleux et intéressant.

— Nous pensions te faire une surprise, reprit-elle avec un petit sourire amusé. Je crois que c'est réussi.
— Oui. J'étais justement... nous étions... Vous avez fait bon voyage ? demanda finalement Laura sans trop de conviction.
— Très bon.
Faisant preuve comme toujours d'excellentes manières, Susan s'approcha en souriant.
— C'est bien Michael, n'est-ce pas ? Michael Fury ?
— Oui, dit celui-ci en renvoyant ses cheveux mouillés en arrière d'un coup de tête. Ravi de vous revoir, Mrs Templeton.

15

— Si j'avais su que vous arriviez ce soir, j'aurais fait préparer un dîner et appeler le reste de la famille.
Ayant à présent retrouvé ses esprits, Laura était assise à côté de son père dans le salon.
— Nous avons dîné dans l'avion, fit Thomas en lui tapotant la main.
Grâce à la discrétion de sa femme, il ignorait tout de l'incident de la piscine.
— Et nous verrons tout le monde demain. Je t'assure, les filles ont pris au moins trente centimètres depuis Noël !
— C'est vrai qu'elles ont beaucoup grandi.
Laura but une gorgée de cognac. Sa mère, à sa demande, était en haut en train de coucher les petites. Ce qui remettait les questions à plus tard, mais ne les éliminait pas, elle en avait conscience.
— Elles sont tellement contentes que vous soyez là ! On ne pensait pas vous revoir avant l'été.
— Nous voulions voir notre petite Katie.
Enfin, ce n'était qu'une des raisons...
— Tu te rends compte ? Katie va avoir un bébé !
— Et elle est rayonnante. Je sais que c'est un cliché,

mais c'est la vérité. Elle et Byron font plaisir à voir. Oh, mais attends d'avoir vu J. T. ! Il est extraordinaire... Il arrive à s'asseoir et passe son temps à rire. Je pourrais le manger tout cru.

Laura ramena ses jambes sous elle et regarda son père par-dessus son verre.

– Et toi, comment vas-tu ?
– Je suis en pleine forme.

Ce qui était exact. Thomas était un fort bel homme qui prenait sa santé très au sérieux, s'obligeait à faire régulièrement de l'exercice et était curieux d'un tas de choses. Loin de se reposer sur ses lauriers, il s'intéressait de près à ses affaires, tout comme à sa famille qu'il chérissait de tout son cœur.

A cinquante ans passés, il était svelte, musclé, avec un visage qui avait bien vieilli malgré les rides et les années. Ses yeux étaient gris, comme ceux de sa fille, et quelques mèches argentées brillaient dans sa chevelure à la lumière de la lampe.

– Tu n'es pas seulement en pleine forme, dit Laura en souriant. Tu es superbe !
– Et toi, tu as l'air heureuse.

Ce qui le soulageait et l'inquiétait en même temps. Etait-ce, ainsi qu'Annie l'avait sombrement prédit, un état transitoire dû à la présence de Michael Fury ? Ou bien sa petite fille avait-elle finalement repris goût à la vie ?

– Tu arrives à avoir un peu de temps pour toi ?
– Je m'amuse beaucoup.

Ce qui n'était pas exactement une réponse tout en étant vrai.

– Ali et moi avons résolu quelques problèmes. Elle est plus heureuse, alors je le suis aussi. J'adore mon travail. Et mes sœurs n'arrêtent pas de me faire des nouveaux bébés avec lesquels je peux jouer.

Elle posa la tête sur l'épaule de son père en soupirant.

– En fait, il y a longtemps que je ne m'étais pas sentie aussi bien.
– Ta mère et moi nous faisons du souci pour toi.
– Je sais. Et ce n'est pas la peine que je vous dise de

ne pas vous en faire, mais je t'assure, je vais bien. Et même mieux que ça.

— On nous a dit que Peter allait se remarier, dit Thomas d'un air agacé. Avec Candice Lichtfield.

— Décidément, les nouvelles vont vite, murmura Laura.

— Les gens sont toujours ravis de propager ce genre de nouvelles. Ça ne t'ennuie pas trop ?

— Au début, ça m'a beaucoup contrariée, reconnut-elle en se souvenant de la soirée au country club. Mais c'était une réaction idiote. Je crois que ce qui me dérangeait surtout, c'était l'idée que Candy devienne la belle-mère de mes petites chéries, et la façon dont les filles allaient le prendre.

— Et alors ? demanda-t-il calmement en posant sa main sur la sienne.

— Eh bien, maintenant que tout va pour le mieux, ça n'a plus d'importance. Les filles se sont faites à l'idée. Elles assisteront au mariage au mois de mai parce qu'il est normal qu'elles y soient. Elles n'aiment pas particulièrement Candy, mais elles seront polies. Ensuite, elles reviendront à la maison et notre vie reprendra normalement son cours.

— Ce sont de braves petites. Gentilles et intelligentes. Je sais que ce n'est pas facile pour elles, mais tu es là. C'est donc surtout pour toi que je m'inquiète.

— Tu ne devrais pas. A vrai dire, j'en suis arrivée à la conclusion que Peter et Candy étaient parfaitement assortis. Je suis très heureuse pour eux.

Thomas attendit une seconde en réprimant un sourire.

— Ça, c'est méchant.
— Oui, c'est vrai...
Laura soupira profondément.
— Mais ça me fait un bien fou !
— Je retrouve là ma petite fille.
— Et à présent, parlons de quelque chose de plus intéressant, dit-elle en se redressant avec un grand sourire. Laisse-moi te raconter le match de boxe impromptu que nous avons eu aujourd'hui à l'hôtel.

Quand Susan redescendit, elle entendit son mari éclater de rire tandis que sa fille lui racontait quelque chose de sa voix charmante. Elle s'arrêta un instant sur le seuil afin de profiter de la scène. Il y avait des semaines, et même des mois, qu'elle n'avait vu sa fille rire d'aussi bon cœur.

Elle se mordit la lèvre d'un air songeur. Si Michael Fury y était pour quelque chose, elle lui en était infiniment reconnaissante. Quoi qu'en dise Annie. En tant que femme, elle comprenait qu'on puisse désirer quelqu'un ayant l'air aussi inquiétant que Michael Fury, ne serait-ce qu'une fois dans sa vie.

En tant que mère... Ma foi, on verrait bien.

— Tommy, tes petites-filles t'attendent pour le baiser du soir.

Il se leva comme un ressort.

— Alors, j'y vais tout de suite.

— Et surtout, ne leur raconte pas plus d'une histoire, murmura Susan quand il passa près d'elle. Même si tu en meurs d'envie.

Il lui pinça tendrement la joue en clignant de l'œil, puis s'éclipsa.

— Ça devrait l'occuper une petite heure...

Susan alla se servir un brandy.

— Ce qui te laissera le temps de me parler de Michael Fury.

Susan tournait rarement autour du pot quand elle pouvait aller droit au but.

— Josh a dû te raconter qu'il y avait eu des coulées de boue.

— Oui, je connais le point de départ...

Laura, quant à elle, était une championne de l'esquive.

— Il élève des chevaux et loue les écuries pour quelque temps, je suis au courant.

— Ses chevaux sont magnifiques. Il faudra que tu ailles les voir. Il en entraîne plusieurs pour faire des cas-

cades. C'est fascinant. Et tu sais qu'il apprend aux filles à monter. Elles sont folles de lui.
– Et toi, tu l'es, folle de lui ?
– Ça leur fait beaucoup de bien d'avoir un homme qui fasse attention à elles.

Patiente, Susan se pencha pour caresser Bongo. Un autre petit changement, songea-t-elle en sentant le chien frémir de plaisir sous sa main.
– Je te demandais cela à toi, Laura. Que ressens-tu pour lui ?
– Je l'aime bien. Il est gentil et très serviable. Tu es sûre que tu ne veux pas quelque chose à manger ? Un peu de fromage, ou des fruits ?
– Non, je ne veux ni fromage ni fruits, répondit Susan en prenant la main de sa fille qui n'arrêtait pas de bouger. Tu es amoureuse de lui ?
– Je ne sais pas.

Laura respira fort et regarda sa mère droit dans les yeux.
– Je couche avec lui. Et si tu me désapprouves, je le regrette.
– Je n'ai pas à approuver ou non une chose aussi personnelle à ton âge.

Toutefois, elle ressentit un petit pincement au cœur.
– Tu fais attention ?
– Bien entendu.
– Il est très attirant.
– Oui.
– Et il ne ressemble pas du tout à Peter.
– Non, en effet, dit Laura. Pas du tout.
– Est-ce pour cette raison qu'il te plaît ? Parce qu'il est l'exacte antithèse de ton ex-mari ?
– Peter n'est pas mon point de référence...

Agitée, elle se leva.
– Finalement, peut-être que si. Il est difficile de ne pas faire de comparaisons quand on n'a connu que deux hommes dans sa vie. Je ne couche pas avec Michael pour prouver quoi que ce soit à qui que ce soit, mais parce que ça... il me... J'ai envie de lui. Et lui de moi.
– Et tu penses que ça te suffira ?

– Je n'en sais rien. Ça me suffit en tout cas pour l'instant.

Laura se retourna et s'approcha du feu qui brûlait tout doucement.

– Je me suis déjà trompée une fois. Je voulais que tout soit parfait. Et être parfaite, moi aussi. Je crois que je voulais être comme toi.

– Oh ! ma chérie...

– Ce n'est pas ta faute, s'empressa de dire Laura en voyant sa mère se lever. Ne va surtout pas penser ça. Seulement, j'ai grandi en voyant comment tu étais, et comment tu es. Si compétente, si sage, sans aucun défaut...

– Mais j'ai des tas de défauts. Tout le monde en a.

– Pas à mes yeux. Tu fais, et tu as toujours fait ce qu'il fallait pour moi, sans jamais trébucher, sans jamais me laisser tomber.

– J'ai trébuché, tu sais, dit Susan en rejoignant sa fille. D'innombrables fois. Mais j'avais la chance d'avoir ton père pour m'aider à retrouver l'équilibre.

– Et il t'avait, toi, pour l'aider. C'est ce que j'ai toujours voulu, rêvé. Le genre de mariage, de vie, de famille que vous avez réussi à faire tous les deux. Mais je ne suis pas assez stupide pour imaginer qu'il n'a pas fallu des efforts, des erreurs et des nuits sans sommeil pour y arriver. Mais vous y êtes parvenus. Pas moi.

– Cela me met hors de moi de t'entendre te faire des reproches comme ça...

Laura secoua la tête.

– Je ne m'en fais pas vraiment. En même temps, je sais bien que j'y suis aussi pour quelque chose. J'avais visé trop haut. Chaque fois que j'ai dû repenser mes désirs, les choses ont été plus difficiles encore. Je ne veux plus jamais refaire ça.

– Si tu vises trop bas, tu risques de le regretter.

– C'est possible. Mais cette fois, je ne veux rien de plus que ce que j'ai. Une part de moi voudra toujours ce que vous avez, papa et toi. Pas seulement pour moi, mais pour mes enfants. Mais si ça n'arrive pas, je ne me lamenterai pas. Je vais tâcher de leur donner la plus belle vie que je pourrai, et à moi aussi. Et pour l'instant, Michael en fait partie.

— Sait-il qu'il compte à ce point pour toi ?

Laura haussa les épaules.

— Ce n'est pas toujours facile de deviner ce qu'il sait. En revanche, j'ai découvert une chose. Peter ne m'aimait pas et ne m'a jamais aimée.

— Laura...

— Non, c'est vrai, et je peux vivre avec ça.

En fait, elle réalisait que c'était même plus facile qu'elle ne l'avait imaginé.

— Mais moi, je l'aimais, je l'ai épousé et je suis restée avec lui pendant dix ans. Il aurait sans doute mieux valu pour nous deux, et surtout pour les filles, que je ne m'acharne pas autant à ce que ça marche. J'aurais dû accepter mon échec, et ne pas insister.

— Je pense que tu as tort, dit doucement Susan. En faisant tout ce que tu as pu pour sauver ton mariage, et garder ta famille unie, tu peux regarder en arrière et te dire que tu as fait de ton mieux.

— Peut-être... Avec Michael, je ne suis pas obligée de faire réussir quelque chose à tout prix. Et je suis plus heureuse que je ne l'avais été depuis très longtemps.

— Alors, je suis heureuse pour toi.

Et pour le moment, elle garderait ses conseils pour elle, décida Susan.

— Nous devrions aller au secours de ton père, ajouta-t-elle en prenant Laura par le bras. Avant que ces filles ne l'entortillent autour de leur petit doigt et ne lui fassent faire je ne sais quoi.

L'année où Thomas Templeton avait épousé Susan Conroy, il avait fait aménager une chambre dans une des tours de Templeton House. Depuis un siècle que se dressait la demeure, chaque génération y avait apporté sa marque en procédant à des innovations originales.

Il avait fait cela par fantaisie et par romantisme. Il avait fait l'amour avec sa femme d'innombrables fois dans cette chambre, et c'était dans le grand lit de style rococo que leurs deux enfants avaient été conçus. Bien que Susan prétende souvent que Josh avait été fait sur le tapis Bekorah, devant la cheminée.

Mais il ne la contrarierait jamais sur ce genre de choses.

Ce soir, un grand feu flambait dans l'âtre, une bouteille de champagne rafraîchissait dans un seau à glace, la lune brillait derrière les hautes fenêtres, et il était enlacé avec celle qui était son épouse depuis trente-six ans sur ce même tapis.

– J'ai comme l'impression que tu cherches à me séduire.

Il lui tendit un verre de champagne.

– Tu es une femme maligne, Susie.

– Assez en tout cas pour te laisser agir à ta guise, dit-elle en lui caressant la joue. Tommy, comment tant d'années ont-elles pu passer aussi vite ?

– Tu n'as pas changé, répliqua-t-il en lui baisant la main. Tu es toujours aussi belle et aussi pimpante.

– Il me faut quand même maintenant plusieurs heures pour donner cette illusion.

– Ça n'a rien d'une illusion...

Il posa la tête sur son épaule en regardant les flammes lécher une grosse bûche qui s'enflamma d'un seul coup.

– Tu te souviens de la première nuit que nous avons passée ici ?

– Tu m'as portée dans l'escalier. Jusqu'en haut. Et quand tu m'as fait entrer dans la chambre, il y avait des fleurs partout, un vrai jardin, et même des pétales de roses sur le lit. Le champagne était au frais, et les bougies allumées.

– Tu as pleuré.

– Bien sûr, tu m'avais bouleversée... Tu m'as souvent fait ça, et tu le fais encore.

Elle effleura sa joue d'un baiser.

– Je savais que j'étais la femme la plus heureuse du monde de t'avoir, d'être aimée comme tu m'aimais. D'être désirée comme tu me désirais.

Susan ferma les yeux en se serrant contre son mari.

– Oh, Tommy...

– Dis-moi ce qui ne va pas. C'est Laura, n'est-ce pas ?

— Je ne supporte pas de la voir malheureuse. Je peux supporter beaucoup de choses, mais pas ça. J'ai beau savoir que les enfants doivent faire leur propre chemin et mener leurs propres batailles, ça me brise le cœur. Je me rappelle le jour où elle est née, la façon dont elle se blottissait dans mes bras. Elle était si petite, si délicate...

— Et tu penses que Michael Fury risque de lui fendre le cœur ?

— Je ne sais pas. Si seulement je le savais...

Elle se leva pour s'approcher de la fenêtre qui donnait sur les falaises.

— Ce qui me tue, c'est de savoir qu'elle a déjà eu un chagrin d'amour. J'ai parlé avec elle pendant que tu étais monté voir les petites. Et j'ai réalisé en l'écoutant que, quels qu'aient été ses efforts pour essayer de reconstruire sa vie, elle était encore très vulnérable, très à vif... Elle est convaincue d'avoir échoué.

— Tu parles ! fit Tommy en se levant à son tour d'un air furieux. C'est Peter Ridgeway qui a échoué, oui, et sur toute la ligne !

— Et nous, n'avons-nous pas échoué à la protéger ?

— Tu crois qu'on aurait pu l'empêcher de l'épouser ?

C'était une question qu'il s'était posée des dizaines de fois au cours de ces dernières années.

— Non, dit Susan au bout d'un long moment. Nous aurions sans doute pu la faire patienter, la persuader d'attendre un peu. Quelques mois, un an. Mais elle était amoureuse. Elle voulait ce que nous avons. C'est ce qu'elle m'a dit ce soir.

Il posa la main sur son épaule et elle la prit dans la sienne en la serrant très fort.

— Quel dommage qu'elle n'ait pas connu la sécurité, la joie et la beauté d'un amour comme le nôtre ! Et maintenant, elle pense qu'elle ne le connaîtra plus jamais.

— Allons, c'est une toute jeune femme, Susie. Une adorable jeune femme. Et elle tombera probablement encore amoureuse.

— C'est déjà fait. Elle est amoureuse de Michael Fury.

Elle ne se l'est pas encore avoué et se protège en se disant que c'est juste une histoire de sexe.

— Je t'en prie ! fit-il en fronçant les yeux. Cela ne m'est pas facile du tout de penser à ma petite fille sous cet angle.

Sa remarque fit rire Susan qui se retourna vers lui.

— Eh bien, sache que ta petite fille vit une histoire torride avec le jeune ami rebelle de Josh !

— Tu veux que j'aille chercher ma carabine ?

Susan rit à nouveau, puis l'enlaça.

— Oh, Tommy nous ne pouvons rien faire pour l'arrêter. Rien d'autre qu'attendre et espérer.

— Je pourrais avoir une... petite conversation avec lui.

— Oui. Ou bien moi. Mais rien de ce que nous pourrons dire ne fera changer Laura d'avis. Ni ce qu'elle ressent. Il faut dire qu'il est superbe.

Intrigué, Thomas recula un peu pour regarder sa femme dans les yeux.

— Ah oui ?

— D'une beauté à faire des ravages, dangereuse, et il est sexy comme le péché.

Ses lèvres tremblèrent légèrement en voyant son front se rider davantage.

— Et puis, il a toujours ce regard d'enfant perdu qui pousse une femme à croire qu'elle seule sur la terre saura s'en faire aimer.

— C'est ce que tu crois ?

Flattée, elle lui tapota la joue.

— En fait, j'admire Laura d'avoir autant de goût et, en tant que femme, je trouve qu'elle a de la chance. Mais la mère que je suis est terrorisée.

— J'irai lui parler. Le plus tôt possible, dit-il en soupirant. Tu sais, Susie, c'est bizarre, mais j'ai toujours bien aimé ce garçon.

— Moi aussi. Il y a toujours eu en lui quelque chose de profondément honnête. Et quoi qu'en pense Annie, il n'a jamais été et n'est nullement un voyou. C'est un homme simple, c'est tout.

— Voulons-nous que notre fille ait une histoire avec un homme simple qui s'est embarqué sur l'océan à dix-huit ans et a fait depuis pas mal de choses dont on ne saurait discuter dans une assemblée bien élevée ?

Susan, à qui la même idée avait traversé l'esprit, plissa les yeux.

– Ce que tu peux être snob !

– Nous sommes ses parents, il est normal que nous nous fassions du souci. Qu'elle ait trois ou trente ans n'y change rien.

– Les hommes comme Michael vont et viennent comme bon leur semble, murmura-t-elle. Sans avoir besoin de racines. En revanche, si Laura n'en avait pas, elle dépérirait sur place. Et d'après ce qu'elle m'a raconté, les filles lui sont très attachées. Voir un autre homme sortir de leur vie ne manquerait pas de les affecter.

Elle se lova tout contre lui.

– Nous ne pouvons rien faire de plus pour elles que d'être là.

– Et c'est ce que nous allons faire. Margo et Kate ont bien fini par trouver le moyen de résoudre leurs problèmes. Laura y arrivera certainement elle aussi.

– Heureusement qu'elles sont là, dit Susan en se tournant pour qu'ils regardent ensemble les falaises. Elles sont toujours prêtes à se soutenir toutes les trois. Cette boutique les a rapprochées de façon magique. Quoi qu'il arrive, Laura sait qu'elle peut compter sur elles, et être fière de ce qu'elles ont créé ensemble. Mais je veux davantage pour elle, Tommy.

Elle lui prit la main et la pressa sur son cœur.

– Je voudrais que son rêve se réalise. Qu'elle ait ce que nous avons... Qu'elle puisse regarder la mer devant une fenêtre avec un homme qui la serre tendrement dans ses bras. Un homme qui l'aime, et qui l'épaule quand il le faut. Un homme qui lui fasse l'effet que tu me fais.

Susan se retourna pour prendre son visage dans ses mains.

– Alors, je veux y croire. Et si elle tient un peu de moi, elle se battra pour obtenir ce qu'elle désire. Comme je me suis battue pour toi.

– Tu m'ignorais, tu veux dire. Tu ne m'accordais même pas un regard.
– Et ça a marché, non ? fit-elle en lui souriant. A la perfection. Un jour, je me suis arrangée pour être seule avec toi dans la roseraie au country club, en te laissant croire que c'était par hasard. Et je t'ai laissé m'embrasser, comme ça.
Elle lui tendit ses lèvres et lui donna un long baiser.
– Et Tommy Templeton, sans même voir le coup venir, s'est retrouvé K.-O.
– Tu as toujours été une rusée, Susie, dit-il en la faisant basculer dans ses bras.
– J'ai finalement eu ce que je voulais. Tout comme je vais avoir ce dont j'ai envie à cette seconde...

Laura aperçut les lumières de la chambre de la tour en descendant vers les falaises. Pendant un instant, elle resta à regarder la silhouette de ses parents enlacés. C'était un spectacle charmant qui la toucha droit au cœur. Avec une pointe d'envie.
Ils allaient tellement bien ensemble, songea-t-elle en se retournant vers l'océan rugissant. Entre eux, tout était harmonie : le rythme, le style, les objectifs comme les besoins.
Laura avait appris, à ses dépens, que ce que ses parents avaient réussi à construire, et qu'ils s'appliquaient à préserver, n'était pas donné à tout le monde, mais était même assez rare.
Et elle éprouvait une immense admiration pour eux.
Elle marcha le long des falaises, ce qu'elle n'avait pas fait depuis des semaines. Elle avait envie de Michael. Mais si fort que soit son désir, ce soir, elle n'irait pas le retrouver. D'ailleurs, il ne l'attendait sans doute pas.
Ils s'étaient séparés de façon bizarre. Elle, manifestement gênée de s'être fait surprendre par sa mère en train de batifoler dans la piscine. Lui, visiblement mal à l'aise. Aussi avaient-ils besoin tous les deux d'un peu de temps pour se ressaisir.
La lumière était intense, les nuages, chassés par le

vent d'ouest, avaient laissé place à un ciel splendide. Se déplaçant sur les falaises comme dans son salon, Laura s'engagea dans le sentier qui serpentait entre les rochers pour rejoindre son endroit favori.

Arrivée devant un long rocher plat qui surplombait l'océan, elle s'assit, offrant son visage au vent cinglant tandis que les vagues se fracassaient en contrebas dans un bruit de tonnerre. Et là, en écoutant murmurer les fantômes des malheureux amants qui hantaient les falaises, elle se sentait bien.

De sa fenêtre, Michael aperçut Laura dévaler la pente, son grand manteau flottant telle une cape, lui donnant un air romantique, mystérieux. Il appuya la main contre la vitre comme s'il voulait la toucher. Puis la retira, agacé.

Ce soir, elle ne viendrait pas le voir. Pas très étonnant, se dit-il, les pouces enfoncés dans les poches, en la regardant se faufiler entre les rochers avec la grâce d'un faon. Ses parents étaient de retour, et il supposait que cela lui avait rappelé les différences qui existaient entre eux.

Laura avait beau travailler pour gagner sa vie, et avoir même récuré quelques baignoires, elle n'en restait pas moins une Templeton. Tandis qu'il n'était que Michael Fury, né du mauvais côté de la colline.

Elle allait probablement être très occupée. A sortir et à organiser des réceptions en l'honneur de ses parents. Ces fameuses soirées où l'on croulait sous les fleurs, qui avaient fait la réputation de Templeton House.

Et puis, il y aurait vraisemblablement des déjeuners au country club, des tournois de tennis et des conversations érudites autour d'un café ou d'un cognac.

Rituel qui lui était encore plus étranger que parler chinois.

Et auquel il n'avait aucune envie de s'initier.

Mais finalement, même si elle avait décidé de l'ignorer, qu'est-ce que cela changeait ? Haussant les épaules, Michael se détourna de la fenêtre et retira sa chemise.

Il arriverait à la convaincre de refaire une ou deux fois l'amour avec lui quand il le voudrait. Le désir sexuel n'était rien d'autre qu'une faiblesse. Et il pourrait exploiter celui de Laura pour satisfaire le sien.

Il jeta sa chemise par terre en regrettant que ce ne soit pas quelque chose de fragile qui puisse se casser. Bon sang, il avait envie d'elle comme un fou ! Là... Tout de suite...

Pour qui se prenait-elle ?

Et lui, pour qui se prenait-il ?

Le regard las, Michael ôta ses bottes qu'il lança contre le mur, et le bruit qu'elles firent en rebondissant lui procura une petite satisfaction.

Il savait parfaitement qui il était, et elle le savait aussi. Laura Templeton allait avoir du mal à se débarrasser de lui tant qu'il ne l'aurait pas lui-même décidé. Car il n'en avait pas terminé avec elle, loin de là.

Qu'elle profite donc de cette soirée, pensa-t-il en enlevant son jean. Qu'elle en profite bien ! Les nuits suivantes ne seraient pas aussi calmes et paisibles.

Il se laissa tomber tout nu en travers du lit, les yeux rivés au plafond. Elle serait à nouveau à lui quand il le voudrait. Que ses parents, ses amis élégants et son pedigree irréprochable aillent au diable !

Elle avait choisi un bâtard. A présent, elle allait devoir faire avec...

Assise sur son perchoir, Laura s'étira paresseusement. L'air frais et humide s'engouffra sous ses manches, et elle repensa à la manière dont Michael la caressait. Avec une sorte d'exigence brutale, puis avec une tendresse aussi bouleversante que surprenante l'instant d'après.

Il avait tant d'humeurs différentes, tant de besoins... Et, en peu de temps, il avait su en éveiller de tout nouveaux en elle. Elle n'avait rien d'une Belle au bois dormant, pourtant, elle avait l'impression d'avoir dormi pendant une centaine d'années. En attendant qu'il vienne la chercher.

Et il l'avait trouvée. Ils s'étaient trouvés. Alors, que faisait-elle assise là, toute seule, en train de réorganiser son emploi du temps du lendemain et du jour suivant ? Elle aurait pu être en ce moment avec lui. Elle allait le retrouver. Laura ferma très fort les yeux en faisant un vœu. Si ses lumières étaient encore allumées quand elle les rouvrirait, elle irait le rejoindre. Et il serait là, à l'attendre, vibrant de désir pour elle.

Elle se leva en retenant son souffle, puis se retourna. Mais elle ne vit que le contour des écuries se détacher dans la pénombre.

Michael ne l'avait pas attendue.

Elle se frotta les bras pour se réchauffer en se traitant de bécasse. Ça ne voulait pas dire qu'il la rejetait, mais seulement qu'il était fatigué et s'était couché. Ce qu'elle devrait faire également. Elle avait une foule de choses qui l'attendaient dès demain matin, et une bonne nuit de sommeil lui serait profitable.

D'ailleurs, ils n'étaient pas forcés de passer toutes leurs nuits ensemble. Ils ne s'étaient fait aucune promesse. Aucune, se dit-elle, furieuse de sentir ses yeux la piquer quand elle regarda à nouveau vers la mer. Il n'y avait eu entre eux ni promesses, ni projets, ni mots doux...

Etait-ce encore ce qu'elle espérait ? Qu'est-ce qui la poussait à vouloir entendre des mots doux et des promesses ? Ne pouvait-elle pas se contenter de ce qu'elle avait, au lieu de toujours rêver de ce qu'elle aurait pu avoir ?

Ce qu'elle s'était dit n'avait donc aucune importance, réalisa-t-elle en retournant s'asseoir. Pas plus que ce qu'elle avait dit à sa mère. Ou à Margo ou à Kate. Ou même à Michael. Ce qu'elle leur avait dit n'était qu'un tissu de mensonges. Elle, qui avait la réputation d'être une piètre menteuse, avait pour une fois merveilleusement réussi !

Elle était amoureuse. Follement amoureuse, et personne ne s'en doutait. Dans un coin de sa tête, elle s'était déjà imaginée avec lui, demain, dans un an, dans dix ans. Comme des amants, des partenaires, une vraie famille. Avec d'autres enfants, une maison et une vie à eux.

Elle avait menti, à lui et à tout le monde, y compris à elle-même. Et elle allait devoir continuer à le faire, s'en arranger.

Agir autrement eût été injuste envers Michael. Car il ne lui avait pas menti, lui. Il la désirait, et elle savait qu'il tenait à elle. De plus, il aimait bien ses filles et était toujours prêt à rendre service. Oui, il lui avait donné son corps, avait réveillé le sien, et lui avait offert une amitié qu'elle appréciait.

Et pourtant, elle n'était pas satisfaite.

Etait-ce de l'égoïsme de sa part, ou bien seulement de la bêtise ? Peu importait. Puisqu'elle avait créé cette illusion, elle continuerait à l'entretenir. Faute de quoi, elle le perdrait.

Quand leur histoire prendrait fin, elle ne regretterait rien, ni ne maudirait le ciel. Parce que la vie était longue et précieuse, et qu'elle méritait qu'on lui donne le meilleur de soi. Lorsque le moment viendrait, qu'elle n'aurait d'autre choix que de vivre sans lui, elle repenserait à ce qu'avait signifié pour elle de sentir à nouveau, d'aimer. Et elle lui en serait reconnaissante.

Quelque peu apaisée, Laura mit la main par terre pour se relever. Ses doigts se refermèrent sur le disque comme s'ils avaient su qu'il était là, attendant patiemment d'être découvert. Le cœur battant aussi furieusement que les vagues sur les rochers, elle tendit la main pour l'examiner à la lueur du clair de lune.

La pièce d'or scintilla faiblement. Personne ne l'avait touchée, ou même vue, depuis cent cinquante ans, pensa Laura en frissonnant. Depuis qu'une jeune fille désespérée l'avait cachée afin de la garder pour son amoureux. Cette pièce, symbole d'un rêve, d'une promesse et d'un chagrin, était maintenant posée sur la paume de Laura.

– Seraphina, murmura-t-elle.

Laura, le cœur gros, referma la main sur la pièce

d'or, se sentant soudain comme une petite fille imprudente.

Puis elle se recroquevilla en boule sur le rocher qui dominait l'océan déchaîné. Et elle se mit à pleurer.

16

L'alezan était superbe et intelligent, mais plus têtu qu'une mule, aussi Michael s'efforçait-il de lui prouver qu'il l'était plus encore.

– Tu vas m'obéir, espèce de teigne... Je sais que tu peux y arriver.

Comme pour lui montrer le peu de cas qu'il faisait de ses paroles, le cheval roula les yeux vers son maître, sans bouger d'un pouce. Il y avait maintenant six mois qu'ils travaillaient ensemble, et chacun d'eux ne voulait en faire qu'à sa tête.

– Tu crois que je t'offre un box aussi luxueux pour rester là à ne rien faire ?

Michael tapa la batte contre sa paume, et le poulain dressa vivement les oreilles.

– Je te préviens, si tu me redonnes un coup de sabot, il t'en cuira.

Il fit un pas vers le cheval qui recula. Michael plissa les yeux d'un air menaçant.

– Reste là.

Le cheval obtempéra en tremblant, puis frappa le sol de ses sabots comme pour défier son maître.

– Si tu veux te battre, nous serons deux, dit-il en prenant l'animal par la bride.

Le poulain commença à tourner sur place en essayant de lui donner des coups de pied.

– Je t'interdis de lever la main sur cet animal !

Michael et son alezan se tournèrent d'un air agacé dans la direction d'où venait la voix.

– Tu devrais avoir honte ! poursuivit Susan en saisissant la bride et en se plaçant entre le cheval et la batte.

Peu m'importe qu'il soit à toi ou non. Je ne laisserai personne maltraiter un animal sur mes terres.

Comme s'il comprenait qu'elle était de son côté, le poulain baissa la tête et la posa sur l'épaule de Susan.

– Il ne manquait plus que ça, marmonna Michael. Ecoutez, Mrs Templeton, je...

– C'est comme ça que tu traites tes chevaux ? En leur donnant des coups de batte jusqu'à ce qu'ils fassent ce que tu veux ? Espèce de brute !

Ses joues étaient rouges de colère, et elle lui fit penser à Laura.

– Si tu t'avises de lever la main sur un de ces animaux, je me chargerai personnellement de te mettre à la porte de Templeton House et de t'expédier au diable !

Il comprenait maintenant de qui Laura tenait ses accès de colère dont il avait déjà eu quelques échantillons. Et il aurait juré que le poulain le regardait d'un air ironique.

– Mrs Templeton, je...

– Et je te ferai arrêter ! enchaîna-t-elle. Il existe des lois pour punir la cruauté envers les animaux. Des lois qui ont été conçues pour lutter contre les brutes insensibles dans ton genre. Mais si jamais tu oses faire du mal à cet adorable poulain...

– Il n'a rien d'adorable du tout, coupa Michael, résistant à l'envie de frotter sa cuisse encore douloureuse d'avoir reçu un coup de sabot. Et je n'avais pas l'intention de me servir de cette batte, bien que ce soit tentant.

Elle avait pourtant bien vu le regard dans ses yeux... Et la batte dans sa main. Susan redressa fièrement le menton.

– Tu ne vas quand même pas me faire croire que tu voulais jouer au base-ball avec lui !

– Non. On n'est pas là pour jouer. Mais si vous y regardiez de plus près, vous verriez que le seul qui ait des bleus dans ce paddock, c'est moi.

Elle observa plus attentivement le cheval et constata effectivement qu'il ne portait aucune trace de coup. Sa robe était même luisante, superbe. Et son regard n'était nullement apeuré. Il donnait même plutôt l'impression de beaucoup s'amuser.

Michael, par contre, était couvert de poussière, et il y avait une marque significative de sabot en haut de la jambe de son pantalon.

— Si tu le menaces avec une batte, il ne peut se défendre qu'avec des ruades. Tu ferais mieux de...

— Mrs Templeton...

Sa patience était à bout, il n'allait pas tarder à se mettre en colère.

— Ce poulain est une tête de mule. Croyez-vous réellement qu'il se sente menacé ? Pour l'instant, il jubile, oui.

En effet, il en avait l'air, reconnut Susan en examinant le cheval dans les yeux.

— Alors, explique-moi pourquoi...

— Si vous vouliez bien le lâcher, avant qu'il ne se dise que je peux me faire gifler par une femme de la moitié de mon poids et que je perde toute autorité, gâchant ainsi six mois de travail, vous me feriez le plus grand plaisir.

Susan relâcha la bride d'un air inquiet.

— Je te préviens, Michael, si tu lui fais du mal, je ne me contenterai pas de te donner une gifle.

— Je vous crois sur parole, maugréa-t-il dans sa barbe. Pourriez-vous, s'il vous plaît, passer de l'autre côté de la barrière ? Bâtard a encore quelques petits problèmes pour obéir.

— Quel nom charmant...

Les bras croisés, Susan recula de quelques pas, puis s'immobilisa, prête à intervenir.

— Tu m'as mis dans de sales draps, dit Michael à son cheval en le reprenant par la bride. Tu me fais passer pour un idiot, mon vieux, et j'ai bien envie de faire comme si ta tête était une balle de base-ball. Tu piges ?

L'alezan s'ébroua, puis redressa fièrement la tête. Michael prit la batte par les deux extrémités en la hissant le plus haut possible. Après quelques secondes de résistance, le poulain se dressa sur ses jambes arrière en battant l'air de ses sabots.

– Debout !

Indifférent aux éventuels coups de sabot, Michael se plaça juste en dessous de l'animal.

– Reste debout, Bâtard ! Si tu me tues, personne ne viendra te donner à manger.

Tenant la batte d'une seule main, il empoigna de l'autre la crinière du cheval et sauta sur son dos qui était pratiquement à la verticale.

La vivacité et la grâce de son mouvement, la souplesse avec laquelle cavalier et monture se mirent à tourner sur place arrachèrent un soupir d'admiration à Susan.

D'une simple pression des genoux, Michael fit remettre l'animal en position normale.

– Restez où vous êtes ! cria-t-il à Susan sans la regarder. C'est à partir de là que nous avons un problème.

Une nouvelle fois, il fit se dresser le cheval, puis roula à terre sous ses sabots qui s'agitaient dans le vide.

– Ne m'écrase pas, espèce de sale... Merde !

Un sabot le toucha à la hanche. Pas très fort, mais c'était une question de principe. Michael se releva d'un bond en regardant le cheval dans les yeux.

– Tu l'as fait exprès. Mais je ne te lâcherai pas tant que tu n'auras pas compris.

Boitant légèrement, il ramassa la batte et recommença l'opération. Plusieurs fois de suite.

Lorsqu'ils furent tous les deux hors d'haleine, et qu'il réussit à réaliser la cascade à la perfection, Michael, boitant un peu plus, alla chercher une pomme dans le sac accroché à la barrière.

Le poulain le suivit et poussa son maître dans le dos. Délicatement.

– Inutile de chercher à te faire pardonner. Sache que je te donne ça parce que je ne suis pas à l'hôpital, c'est tout.

Le cheval le poussa à nouveau, puis mordilla les cheveux de son maître.

– Arrête... Tu embrasses comme un pied. Tiens.

La pomme qu'il lui tendit fut engloutie d'un seul coup.

— Et, en plus, tu as des manières déplorables, ajouta Michael en voyant voler des petits morceaux de pomme.
— Je te dois des excuses.

Michael cessa de frotter sa hanche endolorie et tourna la tête vers Susan. Tout à sa concentration, il avait complètement oublié sa présence.

— Pas la peine. D'ailleurs, peut-être que je lui aurais donné un coup.

— Ça m'étonnerait, rétorqua-t-elle en venant le rejoindre et en flattant le cou gracieux de l'alezan. Tu l'adores, ça se voit.

— Je le déteste, oui. Je me demande pourquoi je l'ai acheté.

Elle sourit et, d'un geste machinal, épousseta un peu de terre sur la manche de Michael.

— Il a en effet l'air d'être très mal traité, très mal entretenu et très mal nourri !

Soudain embarrassé, Michael haussa les épaules.

— Il représente pour moi un investissement, rien de plus. Un bon cheval de cascade peut rapporter gros.

— J'en suis convaincue.

N'y tenant plus, elle se décida à lui poser tout un tas de questions enthousiastes.

— Comment diable as-tu réussi à lui apprendre à faire ça ? Comment fais-tu pour qu'il ne te piétine pas ? Tu n'as pas peur ? Ça fait longtemps que tu le fais travailler ?

Michael fit bouger ses épaules ankylosées avant de répondre à la dernière question.

— Pas très longtemps. Il est malin, mais il a un fichu caractère.

Puis il lui fit un grand sourire.

— Vous m'avez flanqué la trouille, Mrs Templeton. J'ai bien cru que vous alliez m'arracher la batte des mains pour m'en donner un coup sur la tête.

— J'aurais pu, dit-elle en caressant le poulain. Je ne supporte pas qu'on fasse du mal à un animal.

— Je dois dire que je n'aime pas ça non plus. Un jour, sur un plateau de tournage, j'ai vu arriver un cow-boy avec un magnifique cheval. Mais ce type n'était jamais content, il faisait travailler sa monture jusqu'à l'épuisement sans jamais lui donner de récompense. Et puis, il a commencé à se servir d'un fouet, de ses poings et de tout ce qui lui tombait sous la main.

– Et personne n'a rien fait ?

– Le gars travaillait dans ce milieu depuis pas mal de temps. Il savait comment éviter les ennuis. Moi, j'étais nouveau, et les syndicats n'ont jamais été mon fort. Alors, je l'ai convaincu de me vendre son cheval. Et j'ai obtenu de très bons résultats avec lui.

– Tu as convaincu ce cow-boy de te le vendre ?

– Plus ou moins.

– Avec un fouet, ou juste avec tes poings ?

– Je n'utilise jamais de fouet. D'ailleurs, Max, le cheval en question, ne supporte pas d'en voir un.

Il raccrocha le sac avant que le poulain ne le vide entièrement.

– Vous faisiez une petite promenade, Mrs Templeton ?

– Je suppose que je pourrais utiliser ça comme prétexte. Mais tu te doutes certainement que je voulais te parler.

– Oui, je pensais bien que vous ou votre mari viendriez me voir.

Et il s'y était préparé.

– Mais vous allez devoir me parler pendant que je travaille. Mes chevaux ont besoin d'exercice.

– D'accord.

Elle le suivit vers les écuries.

– Laura m'a dit que tu donnais des leçons d'équitation aux filles.

– Je leur apprends quelques bases. J'ai plusieurs poneys de manège très dociles.

– Ce matin, au petit déjeuner, j'ai eu droit à une longue dissertation sur Mr Fury et ses chevaux. Tu as fait grande impression sur mes petites-filles. Attends, je vais t'aider...

Susan prit la bride d'un des chevaux que Michael venait de sortir de son box.

– Et aussi sur ma fille.

– C'est une très belle femme.
– Oui, en effet. Et elle a vécu des moments particulièrement difficiles. En un sens, ça l'a endurcie. Mais elle est encore vulnérable, Michael, et plus facile à blesser qu'elle ou toi ne le réalisez.
– Et vous voudriez que je vous promette de ne pas lui faire de mal ? dit-il en faisant trotter les chevaux vers le paddock. Je regrette, mais je ne peux pas faire ça.
– Non, bien entendu. Je me souviens que, même étant enfant, tu prenais soin de ne jamais faire de promesses.
– Quand on n'en fait pas, on ne risque pas de les trahir, dit-il simplement.
– Tu as eu une enfance difficile, commença Susan.
Mais elle s'arrêta en le voyant tourner brusquement la tête.
– Je ne crois pas qu'on puisse toujours lier le présent au passé. J'imagine que vous avez eu une enfance dorée. Est-ce la seule raison qui a fait que vous êtes devenue ce que vous êtes ?
Susan hocha lentement la tête pendant qu'il faisait sortir d'autres chevaux.
– C'est pas mal dit, murmura-t-elle. Non, je ne pense pas, mais ça m'a donné des bases solides sur lesquelles m'appuyer.
– Les miennes sont plutôt branlantes...
Et bien qu'il se soit juré de ne pas s'y laisser prendre, une profonde amertume l'envahit.
– Mais vous n'avez pas besoin de me rappeler mes origines, Mrs Templeton.
Susan l'agrippa par le bras et lui prit la main.
– Ce n'était pas une critique, Michael. Je ne suis pas aveugle, et je ne pense pas non plus avoir l'esprit étroit. Je vois bien que tu as réussi là à construire quelque chose. Et je sais parfaitement pourquoi tu as laissé ton enfance derrière toi plus tôt qu'on ne devrait le faire.
Devant son silence, elle le relâcha en lui souriant.
– Je suis au courant de ce qui se passe chez moi, tu sais, ainsi que de tout ce qui concerne les amis de mes enfants. Si tu te sens blessé dans ton orgueil parce que j'ai eu pitié du petit garçon que tu étais, tant pis pour

toi. Il n'en reste pas moins que cela me brisait le cœur de te savoir malheureux.

— C'est de la compassion mal placée.

— Je ne le crois pas, mais comme tu viens de le dire, c'est du passé. Or ce qui m'intéresse, c'est le présent. Tu ne sais pas ce que c'est que d'être parent, Michael. Laura est une femme adulte, libre de faire ses choix et de vivre sa vie, mais ça ne m'empêche pas de m'inquiéter pour elle, ni d'espérer qu'elle fera le meilleur choix possible.

Il comprenait très bien ce qu'elle voulait dire, l'avait même prévu.

— Et, étant donné les circonstances, vous vous demandez si, cette fois, elle a fait le bon choix.

Susan acquiesça en silence.

— Oui, reprit-elle au bout de quelques secondes. Je ne veux pas dire qu'une liaison physique ne peut pas durer. C'est même possible, avec un peu de chance. Mais ce n'est pas suffisant en soi.

Michael s'était attendu à être mis en garde, pas à s'entendre dire ce qu'il devait faire.

— Si vous êtes venue ici pour me demander de ne plus la voir, vous perdez votre temps. Je n'en ai pas l'intention.

— Si c'était le cas, je serais déçue, répliqua-t-elle en le toisant. Ce que je te demande, c'est d'être gentil.

Elle se tourna vers l'enclos où les chevaux étaient en train de paître.

— Seulement d'être gentil.

— Vous voulez une promesse ? Alors, je vais vous en donner une. Je ne traiterai jamais Laura comme l'a fait Ridgeway. Je ne la tromperai pas, je ne lui mentirai pas, je n'exigerai d'elle rien de plus que ce qu'elle voudra bien me donner. Et je ne la quitterai pas en lui laissant une impression d'échec.

Susan le regarda dans les yeux. La hargne qui se devinait derrière ses paroles la fit réfléchir.

— Tu comprends les choses mieux que je ne le pensais.

— L'échec, je sais ce que c'est. Si c'est tout ce que vous aviez à me dire, j'ai du travail.

283

— Michael...

Se souvenant qu'il avait toujours été impatient et prompt à la colère, Susan le saisit par le poignet en le fixant au fond des yeux.

— Je suis heureuse de te voir revenu à Templeton House. Tu veux bien me montrer le cheval dont tu me parlais tout à l'heure ? Ce ne serait pas celui qui est là-bas, et qui te regarde avec des yeux éperdus d'amour ?

Michael poussa un soupir en se demandant comment un homme était censé comprendre les femmes de la famille Templeton.

— Oui, c'est lui. Max. Il attend une friandise, c'est tout.

— Si tu me le présentais ?

— En fait, je lui ai dit que je couchais avec lui.

Laura parlait à voix basse tout en remettant des vêtements sur des cintres au fond de la boutique.

— Je n'arrive pas à croire que j'aie pu dire, comme ça, à ma propre mère, que je faisais l'amour avec Michael !

— Elle l'aurait probablement deviné toute seule, lui fit remarquer Margo en rangeant des chaussures dans leur boîte. Et elle n'a pas dû être choquée autant qu'elle aurait pu l'être si c'était la première fois que ça t'arrivait.

— Tu ne comprends pas ce que je veux dire, maugréa Laura. Je t'assure, ça fait bizarre.

— Et comment l'a-t-elle pris ?

— Plutôt bien. Pauvre papa ! Il évite soigneusement ce sujet, comme si le seul fait de l'aborder risquait de m'encourager à faire des orgies !

— Ma foi, tu ne peux pas faire semblant qu'il ne s'est rien passé alors que Mrs T. t'a surprise dans la piscine en train de faire du bouche-à-bouche à Michael...

Margo pouffa de rire et vérifia sa coiffure dans le miroir.

— Je regrette sincèrement de ne pas avoir assisté à ça !

— Je suis sûre que ça valait le tableau. Ça m'a fait la même impression que lorsque Annie nous a trouvées en train de flirter avec Biff et Mark sur les falaises. Les falaises ! s'exclama brusquement Laura. Décidément, j'ai la tête comme une passoire, aujourd'hui. Attends...

Et elle fila en vitesse, bousculant une cliente au passage, au point que Kate la regarda d'un air perplexe. Une fois dans le petit bureau, Laura sortit son sac d'un tiroir, puis la pièce d'une petite poche intérieure.

— Quel est le problème ? s'enquit Kate en venant la rejoindre. Margo a encore oublié de commander des boîtes d'emballage ? On n'en aura pas lundi, si elle n'a pas... Qu'est-ce que tu as là ?

— Les falaises, soupira Laura en mettant la main sur son cœur. Hier soir... J'avais complètement oublié.

— Tu en as trouvé une !

D'un bond, Kate arracha la pièce des mains de son amie en exultant de joie.

— Tu en as trouvé une autre ! La dot de Seraphina... Et tu avais oublié de nous le dire ?

— La matinée a été un peu bousculée. Je ne savais pas que je viendrais ici jusqu'à ce que papa insiste pour me remplacer à l'hôtel, et ensuite Kayla et Ali m'ont suppliée de ne pas aller à l'école pour rester à la maison avec leur grand-mère et... Oh, peu importe ! conclut-elle en agitant la main dans le vague. Oui, j'ai complètement oublié.

Margo ouvrit la porte à toute volée.

— Serait-ce trop vous demander à toutes les deux de venir m'aider ? Nous avons des clientes qui... Qu'est-ce que c'est que ça ?

— Laura l'a trouvée. Et puis l'a oubliée.

— Quand ?

Refermant doucement la porte derrière elle, Margo prit la pièce.

— Où ?

— Hier soir. Sur les falaises. Près de l'endroit où je vais souvent m'asseoir. J'étais là, en train de réfléchir, et, au moment de partir, je l'ai aperçue. Ou plutôt, je l'ai sentie, rectifia Laura. J'ai posé la main dessus. Elle était là, juste à côté de moi.

– Comme les autres fois, murmura Margo. C'est comme ça que j'ai trouvé une pièce, et Kate la sienne. C'est un signe.

– La voilà repartie ! soupira Kate en levant les yeux au ciel.

– Ben, comment appellerais-tu ça ? riposta Margo. On cherche ce trésor comme des maniaques depuis notre enfance, rien ! On a passé au peigne fin chaque centimètre de ces falaises, rien ! Et il suffit que nous allions là-bas toutes seules à un tournant crucial de notre vie pour en trouver une ! Une chacune. Ce qui signifie...

Elle se tut, regarda la pièce d'or qui brillait dans sa main, puis leva les yeux vers Laura.

– Ce qui signifie, répéta-t-elle lentement, que tu es amoureuse de Michael Fury.

– Je ne vois vraiment pas le rapport.

Histoire de gagner du temps, Laura reprit sa pièce qu'elle posa sur le bureau au milieu du sous-main.

– Le jour où je suis allée là-bas et où j'ai trouvé la mienne, j'étais amoureuse de Josh et je pensais à lui sans savoir quoi faire. Quant à Kate...

Margo se tourna vers son amie qui fronçait déjà les sourcils à l'idée de ce qu'elle allait dire.

– Elle y était allée pour penser à Byron. Tu étais amoureuse de lui, je ne me trompe pas ?

– Oui, mais... écoute, pour moi, tout ça ressemble à de la science-fiction.

– Ouvre ta cervelle de comptable une minute ! rétorqua Margo avec impatience en se retournant pour prendre Laura par les épaules. Es-tu amoureuse de Michael, oui ou non ?

– Ce n'est pas le...

– Je t'ai posé une question simple, Laura, et je saurai si tu mens.

– Bon, d'accord... Oui. Mais ça ne...

– C'est tout ce qui compte, dit calmement Margo. C'est la seule chose qui ait de l'importance.

Elle sortit sa pièce qu'elle avait pris l'habitude de toujours mettre au fond de sa poche, puis la posa à côté de l'autre. Lorsqu'elle se tourna vers Kate, celle-ci se leva et sortit la sienne de son sac.

– C'est vrai, c'est tout ce qui compte, confirma Kate en regardant les trois pièces d'or scintiller sur le bureau. Nous sommes toutes les trois liées par cette histoire. Tu en as parlé à Mick, Laura ?

– Non. Et je ne sais pas si je vais le faire, ni même si j'y arriverais. Je ne suis pas capable de tout planifier comme tu le fais, Kate, ni de me fier à mon instinct comme toi, Margo. Je dois faire à ma manière. Ce qui veut dire, j'imagine, continuer à entretenir l'illusion et attendre de voir ce qui se passera. Et d'ailleurs, mes sentiments ne regardent que moi.

En souriant, elle effleura les trois pièces d'or du bout du doigt.

– Un signe de Seraphina. Ma foi, c'est peut-être ça. Peut-être me dit-elle de ne pas mettre cette fois tous mes rêves entre les mains d'un seul homme.

– Ou peut-être te dit-elle que tu trouveras ce que tu cherches si tu sais où regarder, dit Margo en la prenant par les épaules. Quoi qu'il en soit, tu ne devrais pas arrêter d'ouvrir les yeux. Ça revient au même que de sauter du haut d'une falaise.

– Je n'ai pas arrêté, rétorqua Laura en lui tapotant la main avant de reprendre sa pièce. Mais je pense qu'on devrait fêter ça. Si nous nous retrouvions ce soir pour déboucher une bouteille de champagne ?

– Tu peux compter sur moi, fit Kate en rempochant sa pièce. Je serais venue de toute façon, il y a une soirée poker chez les De Witt.

– C'est vrai, dit Laura dans un sourire. Papa s'en frotte déjà les mains. Et toi, Margo, tu viendras ?

– Je serai là.

Elle reprit sa pièce d'or qu'elle garda dans la main. En espérant que Laura n'oublierait pas trop vite la sienne, ou ses rêves.

— On pourra peut-être soûler maman et Mrs T. et faire nous aussi une petite partie de poker.
— J'en suis. Et si on...
Kate s'interrompit en entendant frapper un coup impatient à la porte. La cliente qui passa la tête avait l'air plus qu'agacée.
— Excusez-moi, est-ce qu'il y a quelqu'un qui travaille ici ?
— Je suis désolée, s'empressa de dire Laura en affichant un immense sourire. Nous avions un petit problème à régler. Je peux vous aider ?

Michael n'était encore jamais allé à une partie de poker dans une limousine conduite par un chauffeur, et n'était pas très sûr de ce qu'il en pensait.
Non qu'il ne fût jamais monté dans une voiture de ce genre. Il avait tout de même travaillé à Hollywood pendant cinq ans.
Mais pour aller jouer au poker ? Il trouvait cela, disons, prétentieux.
Toutefois, ainsi que Josh le lui avait dit quand il était venu le chercher aux écuries, personne n'aurait à se soucier du nombre de bières qu'il boirait.
Manifestement à l'aise sur la banquette moelleuse, Thomas battait la mesure sur son genou en chantonnant une aria que diffusait la stéréo.
— Je me sens en veine, dit-il soudain en levant les sourcils. J'espère que vous avez apporté beaucoup d'argent, les garçons.
Michael se dit que l'idée qu'il se faisait de cette formule et celle que devait en avoir le directeur de l'empire Templeton étaient probablement sans aucune commune mesure.
Et il se savait capable de perdre sa chemise, et son ego, en une seule soirée de plaisir !
— Ma femme est tombée follement amoureuse d'un trotteur de votre écurie, Michael.
Thomas croisa les jambes et décida de voir s'il arrivait facilement à mettre le jeune Michael Fury en colère.

— Peut-être que je vous l'aurai gagné avant la fin de la soirée.
— Je ne parie pas mes chevaux, déclara placidement Michael. Ni mes amis. Vous avez une très belle montre, Mr Templeton...

Il jeta un bref coup d'œil sur la Rolex en or de Thomas.

— Ça tombe bien, j'en ai justement besoin d'une nouvelle.

Thomas éclata de rire et donna une tape amicale sur le genou de Michael.

— Tu peux toujours rêver, jeune homme ! Est-ce que je t'ai déjà raconté cette partie qui a duré trente-six heures ? C'était à Chicago, en 1955. On était...
— Oh non, pas l'histoire des trente-six heures à Chicago ! gémit Josh. Je t'en supplie !
— Tais-toi, Harvard ! fit Michael qui, se sentant presque à l'aise, étendit confortablement les jambes. Tout le monde ne la connaît pas.

Ravi, Thomas lui adressa un grand sourire.

— Alors, je vais te la raconter, et tu auras de quoi trembler.

Le trajet ne s'était pas si mal passé. Et les choses s'améliorèrent encore lorsqu'ils arrivèrent devant la maison et que le chauffeur en uniforme déchargea deux caisses de bière Blue Moose – une subdivision de l'entreprise Templeton – du coffre de la limousine.

— C'est une sacrée bonne bière ! commenta Michael, les mains dans les poches, avant de regarder la résidence tout en bois et en verre des De Witt. Et c'est une sacrée maison.
— Avec un accès direct à la plage, l'informa Josh. Kate avait recommandé la propriété à Byron avant qu'ils ne sortent ensemble.
— Bien joué. Ça ne m'étonne pas d'elle... Oh, mais je rêve ? Une Mustang rouge cerise de 65 !

Il marcha jusqu'à la voiture et caressa amoureusement l'aileron arrière.

– Quelle merveille ! Et cette Corvette... Mmm, laisse-moi soulever ton capot, ma jolie.

– Tu es venu pour jouer au poker ou pour passer la soirée à faire l'amour à des objets inanimés ?

– Inanimés, mon œil ! Des beautés pareilles ont plus de personnalité et de sex-appeal que la plupart des femmes que tu as connues.

– Ça prouve que tu ne les as jamais rencontrées.

– Je suis pourtant sorti avec quelques-unes d'entre elles.

Michael se dirigea d'un pas nonchalant vers la porte d'entrée, puis jeta un dernier coup d'œil vers les voitures avant de se tourner vers Josh.

– Y compris ta femme.

Le sourire de Josh s'évanouit, et ses jambes faillirent se dérober sous lui.

– Tu n'es jamais sorti avec Margo.

– Ah, tu crois ?

Visiblement très content de lui, Michael monta lentement les marches de l'escalier en bois.

– J'ai pourtant le souvenir de quelques soirées en France fort intéressantes.

– Tu dis ça pour me déstabiliser.

Et ça marchait à merveille...

– Tu n'auras qu'à lui demander, dit tranquillement Michael.

Ça, il ne s'en priverait pas ! Des images très désagréables se mirent à passer devant les yeux de Josh lorsqu'il ouvrit la porte. Deux énormes chiens jaunes se précipitèrent à la rencontre des nouveaux arrivés.

– Nip, Tuck, assis ! cria Byron en sortant de l'immense salon.

Les chiens s'assirent l'un contre l'autre, en continuant à vibrer d'excitation.

– Vous n'avez qu'à mettre les bières dans le frigo. Merci, reprit-il en s'adressant au chauffeur. Vous croyez qu'il y en aura assez ?

– Si on est à court, on s'en fera livrer d'autres, répondit Josh. Tu as quelque chose à manger ?

– J'ai préparé deux, trois petites choses.

Incapable de résister plus longtemps à ces deux paires d'yeux adorables et à ces deux langues pendantes, Michael s'accroupit pour faire connaissance avec les chiens.

— Tu sais faire la cuisine ? demanda-t-il à Byron.

— Pourquoi crois-tu que je l'aie épousé ? fit Kate en arrivant avec un petit sourire.

— Tu es encore là, toi ? s'étonna Josh en lui tirant les cheveux. Va faire mumuse avec tes copines.

Elle le repoussa d'un coup de coude.

— Je m'en allais. Mais je tiens à vous dire que ce concept de poker entre mâles est une pratique digne de l'homme du Neandertal, ce que je trouve insultant, surtout quand ça se passe sous mon propre toit !

En homme avisé, Byron se contenta de lever les yeux au ciel. Mais Michael, qui ne vivait pas avec elle, se redressa en souriant.

— Ben voyons ! Va donc expliquer ça aux féministes et oublie-nous !

— Je n'ai aucune envie de rester ici pour entendre une bande de grossiers personnages s'esclaffer et raconter des bobards sur les femmes qu'ils ont eues.

Relevant fièrement le menton, Kate attrapa son sac sur une chaise.

— Moi qui comptais raconter à Byron cette nuit où je t'ai ramassée à Fisherman's Wharf et où nous avons...

— La ferme, Mick ! coupa-t-elle en rougissant. Je m'en vais.

— Attends une seconde, fit son mari en essayant en vain de la rattraper. Quelle nuit ?

— Ce n'était rien du tout, dit Kate en foudroyant Michael du regard. Mais vraiment rien du tout.

— Attention, ma belle... Tu ne voudrais quand même pas blesser mes sentiments.

— Les hommes sont tous des cochons ! lança-t-elle avant de claquer la porte derrière elle.

— Eh bien, j'ai réussi à la faire partir, non ? se contenta de dire Michael. Où sont les cartes ?

— Margo *et* Kate ? s'exclama Josh d'un air dubitatif.

— Tu ne peux pas me reprocher mes goûts, n'est-ce pas ? rétorqua Michael en fourrant les mains dans ses poches. Alors, où sont ces cartes ?

— Les hommes ont bien le droit d'avoir leurs petits rituels...

Susan s'étira sur le canapé du petit salon.

— Tout comme nous avons le droit d'avoir les nôtres.

— Moi, ça ne me dérange pas, dit Margo, nichée entre une pile de coussins, en train de grignoter du pop-corn. Mais Kate en fait toute une histoire.

— A propos, où est-elle ?

Laura s'approcha de la fenêtre.

— Elle devrait être arrivée.

— Oh ! elle aura attendu d'avoir pu les asticoter un peu pour s'en aller, fit Margo avec un haussement d'épaules en prenant son verre de champagne. Elle ne va pas tarder. Pourtant, on est bien mieux ici qu'à faire un poker en buvant de la bière dans une atmosphère enfumée. Tu veux du champagne, maman ?

Ann cessa un instant de trier les vidéocassettes qu'elles avaient prévu de se passer ce soir.

— Volontiers, mais un tout petit peu.

Il y avait, en plus du pop-corn, des légumes et des crudités, et des fruits frais à tremper dans trois sauces différentes, dont une au chocolat blanc, ainsi qu'une pile de films. Le bébé dormait au premier étage et les femmes qu'elle aimait le plus au monde étaient là. Margo estimait que cette soirée entre filles n'aurait pu être plus parfaite.

— Je vais te faire les ongles.

— Ce n'est pas la peine.

Margo sourit à sa mère.

— Mais si, c'est amusant. J'ai une couleur qui te conviendra à merveille. Rouge Passion torride.

Ann s'étouffa dans son verre.

— Il n'est pas question que je mette ça ! Comme si je me faisais les ongles.

— Les hommes aiment bien ça.

Pour l'embêter, Margo se pencha vers elle.

– Et puis, Bob le boucher t'a à l'œil depuis des années.

– Certainement pas.

Le visage cramoisi, Ann renversa la pile de cassettes.

– Tu dis n'importe quoi. Nous avons de bons rapports de commerçant à client. Rien de plus.

– Il garde toujours les meilleurs morceaux pour miss Annie, insista Margo en battant des cils. Tu devrais sortir avec lui, un de ces jours... Oh, Laura, arrête de t'inquiéter pour Kate ! Elle va arriver.

– Je ne m'inquiète pas, je regarde.

Et elle pensait à Michael, il lui fallait l'avouer. Que faisait-il ? Pourquoi ne s'étaient-ils pas croisés une seule fois depuis la veille ? Elle se détourna toutefois de la fenêtre et se servit un verre.

– Qu'est-ce qu'on regarde en premier ? Je vote pour *En avoir ou pas*.

– Et moi, pour Bette Davis, dit Margo. « Je vous embrasserais volontiers, mais je viens de me laver les cheveux. »

– Ou alors pour Bogart et Bergman dans *Casablanca*. « Il nous restera toujours Paris », déclama Laura.

Lorsque Kate arriva dix minutes plus tard, elles étaient en train de débattre afin de décider quels étaient les dix hommes les plus séduisants de toute l'histoire du cinéma.

– Paul Newman, proposa Margo. Il a des yeux... A la fois brûlants, glacials... et incroyablement bleus.

– Cary Grant, dit Susan en se redressant. Il a un charme discret et inattendu qui laisse toutes les femmes sans défense.

– Humphrey Bogart, contra Laura. Lui, il a tout.

– Je n'arrive pas à croire que vous vous querelliez comme ça pour des hommes ! dit Kate d'un air dégoûté en se laissant tomber dans un fauteuil. Je viens de quitter ces quatre babouins... Oh, c'est du chocolat blanc ?

Elle se releva aussitôt pour tremper son doigt dans le bol.

– Et, reprit-elle en léchant son index, ils avaient déjà

ce petit air supérieur et content d'eux. Mick est le pire de tous. Vous vous rendez compte, il a eu le culot de mentionner cette soirée où je l'avais croisé sur Fisherman's Wharf et où nous...

— Nous quoi ? demanda Laura avec intérêt.
— Rien.

Elle aurait mieux fait de tourner sa langue sept fois dans sa bouche, songea Kate.

— Rien du tout. Il était en permission et il avait l'air... intéressant. Nous sommes allés faire un tour en voiture, c'est tout.

— Un tour en voiture ? Avec Michael ? Et c'est tout ?
— Oui. Enfin... presque.

Bravo, ma vieille, cette fois, tu as gagné ! se dit Kate en voyant tous les regards converger vers elle.

— Bon, d'accord, il se peut que je l'aie expérimenté pendant une ou deux minutes. Qui s'occupe de la vidéo ?

Avant qu'elle ne se lève pour s'en occuper elle-même, Laura la retint par le bras.

— Tu pourrais définir « expérimenté » ?
— Je l'ai laissé m'embrasser... Deux ou trois fois. C'est tout, je t'assure. Est-ce qu'on a *L'impossible Mr Bébé* ? Je verrais bien une comédie.

— Michael et toi avez flirté dans la voiture ?
— Pas exactement. Je n'appellerais pas ça flirter... Margo, fit-elle en appelant son amie à la rescousse.

— Non, quelques petits baisers, ce n'est pas flirter. Moi, j'ai flirté avec lui, alors je sais que c'est vrai.

— Tu as...

Laura s'étrangla et s'empara de la bouteille de champagne.

— Tu as...

— Je lui ai donné dix sur dix pour la technique et pour le style. Et comme ça remonte à pas mal d'années, je suppose qu'il s'est encore amélioré.

Elle éclata de rire et alla mettre elle-même une cassette dans le magnétoscope.

— A présent, Mrs T. se demande si elle ne devrait pas faire un commentaire ou une déclaration ! s'esclaffa Margo. Et maman est en train de bouillir intérieurement en pensant que le peu recommandable Michael Fury a posé ses augustes lèvres sur chacune de ses trois filles !

— En tout cas, c'est bien le genre de remarque auquel je m'attendais de ta part, dit Ann d'un air pincé.

— Et je ne voulais pas te décevoir. C'est un des hommes les plus terriblement séduisants que je connaisse...

Elle se cala au milieu des coussins et tapota affectueusement le genou de sa mère.

— Heureusement qu'il y en a !

17

Le jeu que venait de lui distribuer Byron n'avait rien de fabuleux. Au cours de la première heure, Michael s'était assez bien débrouillé, veillant à ne pas miser trop haut tout en observant le comportement de ses partenaires.

Ils étaient très forts tous les trois, et cette partie n'avait rien d'une plaisanterie. Mais ils avaient beau avoir fréquenté des joueurs redoutables dans les casinos les plus huppés, Michael avait lui aussi beaucoup appris à bord du bateau, où l'ennui pouvait pousser un homme à parier sa paie d'un mois entier pour le seul plaisir de rompre la monotonie.

Autour d'une table de jeu, quelle qu'elle soit, Michael savait qu'il était indispensable de bien connaître sa proie et ses adversaires. Josh se passait le pouce sur le menton chaque fois qu'il avait une belle donne, et son regard devenait plus terne dès qu'il bluffait. De Witt avait tendance à prendre sa bière lorsqu'il se sentait en veine de gagner. Quant à Templeton, il était plus difficile à deviner, mais, au début du second tour, Michael remarqua qu'il tirait plus fort sur son cigare quand il se préparait à rafler les jetons.

Tout en faisant des calculs, Michael étudia son jeu. Juste une paire de valets minable. Toutefois, il décida qu'il était temps de passer à l'action.

— Je te suis à dix, dit-il à Josh en lançant un jeton.
— Je mets vingt, annonça Byron en se penchant pour caresser un des chiens.

Signe qu'il n'avait rien, songea Michael en souriant intérieurement.

— Vingt, fit Thomas en misant sur le tapis. Plus dix.
— Sans moi.

Josh posa ses cartes et se leva pour aller prendre un des énormes sandwiches posés sur le comptoir.

— Je veux bien voir, et j'ajoute vingt, renchérit Michael.
— Je vous laisse tous les deux sur ce coup, déclara Byron en prenant sa bière.

Michael avait arrosé le pot depuis le début, se dit Thomas en regardant son brelan de dames. Néanmoins, il allait montrer à ce jeune homme qu'il ne se dégonflait pas.

— Je mets les vingt, et cinquante de plus.

Michael regarda Thomas dans les yeux sans sourciller en misant à son tour.

— Cinquante, je vous suis. Plus cinquante pour me voir.

Thomas observa attentivement son adversaire, puis souffla entre ses dents.

— Je te fais cadeau de ce coup-là, annonça-t-il en jetant ses cartes sur la table. Alors, qu'est-ce que tu avais ?

Quand Michael rafla la mise en se contentant d'un petit sourire, Thomas soupira à nouveau.

— Tu m'as bluffé. J'en suis sûr. Tu n'avais que dalle.
— Il faut payer pour voir, Mr Templeton.

Celui-ci se cala dans son fauteuil en plissant les yeux.

— Tommy. Quand un homme me bluffe aussi froidement, il a le droit de m'appeler Tommy.
— A moi de distribuer, dit Michael en battant les cartes. Vous en êtes, Tommy ?
— Evidemment ! Et je serai encore là quand tu te rouleras par terre en me suppliant d'avoir pitié de toi.
— Vous pouvez toujours rêver, jeune homme ! fit Michael.

Thomas éclata de rire, puis mit la main dans sa poche.
— Décidément, je t'aime bien, Fury. Tiens, prends un cigare. Un vrai, pas un de ces trucs pour fillettes que fume Byron.
— Merci, mais j'ai arrêté. D'ailleurs, ces cigares cubains ressemblent un peu trop à des sexes masculins.

Josh faillit s'étouffer et retira son cigare de sa bouche.
— Je te remercie ! Ce truc va me paraître bon, maintenant !

Partant d'un grand éclat de rire, Thomas tapa du poing sur la table.
— Bon, un peu de sérieux ! Distribue les cartes, et prépare-toi à perdre ta chemise.

Au bout de trois heures, ils firent une pause, et Michael alla faire un tour dehors où il joua avec les chiens tout en admirant la vue sur la mer.
— C'est beau, non ?

Michael se retourna vers Byron qui venait de le rejoindre.
— Vous avez vraiment trouvé un endroit parfait.
— Je me disais que je pourrais peut-être installer une petite écurie, là, à côté des cyprès. Oh ! juste deux boxes.
— Deux ?
— Ce n'est pas drôle d'être tout seul, même pour un cheval. Et puis, ta jument pie m'a plu.
— C'est un amour. Tu t'es finalement arrangé avec ta femme ?

Byron prit un air amusé.
— Je connais plusieurs manières de m'y prendre avec elle. Ce dont tu ne saurais te vanter, même si tu l'as ramassée un soir à Fisherman's Wharf.
— Je voulais juste l'agacer un peu. Et toi aussi, dit Michael en levant les mains. Mais je ne l'ai jamais touchée, je t'assure. Enfin, à peine.

Byron pouffa de rire en secouant la tête.
— Je crois que nous allons clore là le sujet... Mais si tu veux parler de Margo à Josh, je suivrai ça avec beaucoup d'intérêt.

— Je n'ai pas envie de me battre avec lui. Il est plus costaud qu'il n'en a l'air. Quand nous avions douze ans, il m'a fait sauter trois dents. Sans compter que son vieux serait capable de parier sur le gagnant.

— Ça, c'est typique des Templeton ! Ils font des paris sur n'importe quoi. Il suffit de voir comment Kate, Margo et Laura ont parié sur la boutique.

— Je voudrais bien aller y refaire un tour. Je ne suis pas fou des boutiques chics pour dames, mais je serais curieux de voir comment Laura se débrouille en vendeuse.

— A mon avis, tu serais étonné et impressionné. Moi, je l'ai été. Ouvrir cette boutique a créé entre elles trois un lien particulièrement solide.

— Ça leur permet surtout de gagner leur vie.

— C'est bien plus que ça...

Peut-être était-ce la bière, ou les femmes, qui le rendaient d'humeur aussi sentimentale, mais Byron continua sur sa lancée :

— Je n'étais pas là quand elles l'ont achetée, mais je sais que Margo a vendu presque tout ce qu'elle possédait et que ma comptable conservatrice de Kate a pris l'argent qu'elle avait investi pour s'associer à ce projet. Laura, elle, a vendu son alliance.

— Elle a vendu son alliance pour acheter cette boutique ?

— Oui. C'était juste après qu'elle eut découvert que Ridgeway avait vidé leurs comptes joints. Comme elle ne voulait pas utiliser l'argent des Templeton, elle a mis sa bague de fiançailles et son alliance au clou pour payer sa part de la boutique. Ce sont vraiment de sacrées nanas !

— Oui, fit Michael en regardant l'océan. La mondaine, le mannequin et l'expert-comptable.

— Il faut reconnaître qu'elles n'ont pas ménagé leurs efforts. Elles ont tout nettoyé de fond en comble, passé le papier de verre, fait les peintures... Et ça a marché. Chaque fois que je passe à la boutique, je suis surpris de voir comme elles sont bien toutes les trois ensemble. La même chose quand elles vont sur les falaises, et qu'elles retournent chaque centimètre de rocher et de terre dans l'espoir de retrouver la dot de Seraphina. Il y a des années qu'elles y vont, mais elles continuent à chercher. Hier soir, Kate était tout excitée quand elle m'a raconté que Laura avait trouvé une autre pièce.

Michael était en train d'essayer de visualiser ce que Byron venait de lui expliquer en détail. Il cligna des yeux.

– Laura ? Elle a trouvé une pièce ? Mais quand ?
– Hier soir. En allant se promener sur les falaises. Il paraît qu'elle y va quelquefois quand elle a besoin de mettre ses idées au clair ou d'être un peu seule. Elle a trouvé un doublon en or, le même que celui qu'ont déjà Margo et Kate. C'est tout de même curieux... Chacune d'elles en a trouvé un à des mois d'intervalle, et par hasard. Leur chasse au trésor n'a jamais rien donné, et tout à coup, voilà qu'elles découvrent une pièce d'or par terre, comme si elle avait toujours été là. Ça pousse à se poser des questions.

La porte de la maison claqua et la voix de Thomas retentit :

– Dites donc, c'est une partie de poker ou une réunion de comité de charité ? Les cartes refroidissent.
– Vous n'avez qu'à distribuer. Tu viens ? ajouta Byron en se tournant vers Michael.
– Oui. Laura se promène le soir sur les falaises ?
– De temps en temps.

Byron se faufila entre les chiens qui tournaient autour de lui.

– Et, hier soir, elle est allée là-bas et a trouvé un doublon ?
– Un doublon espagnol. De 1844.
– C'est bizarre...
– Tu veux que je te dise ce qu'il y a d'encore plus bizarre ? Je commence à croire qu'elles vont retrouver tout le trésor. Et que personne d'autre qu'elles ne le retrouvera.
– Je n'ai jamais cru à cette histoire.
– Demande à Laura de te montrer la pièce, suggéra Byron. Ça pourrait te faire changer d'avis.

— Je le ferai peut-être, murmura Michael lorsqu'ils regagnèrent le salon où flottait une odeur rassurante de bière et de fumée de cigares.

Quand il se traîna en haut de l'escalier vers 3 heures du matin, il avait encore sa chemise, ses chevaux, et son ego était intact. Ce dont il pouvait déjà s'estimer heureux. Le fait d'être plus riche de huit cents dollars lui apparaissait comme la cerise sur le gâteau.

Sans doute se servirait-il de cette somme pour acheter le splendide yearling qu'il avait repéré depuis un petit moment.

En ouvrant la porte, Michael trébucha sur quelque chose de tiède et de mou.

— Bon sang !

Il s'étala par terre de tout son long, et le chien aboya avant de s'ébrouer et de venir lui lécher le visage.

— Bongo ! Qu'est-ce que tu... Ça t'ennuierait d'enlever ta langue de ma bouche ?

Michael s'essuya la figure, s'assit et se retrouva avec le chiot tout frétillant sur les genoux.

— Oui, je sais, tu es désolé... Comment es-tu arrivé ici ? Tu sais ouvrir les portes, maintenant ?

— Il est venu avec moi...

Laura sortit de la salle de bains.

— Il m'adore. Il ne voulait pas dormir tout seul dans mon lit. Et moi non plus.

Peut-être était-ce à cause de la bière, ou de cette rencontre aussi brutale qu'imprévue avec le plancher, mais Michael resta sans voix.

Elle le fixa en souriant, dans le halo de la lampe, seulement vêtue d'une de ses chemises. Ses cheveux étaient décoiffés, sa peau, d'un rose délicat. Et quand il réussit enfin à rassembler ses esprits, il vit que son regard était brillant et légèrement flou.

Pour dire les choses simplement, elle était belle, sexy et ivre morte.

— Tu es venue toucher le loyer ?

Laura éclata d'un rire rauque.

— A cette heure-ci, les bureaux sont fermés ! Je suis venue te voir. Je commençais à croire que tu n'arriverais plus. Alors, comment était-ce, cette partie de poker ?

— Enrichissante. Et ta séance de cinéma ?

— Pleine d'enseignements ! As-tu déjà regardé, mais vraiment regardé, la façon dont on s'embrasse dans les films en noir et blanc ? C'est...

Elle soupira en se caressant la poitrine, obligeant Michael à faire un effort pour ne pas tirer la langue.

— Merveilleux, décida-t-elle. Absolument merveilleux. Viens m'embrasser, Michael. En noir et blanc.

— Ma belle...

Il avait très peu de principes, mais s'efforça de se rappeler l'un d'entre eux en repoussant le chien pour se relever.

— Tu es soûle.

— Oui, complètement !

La tête renversée en arrière, elle s'appuya au chambranle de la porte pour ne pas perdre l'équilibre.

— Tu sais, Michael, je n'ai jamais été soûle de ma vie. Un peu éméchée, oui, ça m'est déjà arrivé. Mais soûle, jamais. Ça ne se fait pas, quand on est une femme de mon standing.

— Je ne le répéterai à personne, ne t'inquiète pas. Bongo et moi allons te raccompagner chez toi.

— Il n'est pas question que je rentre chez moi !

Laura se redressa, puis s'avança vers lui, ravie de voir la pièce tanguer devant ses yeux.

— Pas tant que je ne t'aurai pas eu. Et ensuite, tu me diras si j'embrasse aussi bien que Kate et Margo.

— Zut ! marmonna Michael dans sa barbe. Les nouvelles vont vite, par ici.

— Tu peux même m'arracher mes vêtements, si tu veux, poursuivit Laura en l'enlaçant. De toute façon, cette chemise est à toi. J'aime bien porter tes affaires. C'est un peu comme si j'avais tes mains sur moi. Tu ne veux pas mettre tes mains sur moi, Michael ?

— Je réfléchis.

— Je vais te dire un secret, chuchota-t-elle à son

oreille en se pressant contre lui. Tu veux connaître mon secret ?

Elle aurait sûrement des regrets au lever du soleil, mais... il glissa ses mains sous la chemise. Tant pis !

– Oui, dis-moi ton secret.

– Je fais des rêves de toi. J'en faisais déjà avant, il y a longtemps, quand tu venais à la maison avec Josh. Mais je ne l'ai jamais dit à personne parce que...

– Ça ne se fait pas quand on est une femme de ton standing.

Elle pouffa de rire, lui mordilla l'oreille, et Michael sentit son sang se mettre à couler plus vite dans ses veines.

– Exactement. Tu sais à quoi je rêve ? Je vais te le dire. Tu viens me chercher. Je suis sur les falaises, ou dans ma chambre, ou dans la forêt, et tu viens me chercher. Et mon cœur se met à battre très fort et très vite.

Elle lui prit la main et la posa contre son cœur. Pour lui montrer qu'elle ne mentait pas.

– Je n'arrive plus à bouger, ni à respirer ni à penser, reprit-elle en promenant sa main sur ses seins. Tu avances vers moi, sans rien dire, et tu me regardes simplement, jusqu'à ce que j'aie les jambes en coton et le cœur prêt à exploser. Et alors, tu m'embrasses fougueusement, passionnément. Comme personne d'autre ne le ferait. Personne n'oserait me toucher comme tu le fais.

– Non, dit-il, ayant soudain l'impression de se noyer.

Plonger dans ses grands yeux gris lui faisait toujours cet effet. Comme s'il coulait à pic.

– Personne.

– Tu m'arraches mes vêtements, et tu me prends, à l'endroit même où on est. Comme tu l'as fait l'autre soir. C'était exactement comme dans mes rêves. Je devais savoir que tu le ferais un jour.

Telle une danseuse faisant les pointes, elle se mit à tourner autour de lui, tandis qu'il restait planté là, immobile, et passablement excité.

– Voilà. C'est mon secret. Oh... j'ai la tête qui tourne ! dit-elle en posant la main sur son front. Être soûle me fait le même effet que faire l'amour avec toi, quand tu es en moi. J'adore ça !

Elle écarta quelques mèches de son visage en lui souriant d'un air radieux.

— Regarde-toi, tu restes là, à me fixer avec de grands yeux... Tu ne t'attendais pas à entendre ce genre de choses dans la bouche de Laura Templeton, hein ?

Michael pensa subitement que, même s'il avait été sur le point de mourir de soif, il aurait préféré boire ses lèvres qu'accepter une seule goutte d'eau.

— Non. Mais si tu ne t'en souviens pas demain matin, je risque de le regretter sacrément.

— Ce soir, j'ai plein de surprises pour toi ! s'exclama-t-elle en levant les bras au-dessus de sa tête et en s'étirant. J'ai vu des tas de films, j'ai bu des litres de champagne, je me suis gavée de chocolat et j'ai beaucoup ri.

Laissant retomber ses mains, elle exécuta une ravissante pirouette qui fit virevolter sa chemise.

— J'ai passé une soirée formidable. Mais tu étais tout le temps dans un petit coin de ma tête... Où est Michael ? Est-ce qu'il a encore envie de moi ? Finalement, je me suis dit, on verra bien. Je serai chez lui quand il rentrera, et on verra si j'arrive à lui donner envie de moi. J'y arrive ?

Il ne répondit pas. Il en était incapable, aussi se contenta-t-il de l'attirer contre lui et de la serrer dans ses bras. Une joie et un désir fous envahirent Laura, comme si une boule de feu traversait tout son être. Lorsqu'il la fit étendre sur le sol, elle éclata de rire.

— Non, non, pas comme ça...

Prise de vertige, elle roula sur lui.

— Laisse-moi faire. Cette fois, c'est mon tour. Je veux voir ce dont je suis capable.

Michael était prêt à exploser de désir. Il la plaqua sur le plancher.

— Laura, pour l'amour du ciel...

— Non, moi, répéta-t-elle en se redressant. Je veux te faire des choses, des choses qu'une femme comme moi ne doit pas faire.

Il fit un gigantesque effort pour se maîtriser lorsqu'elle s'installa à califourchon sur lui.

— Tu veux te servir de moi, c'est ça ?

Laura sourit en voyant la petite lueur qui animait ses yeux.

— C'est ça. Regarde, nous faisons peur à Bongo. Il est tout recroquevillé dans un coin.

— Il s'en remettra. Qu'est-ce que tu veux me faire ?

— Je ne sais pas encore, soupira-t-elle en jouant avec les boutons de sa chemise. J'ai un autre secret.

— S'il ressemble à celui de tout à l'heure, tu vas me tuer.

— Celui-là n'est pas bien. Enfin, peut-être que si, puisque ça m'a amenée là où j'en suis. Peter ne m'a jamais arraché mes vêtements.

— N'y pense plus, et oublie-le.

Mais quand il voulut l'enlacer, elle se dégagea aussitôt.

— Je veux te raconter, pour que tu saches. C'est assez drôle, tu sais. Nous avons toujours fait l'amour de façon très correcte. Pas comme avec toi, précisa-t-elle en effleurant son torse du bout du doigt. Toujours correctement, sauf quand on ne faisait pas l'amour du tout, c'est-à-dire la plupart du temps et toute la dernière année de notre mariage. Et tu sais quoi ?

Prenant son visage entre ses mains, Laura se pencha sur lui, le regard lourd et vaguement embrumé.

— Quoi ?

Elle se mit à chantonner en sentant ses mains caresser ses seins.

— Oui, tu peux faire ça. Ça ne me dérange pas du tout. Bon, qu'est-ce que je disais ? Ah oui, nous avions un code. Non, il avait un code, moi, je me contentais d'être là. Il mettait un air de musique classique. Du Chopin, toujours la même sonate. Il m'arrive encore d'avoir un tic à l'œil quand j'entends ce morceau. Puis il fermait la porte à double tour, au cas où un des domestiques serait passé dans le couloir, bien qu'il y ait rarement du passage à 22 h 45. Parce que c'était toujours à 22 h 45.

— C'était un homme d'habitudes, dit Michael en déboutonnant la chemise pour mieux sentir sa peau.

— Ah non, pas ça ! Tu cherches à me distraire... Il éteignait alors la lumière et se mettait au lit. Puis il m'embrassait trois fois. Pas deux, ni quatre, mais trois. Et ensuite, il...

— Je ne suis pas sûr de vouloir une description plan par plan des talents de Ridgeway au pieu.

— Dans le lit conjugal, tu veux dire... Bon, passons là-dessus, d'ailleurs, ça n'a rien de très intéressant. Et à 23 h 05, il me souhaitait bonne nuit et s'endormait comme un loir.

— Le spécial vingt minutes, c'est ça ?

— Montre en main ! Oh, Michael !... Je pensais que c'était ma faute. Et que c'était comme ça que les choses devaient se passer. Mais ce n'était pas vrai.

Elle prit ses seins à pleines mains en fermant les yeux.

— Avec toi, je ne sais jamais ce qui va se passer... Je ne sais pas où tu vas me caresser, ni comment. Et ce n'est jamais correct. C'est même délicieusement incorrect ! Tout ce que tu me fais avec ta bouche, tes mains...

Ses mains retombèrent sur son torse.

— Tu imagines ce que c'est de découvrir à trente ans qu'on adore faire l'amour ?

— Non...

Michael ne put s'empêcher de sourire. Elle était magnifiquement soûle.

— J'ai commencé à seize ans et je n'ai jamais arrêté.

Laura renversa la tête en riant, et il eut soudain envie de mordre à belles dents son cou blanc et gracieux.

— Oh ! mais c'est très bien comme ça. C'est comme de chercher la dot de Seraphina. On sait qu'elle est là, quelque part, du moins, on l'espère. Et quand on la trouve enfin, au bout de tant d'années, c'est absolument merveilleux.

— Puisque tu sais à présent que tu adores faire l'amour, si on en profitait ?

— Je vais te faire transpirer à grosses gouttes, dit-elle en lui mordillant le menton. Jusqu'à ce que tu me supplies à genoux.

– Voilà que tu deviens perverse...
– Je prends ça comme un défi.

Et pour le lui prouver, elle remonta ses manches qui retombèrent aussitôt.

– As-tu assez de courage pour accepter de ne pas me toucher jusqu'à ce que je t'y autorise ?

Michael leva les sourcils en se demandant ce qu'elle avait en tête.

– Tant pis pour toi, ma belle.
– Je ne pense pas. Pas de mains ! fit-elle en lui plaquant les bras le long du corps. Seulement les miennes.

Et elle pressa ses lèvres sur les siennes, les effleurant et les mordillant tour à tour d'une façon extrêmement excitante.

– Margo dit que ta bouche avait très bon goût...

Elle lui sourit en lui faisant un clin d'œil.

– Et elle a raison. Je crois que je vais rester ici un petit moment.

Elle s'attarda donc sur sa bouche, changeant de position et dosant savamment ses baisers. Légers tout d'abord, ils se firent intenses et ardents quelques secondes plus tard avant de devenir carrément torrides et renversants.

Les doigts de Michael agrippèrent le tapis.

– Pas mal pour une débutante, parvint-il à articuler d'une voix rocailleuse.

– Et j'apprends vite. Tu as le cœur qui bat, Michael.

Sa bouche continua à se promener sur la veine de son cou, puis descendit sur sa peau moite. Soudain, elle empoigna sa chemise et tira d'un coup sec. Voyant que le tissu résistait, Michael ricana, à la fois amusé et frustré.

– Tu veux que je t'aide ?
– Non, je vais me débrouiller.

Laura recula légèrement et tira plus fort. Cette fois, la couture céda, découvrant son torse musclé. Elle se jeta sur lui telle une chatte affamée.

– Oh, ton corps ! soupira-t-elle en arrachant le reste de la chemise. Tu as un corps tellement magnifique... Si ferme, si mince. Je le veux.

Sans attendre, elle lui infligea plusieurs petites morsures à l'épaule, sur la poitrine, le léchant et lui faisant de minuscules suçons. Mais quand il l'empoigna par les hanches, elle repoussa ses mains d'un simple mot :
– Moi.
Puis elle se redressa afin de se débarrasser de sa chemise avant de se remettre à l'œuvre.

Il se consumait à petit feu, d'une façon qu'il n'aurait jamais crue possible. Lentement. Inexorablement. Elle prenait possession de lui comme personne ne l'avait jamais fait. Avidement, intensément. La respiration de Michael se fit plus lourde, se transformant en un grognement continu lorsque sa langue atteignit son ventre. Tous ses muscles étaient tendus, comme des cordes prêtes à se rompre.

Des images défilaient à une telle vitesse dans son esprit qu'il n'arrivait pas à les retenir. Les sensations se succédaient, de plus en plus violentes. Son odeur, son port de reine, la douceur de sa peau, qui scintillait comme une rose mouillée de rosée, ses mains caressantes et avides de le posséder.

Etourdie par son propre pouvoir, Laura abaissa la fermeture Eclair de son jean, et sentit son corps se crisper comme un coureur sur la ligne de départ. Sa bouche se faufila à l'endroit précis où le jean et la peau se rencontraient. Et elle l'entendit balbutier son nom.

Elle arrivait donc à lui faire de l'effet, songea-t-elle en s'appliquant à le lécher pour l'exciter. A éveiller un désir violent chez cet homme fort et viril. A l'amener au bord de la folie et à prendre ce qu'elle voulait de lui.

Le pantalon glissa sur ses jambes, et ses dents se plantèrent en haut de sa cuisse. Michael exhala un long soupir. Il était à sa merci. Et elle le mettait au supplice. Lorsque ses lèvres remontèrent sur son ventre, il se dit qu'il aurait été prêt à tuer pour pouvoir la prendre.

La saisissant par les cheveux, il lui tira la tête en arrière. Une bouffée de désir la parcourut lorsqu'elle croisa son regard, juste avant qu'il ne plaque sa bouche contre la sienne.

– Je n'ai pas dit que tu pouvais me toucher, dit-elle,

haletante, en le sentant couvrir son cou, ses épaules et sa poitrine de baisers. Tu ne m'as pas encore suppliée à genoux.

— J'ai envie de toi...

Il la fit s'étendre sur lui.

— Maintenant... Bon sang, laisse-moi te prendre !

Triomphante, Laura éclata de rire, d'un rire sauvage, magnifique. Puis elle noua ses jambes autour de ses reins et s'arc-bouta sur lui.

— Oui...

Bientôt, leurs deux corps ne firent plus qu'un, chacun donnant à l'autre un plaisir intense, jusqu'à ce qu'ils retombent d'épuisement.

Le regard flou, il la vit s'affaler sur lui. Et la sentit frémir de tout son être. Lui-même se sentait tout étourdi, comme en apesanteur, à peine conscient de la tenir dans ses bras.

— Tu vois, je t'avais dit que je pouvais le faire, murmura-t-elle en l'embrassant dans le cou.

— Oui, j'ai vu, dit-il, le nez enfoui dans ses cheveux. Laura...

Il prononça son nom tout bas, presque pour lui. Puis il ferma les yeux et essaya, pour leur bien à tous les deux, de ne pas entendre les mots qui résonnaient dans sa tête. *Je t'aime, je t'aime.*

— Tu avais envie de moi.

— Oui. J'avais envie de toi.

Ses cheveux sentaient bon le soleil, et Michael se sentit faiblir à nouveau.

— Tu veux bien faire quelque chose pour moi ?

— Oui.

N'importe quoi. Cette pensée le terrifia.

— Tu peux me porter jusqu'au lit ? Je suis encore un peu ivre.

— Bien sûr, ma belle. Accroche-toi.

Et il se leva en la soulevant dans ses bras, exploit qui alla droit au cœur de Laura malgré son état quelque peu défaillant.

— Et je voudrais encore une chose, dit-elle en laissant rouler sa tête contre son épaule.

En l'entendant geindre, Michael s'affola tout à coup à l'idée de devoir trouver une cuvette à lui mettre sous le nez avant qu'elle ne soit malade.

– Oui, ne t'en fais pas. Je vais m'occuper de toi. Ça va aller.

– D'accord.

Toute chaude, douce et pleine de confiance, elle se lova contre lui et papillota des yeux, aveuglée par la lumière vive.

– Qu'est-ce qu'il y a ? demanda-t-elle en relevant la tête d'un air intrigué. Pourquoi est-on dans la salle de bains ?

– C'est l'endroit le plus pratique quand on est malade. Vas-y, ma belle, vomis autant que tu veux. Tu te sentiras mieux ensuite.

– Oh ! un aussi fameux champagne !

Et quand Michael voulut la poser par terre, elle s'accrocha à lui de toutes ses forces.

– Je ne suis pas malade.

Puis elle retomba contre lui comme un poids mort, ou une femme évanouie, en riant à gorge déployée.

– Oh ! que c'est mignon... Tu voulais me tenir la tête au-dessus du lavabo ? Michael...

La tête de Laura oscilla une seconde, et elle l'embrassa n'importe comment.

– Tu es adorable. Si adorable et si mignon que je pourrais te manger tout cru. Mon héros...

Gêné, il plissa les yeux.

– Arrête, sinon je te plonge la tête dans la cuvette des toilettes... Mais si tu n'as pas mangé trop de chocolat et bu trop de champagne, qu'est-ce que tu veux ?

– Je t'ai demandé de m'emmener au lit. Je croyais que c'était évident.

Un petit sourire au coin des lèvres, elle lui caressa la poitrine.

– Je veux que tu aies encore envie de moi. Si ce n'est pas abuser.

Il la regarda. Avec son corps tiède, entièrement nu, elle était tellement excitante.

– Je pense que je peux arranger ça.

309

— Tant mieux ! Et tu crois que je pourrais, euh...

Laura se pencha pour lui murmurer quelque chose au creux de l'oreille. Instantanément, Michael sentit son pouls s'accélérer.

— Ce n'est pas très correct, mais...

Il l'emmena jusqu'au lit en marchant en zigzag.

— Etant donné les circonstances...

18

Laura découvrit qu'une première expérience de la gueule de bois n'était pas aussi amusante que celle d'une première cuite. Au lieu d'être remplie de couleurs, de lumières et d'idées extraordinaires, sa tête résonnait à présent d'un vacarme infernal, faisant plus ou moins penser à une fanfare scolaire sans chef d'orchestre. Et les percussions s'en donnaient à cœur joie du côté de sa tempe gauche.

Elle ne se sentait plus libre, et flottant sur un petit nuage, mais épouvantablement lourde, avec la bouche pâteuse.

Heureusement, Michael l'avait laissée seule, et ne serait par conséquent pas témoin de cette situation plus qu'humiliante.

Quant au fait qu'elle avait passé toute la nuit dans son lit et allait devoir rentrer en titubant chez elle, où sa famille et les domestiques ne manqueraient pas de lui lancer des regards pleins de sous-entendus, Laura préférait ne pas y penser.

Une fois sous la douche, elle essaya de faire taire la batterie impitoyable qui lui martelait la tête, puis se mordit la lèvre en réalisant que ce qu'elle entendait à présent n'était autre que ses propres gémissements.

En temps normal, elle ne se serait jamais permis de toucher aux affaires de Michael, mais elle se résigna à fouiller fébrilement dans l'armoire à pharmacie et tous les tiroirs de la salle de bains et faillit pleurer lorsqu'elle trouva enfin un tube de cachets d'aspirine.

Elle en avala quatre, autre entorse à ses habitudes, puis, décidant qu'elle ne saurait être plus envahissante, lui emprunta sa brosse à dents.

Laura termina de s'habiller avant de se regarder dans le miroir, et réalisa aussitôt son erreur. Elle était d'une pâleur cadavérique, ses yeux barbouillés de mascara et tout gonflés. Et comme elle n'avait rien apporté, pas même un tube de rouge à lèvres, elle ne pouvait rien faire.

Résignée, elle sortit de l'appartement, et cligna des yeux en sentant les rayons du soleil la poignarder telles des lances. Sa tête ne lui donnait plus l'impression d'être un terrain de golf sur lequel défilait une fanfare, mais d'être plutôt comme du verre. Fin, fragile et posé en équilibre précaire sur son cou.

– Comment vas-tu, ma belle ?

Elle sursauta en battant des paupières, avec la sensation qu'une de ses têtes tombait, puis roulait sur les marches. Dieu merci, elle en avait une autre ! Elle se retourna et s'efforça de sourire en voyant Michael s'épousseter les mains sur les hanches et venir à sa rencontre.

– Bonjour. Je suis désolée, mais je ne t'ai pas entendu te lever.

– A en juger par la manière dont tu ronflais, je pensais que tu dormirais au moins jusqu'à midi.

Sa migraine battit légèrement en retraite. Ronfler ? Elle ne ronflait jamais, et un mensonge aussi éhonté ne méritait pas même un commentaire.

– Je dois être à la boutique dans deux heures.
– Tu travailles, aujourd'hui ?

Elle n'avait pas l'air d'être en état de pouvoir le faire.

– Accorde-toi une pause, Laura, et va vite te recoucher.
– Le samedi est le jour où nous avons le plus de monde.

Il haussa les épaules. Après tout, qu'elle fasse comme bon lui semble...

– Comment va ta tête ?
– Laquelle ?

Cette fois, elle lui fit un vrai sourire. Un tout petit sourire, plutôt. Un homme tel que lui devait savoir ce que c'était que d'avoir la gueule de bois.

– Pas terrible, en fait tout à fait insupportable.
– La prochaine fois que tu boiras un coup de trop, gave-toi d'eau et avale deux aspirines avant de t'effondrer. Généralement, ça permet d'éviter le pire le lendemain matin.
– Je ne pense pas qu'il y aura une prochaine fois, mais merci quand même.
– Ce serait dommage, répliqua-t-il en lui caressant le dos. L'alcool te rend très inventive. Et ta mémoire, ça va ?

Laura se sentit rougir.

– Ça va. Même un peu trop. Je n'aurais certainement pas fait... Je n'arrive pas à croire que je t'ai...

Elle se tut et ferma les yeux.

– Tu aurais pu m'empêcher de me rendre complètement ridicule.
– Ça ne me déplaît pas. Viens ici, dit-il en l'attirant vers lui et en lui faisant mettre la tête sur son épaule. Tu vas te plonger la figure dans un bol d'eau glacée, essayer d'avaler quelque chose, et attendre que ça passe.
– D'accord...

Elle serait volontiers restée là le reste de sa vie.

– Il faut que je file. Je n'aurais pas dû dormir ici cette nuit.

Lovée contre lui, elle ne put voir la lueur de déception qui passa dans ses yeux.

– Je préfère ne pas imaginer ce que tout le monde va penser.
– Oui, va vite réparer l'outrage fait au nom de Templeton.

Quand il s'écarta, son regard resta impassible.

– Je n'ai pas voulu dire...
– C'est sans importance.

Il n'allait quand même pas se sentir blessé pour si peu.

312

— Sans aucune importance, répéta-t-il. Tu veux venir faire une balade à cheval avec moi, demain ?
— Demain ?
Laura mit la main au-dessus de ses yeux. Si elle restait plus longtemps au soleil, ils allaient exploser.
— Nous avons notre chasse au trésor...
— On peut y aller le matin. Tu seras de retour pour ton rendez-vous avec Seraphina.
Une balade à cheval... Il y avait des années qu'elle ne s'était pas promenée dans les collines ou en pleine forêt.
— D'accord. Ça me fera très plaisir. Pourrait-on partir à 8 heures ? Comme ça, je pourrais...
— Oui, parfait.
Et il lui donna une petite tape sur la joue avant de s'éloigner.
— Et n'oublie pas l'eau glacée.
— Non, je...
Mais il avait déjà disparu derrière les écuries. Intriguée par ce brusque changement d'humeur, Laura envisagea une seconde de le suivre. Puis elle regarda sa montre et décida que ses obligations de la journée ne lui laissaient pas le temps de résoudre l'énigme qu'était Michael Fury.

Personne ne lui posa la moindre question, ni ne manifesta la moindre désapprobation. Quand Laura alla border ses filles ce soir-là, elle s'aperçut que toute la journée s'était écoulée sans que personne lui demande pourquoi elle n'avait pas dormi dans son lit la nuit précédente.

Oh ! elle avait bien senti quelques vibrations dans l'air, de l'inquiétude et une vague curiosité, mais elle s'en était très bien tirée. Et puisqu'elle avait survécu à cette maudite gueule de bois, tout allait pour le mieux du monde.

Finalement, Laura Templeton n'était peut-être pas obligée d'être parfaite.

Après avoir souhaité bonne nuit à ses filles, elle regagna sa chambre. Là, elle se remit du rouge à lèvres et se recoiffa afin d'aller rejoindre ses parents et de vieux amis venus dîner. Et s'assurer que tout le monde était à son aise et s'amusait.

Mais elle avait besoin de récupérer cinq minutes. Juste cinq minutes, se promit-elle en s'allongeant sur le lit. Un petit somme la remettrait d'aplomb et lui permettrait de tenir le coup le reste de la soirée.

Et à la seconde même où elle ferma les paupières, elle sombra dans un sommeil lourd et profond.

— Il faut faire quelque chose, Mrs T.

Les mains sur les hanches, Ann se tenait devant Susan dans le petit salon silencieux de la tour.

— Il le faut absolument.
— Asseyez-vous, Annie.

La soirée avait été longue et, bien que contente d'avoir revu de très vieux amis, Susan avait espéré profiter de ces quelques instants de solitude avant d'aller se coucher. L'expression d'Ann lui fit cependant comprendre qu'elle devrait s'en passer.

— Alors, quel est le problème ?
— Vous savez très bien de quoi il s'agit, Mrs T.

Trop agitée pour s'asseoir, Ann allait et venait dans la pièce, arrangeant les rideaux, réalignant les chandeliers et retapant les coussins.

— Vous n'avez pas vu comme Laura était pâle et fatiguée, aujourd'hui ? Si vous l'aviez vue...
— Je l'ai vue, Annie. Il m'est déjà arrivé d'être dans cet état quand j'ai bu un peu trop de champagne la veille.
— Oh, comme si c'était la seule raison ! D'ailleurs, avant lui, elle n'aurait jamais fait une chose pareille.

Peut-être aurait-elle dû, songea Susan en se contentant de soupirer.

— Annie, cessez de mettre de l'ordre dans cette pièce et asseyez-vous.
— Elle a passé la nuit avec lui. Toute la nuit là-bas, avec lui, au-dessus des chevaux.

Ne voulant rien laisser voir de sa réaction, Susan

contempla ses mains tandis qu'Ann s'installait face à elle.

— Oui, j'en suis parfaitement consciente.

— Eh bien, ça ne peut pas continuer comme ça.

Pour Ann, les choses étaient claires et nettes.

— Et comment pensez-vous empêcher une femme adulte de faire ce qui lui plaît ? Le fait est que Laura est très attirée par Michael, pour ne pas dire plus. Elle a été longtemps seule et malheureuse, et elle ne l'est plus.

— Il en profite. Et il a une mauvaise influence sur elle. Elle n'est même pas venue dire bonsoir à vos invités. Laura n'a jamais manqué à son devoir comme ça.

— Annie... Elle tombait de sommeil. En outre, les Greenbelt sont nos amis à Tommy et à moi. Ce n'est donc vraiment pas un problème. Vous ne devriez pas vous inquiéter à ce point pour tout.

— Vous êtes sa mère, et vous savez combien je l'aime, tout autant que vous aimez ma fille. A l'époque où Margo a eu des ennuis, vous vous faisiez du souci pour elle, vous aussi.

— Bien sûr, répliqua Susan en posant une main compréhensive sur celle de la gouvernante. Ce sont nos enfants, et il est normal qu'on s'inquiète pour eux. Mais les enfants grandissent et suivent chacun leur route, qu'on se fasse ou non du souci. Et il en a toujours été ainsi.

— Vous, je suis sûre qu'elle vous écouterait. Croyez-moi, Mrs T., j'y ai longuement réfléchi.

Les mots lui vinrent facilement, tant ce qu'elle allait dire lui paraissait logique.

— Laura n'est pas partie avec les filles depuis longtemps. Elle a travaillé très dur, sans prendre de congé. Mais puisque Ali et Kayla vont bientôt être en vacances, elles pourraient partir un peu. Vous savez comme moi que les filles adorent Disneyland. Si vous souffliez cette idée à Laura, elle les emmènerait. Cela lui permettrait de prendre de la distance, afin de voir plus clairement ce qu'elle est en train de faire.

— Je pense que Laura et les petites ont effectivement

315

besoin de repos, mais aller à Disneyland ne changera rien à ses sentiments pour Michael.

— Pour l'instant, elle est obnubilée par lui. Si elle passait un peu de temps sans ne penser qu'à lui, elle verrait sans doute mieux l'homme qu'il est vraiment.

Désemparée, Susan leva les bras au ciel et les laissa retomber sur les accoudoirs de son fauteuil en manifestant son impatience.

— Seigneur ! Mais qu'a-t-il donc de si terrible ? Pourquoi le détestez-vous à ce point ?

— C'est une brute, voilà ce que c'est. Une brute, un profiteur, et probablement un coureur de dot. Il pourrait lui faire du mal de plusieurs façons, mais je ne le tolérerai pas.

Susan tenta de se calmer.

— J'aimerais que vous m'expliquiez ce qu'il a fait de mal.

— Vous savez aussi bien que moi qu'il venait déjà ici en cachette quand il avait douze ans.

— C'était un ami de Josh.

— Qui lui donnait des cigarettes volées et le poussait à faire toutes sortes de bêtises.

— A douze ans, on a encore le droit de faire des bêtises. J'ai appris à fumer à ma meilleure amie quand j'avais quatorze ans. C'est idiot, mais les enfants sont comme ça.

— Et c'est à cause d'une bêtise d'enfant qu'il s'est retrouvé en prison ?

— De quoi parlez-vous ? dit Susan en pâlissant légèrement. Michael a été en prison ? Comment le savez-vous ?

— On me l'a dit. On l'a mis dans une cellule parce qu'il s'était bagarré. Dans un bar. Oh, ils ne l'ont gardé qu'une nuit, mais ils l'ont quand même enfermé ! Cet homme adore se servir de ses poings.

— Oh, pour l'amour du ciel !... Je croyais qu'il avait dévalisé une banque ou tué quelqu'un ! Je n'approuve pas, mais je refuse de condamner quelqu'un sous prétexte qu'il a dormi une nuit dans une cellule à cause d'une bagarre de bar ! Vous ne savez même pas si c'est lui qui avait commencé, ni pourquoi ni...

— Comment pouvez-vous lui trouver ainsi des excuses ?

Soudain furieuse, Ann se leva d'un bond.

— Comment est-ce possible ? Alors que cet homme passe toutes ses nuits avec votre fille. Il finira par la frapper. Elle dira ou fera quelque chose, et il la frappera comme il l'a fait avec sa mère.

— Qu'est-ce que vous racontez ?

Susan sentit la peur lui nouer l'estomac.

— Un homme qui est capable de frapper sa propre mère, et de la laisser avec la bouche sanguinolente et un œil au beurre noir, n'hésitera pas une seconde à refaire la même chose à une autre femme.

— Parce que vous croyez vraiment que Michael Fury a battu sa mère ? dit doucement Susan.

— Elle me l'a dit elle-même. Elle est venue le chercher ici, son pauvre visage couvert de bleus. Je l'ai emmenée dans ma chambre pour la soigner comme je pouvais, et elle m'a raconté que Michael était rentré la veille, ivre mort, qu'il l'avait frappée, et avait chassé son mari avant de la laisser toute seule. J'ai voulu prévenir la police, mais elle a refusé.

Ann pivota sur elle-même, ébranlée par ce qu'elle venait de dire.

— Ah, il ne méritait rien d'autre que la prison ! Sa place est dans une cellule. Dans une cage. Si seulement vous aviez vu le visage de cette pauvre femme... Si jamais il s'avise de lever la main sur Laura, je...

— Annie, moi aussi j'ai vu la mère de Michael, dit Susan en se levant. Et je lui ai parlé.

— Alors, vous êtes au courant. Il a préféré s'enfuir et s'embarquer à bord d'un bateau plutôt que d'assumer ce qu'il avait fait. Mrs T., il faut qu'il s'en aille d'ici. Nous ne pouvons pas garder un homme capable d'une telle chose à proximité de Laura et de ses filles.

— Je vais vous dire ce qu'elle m'a raconté le jour où elle est venue me reprocher d'avoir hébergé Michael plusieurs nuits de suite à la maison.

317

– Ici ?

Ann mit la main sur son cœur, l'air scandalisé.

– Il est resté ici ? Vous l'avez laissé entrer dans cette maison alors qu'il...

– Il a dormi dans l'écurie jusqu'à ce qu'il s'embarque. Michael n'a jamais levé la main sur sa mère.

– Vous l'avez pourtant vue. Vous m'avez dit que...

– Elle l'a accusé, en effet. Parce qu'elle n'arrivait pas encore à s'accuser elle-même. Mais j'ai fini par lui faire dire la vérité. C'est son mari qui l'a battue, et ce n'était pas la première fois. Il lui est souvent arrivé de venir à son travail avec un œil au beurre noir, mais Michael n'y était pour rien.

– Mais elle a dit...

– Je me moque de ce qu'elle a dit, dit Susan en élevant la voix.

Le souvenir de cette histoire était encore très présent dans sa mémoire. Qu'une mère puisse reprocher à son enfant ses propres faiblesses...

– Ce garçon est rentré chez lui et a vu son beau-père en train de frapper sa mère. Et il l'a protégée. Et tout ce qu'il a reçu comme remerciement pour avoir corrigé cette brute comme il le méritait a été de se faire mettre à la porte de chez lui par sa propre mère, qui lui a dit qu'il n'avait pas à se mêler de ça et que c'était sa faute.

Elle s'interrompit un instant en s'efforçant de retrouver son calme.

– Et une fois que Michael a été parti, quand elle a compris qu'elle l'avait perdu, elle est venue s'asseoir ici même et s'est effondrée. Elle m'a alors tout raconté.

– Elle m'avait pourtant dit que... Je l'ai crue, fit Ann en se laissant tomber dans un fauteuil. Ô mon Dieu !

– Elle m'a suppliée de l'aider à le retrouver, à le convaincre de revenir. Elle était toute seule, or la mère de Michael était une femme incapable de supporter la solitude. Je veux croire que, tout au fond de son cœur, elle regrettait ce qu'elle avait fait, ce qu'elle lui avait dit, et qu'elle l'aimait. Mais je n'ai vu qu'une femme malheureuse et égoïste qui avait peur de rester sans un homme, fût-il le fils qu'elle avait chassé.

– Oh, Mrs T...

Ann mit la main devant sa bouche. Des larmes de regret et de culpabilité embuèrent ses yeux.

– Vous en êtes sûre ?

– Annie, oubliez ce qu'elle vous a dit, et aussi ce que je viens de vous raconter, et dites-moi honnêtement ce que vous voyez dans ce garçon quand vous le regardez. Comme si vous n'aviez rien appris sur lui depuis qu'il s'est installé ici...

– Il travaille dur.

Elle sortit un mouchoir de sa poche.

– Il aime bien les enfants et les animaux. Il est gentil avec eux. Il a un regard diabolique, avec parfois quelque chose de dur. Il ne surveille pas son langage comme il le devrait devant les filles, mais je ne crois pas que...

Elle s'arrêta une seconde pour s'essuyer les yeux.

– Il leur fait du bien. Oui, il leur a fait du bien, je ne peux pas dire le contraire. Et j'ai honte de moi.

– Il n'y a aucune honte à avoir de s'inquiéter de ceux qu'on aime. Je suis désolée d'apprendre que vous avez vécu dans la crainte que Laura n'ait une liaison avec un homme tel que vous l'imaginiez.

– Depuis son arrivée ici, j'ai à peine fermé l'œil. Je m'attendais que... Oh, pauvre garçon ! Il a vécu une terrible épreuve. Et dire qu'il était à peine en âge de se raser...

– Vous dormirez mieux, à présent, murmura Susan.

– Mais je vais continuer à le garder à l'œil, déclara-t-elle avec un petit sourire. Les hommes qui ont ce regard-là, il ne faut jamais leur faire confiance quand ils tournent autour d'une femme.

– Alors, nous serons deux à ouvrir l'œil, conclut Susan en lui prenant la main. Car nous connaissons bien notre Laura, n'est-ce pas ? Elle a besoin d'un foyer, d'une famille, d'amour... C'est ce qui compte pour elle avant tout. Je ne sais pas si elle retrouvera tout ça auprès de Michael, ni ce qu'elle deviendra si ça n'arrive pas.

Laura avait en tout cas retrouvé autre chose. La joie de parcourir les collines à cheval et de galoper dans la brume stagnant au ras du sol, d'entendre le bruit des sabots et de sentir sa monture se préparer à franchir un obstacle.

Elle sauta par-dessus un tronc d'arbre et déboucha dans une clairière inondée de soleil.

— Oh ! c'est merveilleux...

Après avoir tiré sur les rênes, elle se coucha sur l'encolure du cheval.

— Je ne vais plus pouvoir m'en passer. Tu es un malin, Michael Fury !

Puis elle se redressa et se retourna pour regarder son amant en selle sur Max.

— Comment veux-tu que je m'achète un cheval si je n'offre pas cette jument à Ali ?

— Je te ferai un bon prix pour les trois. Le petit hongre bai irait à Kayla comme un gant. Dis-moi, tu es une sacrée cavalière !

Il se pencha pour caresser la jument sur laquelle était Laura.

— Et Fancy te convient parfaitement. Je m'en doutais.

— Apparemment, tu connais bien tes chevaux, ainsi que tes femmes.

Il la regarda dans les yeux. Sa femme... Pour l'instant.

— Apparemment. Tu as l'air...

Elle était superbe, rayonnante de vie.

— Reposée.

— J'ai dormi comme une souche, cette nuit. Pratiquement dix heures d'affilée.

S'essayant au flirt, Laura lui lança un long regard en biais entre ses cils.

— Je t'ai manqué ?

Il avait tendu la main en la cherchant une dizaine de fois au cours de la nuit.

— Non, non.

En la voyant se décomposer, il éclata de rire. Puis il l'attrapa par un pan de sa chemise et l'attira vers lui pour l'embrasser.

– A ton avis ? reprit-il en mettant pied à terre. Laissons-les souffler un peu. On ne les a pas épargnés.

Il accrocha les rênes à une branche pendant qu'elle sautait gracieusement de sa monture.

– Tu as trouvé d'autres pièces, hier ?

– Non, rien. Pas même une capsule de bouteille. Je ne... Oh, mais je ne te l'ai pas dit ? L'autre soir...

– Je suis au courant.

Pour des raisons qu'il n'arrivait pas à saisir, le fait qu'elle ne soit pas venue le voir aussitôt en courant l'irritait.

– Tant mieux pour toi.

– C'était tellement bizarre...

Laura, qui avait perdu l'habitude de monter à cheval, s'étira le dos.

– J'ai posé la main pile dessus. Exactement comme quand on fait tomber une pièce et qu'on se baisse pour...

Elle cligna des yeux et laissa sa phrase en suspens. Il était là, tournant le dos au soleil, en train de la fixer d'un regard étrange.

– Qu'est-ce qu'il y a ?

– Tu m'as dit que tu avais rêvé de moi. Il y a des années de cela. Sur les falaises, dans ta chambre, dans la forêt... Tu te retournais, et j'étais là.

– Oui.

En sentant son cœur battre la chamade, elle se trouva ridicule.

– Michael...

– Et je te touchais.

Il passa la main sur le galbe de son sein et la sentit frémir. Certains pans de sa vie lui étaient inaccessibles, tout comme elle ne pouvait pas tout savoir de son passé. Mais sur ce plan-là, ils étaient à égalité.

– Et je goûtais ta bouche.

Ses lèvres se pressèrent sur les siennes. Brûlantes.

– Et je te prenais.

Il la souleva dans ses bras. Et sentit qu'elle vibrait de tout son être.

– Alors, c'est ce que je vais faire.

Elle était étendue contre lui au soleil, entièrement nue, et des oiseaux gazouillaient dans les arbres. Il ne lui avait pas arraché ses vêtements. S'il l'avait fait, elle ne l'en aurait sans doute pas empêché, réalisa-t-elle avec surprise, quitte à devoir jouer les lady Godiva et rentrer à Templeton House toute nue sur son cheval.

Au contraire, il avait été d'une telle douceur, d'une telle tendresse que, même encore maintenant, elle aurait pu en pleurer.

– Je n'avais jamais fait l'amour dehors, murmura-t-elle. Je ne savais pas que ça pouvait être si beau.

Elle s'assit et s'étira.

– Ça fait pas mal de premières fois. Ce que je ne peux pas te donner, je suppose, ajouta-t-elle dans un sourire. Le vilain Michael Fury a déjà tout fait.

– Et même plus, dit-il en gardant les yeux clos.

– Il y a tellement de choses dont tu ne parles pas...

Elle tapota le torse de Michael du bout du doigt.

– Il doit y avoir des tas de secrets, là-dedans.

– Tu m'en as dit quelques-uns des tiens, hier soir. Tu t'attendais que j'en fasse autant ?

– Non, bien sûr que non.

Michael ouvrit les yeux.

– Si tu veux savoir quelque chose, pose-moi des questions.

Elle secoua la tête et voulut se lever, mais il la retint fermement.

– Tu as peur de la réponse ?

– Non, dit-elle calmement. Pas du tout. Je suis même étonnée que tu puisses croire ça de moi.

– Très bien. Alors, vas-y.

– Je...

Laura hésita encore une seconde avant de se lancer.

– D'accord. Tu m'as dit que tu avais été marié, mais tu ne m'as jamais parlé de ta femme ni de ce qui s'était passé.

– Elle s'appelait Yvonne. Nous avons divorcé.

– Je vois...

Vexée par cette réponse pour le moins laconique, Laura ramassa ses vêtements.

– Nous devrions peut-être rentrer.

Michael se passa les mains sur le visage, puis s'assit tandis qu'elle remettait sa chemise en soie, maintenant toute fripée.

– Bon... Tu veux vraiment tout savoir ? Je l'ai rencontrée à l'époque où je fréquentais les circuits. Elle aimait faire la fête avec les pilotes.

– Et tu es tombé amoureux d'elle ?

– Ce que tu peux être gamine, parfois !

Il se leva et enfila son jean.

– Je suis tombé dans un lit avec elle, c'est tout ! On s'aimait bien, et on s'entendait bien sexuellement. Alors, on a continué à se voir. Et elle s'est retrouvée enceinte.

– Oh !...

Laura se leva lentement et termina de se rhabiller, les yeux baissés.

– Tu m'avais dit que tu n'avais pas d'enfants. Je pensais que...

– Tu veux entendre cette histoire, oui ou non ?

Elle releva la tête, surprise par l'amertume de sa voix.

– Pas si tu n'as pas envie de me la raconter.

– Si j'en avais eu envie, je l'aurais probablement déjà fait.

A peine eut-il prononcé cette phrase qu'il jura dans sa barbe, puis la prit par le bras quand elle se pencha pour ramasser ses bottes.

– Assieds-toi. Bon sang, je ne connais personne qui sache prendre ce petit air blessé comme tu sais le faire !

Il se frotta les yeux et fit un effort pour retrouver son calme. Une fois qu'il aurait ouvert une porte sur cette partie de sa vie, il lui faudrait en ouvrir d'autres. Elle lui poserait d'autres questions, et il devrait lui répondre.

Et là, dans la clairière éclaboussée de soleil, encore tout imprégné de la chaleur du corps de Laura, il comprit que c'était le commencement de la fin.

– Elle est donc tombée enceinte. Et nous en avons parlé. La meilleure solution pour tout le monde était l'avortement. Simple, rapide et définitif. Nous avons donc pris nos dispositions.

– Je suis désolée. C'est une décision difficile à prendre. Tu... tu ne t'es jamais demandé si tu étais bien le...

– Si c'était moi qui l'avais mise enceinte ? Yvonne n'était ni une menteuse ni une tricheuse. Quand elle m'a dit que l'enfant était de moi, je l'ai crue. Nous étions amis, Laura.

– Excuse-moi. Ça a dû être très dur pour vous deux.

– Nous pensions faire ce qu'il y avait de plus raisonnable. J'essayais de me faire un nom sur les circuits, et elle venait de commencer un nouveau boulot. Un bébé n'aurait pas été le bienvenu. D'autant plus que ni elle ni moi ne savions quoi que ce soit sur les enfants, ou sur le fait d'être parents. Nous étions tels que nous étions, dit-il en la regardant dans les yeux. Deux paumés qui cherchaient à prendre du bon temps.

Laura soutint son regard.

– Es-tu en train de me dire que ça vous a été facile ? Une petite opération, et hop, bon débarras ?

– Non, répondit Michael en détournant le regard vers les arbres. Non, ça n'a pas été facile. Ça nous paraissait seulement être le plus raisonnable. Mais la veille du jour où nous devions aller à l'hôpital, nous avons découvert autre chose. On avait tous les deux envie de ce bébé. C'était de la folie, on ne savait pas comment on se débrouillerait, mais on le voulait tous les deux.

– Alors, elle n'a pas avorté.

– Non. Nous nous sommes mariés. Elle a même essayé de tricoter des affaires pour le bébé...

Un sourire passa brièvement sur ses lèvres.

– Elle ne savait rien sur la maternité. On lisait des livres. Et puis on est allés faire une échographie. Seigneur, c'était... magnifique. On se chamaillait pour choisir des noms. Bref, on a fait ce que tout le monde fait, j'imagine.

Son sourire avait complètement disparu, et en voyant son regard, Laura se dit qu'il avait l'air très loin lui aussi.

– Elle était enceinte de quatre mois quand, en pleine

nuit, elle s'est mise à saigner. Abondamment. Elle avait mal et elle était affolée. On l'était tous les deux. Je l'ai emmenée à l'hôpital, mais il était déjà trop tard. On a perdu le bébé.

— Je suis désolée, dit Laura en se relevant, sans le toucher. Sincèrement désolée. Il n'y a rien de pire que de perdre un enfant.

— Non, rien. Les médecins ont dit qu'elle était jeune et en bonne santé, et qu'on pourrait bientôt recommencer. Alors, on a fait semblant d'y croire et on est restés ensemble. Mais on a commencé à se disputer, à s'envoyer des piques. On ne se supportait plus. Un soir, je suis rentré, et elle m'attendait pour me parler. C'était une femme intelligente, et elle a compris avant moi. Nous avions cessé d'être des amis. La seule raison pour laquelle nous nous étions mariés était ce bébé. Or, il n'était plus là. Et nous étions coincés, mais nous n'étions pas obligés de le rester. Elle avait raison. Alors, nous avons décidé de redevenir amis et de divorcer. Fin de l'histoire.

Cette fois, Laura le toucha, prit son visage entre ses mains et le sentit se crisper.

— Rien de ce que je pourrais te dire n'apaiserait ton chagrin. Un chagrin que tu garderas en toi toute sa vie, quoi qu'il arrive.

Michael ferma les yeux, puis appuya son front contre le sien.

— Je voulais ce bébé.

— Je sais, dit-elle en l'enlaçant. Tu l'aimais déjà. Je comprends ça. Je regrette, Michael, je n'aurais pas dû te demander ça.

— Ça remonte à presque dix ans. C'est loin.

Il recula brusquement en sentant des larmes couler sur les joues de Laura.

— Ah non, pas ça ! Bon sang, tu aurais mieux fait de me demander autre chose ! fit-il, mal à l'aise, en essuyant ses larmes. Comme, par exemple, ce que je fais quand je suis la doublure de Mel Gibson.

Elle ravala ses larmes, et lui fit le sourire qu'il attendait.

– Ah bon ? Tu as fait ça ?
– Vous les femmes, vous êtes toutes folles de Mel. Tu n'as qu'à venir à Hollywood avec moi. Je te le présenterai.

Michael enroula une de ses boucles dorées autour de son doigt.

– Max et moi devons y aller demain.
– Demain ? Tu vas à Los Angeles ? Tu ne me l'avais pas dit.
– On m'a appelé seulement samedi...

Après un petit haussement d'épaules, il enfila ses bottes.

– Pour un western avec ton ami Mel. Il m'a demandé, avec Max. Alors je dois assister à des réunions, faire des bouts d'essai... On verra bien si on arrive à leur donner ce qu'ils veulent.
– C'est fabuleux ! Mais ça n'a pas l'air de beaucoup t'exciter.
– C'est juste un boulot. Je suppose que ça ne t'intéresse pas de m'accompagner.
– J'aimerais beaucoup, mais je ne peux pas laisser les filles, ni mon travail. Combien...

Combien de temps seras-tu parti ? faillit-elle dire. Toutefois, elle garda sa question pour elle.

– Elles vont être très impressionnées quand je vais leur raconter ça.
– Quelqu'un va venir s'occuper des chevaux pendant les quelques jours où je serai absent. Je devrais être de retour vendredi.
– Oh !...

Il s'agissait donc seulement de quelques jours, se dit Laura en retrouvant le sourire.

– Si c'est le cas, je dois aller à un vernissage vendredi soir. Tu viendrais avec moi ?
– Un vernissage de quoi ?
– Une exposition de peinture dans une galerie. Des tableaux expressionnistes.

A son corps défendant, Michael réprima un grognement.

– Tu veux que j'aille regarder des peintures et que je

fasse je ne sais quels commentaires idiots sur des coups de pinceau et le message que ça sous-entend ? fit-il en penchant la tête d'un air étonné. Est-ce que je te donne l'impression d'être le genre de type à siroter un whisky en parlant de l'emploi de la couleur sur une toile ?
– Non.
Il était assis sur un tronc d'arbre, nu jusqu'à la taille, le torse criblé de petites cicatrices, et ses cheveux longs étaient en désordre.
– Non, pas du tout.
Pas plus, se dit-il alors, qu'elle n'était femme à mettre ses responsabilités de côté pour s'enfuir à Los Angeles avec son amant pendant une semaine.
Mais que faisait-elle avec un type comme lui ?
– On ferait mieux de rentrer, dit-il en enfilant sa chemise. Tu ne vas pas faire attendre Seraphina.
– Michael, murmura-t-elle en posant la main sur sa poitrine. Tu vas me manquer.
– Tant mieux.
Puis il la souleva et la hissa en selle.

19

Son absence ne dura pas quelques jours, mais pratiquement deux semaines. Laura se répéta chaque nuit qu'il n'était nullement tenu de l'appeler pour lui dire ce qui le retenait. Ou simplement pour qu'elle ait le plaisir d'entendre sa voix.
Leur relation était celle de deux adultes, dans laquelle chacun était libre d'aller et de venir comme bon lui semblait. Aussi essaya-t-elle de se convaincre que c'était parce qu'elle n'avait jamais vécu de relation de ce genre auparavant qu'elle s'affolait. S'inquiétait. Et se sentait blessée.
Pourtant, elle avait largement de quoi s'occuper. Et elle avait appris, à ses dépens, qu'il ne fallait jamais laisser à un homme le soin de vous procurer à lui seul

une vie épanouie. C'était à elle de le faire, et elle n'avait pas l'intention de l'oublier.

Entre son travail, ses enfants, sa famille et ses amies, sa vie était pleinement remplie. Et si elle avait envie de la partager avec Michael, et de faire partie de la sienne, elle n'était cependant plus une adolescente hébétée d'amour, capable de rester prostrée des heures devant le téléphone dans l'espoir de l'entendre sonner.

Même si elle l'avait espéré une fois ou deux.

Pour l'instant, ce n'était nullement son souci. Elle avait d'autres problèmes à régler. Le spectacle de danse d'Ali commençait dans moins de deux heures. Or, non seulement elles n'étaient pas prêtes, mais un des chatons avait recraché une boule de poils au milieu du lit de Kayla – suscitant le désarroi et plus encore le dégoût des deux filles – et un des chats de l'écurie s'était aventuré dans le jardin, entraînant Bongo dans une folle partie de chasse, qui avait provoqué quelques dégâts dans les massifs de camomille et de tanaisie, et avait valu au chien de revenir tout penaud, le nez sanguinolent.

Rien de ce qu'avait tenté Laura n'avait dissuadé le chat de descendre du cyprès dans lequel il s'était réfugié. Et Bongo continuait à geindre misérablement sous son lit.

En dépit de tout cela, le plus gros problème était Ali, qui était d'humeur morose et pleurnicharde. Ses cheveux étaient affreux, prétendait-elle, et elle avait mal au ventre. Elle ne voulait pas aller à ce spectacle. D'ailleurs, elle avait horreur de ça. Et de tout le reste.

A bout de patience, Laura recommença une énième fois le chignon de sa fille en tenant compte de ses indications.

– Tu sais, ma chérie, c'est tout à fait normal d'avoir le trac. Mais je suis sûre que tu seras merveilleuse. Comme toujours.

– Je n'ai pas le trac, dit Ali en se regardant dans le miroir d'un air boudeur. Quand je danse, je n'ai jamais le trac. Je ne veux pas y aller, c'est tout.

– Mais des tas de gens comptent sur toi. Tes professeurs, les autres filles de la troupe, la famille... Tu as bien vu comme grand-mère et grand-père étaient contents quand ils sont partis chez Josh. Tout le monde se réjouit de cette soirée.

— Et moi, alors, je ne peux compter sur personne ? Je dois toujours faire ce qu'on me dit, mais personne ne fait ce que je veux.

Et voilà, c'était reparti ! songea Laura.

— Si tu es déçue que ton père ne vienne pas, je suis désolée. Il est...

— Je m'en fiche pas mal, fit l'enfant en se dérobant aux mains de sa mère. De toute façon, il ne vient jamais. Mais ça m'est complètement égal.

— Alors, quel est le problème ?

— Rien. Je vais y aller. Parce que je tiens mes promesses. Mon chignon est beaucoup mieux comme ça, dit-elle en prenant un petit air digne. Merci.

— Chérie, si tu...

— Il faut que je finisse de m'habiller.

Elle pinça les lèvres, toute petite et ravissante avec ses collants et son tutu de danseuse.

— Ce n'est pas ta faute, maman. Je ne voudrais pas que tu croies ça. Je ne suis pas fâchée avec toi, tu sais.

— Alors, que...

— Maman ! s'écria Kayla du bas de l'escalier. Je ne trouve plus mes chaussures rouges. Je veux mettre mes chaussures rouges !

— Va l'aider, dit Ali en s'efforçant de sourire. Je descends dans une minute. Merci de m'avoir fait mon chignon.

— Je t'en prie.

Et voyant le regard chagriné d'Ali, Laura se pencha et l'embrassa sur les deux joues.

— J'adore jouer avec tes cheveux. Je crois que si tu mettais un peu de brillant à lèvres, ce serait parfait.

— Tu veux dire avant de partir ? Pas seulement pour monter sur la scène ?

— Oui, mais ce soir, exceptionnellement, répondit Laura en lui tapotant le menton. Je n'ai pas envie de te voir grandir trop vite.

— Maaamaan ! Mes chaussures !
— Et elle non plus... J'arrive, Kayla ! Sois en bas dans dix minutes, Ali, pas une de plus.

Laura retrouva les chaussures. Qui aurait pensé à les chercher sur l'étagère réservée à cet effet dans le placard ? Après s'être redonné en hâte un coup de peigne, elle rassembla ses filles.

— Allez, on y va ! Le cortège part dans cinq minutes. J'y vais, Annie, cria-t-elle quand la sonnette de l'entrée retentit. Tu pourras jeter un œil sur Bongo avant de t'en aller ? Il est tapi sous mon lit et...

Elle s'interrompit lorsqu'elle ouvrit la porte et aperçut Michael sur le seuil.

— Michael... Tu es revenu ?
— On dirait.

Si elle lui avait sauté au cou, là, chez elle, devant ses enfants, sans doute aurait-il eu de la peine à respecter la décision qu'il avait prise. Toutefois, elle n'en fit rien. Et se contenta de lui tendre la main en souriant.

Ce fut Kayla qui bondit vers lui.

— Tu as ramené Max ?

Avec une spontanéité tout enfantine, elle le serra à la taille et tendit les lèvres pour l'embrasser.

— Il est rentré, lui aussi ?
— Evidemment. Max et moi avons voyagé ensemble. Où as-tu trouvé ces chaussures rouges ? Elles sont superbes.
— C'est maman qui me les a achetées. Ce sont mes préférées.
— Tu es venu ?

Michael cessa d'admirer les chaussures de Kayla pour se tourner vers Ali. Avec son air étonné, le regard ému et brillant de larmes, elle ressemblait de façon frappante à sa mère.

— Je t'avais dit que je viendrais, non ?
— J'ai cru que tu avais oublié. Ou que tu étais trop occupé.
— Moi, oublier l'invitation d'une jolie ballerine à venir la regarder danser ? fit-il en secouant la tête. Il faudrait vraiment que j'aie une très mauvaise mémoire.

Il s'inclina légèrement en lui tendant le bouquet de minuscules roses d'un délicat rose pâle qu'il cachait dans son dos.

— On avait rendez-vous, non ? J'espère que tu n'as pas appelé quelqu'un d'autre à ma place ?

— Non. C'est pour moi ?

La bouche ouverte, à la fois de stupéfaction et de plaisir, Ali regarda fixement les fleurs.

— Pour moi ?

— Pour qui veux-tu que ce soit ?

Elle prit le bouquet et respira les roses.

— Merci... Maman, Michael m'a apporté des fleurs.

— Je vois ça, dit Laura en sentant ses yeux s'embuer. Elles sont très belles.

— On va les mettre dans le vase en cristal...

Annie se tenait à quelques pas en arrière dans l'entrée, les mains croisées, les yeux sur Michael.

— La première fois qu'une demoiselle reçoit des fleurs de la part d'un homme, elle doit les traiter comme quelque chose de très spécial.

— Je veux les mettre moi-même dans le vase.

— Et c'est ce que tu vas faire. Ça ne prendra qu'une seconde, Laura, dit la gouvernante en emmenant Ali.

— Oui, d'accord. Merci, Annie.

— Je vais les aider, s'écria Kayla en leur emboîtant le pas. Je peux les sentir, Ali ?

— Ses premières fleurs, murmura Laura.

— Diable, pourquoi les femmes ont-elles toujours les larmes aux yeux dès qu'elles aperçoivent un bouquet ?

Ce qui lui fit penser qu'il n'en avait jamais offert à Laura. Enfin, pas vraiment, juste une ou deux petites fleurs sauvages ramassées dans l'herbe. Il n'y avait jamais pensé. En fait, en dehors de nuits d'amour torrides, il ne lui avait jamais rien donné.

— Les fleurs sont symboliques.

Et elle repensa aux petites fleurs des champs qu'il lui avait données. Si simplement, si tendrement. Si parfaitement.

— Tout l'est, pour les femmes.

— Tu as peut-être raison, fit-elle en se tournant vers

lui d'un air rayonnant. C'est très attentionné de ta part de lui en avoir apporté. Et d'être venu. Je ne savais pas qu'elle te l'avait demandé. Et encore moins qu'elle comptait sur toi.

– Elle m'a demandé ça il y a déjà des semaines, expliqua Michael en mettant les mains dans ses poches.

Mais pas Laura, se dit-il. Elle ne lui en avait même jamais parlé.

– J'ai réussi à éviter les ballets pendant trente-quatre ans. Ça va sûrement être une expérience.

– Je pense que ça ne devrait pas être trop douloureux.

Elle avança vers lui, et Michael sortit une main de sa poche afin de prendre la sienne avant qu'elle ne le touche.

– Alors, comment vas-tu ? demanda-t-il.

– Très bien.

Etait-ce parce qu'il était fatigué qu'il se montrait si distant ?

– Tout s'est bien passé, à Los Angeles ?

– Oui. Le tournage commence dans trois semaines. Il devrait durer deux mois. Peut-être plus.

– Tu vas rester à Los Angeles pendant toute la durée du tournage, dit-elle lentement en sentant son estomac se nouer.

Michael haussa les épaules. Ce n'était pas le moment de parler de ça, et il se sentit soulagé en voyant Ali revenir, portant son vase de minuscules roses tel un trophée.

– Tu as vu comme elles sont belles, maman ? Annie va les mettre dans ma chambre.

– Elles sont splendides. Bon, il faut vraiment qu'on y aille. Les danseuses doivent être là une demi-heure avant le lever du rideau.

– Je vais les monter tout de suite, ma chérie...

Annie prit le vase des mains d'Ali.

– Et je serai là pour ton spectacle.

Puis elle inclina la tête en regardant Michael avec un sourire qui, venant de n'importe qui d'autre, lui aurait semblé amical.

– Nous serons tous là.

Michael réussit sans trop de peine à ne plus penser à rien pendant deux heures. Cette gamine était tellement charmante... Ainsi d'ailleurs que toutes ses petites camarades. Mais il trouva néanmoins difficile d'être là, assis à côté de Laura, au milieu de tous ces gens, parents, amis, couples, et de ne pas se sentir malheureux.

Il aurait cependant tout le temps, et la distance, nécessaire pour réfléchir sérieusement à ce qui se passait. A ce qui lui arrivait. Il était amoureux d'elle. Comme un fou.

Mais ça ne marcherait jamais.

A Los Angeles, il s'était retrouvé dans un bar minable à boire de la bière et à raconter des histoires avec des cow-boys. Et en rentrant à son hôtel après une longue journée de travail, sale, sentant la sueur et le cheval, il s'était revu étant enfant, dans cette maison qui respirait la négligence, la violence et la tension.

Il s'était alors vu tel qu'il était. Un homme qui avait recherché les pires choses la plus grande partie de sa vie, et les avait trouvées. Un rat des falaises, fils d'une serveuse et d'un flambeur qui, à force de temps et d'efforts, gagnait décemment sa vie.

Et tout à coup, il avait vu Laura, l'héritière des Templeton, assise dans le country club luxueux en train de boire une tasse de thé, vêtue d'un tailleur élégant, dirigeant une boutique de luxe et déambulant dans les couloirs d'un grand hôtel dont elle était propriétaire.

Nul doute qu'il lui avait apporté quelque chose. Et que, dans d'autres circonstances, ils auraient pu s'en apporter mutuellement davantage. Mais d'ici peu, elle cesserait d'être aveuglée par la passion et réaliserait ce qu'elle était en train de faire. Entretenir une liaison avec un vulgaire entraîneur de chevaux.

Mieux valait pour eux deux qu'il s'en soit rendu compte le premier. La connaissant, il doutait qu'elle soit capable de rompre brusquement. Elle était trop douce, trop gentille pour le quitter sans se sentir coupable. Pis, elle était même capable de continuer à le voir encore longtemps après avoir réalisé son erreur à cause de son satané sens du devoir.

Il n'était pas bien pour elle, il le savait. Les gens qui les connaissaient tous les deux le comprenaient. Comme elle finirait elle-même par le comprendre. Et il ne le supporterait pas.

Si seulement il n'avait pas croisé à Los Angeles cet ancien copain, un vieux docker avec lequel il s'était embarqué autrefois, s'était soûlé et avait fait les cent coups... Un type qui avait fait la guerre avec lui pour gagner de l'argent quand la mer avait cessé de le fasciner...

Mais ils s'étaient retrouvés par hasard. Et ils avaient ressassé le passé, réveillé les vieux souvenirs... Et pendant quelques instants de cruelle lucidité, Michael avait contemplé le visage buriné, amer et revêche de l'homme qui lui faisait face. Avec l'impression de se regarder dans un miroir.

Il avait vu devant lui un homme auquel il ne permettrait jamais de toucher Laura, ni même de la connaître. Si un tel homme l'approchait, elle reculerait de dégoût.

Alors, avant qu'ils aient à endurer une telle épreuve, il lui ferait la faveur de sortir de sa vie.

Au moment où Ali fit une pirouette sur la scène, Laura lui prit la main en la serrant dans la sienne. Lui brisant le cœur.

— Tu ne les trouves pas magnifiques ? murmura Margo.

Josh, qui était assis près d'elle et tapait du pied au rythme de la musique, continua à regarder sa nièce.

— Elles sont toutes superbes, mais Ali est la meilleure.

— Ça va de soi ! fit-elle en pouffant discrètement de rire et en se penchant à son oreille. Mais c'est de Laura et de Michael que je parlais.

— Hein ?

Il tourna la tête d'un air songeur vers le couple assis un rang devant eux.

– Laura et Michael ? Oui, et alors ?
– Ils vont merveilleusement bien ensemble.
– Sans doute...
Soudain, il réalisa ce qu'elle voulait dire.
– Qu'est-ce que tu entends par « ensemble » ?
– Chut... dit-elle tout bas en se retenant de rire. Ensemble, ça veut dire ensemble. Tu es aveugle ou quoi ?

Josh sentit sa gorge se serrer et devenir toute sèche.
– Mais... ils ne sortent pas ensemble.
– Ecoute, ça fait des semaines qu'ils couchent ensemble ! Ne me dis pas que tu ne t'en étais pas aperçu !
– Ils couchent ensemble ? répéta-t-il d'un ton à la fois scandalisé et furieux. Mais comment le sais-tu ?
– Parce que Laura me l'a dit. D'ailleurs, si elle ne l'avait pas fait, j'ai des yeux pour voir. Tais-toi, lui ordonna-t-elle en le voyant ouvrir à nouveau la bouche. Tu déranges les gens. Et voilà le solo d'Ali.

Il se tut, mais continua à gamberger. Car il avait largement de quoi s'occuper l'esprit. Et, autant qu'il le sache, son vieux pote Michael Fury allait devoir lui fournir quelques explications.

La veille, il n'avait rien pu faire d'autre que rentrer chez lui avec sa femme et l'interroger. Ils s'étaient disputés, et Josh avait mis son attitude sur le compte des hormones féminines. Toutes les femmes trouvaient Michael follement romantique – ce qui avait toujours été une chance pour lui mais était à l'origine du problème actuel.

Josh le trouva dans le paddock, en train de faire travailler un yearling à la longe.
– Il faut que je te parle, Fury.

Michael reconnut ce ton de voix. Josh avait manifestement quelque chose en travers de la gorge. Cependant, il n'était pas du tout d'humeur à l'écouter, d'autant plus qu'il ne s'était pas encore remis de l'expression blessée de Laura hier soir, quand il lui avait donné une petite tape sur la tête en lui annonçant qu'il rentrait se coucher.

En d'autres termes, je vais me coucher, ma belle, et tu n'es pas invitée.

Néanmoins, il détacha la longe et s'approcha de la barrière derrière laquelle Josh l'attendait.

– Vas-y, parle.

– Est-ce que tu couches avec ma sœur ?

Ah ! le moment était finalement arrivé...

– Oui. Et on ne dort pas beaucoup.

Michael bloqua la main de Josh quand celui-ci l'agrippa par le col de sa chemise.

– Attention à ce que tu fais, Harvard.

– Bon sang, à quoi tu joues ? Pour qui te prends-tu ? Je lui ai demandé de te louer cet endroit pour te rendre service, et tu ne trouves rien de mieux que de lui sauter dessus ?

– Je n'ai pas sauté tout seul.

Il n'allait tout de même pas se laisser accuser comme ça.

– C'est une grande fille, tu sais. Je ne l'ai pas attirée dans l'écurie en lui promettant un sucre d'orge. Je ne l'ai pas forcée.

A cette idée, Josh s'en voulut, puis éprouva un sentiment de honte.

– Tu n'as sûrement pas eu à le faire. Tu oublies à qui tu parles. Je te connais bien, Mick. Je sais comment tu t'y prends. Bon sang, on a passé assez de temps ensemble à draguer les filles !

– Oui, dit Michael en soutenant son regard et en repoussant sa main. C'était la belle époque.

– Cette fois, il s'agit de ma sœur.

– Je sais.

– Si tu avais la moindre idée de ce qu'elle a enduré ces dernières années, et comme elle est vulnérable, tu aurais gardé tes distances avec elle. Les femmes que tu as l'habitude de fréquenter connaissent les règles et sont prêtes à jouer le jeu. Ce qui n'est pas le cas de Laura.

– Et parce que c'est ta sœur, parce que c'est une Templeton, elle n'a pas le droit de jouer, rétorqua

Michael avec un goût amer dans la bouche. En tout cas, pas avec moi.

— Je te faisais confiance, reprit Josh plus calmement. Je t'ai toujours fait confiance. Que tu te sois offert Kate et Margo est une chose, mais je ne vais pas rester là les bras ballants en te regardant faire avec Laura.

Son regard se fit soudain plus dur, glacial. Ses poings se crispèrent et, l'espace d'une seconde, il pensa s'en servir. Il dut faire appel à toute sa volonté et à de longues années d'amitié pour se retenir.

— Fiche le camp d'ici ! Tout de suite.

— Si tu veux te battre avec moi, je veux bien. Ce ne serait pas la première fois.

Mais jamais comme ça, songea Michael en sentant la violence monter en lui. A présent, ils étaient des hommes, et les enjeux étaient tout autres. Or la seule personne qu'il avait jamais considérée comme étant sa famille était là, devant lui, prête à le casser en deux.

— J'ai autre chose à te proposer, reprit-il. Je serai parti d'ici à la fin de la semaine. J'ai déjà commencé à prendre mes dispositions.

Déchiré entre son sens de l'amitié et de la famille, Josh fronça les yeux.

— Tes dispositions ? Mais les fondations de ta nouvelle maison sont à peine terminées.

— Je vais probablement la vendre en l'état une fois que je serai réinstallé à Los Angeles. C'est suffisamment loin de ta sœur, Harvard ? Ou bien faut-il que j'aille en enfer ?

— Quand as-tu décidé cela ?

— Parce que j'aurais dû te demander la permission pour ça aussi ? Va-t'en, Josh, j'ai du boulot et tu m'as dit tout ce que tu avais à me dire.

— Je n'en suis pas si sûr.

Et en s'éloignant de son meilleur et plus vieil ami, Josh ne fut plus tout à fait certain de ce qu'il était venu lui dire.

Il savait qu'elle viendrait. Il n'y avait pas moyen de l'en empêcher. Ils ne s'étaient pas vus depuis deux semaines, et elle devait s'attendre qu'il ait envie d'elle. Ce qui était malheureusement vrai.

Mais il ne la toucherait pas. Ça ne ferait qu'empirer la situation. Il avait déjà failli revenir sur sa décision, s'était même raconté qu'il trouverait un moyen pour que les choses puissent marcher entre eux. La visite de Josh avait toutefois eu vite fait de le ramener à la réalité.

Il allait mettre les choses au point, clairement et rapidement.

Laura serait blessée. Un peu. Ça non plus, il ne pourrait pas l'empêcher. Mais elle s'en remettrait vite.

Néanmoins, bien qu'il s'attendît à la voir arriver, il ne pensait pas que ce serait si tôt, et se trouva quelque peu désemparé en la voyant sur le seuil, le soleil dansant dans ses cheveux et ses yeux gris au regard pur et chaleureux.

– J'ai quitté la boutique un peu plus tôt, expliqua-t-elle.

Laura se rendit compte qu'elle parlait à toute vitesse, avec nervosité. Quelque chose n'allait pas. Même sourde et aveugle, elle l'aurait deviné.

– Comme mes parents emmenaient les filles au restaurant à Carmel, je me suis dit que j'allais passer voir si tu voulais que je te fasse à dîner.

– Les filles comme toi ne savent pas faire la cuisine, ma belle. Elles ont des domestiques.

– Tu serais étonné !

Sans attendre d'y être invitée, elle entra, passa devant lui et fila dans la cuisine.

– Mrs Williamson nous a appris les bases, y compris à Josh. Je sais faire des fettucini Alfrefo exceptionnels. Je voulais voir ce qu'il y avait ici avant d'apporter les ingrédients.

La voir s'activer dans la cuisine comme si elle était chez elle – comme s'il venait de rentrer d'une journée de travail et l'avait trouvée d'humeur joyeuse en train de l'attendre – lui déchira le cœur. Et ce fut d'une voix cassante qu'il reprit la parole :

— Je ne suis pas très amateur de sauces, ma belle.
— Alors, on fera autre chose.

Pourquoi ne l'appelait-il pas par son nom ? se demanda Laura en s'efforçant de ne pas paniquer. Il ne l'avait pas prononcé une seule fois depuis son retour. Elle se retourna vers lui, et ne put s'empêcher de laisser parler son cœur.

— Oh, Michael ! tu m'as beaucoup manqué... Enormément.

Elle traversa la pièce pour venir l'enlacer. Sentant déjà ses bras menus se nouer autour de son cou, il recula en levant les mains de manière à l'en dissuader.

— Je suis tout sale. Je n'ai pas eu le temps de prendre une douche. Tu ne voudrais pas salir ton joli chemisier en soie...

Quelle importance ? Il lui en avait déjà déchiré un. Il y avait des jours et des jours qu'il ne l'avait pas serrée dans ses bras. Et pourtant, il était là, devant elle, l'air... embêté.

— Qu'est-ce qu'il y a, Michael ? demanda-t-elle d'une voix tendue. Tu es fâché contre moi ?

Il prit soin de détourner le regard.

— Pourquoi dis-tu ça ? Pourquoi penses-tu toujours que, quand il se passe quelque chose, c'est ta faute ? Tu as un vrai problème à ce niveau-là, ajouta-t-il en allant prendre une bière dans le réfrigérateur.

Il la décapsula et but une longue rasade au goulot.

— Est-ce que je te donne l'impression d'être en colère ?

— Non, admit-elle en croisant les mains pour se ressaisir. Non, pas du tout. Tu as l'air vaguement ennuyé de me voir ici. Je croyais que tu aurais envie que je vienne, que tu voudrais passer la soirée avec moi.

— C'est gentil à toi, mais tu ne penses pas que ça suffit comme ça ?

— Mais de quoi parles-tu ?

— De toi et moi, ma belle. Nous sommes allés aussi loin que nous pouvions aller.

Michael but une nouvelle gorgée de bière et s'essuya la bouche d'un revers de main.

– Ecoute, tu es une sacrée femme. Je t'aime bien. Ta façon d'être me plaît, au lit et en dehors. Mais nous savons bien tous les deux qu'il nous faudra tôt ou tard passer à autre chose.

Elle allait continuer à respirer, se dit-elle. Malgré l'étau qui lui comprimait le cœur, elle allait y arriver. Lentement. Calmement.

– Je suppose que ça signifie que ce moment est arrivé.

– Il s'est passé pas mal de choses à L.A. Ce qui m'oblige à modifier mes projets. Je préfère être franc, alors je me suis dit que je devais te prévenir que je déménageais là-bas la semaine prochaine.

– A Los Angeles ? Mais ta maison...

– Elle n'a jamais rien représenté pour moi, fit-il en haussant une épaule. C'est juste un endroit. Celui-là ou un autre...

Pour lui, c'était la même chose, songea Laura avec amertume. Une maison. Une femme. Celle-là ou une autre...

– Pourquoi es-tu revenu ici ?

– Parce qu'il y a mes chevaux.

Il se força à lui faire un sourire.

– Pourtant, tu es venu au spectacle d'Ali. Tu lui as apporté des fleurs...

– Je lui avais promis que je viendrais. Quand je fais une promesse, je la tiens.

Sur ce chapitre, au moins, il n'avait pas à improviser.

– Tu as des filles extraordinaires, Laura. Je suis content de les avoir rencontrées. Et il n'était pas question que je la laisse tomber hier soir.

– Si tu t'en vas, elles vont être catastrophées. Elles...

– Elles s'en remettront, dit-il avec brusquerie. Je suis seulement un type de passage.

– Comment peux-tu croire ça ? s'écria Laura en avançant vers lui. Tu ne penses quand même pas que tu représentes si peu pour elles. Elles t'adorent, Michael, et je...

– Je ne suis pas leur père. Inutile de chercher à me culpabiliser. Je dois m'occuper de ma vie.

– Alors, c'est fini...

Elle prit sa respiration, mais cette fois, ce ne fut ni lentement ni calmement.

– *Ciao*, et merci pour tout ! On ne signifie donc rien pour toi ?

– Bien sûr que si. Ecoute, ma belle, la vie est longue. Et il y a du monde. Nous nous sommes donné ce dont nous avions besoin tous les deux à un moment précis.

– Seulement au lit.

– Et c'était super.

Il lui sourit. Puis, parce qu'il avait d'excellents réflexes, il évita de justesse la bouteille de bière qu'elle lui lança à la figure. Et avant même qu'il se soit remis de sa surprise, elle commença à le bourrer de coups de poing.

– Hé !

– Comment oses-tu ramener ce qui existe entre nous à un simple besoin animal ? Espèce de salaud, tu crois que tu vas te débarrasser de moi comme ça ? Comme si j'étais une poupée de chiffon dont on ne veut plus et qu'on abandonne dans un coin ?

Ce fut au tour de la lampe de voltiger à travers la pièce. Michael, bouche bée, se contenta de la regarder s'emparer de tout ce qui lui tombait sous la main pour le lui jeter à la tête.

– Tu n'imaginais pas que je te ferais une scène, hein ?

Elle empoigna l'extrémité de la table et la fit basculer par terre.

– Eh bien, tu avais tort ! Tu en as fini avec moi, juste comme ça ? fit-elle en faisant claquer ses doigts sous son nez. Et tu voudrais que je m'en aille docilement sangloter sur mon oreiller sans rien dire ?

Michael recula d'un pas.

– Quelque chose de ce genre.

Visiblement, ce ne serait pas aussi facile et rapide qu'il l'avait espéré. Toutefois, il n'avait pas le choix.

– Casse tout ce que tu veux, si ça te fait du bien. Après tout, ce sont tes affaires. Je suppose que même les princesses ont le droit de faire leur crise.

– Arrête de me parler sur ce ton ! Comme si j'étais un jouet pris de folie furieuse ! Tu es arrivé dans ma vie sans prévenir, tu as tout bouleversé, et tu voudrais maintenant que ce soit fini ?

— Nous n'avons rien à attendre de cette histoire, tu le sais aussi bien que moi. Je m'en suis rendu compte le premier, c'est tout.

Laura lança un bol qui passa à travers la fenêtre. A un autre moment, sans doute eût-il été impressionné par la force et la précision de son lancer, mais pour l'instant, il n'était qu'une boule de douleur.

— Ne compte pas sur moi pour payer les dégâts, ma belle. Je ne t'ai jamais fait aucune promesse, ni un seul mensonge. Quand tu es venue me chercher, tu savais parfaitement ce que tu voulais. Tu voulais que je fasse le premier pas pour ne pas avoir à me le demander. C'est un fait.

— Je ne savais pas comment te le dire, rétorqua-t-elle.

— Eh bien, je l'ai fait, et c'est tant mieux pour nous deux. Tu n'as pas le choix non plus. C'est fini, c'est tout.

Hors d'haleine, frémissant de rage, Laura essaya de se calmer. Sa colère pouvait être terrible quand elle se déchaînait, elle le savait. Et quand en plus venait s'y ajouter le chagrin...

— C'est cruel... Sordide.

Si la rage de Laura n'avait pas réussi à l'émouvoir, ses paroles prononcées calmement le touchèrent en revanche droit au cœur.

— C'est la vie.

— Fini...

Elle laissa couler ses larmes. De toute façon, désormais, plus rien n'avait d'importance...

— Alors, c'est comme ça qu'on fait... On déclare que c'est fini, et ça l'est. C'est moins compliqué qu'un divorce, ce qui est malheureusement la seule façon que je connaisse de mettre un terme à une relation.

— Je ne t'ai pas trompée...

L'idée qu'elle puisse le croire lui était insupportable.

— Je n'ai jamais pensé à une autre femme que toi pendant tout le temps où nous avons été ensemble. Ça n'a rien à voir avec toi. Je dois partir ailleurs, c'est tout.

— Rien à voir avec moi, tu parles !

Laura ferma les yeux. Sa colère était retombée comme un soufflé, laissant place à une immense lassitude.

– Je n'ai jamais pensé que tu étais quelqu'un de stupide, ou de superficiel, mais si tu crois ça, tu es vraiment les deux à la fois.

Elle s'essuya les yeux avec ses paumes. Puisque c'était la dernière fois, elle voulait le voir clairement. Il avait l'air dur, sauvage, ténébreux. Il était... tout ce qu'elle désirait au monde.

– Je me demande si tu as conscience de ce que tu rejettes, de ce que je t'aurais donné. De tout ce que tu aurais pu avoir avec moi, Ali et Kayla.

– Ce sont tes enfants.

Et le dire le meurtrit un peu plus. Comme s'il retournait lui-même le couteau dans la plaie.

– Ce sont des Templeton. Tu n'aurais jamais accepté de me les donner.

– Tu te trompes. Tu te trompes lourdement. Je l'ai déjà fait.

Laura alla jusqu'à la porte et l'ouvrit.

– Fais ce que tu as à faire et va où tu dois aller. Mais ne te dis pas qu'entre nous ce n'était qu'une histoire de sexe. Je t'aimais, Michael. Et le plus pitoyable dans tout ça, c'est que, bien que tu me laisses tomber comme ça, si négligemment, je t'aime encore.

20

Michael fit un pas en avant, puis s'immobilisa. Elle ne savait pas ce qu'elle disait. Elle ne comprenait pas.

Se forçant à s'éloigner de la porte, il se retourna et regarda Laura traverser la pelouse. Et il continua à la suivre des yeux lorsqu'elle changea brusquement de direction en se mettant à courir.

Elle allait vers les falaises, réalisa-t-il. Elle était en

colère, malheureuse, et elle allait se réfugier là-bas pour pleurer. Quand elle aurait fini, elle réfléchirait. Sans doute serait-elle encore furieuse un moment, et lui en voudrait-elle pendant plus longtemps, mais il était certain qu'elle finirait par comprendre que c'était mieux ainsi.

Car elle ne l'aimait pas. Michael se passa les mains sur le visage. Il était à bout de forces. Peut-être se croyait-elle amoureuse de lui, ou avait-elle cherché à s'en convaincre. Ce qui était en fin de compte une réaction typiquement féminine, surtout de la part d'une femme comme Laura. Elle mélangeait tout, le plaisir physique et l'amour, le désir et les sentiments... Elle ne parvenait pas à voir la situation dans son ensemble.

Lui, si.

Un homme qui avait eu la vie qui avait été la sienne ne pouvait vivre heureux à tout jamais avec une femme ayant sa classe et son éducation. Tôt ou tard, elle en arriverait à la même conclusion et retournerait à sa vie dans les salons du country club. Sans doute ne lui pardonnerait-elle jamais de s'en être rendu compte le premier, mais il n'y pouvait rien.

Etre avec elle et attendre le tuait littéralement. Tout comme de savoir que lorsque la passion retomberait, elle serait capable de rester avec lui. Par gentillesse. Car elle ne savait pas agir autrement. Mais il refusait de devenir pour elle une obligation de plus.

En sortant de sa vie, il leur faisait donc une faveur à tous les deux.

Josh avait raison. Or personne ne le connaissait mieux que lui.

Néanmoins, Michael continua à regarder par la fenêtre, et, la mort dans l'âme, vit la silhouette solitaire de Laura se détacher sur la falaise. Au bout d'un moment, il se retourna, puis, laissant la pièce dans le même état dévasté que l'était sa vie, descendit s'occuper de ses chevaux.

Elle n'aurait jamais imaginé que son cœur pût se briser à ce point. Pourtant, quand son mariage avait échoué, Laura avait été convaincue qu'elle ne connaîtrait plus jamais pareil chagrin.

Et elle avait eu raison, se dit-elle en pressant les mains sur son cœur meurtri. Cette fois, c'était différent. C'était pire.

Ses sentiments pour Peter s'étaient émoussés lentement au fil des ans, si bien qu'elle n'éprouvait plus grand-chose pour lui au moment où ils s'étaient séparés. Mais là... Elle ferma les yeux et, malgré la douceur de la température, frissonna de tout son être.

Jamais elle n'avait aimé quelqu'un comme elle aimait Michael. Follement, outrageusement. Et ce sentiment était pour elle si fort, si nouveau... Elle avait été si heureuse de découvrir qu'elle pouvait encore désirer quelqu'un, et être désirée. Elle admirait Michael, ce qu'il était devenu, et était tombée amoureuse de l'homme dur et redoutable qu'il était tout autant que de la douceur et de la tendresse qu'il dissimulait.

Mais il avait décidé de mettre un terme définitif à leur histoire, sans qu'elle puisse rien faire. Pleurer n'y avait rien changé, d'ailleurs, ses larmes avaient séché. La colère non plus ne servait à rien, et elle avait honte de s'être emportée ainsi devant lui. Mais à cela non plus elle ne pouvait rien.

Laura s'approcha du bord de la falaise pour regarder les vagues se fracasser contre les rochers. Elle se sentait comme elles, écrasée par une force qui lui échappait, emportée dans une guerre violente, incessante, sans avoir d'autre choix que de tenir bon.

Et se dire qu'elle n'était pas toute seule ne lui était d'aucun secours. Pas plus que de savoir qu'elle avait une famille, des enfants, une maison et un travail. Parce qu'elle se sentait seule, terriblement seule, là, à ce bout du monde, avec l'océan furieux pour unique compagnie.

Même les oiseaux étaient partis. Il n'y avait pas un cri de mouette, pas un seul ventre blanc tournoyant dans l'azur avant de plonger dans les vagues. Rien d'autre que le rugissement continu de la mer.

Comment arriver à accepter de ne plus pouvoir aimer ? Comment était-elle supposée continuer à faire ce qu'elle avait à faire, seule, toujours seule, en sachant qu'elle ne pourrait se retourner la nuit et toucher l'homme qu'elle aimait ? Et pourquoi l'unique chose dont elle avait rêvé toute sa vie lui filait-elle ainsi entre les doigts ?

C'était probablement ce que Seraphina s'était demandé elle aussi, des siècles auparavant, avant de pleurer la perte de son amant. Laura regarda en dessous d'elle en imaginant le plongeon vertigineux, et libérateur, que la jeune fille avait dû faire, le cœur rempli d'orgueil et de colère.

Avait-elle crié avant de s'écraser sur les rochers ? Ou bien avait-elle été à la rencontre de sa destinée en silence ?

En tremblant, Laura recula d'un pas. Seraphina n'avait trouvé d'autre issue que la mort pour mettre fin à sa douleur. Elle, en revanche, devrait vivre avec la sienne. Vivre sans Michael. Et accepter finalement de vivre sans avoir réalisé son rêve.

Elle remarqua un petit éboulement qui alla se perdre dans le fracas des vagues et, soudain, le sol sembla se dérober sous ses pieds. L'air hagard, elle vit des cailloux se détacher de la falaise, puis rouler dans l'eau. Et tandis qu'un bruit assourdissant résonnait à ses oreilles, elle comprit ce qui se passait.

Prise de panique, Laura voulut s'éloigner du bord, mais le sol se souleva, lui faisant perdre l'équilibre, et elle s'agrippa frénétiquement à un rocher. Au même instant, un énorme pan de terre se détacha au-dessus d'elle, l'assomma et la poussa violemment en la propulsant dans le vide.

Les chevaux furent les premiers à réagir. Ils roulèrent des yeux en poussant des hennissements affolés. Michael caressa la jument qu'il était en train de brosser. Puis il comprit. Le sol gronda sous lui. Tandis que le bruit augmentait et que les chevaux se cabraient, il jura dans sa barbe. Et soudain, il entendit du verre se briser et le bois craquer au-dessus de sa tête.

Ce fut alors comme si un bruit de train de marchandises lui déchirait les oreilles, et il dut lutter de toutes ses forces pour ne pas perdre l'équilibre. Les selles se décrochèrent du mur et rebondirent sur les briques du sol qui se fendilla devant ses yeux.

Michael bondit ouvrir les portes des boxes afin de faire sortir les chevaux. Dans la confusion qui s'ensuivit, une pensée lui traversa l'esprit, tel un boulet de canon.

Laura. Mon Dieu, Laura...

Michael se rattrapa de justesse à un poteau tandis que la terre tremblait à nouveau. Il se rua dehors, indifférent aux violentes ondulations qui agitaient la pelouse d'un vert étincelant. Quand il s'étala de tout son long, il se mit à quatre pattes, puis entreprit la descente de la pente et courut vers les falaises en hurlant son nom. Personne ne l'entendit. Pas même lui.

Pendant deux minutes, la terre continua de trembler. Puis tout redevint calme, d'un calme inhabituel et impressionnant.

Laura était probablement rentrée chez elle, se dit-il. Elle devait être à la maison, à l'abri. Sans doute un peu ébranlée, mais une Californienne ne paniquait pas à la première secousse. Toutefois, il irait s'en assurer dès que...

A la seconde où il se pencha et la vit, ses jambes faillirent se dérober sous lui. Elle gisait là, sur une saillie de la roche en contrebas, à quelques centimètres du bord, pâle comme une morte. Un de ses bras replié au-dessus de sa tête pendait dans le vide.

De sa descente à flanc de falaise, Michael ne garderait aucun souvenir. Ni de la roche rugueuse qui déchirait ses paumes, ni des cailloux et de la terre sur lesquels glissaient ses pieds, ni même des racines et des rochers qui lacéraient ses vêtements et sa chair.

Aveuglé de terreur, il descendit à toute vitesse, sans penser que le moindre faux pas risquait de le précipiter sur les rochers. Une sueur froide brouillait son regard, ruisselant sur son visage. Elle était morte, il en était sûr.

Lorsque enfin il la rejoignit, il se jeta sur elle, affolé, et appliqua les doigts sur l'artère de son cou. Elle battait normalement.

– Ça va, ça va, murmura Michael en écartant des mèches de cheveux sur ses joues d'une main tremblante. Tu n'as rien, ça va aller...

Il eut envie de la prendre dans ses bras, de la serrer contre lui en attendant que la peur qui lui nouait l'estomac s'estompe peu à peu.

Mais il ne fallait en aucun cas la bouger, il le savait. Il savait qu'il devait d'abord vérifier qu'elle n'était pas blessée avant de prendre le risque de la déplacer.

Traumatisme, fractures, hémorragie interne... Seigneur, elle était peut-être paralysée... Il dut fermer les yeux pour reprendre sa respiration et se calmer. Il s'obligea alors à procéder avec douceur et prudence. Il lui souleva les paupières afin de regarder ses pupilles, puis plaça délicatement les mains sous sa tête et grinça des dents à la vue du sang qui lui inonda les doigts.

Elle s'était démis l'épaule, réalisa-t-il. Quand elle reprendrait conscience, elle allait hurler de douleur. Seigneur, il fallait pourtant qu'elle ouvre les yeux ! Retenant son souffle, il continua à l'examiner. Il n'y avait pas de fractures, seulement des contusions et de vilaines ecchymoses, mais rien de cassé.

Penché sur elle, Michael songea qu'il allait devoir l'abandonner, le temps d'appeler une ambulance. Et à l'idée de la laisser toute seule ici, sur cette corniche étroite, en sachant qu'elle risquait de se réveiller à tout instant en proie à la terreur et à une douleur insupportable, il se sentit défaillir.

– Ça va aller, ne t'en fais pas, dit-il en lui pressant doucement la main. Fais-moi confiance. Je ne serai pas long. Je vais revenir.

En sentant ses doigts se crisper soudain dans les siens, un immense soulagement l'envahit, tel un feu glacé.

– Laura, tu m'entends ? Ne bouge pas, ma chérie. Si tu m'entends, essaie d'ouvrir les yeux, mais, surtout, ne bouge pas.

Elle avait la sensation de flotter dans un univers lourd, d'une blancheur étincelante. Et froid, si froid... Elle distingua alors des ombres, des voix qui chuchotaient au milieu du rugissement des vagues, puis un visage, penché sur elle, et enfin ses yeux sombres, d'un bleu brûlant.

– Michael ?

Il essaya d'avaler sa salive, mais la peur lui avait complètement desséché la bouche.

– Oui. Je suis là, ne t'en fais pas. Tu as fait une petite chute. Il faut que tu...

– Michael, répéta-t-elle.

Et brusquement, l'écran blanc qui dansait devant ses yeux devint rouge sang. Une douleur fulgurante lui arracha un cri et elle se cabra contre lui.

– Calme-toi... Je sais que ça fait mal, mais je ne sais pas ce que tu as exactement. Il faut que tu restes tranquille. Ne bouge pas.

Mais à en juger par la façon dont elle se tordait, elle souffrait horriblement.

– Regarde-moi. Regarde-moi et dis-moi si tu sens ce que je fais.

Michael posa la main sur sa cuisse et appuya. Voyant qu'elle hochait la tête, il répéta la même opération sur l'autre jambe.

– Essaie de remuer les pieds, Laura... Oui, c'est bien.

Cela le rassura un peu de constater qu'elle arrivait à les bouger normalement.

– Tu es un peu assommée, c'est tout.

Et encore sous le choc, nota-t-il en examinant ses pupilles. Sans compter qu'elle souffrait...

– Je vais te remonter.

– Mon épaule...

Elle essaya de la toucher et lutta contre la nausée qui la submergea. La douleur était indescriptible, et le seul fait de respirer lui donnait envie de hurler.

– Elle est cassée ?

– Non, seulement démise, dit-il en serrant sa main dans ses doigts poisseux et dégoulinant de sang. Ça m'est arrivé plusieurs fois. Ça fait un mal de chien. Je vais te la remettre en place, d'accord ? C'est l'affaire d'une seconde.

– Non, ne me...

La douleur la terrassa et elle tenta de se retourner pour lui échapper. Tout à coup, son front se couvrit de grosses gouttes de transpiration, son regard devint vitreux.

– Bon, accroche-toi...

Il ne pouvait pas la laisser se tordre ainsi de douleur. Il pouvait la soulager, bien que l'idée de ce qu'il allait devoir faire lui donnât la nausée.

– Je vais te remettre l'épaule en place. Ça va te faire très mal, mais après, tu te sentiras mieux. Il faudra ensuite que tu voies un médecin. Accroche-toi en attendant que je...

– Je t'en prie, le supplia-t-elle, à l'agonie, en fermant les yeux. Je n'arrive plus à penser... Je n'y arrive plus...

Michael bougea de quelques centimètres pour se placer tout près d'elle, puis se passa la main sur la bouche, s'étalant du sang sur tout le visage.

– Ne pense à rien. Je veux que tu pousses un grand cri. Un long cri de toutes tes forces.

– Quoi ?

– Vas-y !

D'une main, il la plaqua contre le sol et de l'autre agrippa fermement son bras démis. Il siffla entre ses dents lorsqu'il vit ses yeux s'écarquiller et le regarder fixement.

– Crie !

Laura ressentit une violente secousse qui transperça tout son être. Brusquement, tout redevint blanc, d'un blanc aveuglant. Puis plus rien.

Ses mains couvertes de sang avaient failli glisser et lui faire lâcher prise. Le cœur retourné, il vit ses yeux se révulser, puis elle retomba toute molle dans ses bras. Michael serra les dents et remit l'os en place. Puis il posa doucement son front contre le sien en laissant échapper un profond soupir.

– Oh ! ma chérie, pardon. Pardon...

Cette fois, il la souleva pour la bercer dans ses bras.

L'espace de dix secondes, ou de dix minutes, il perdit toute notion du temps jusqu'à ce qu'il la sente frémir contre lui.

– C'est fini, ne t'en fais pas, dit-il en l'embrassant dans les cheveux, le temps de se reprendre. Ça va aller mieux, tu vas voir.

– Oui.

Elle avait l'impression de flotter doucement. Son corps n'était plus qu'une immense douleur, sourde, lancinante, presque agréable.

– Ça va mieux. Je ne me souviens de rien... Que s'est-il passé ? Un tremblement de terre ?

– Oui. Tu es tombée du haut de la falaise.

Délicatement, Michael prit sa tête entre ses mains pour examiner ses blessures. Elle ne saignait plus, mais elle avait une énorme bosse et de profondes entailles sur le crâne.

– Tu es encore un peu sonnée, c'est tout.

– Je suis tombée... Mon Dieu...

Elle se blottit contre lui en frissonnant.

Du haut de la falaise et presque dans la mer, songea-t-elle. Sur les rochers. Comme Seraphina.

– Il y a beaucoup de dégâts ? La maison... les chevaux ? Oh, Michael, et les filles ?

– Elles vont bien. Tout va bien. Ce n'était pas une très grosse secousse. Cesse de t'inquiéter...

Il s'en chargerait pour eux deux.

Maintenant qu'il était plus calme, il réalisa ce qui s'était passé. La terre avait tremblé, déplaçant les rochers, si bien qu'il ne restait plus trace du sentier qui permettait de remonter. Il allait devoir la laisser là, escalader la falaise et aller chercher des cordes.

– Laisse-moi te regarder, dit-il en observant intensément son visage.

Elle était trop pâle, et ses pupilles étaient encore toutes dilatées.

– Comment est ta vision ? Tu vois flou ?

– Non, ça va. Il faut que j'aille m'assurer que les filles n'ont rien.

— Elles vont bien. Elles sont avec tes parents, tu te souviens ? A Carmel.

Elle était lucide. Son pouls battait un peu vite, mais régulièrement.

— Combien vois-tu de doigts ?

— Deux, répondit Laura en lui prenant la main. Annie, la maison...

— Je te dis que tout va bien. Crois-moi.

— D'accord, dit-elle en refermant les yeux. Je suis tombée de la falaise...

— Oui...

Il lui embrassa la main et la garda contre ses lèvres le temps de retrouver sa voix.

— Maintenant, écoute-moi. Je vais devoir te laisser ici quelques minutes. Ensuite, je vais revenir, et je te remonterai.

— Tu vas me laisser ?

— Tu ne peux pas remonter dans cet état. Je veux que tu restes allongée ici bien sagement. Promets-le-moi, Laura. Ouvre les yeux et regarde-moi. Promets-moi de ne pas bouger jusqu'à ce que je revienne.

Elle le regarda dans les yeux.

— Je ne bougerai pas jusqu'à ce que tu reviennes. Il fait froid.

— Tiens...

Il retira sa veste en jean et l'en couvrit.

— Ça te réchauffera un peu. Détends-toi et attends que je revienne.

— Je t'attendrai, murmura-t-elle.

Tout semblait se passer au ralenti. Elle le vit se lever, se retourner. Le regard soudain plus flou, elle le vit escalader la falaise et chercher des appuis des mains et des pieds, provoquant de minuscules avalanches de cailloux et de terre. Un sourire rêveur au coin des lèvres, elle pensa qu'il ressemblait à un héros escaladant les murs d'un château.

Allait-il venir l'enlever dans la tour ? Grimper tout en haut et l'embrasser pour la réveiller ? Non, il allait la quitter, se souvint-elle, trop faible pour s'alarmer en le voyant soudain dévaler la paroi abrupte sur une bonne centaine de mètres. Ses doigts nus s'accrochèrent à la roche, et il recommença à grimper le long de la falaise abrupte.

Il s'en allait, mais il reviendrait la chercher. Puis il s'en irait à nouveau.

Lorsque Michael arriva au sommet de la falaise, elle le vit se retourner et la regarder. Il ferma un instant les yeux, comme pour la toucher et caresser son visage. Puis il disparut, et Laura se retrouva toute seule.

Il l'avait quittée. Il ne voulait plus faire partie de sa vie. Ni qu'elle fasse partie de la sienne. Il allait revenir la chercher, elle n'en doutait pas, car il tenait toujours ses promesses. Mais elle serait encore seule.

Et elle survivrait. Parce qu'elle n'avait pas le choix. Car elle n'avait pas sauté du haut de la falaise, n'avait pas décidé de se jeter dans le vide. Seul le destin l'avait poussée, mais elle allait survivre. Et continuer.

Pauvre Seraphina ! songea Laura en tournant la tête sur le côté. En renonçant à se battre, elle avait perdu ses rêves à tout jamais.

Une larme roula sur sa joue. De compassion et de chagrin. Et lorsqu'elle l'essuya, son regard se posa sur un petit trou à flanc de rocher.

Une grotte ? se dit-elle dans un brouillard. Il n'y avait pas de grotte par ici. Mais les rochers avaient bougé, réalisa-t-elle en soupirant. Tout avait bougé. Les traits crispés, Laura se traîna lentement vers le trou noir. Un endroit secret... Une cachette d'amoureux... En souriant, elle se redressa, réussit à s'asseoir et sentit... Oui, comme les effluves d'un parfum de jeune fille.

– Seraphina, murmura-t-elle en tendant la main vers un petit coffre en bois. Je t'ai enfin trouvée. Pauvre Seraphina, oubliée depuis si longtemps...

Laura continua à parler, et si ses paroles étaient incohérentes, il n'y avait personne pour les entendre. Elle se mit à genoux, attendit que sa tête cesse de tourner, puis tira le coffre en pleine lumière.

– Laura, bon sang...

Un sourire aux lèvres, le regard vague, elle leva la tête et aperçut Michael en haut de la falaise.

— Seraphina. Nous l'avons retrouvée... Viens voir.
— Ne bouge pas ! Reste où tu es.

Ce devait être le contrecoup, se dit-il en attachant solidement la corde au pommeau de la selle de Max. Elle ne savait plus ce qu'elle disait. Il sentit soudain sa gorge se nouer à l'idée qu'elle tente de se relever et bascule dans le vide avant qu'il n'ait pu la rejoindre.

— Tiens bon, dit-il à son cheval avant de lancer la corde.

Il descendit en rappel avec plus d'empressement que de précaution, et la ficelle brûla ses paumes déjà meurtries tandis que la falaise égratignait tout son corps comme pour le punir.

Ses chevilles résonnèrent douloureusement quand il se réceptionna sur la corniche, hors d'haleine. Mais il était à nouveau près d'elle, tout contre elle. Désormais, elle était hors de danger.

— Tu m'avais promis de ne pas bouger.
— Seraphina... Dans la grotte... Le coffre... Je ne peux pas le soulever toute seule. Il est trop lourd. J'ai besoin de Margo et de Kate.
— Attends une minute. Laisse-moi te mettre ça...

Rapidement, il lui noua la corde autour de la taille.

— Tu n'auras rien d'autre à faire que de t'accrocher à moi. Max et moi allons te remonter.
— D'accord.

Laura ne posa pas de questions. C'était si simple, après tout...

— Tu peux le sortir ? Je voudrais le voir à la lumière du jour. Il est dans l'obscurité depuis si longtemps...
— Bien sûr. Je vais te tirer. Regarde-moi bien.
— Oui, mais... et le coffre ?
— Quel coffre ?
— Dans la grotte.
— Ne t'inquiète pas pour ça. Je...

Tout à coup, Michael regarda dans la direction que lui indiquait Laura. Un éclat cuivré scintilla sur une vague forme en bois.

— Seigneur...
— La dot de Seraphina. Tu veux bien la sortir ?

Le coffre était tout petit, pas plus de soixante centimètres. Une boîte en cèdre, au couvercle bombé, qui ne devait pas peser plus de dix kilos, estima-t-il en la soupesant. Un coffre tout simple, sans la moindre gravure, et pourtant, il aurait juré sentir quelque chose sous sa main quand il l'effleura. Une sorte de chaleur, et une légère vibration qui lui chatouilla le bout des doigts. La sensation ne dura qu'un court instant, et il se retrouva devant un vulgaire petit coffre en bois aux ferrures de cuivre.

— Tous ses rêves enfermés là-dedans, murmura Laura d'une voix émue. Parce que le seul auquel elle tenait vraiment s'était évanoui...

— Le tremblement de terre a dû déplacer les rochers, dit Michael en examinant l'ouverture découpée nettement dans la paroi. A mon avis, il y a longtemps que cette grotte était bouchée.

— Elle voulait qu'on la retrouve. Elle a cherché à nous conduire ici toute notre vie.

— Cette fois, ça y est. Tu l'as trouvée.

Quelle que soit sa surprise, il avait d'autres priorités.

— Je veux que tu t'accroches à mon cou et que tu tiennes bon. Tu crois que tu peux y arriver ? Comment va ton épaule ?

— Ça me fait mal, mais c'est supportable. Comment vas-tu faire pour...

— Ne t'en fais pas.

Il l'aida à se mettre debout en prenant soin de se placer entre Laura et le bord de la corniche.

— Regarde-moi bien dans les yeux, reprit-il en lui nouant les bras autour de son cou. La corde est solide. Tu n'as pas à t'inquiéter.

— Tu as escaladé la falaise ? Il m'a semblé te voir grimper à flanc de rocher.

— Ce n'est rien, dit-il en sentant que son esprit se troublait à nouveau. Je l'ai fait souvent, dans des films.

Et il continua à lui parler tout en testant la corde.

— Tiens-toi bien, on va remonter. Max ! En arrière !

La corde se tendit. Un bras fermement accroché

autour de la taille de Laura, Michael se laissa hisser du sol et s'en remit à la seule bonne volonté de son cheval.

Les rochers effilés lui égratignèrent le dos au passage. Il s'aida de ses talons pour faciliter la montée, le visage dégoulinant de sueur, les muscles tendus à craquer.

– On y est presque...

– Mais... et Seraphina ? Il faut aller la chercher.

– J'irai plus tard. Pour l'instant, accroche-toi et regarde-moi.

Laura le fixa d'un regard brumeux.

– Tu es revenu me chercher.

– Evidemment. Tiens bon !

Pendant quelques secondes, son cœur cessa de battre. Ils étaient à quelques centimètres du sommet et se balançaient entre le ciel et la mer. Si l'un d'eux lâchait prise, ils plongeraient dans le vide.

– Tends la main. Vas-y, Laura, attrape ce que tu pourras.

Elle fit ce qu'il lui demandait, vit sa propre main se refermer sur la roche, glisser, et l'agripper à nouveau.

– C'est ça, et maintenant, tire.

Ignorant la douleur qui lui tétanisait les muscles, il la poussa au sommet, puis se hissa derrière elle tandis que le cheval les tirait sur un dernier mètre. Michael s'effondra sur le sol et resta là, étendu sur elle, tremblant, le visage enfoui dans ses cheveux.

– Laura... Mon Dieu, Laura...

Sa bouche chercha la sienne et, pendant un instant, il oublia sa terreur pour sombrer dans le néant.

– On va te ramener à la maison. Viens... Tu as mal ?

– Oui, à la tête. Mais ça va aller.

– Reste allongée, je vais te porter.

Il détacha la corde puis la souleva dans ses bras.

– Max ?

– Il va venir. Ne t'en fais pas.

Et Michael commença à remonter lentement la longue pente qui menait à Templeton House, le cheval les suivant de son pas tranquille.

Ses jambes résistèrent jusqu'à ce qu'Ann sorte en trombe de la maison.

– Oh, Seigneur ! Je l'ai cherchée partout. Que lui est-il arrivé ? Ma pauvre chérie...

– Elle a fait une chute, expliqua-t-il, tandis que la gouvernante s'agitait d'autour d'eux. Il faut vite l'amener à l'intérieur.

– Dans le salon, fit Ann en grimpant les marches quatre à quatre. Mrs Williamson ! Jenny ! Je l'ai retrouvée. Comment va-t-elle ? Tout le monde va arriver. Quand j'ai vu que je ne la trouvais nulle part, je les ai appelés. Déposez-la sur le canapé. Alors, voyons un peu... Oh ! ma chérie, ta tête...

– Que diable lui est-il...

Mrs Williamson se figea sur le seuil.

– Elle a fait une chute, l'informa Ann. Il faut de l'eau chaude, des bandes et des pansements.

– Je suis tombée de la falaise, gémit Laura.

– Ô mon Dieu !... Où as-tu mal ? Laisse-moi regarder...

Ann s'interrompit en entendant des bruits de moteurs dans l'allée, suivis de claquements de portières.

– Tout le monde est là...

Elle embrassa Laura sur le front.

– Tout va s'arranger.

Susan entra la première et s'arrêta net, la main sur le cœur, et mit une seconde avant de se ressaisir.

– Qu'est-il arrivé ? parvint-elle à dire d'une voix presque posée.

– Je suis tombée de la falaise, dit Laura. Michael m'a remontée. Je me suis cogné la tête.

Ce fut tout ce qu'elle réussit à dire avant que le salon se remplisse de monde, qu'une foule de mains se tendent vers elle pour la toucher et que des voix jaillissent en la bombardant de questions.

– Du calme ! fit Thomas à la cantonade en prenant la main de sa fille. Josh, appelle le médecin, et dis-lui que nous lui amenons Laura dans...

– Non...

Elle se redressa et caressa la tête de Kayla posée sur ses genoux.

— Je n'ai pas besoin de médecin. J'ai une bosse à la tête, c'est tout.

— Mais c'est une vilaine bosse, déclara Mrs Williamson en continuant à nettoyer son crâne couvert de sang. Je ne serais pas surprise que vous ayez eu un traumatisme, ma jolie. Michael ?

N'ayant d'yeux que pour Laura, il n'avait pas remarqué que tous les regards étaient fixés sur lui.

— Je ne sais pas combien de temps elle a perdu conscience, pas plus de cinq ou six minutes. Mais quand elle est revenue à elle, elle était lucide, sa vision n'était pas brouillée, et elle n'a rien de cassé.

Il se passa la main sur la bouche.

— Elle s'était luxé l'épaule. Elle a dû tomber sur le côté gauche. Ça doit lui faire mal, mais son bras fonctionne normalement.

— Je ne veux pas aller à l'hôpital. Après cette secousse, les urgences doivent être débordées. Je ne veux pas me retrouver au milieu d'une foule de gens. J'ai besoin d'être à la maison.

— Alors, tu vas rester à la maison, la rassura Margo en s'accroupissant près d'elle. Et on va s'occuper de toi. Tu peux te vanter de nous avoir fait une sacrée frayeur.

— A moi aussi, murmura Laura.

Elle enlaça Ali qui se serra tout contre elle.

— Mais je vais bien, j'ai juste quelques bosses. Vous parlez d'une aventure !

— La prochaine fois que tu seras en mal d'aventure, essaie la plongée sous-marine...

Debout derrière le canapé, Kate posa la main sur l'épaule de son amie.

— C'en est trop pour mon cœur.

— Nous avons retrouvé la dot de Seraphina.

— Quoi ? fit Kate en crispant les doigts.

— Elle est là, sur la corniche où je suis tombée. Il y a une grotte, elle était dedans. N'est-ce pas, Michael ?

— Oui, je vais aller te la chercher.

— Tu n'iras rien chercher du tout, protesta Mrs Williamson en couvrant de sa grosse voix les questions qui fusaient de toutes parts. Quant à toi, mon garçon, tu

ferais bien de t'asseoir avant de t'écrouler et de me montrer tes mains. Tu t'es bien arrangé...
— Ô mon Dieu...
Se concentrant sur autre chose que sur sa fille pour la première fois depuis son arrivée, Susan saisit Michael par le poignet. Ses mains étaient maculées de sang et de terre, ses jointures tout écorchées...
— Mais tu as la peau tout arrachée...
Elle leva la tête, les yeux remplis de larmes en réalisant ce qu'il venait de faire pour sauver Laura.
— Michael...
— Ce n'est rien. Ça va, dit-il en se dérobant.
Tout à coup, il eut l'impression de ne plus pouvoir respirer et ne fut plus certain d'être capable de tenir le coup encore longtemps.
— Il faut que j'aille m'occuper de mes chevaux.
Lorsqu'il sortit de la pièce en titubant, Susan lui emboîta le pas.
— Maman, fit Josh en la retenant par le bras. Laisse-moi y aller. S'il te plaît.
— Ramène-le ici. Il a besoin d'être soigné.
— Ça m'étonnerait qu'il veuille, marmonna Josh en rattrapant son ami. Michael...
Il traversa la terrasse en courant, se sentant un peu idiot de poursuivre un homme qui marchait comme un ivrogne à côté de son cheval.
— Bon sang, Michael, attends-moi !
Il l'attrapa par l'épaule, l'obligea à se retourner et recula instinctivement en voyant son air furieux.
— Laisse-moi tranquille. Je m'en vais.
— Attends, écoute ce que...
— Ce n'est pas le moment de me chercher, riposta Michael en repoussant Josh. Je suis d'humeur à taper sur quelqu'un, et ça pourrait aussi bien être toi.
— D'accord. Vas-y ! A voir la forme dans laquelle tu es, je te mettrai K.-O. en deux secondes. Espèce d'idiot, de fichu crétin, pourquoi ne m'as-tu pas dit que tu étais amoureux de ma sœur ?
— Qu'est-ce que ça change ?
— Mais tout ! Quand je pense que l'autre jour, tu m'as

laissé t'insulter sans rien dire, alors qu'il te suffisait d'ouvrir la bouche ! Je croyais que tu t'étais servi d'elle.

— C'est bien ce que j'ai fait, non ? Et ensuite, je l'ai laissée tomber, comme tu pensais que je le ferais. Demande-lui.

— Je sais ce que c'est que d'être amoureux d'une femme et d'avoir la trouille que ça ne puisse jamais marcher. Tout comme je sais ce que c'est que de vouloir une chose au point d'être capable de tout foutre en l'air. Mais maintenant, je sais aussi ce que c'est que de se sentir en partie responsable du malheur de deux personnes que j'adore. Et ça ne me plaît pas du tout.

— Tu n'y es pour rien. Je m'étais dit qu'il était temps que je parte avant que tu ne viennes me le demander, tu sais. J'ai des tas de choses à faire, des projets...

Laissant sa phrase en suspens, Michael appuya son front contre le cou tiède de Max.

— J'ai cru qu'elle était morte.

Un frisson parcourut ses épaules, et il n'eut cette fois ni l'envie ni la force de repousser la main de Josh.

— Je me suis penché, et quand je l'ai vue étendue là, j'ai cru qu'elle était morte. Je ne me rappelle plus rien jusqu'au moment où je suis descendu et où j'ai constaté qu'elle vivait encore. J'ai senti son pouls qui battait...

— Elle va s'en remettre, Mick. Vous vous en remettrez tous les deux.

— Si je ne lui avais pas dit que c'était fini entre nous, ce ne serait jamais arrivé. Si seulement je ne lui avais pas fait du mal...

Il se passa les mains sur le visage, étalant davantage la boue et le sang dont il était couvert.

— Mais on va s'occuper d'elle, et ça va aller. Je n'ai plus rien à faire ici.

— Tu te trompes. Personne ne te demande de partir, sauf toi. Allons, Mick, tu as vu dans quel état tu es ?

Josh regarda attentivement ses mains déchiquetées, ses habits déchirés et ensanglantés, préférant ne pas penser que sa sœur et son meilleur ami venaient de frôler la mort de justesse.

— Reviens à la maison et laisse Mrs Williamson te

soigner. D'ailleurs, je suis sûr qu'un petit verre te ferait du bien.
– J'en boirai un quand j'aurai fini.
– Fini quoi ?
– J'ai dit à Laura que je lui rapporterais son foutu coffre, non ? Alors, j'y vais.
Josh resta bouche bée une seconde tandis que Michael s'éloignait. Discuter avec lui ne servirait à rien.
– Attends. Je vais chercher Byron. On va y aller ensemble, tous les trois.

21

Une heure plus tard, sales, et un peu endoloris, Josh et Byron rapportèrent le petit coffre dans le salon. Non sans avoir passé quelques instants critiques quand ils s'étaient retrouvés tous les trois sur l'étroite corniche à se demander s'ils n'avaient pas perdu l'esprit.

Mais à présent, le coffre était posé sur la petite table. Attendant d'être ouvert.

– Je n'arrive pas à y croire, murmura Margo en touchant le couvercle en bois. Il est là. Après tout ce temps...

Elle sourit à Laura.
– Tu l'as retrouvé.
– Nous l'avons retrouvé, rectifia-t-elle. C'était écrit.

Une douleur sourde lui martelait le crâne. Elle se pencha pour prendre la main de Kate.
– Où est Michael ?
– Il ne... Il fallait qu'il aille voir ses chevaux, répondit Josh.
– Je peux aller le chercher, si tu veux, proposa Byron.
– Non.

Il avait fait son choix, repensa Laura. Et elle devait continuer à vivre.

– Ce coffre est si petit, reprit-elle. Et si banal. Je suppose que nous imaginions toutes quelque chose d'énorme et de richement décoré, mais il est tout simplement pratique. Fait pour durer éternellement.

Elle prit sa respiration.

– Vous êtes prêtes ?

Margo et Kate à ses côtés, Laura souleva le loquet de cuivre. Le couvercle s'ouvrit facilement, sans bruit, en laissant échapper une odeur de cèdre et de lavande.

A l'intérieur étaient rassemblés tous les trésors d'une jeune fille, tous ses rêves. Un rosaire en lapis-lazuli avec un lourd crucifix en argent. Une broche en grenat et des pétales de roses presque réduits en poussière. De l'or, oui, de l'or brillait dans une petite bourse en cuir.

Mais il y avait aussi du linge, méticuleusement brodé et plié. Des mouchoirs en dentelle légèrement jaunis. Un collier d'ambre, une bague destinée à un petit doigt garnie de minuscules rubis qui scintillaient telles des gouttes de sang. De jolis bijoux convenant à une jeune femme célibataire, et un médaillon qui renfermait une mèche de cheveux bruns attachés par un fil doré.

Enfoui parmi tous ces objets se trouvait un petit carnet recouvert de cuir rouge, dans lequel on reconnaissait l'écriture raffinée et appliquée d'une femme ayant reçu une bonne éducation.

– « Aujourd'hui, de bonne heure, nous nous sommes retrouvés sur les falaises. L'herbe était encore mouillée de rosée et le soleil se levait lentement à l'horizon. Felipe m'a dit qu'il m'aimait, et mon cœur rayonnait plus fort que la lumière de l'aube. »

Laura appuya la tête contre l'épaule de Margo.

– Son journal, murmura-t-elle. Elle a rangé son journal avec tous ses trésors, puis a refermé le coffre. Pauvre Seraphina...

– J'ai toujours cru que je serais très excitée le jour où nous le retrouverions, dit Kate en caressant les perles d'ambre du collier. Mais je suis seulement triste. Elle a caché tout ce qui comptait pour elle dans cette petite boîte, puis elle l'a abandonnée.

– Tu ne devrais pas être triste, répliqua Laura en posant le journal ouvert sur ses genoux. Car elle a voulu qu'on retrouve ce coffre, et qu'on l'ouvre. J'aime à penser qu'il nous a fallu attendre d'avoir été confrontées toutes les trois à une chose que l'on pensait insurmontable, et dont nous avons finalement triomphé.

Elle prit la main de ses amies dans chacune des siennes.

– On devrait le mettre à la boutique, dans une vitrine spéciale.

– On ne peut pas faire ça, s'indigna Margo. On ne va pas vendre les trésors de Seraphina !

– Non pas pour les vendre, poursuivit Laura en souriant. Mais pour faire rêver les gens.

Michael laissa le salon dans l'état où il était et décida d'aller prendre une bonne douche pour oublier ses maux. Dès qu'il aurait bu un verre. En fait, maintenant qu'il y pensait, se soûler serait probablement la façon la plus agréable de noyer sa peine.

Il prit la bouteille de whisky et se remplit un verre lorsqu'on frappa de manière insistante à la porte.

– Foutez-moi la paix, marmonna-t-il en avalant une longue rasade.

Son humeur ne s'améliora guère en voyant entrer Ann Sullivan.

– Eh bien, je vois que vous êtes déjà en train de noyer vos chagrins au milieu de ce chaos !

Elle posa une boîte en métal sur le comptoir et fronça les sourcils en découvrant l'état de la pièce.

– Je ne pensais pas qu'il y avait autant de dégâts. Dans la grande maison, nous n'avons eu qu'un peu de vaisselle cassée.

– C'est Laura qui a fait le plus gros.

Michael leva son verre, et Ann fit la moue.

– Ah bon ? Il est rare qu'elle se mette en colère, mais quand ça lui arrive... Bon, asseyez-vous, que je m'occupe un peu de vous avant de ranger tout ça.

– Je ne veux pas que vous rangiez, ni que vous vous occupiez de moi. Allez-vous-en.

Elle se contenta d'ouvrir la boîte, et en sortit une assiette recouverte d'une cloche.

— Mrs Williamson vous envoie à manger. Je lui ai demandé de me laisser vous l'apporter. Elle se fait du souci pour vous, vous savez.

— Il n'y a aucune raison, dit Michael en regardant ses mains. J'ai connu pire.

— Je n'en doute pas, mais vous allez quand même vous asseoir et me laisser désinfecter ces plaies.

Ce disant, elle aligna une cuvette, divers flacons et des bandages sur le comptoir.

— Je peux me soigner tout seul, reprit-il en considérant ce qu'il restait de whisky dans son verre. J'ai d'ailleurs commencé.

Sans se laisser démonter, Ann le poussa dans un fauteuil.

— Faites donc ce qu'on vous dit.
— Bon sang !

Michael se frotta l'épaule à l'endroit où elle venait de le toucher.

— Et restez poli, fit-elle en allant remplir la cuvette d'eau chaude. Je parie que c'est déjà en train de s'infecter. Vous avez vraiment un petit pois dans la tête.

— Si vous comptez jouer les infirmières avec moi, vous pourriez au moins... Bon Dieu, vous me faites mal !

— Ça ne m'étonne pas. Et arrêtez de jurer devant moi, Michael Fury.

Le regard d'Ann s'embua d'émotion quand elle vit les vilaines blessures qu'il avait aux mains. Néanmoins, elle continua à avoir des mouvements brusques, sans compassion particulière.

— Ça va piquer un peu.

La brûlure de l'antiseptique qu'elle versa généreusement sur les plaies à vif le fit loucher, et jurer de plus belle.

— Décidément, vous parlez comme un vrai Irlandais. Ça me rappelle mon oncle Shamus. De quel coin vient votre famille ?

— De Galway. Bon sang, vous feriez aussi bien de

m'arroser avec de l'acide pour batterie ! Comme ça, on n'en parlerait plus.

— Un grand costaud comme vous ne va quand même pas pleurnicher à cause d'une petite goutte d'alcool ! Vous n'avez qu'à boire un coup. Je n'ai rien à vous faire mordre.

Blessé dans son orgueil – ainsi qu'Ann l'avait prévu – Michael repoussa son verre en haussant les épaules. Puis décida de ruminer ses pensées en silence pendant qu'elle terminait de lui bander les mains.

— C'est fini ? demanda-t-il.

— Pour l'instant. Il va falloir garder ces bandages au sec et les changer régulièrement. Car je suppose que vous êtes aussi têtu que Laura et que vous ne voulez pas voir un médecin.

— Je n'en ai pas besoin, dit-il en bougeant l'épaule, et en le regrettant aussitôt. Elle non plus. Ça va aller, elle a assez de monde comme ça autour d'elle.

— Si Laura inspire autant d'amour et de fidélité, c'est parce qu'elle en a toujours donné elle-même, avec beaucoup de générosité.

Ann se leva pour aller vider la cuvette et la remplir à nouveau.

— Retirez donc ce qui reste de votre chemise, ajouta-t-elle.

Michael haussa un sourcil.

— Tiens, tiens, vous voulez profiter de moi ? Si j'avais su que vous aviez envie de... Aïe !

Elle lui tordit l'oreille, et il faillit suffoquer.

— Si vous continuez à vous conduire comme un porc, c'est autre chose que l'oreille que je vais vous tordre ! Allons, mon garçon, enlevez cette chemise !

— Qu'est-ce que vous voulez, exactement ? fit-il en se frottant douloureusement l'oreille.

— Il n'y a sûrement pas qu'aux mains que vous vous êtes fait des entailles. Alors, enlevez-la, que je voie ce que vous avez.

— Qu'est-ce que ça peut vous faire ? Je pourrais pisser le sang, ça ne vous ferait même pas sourciller ! Vous m'avez toujours détesté.

— Non, j'ai toujours eu peur de vous, ce qui était absurde de ma part. Car vous n'êtes qu'un homme malheureux qui n'a même pas conscience de sa propre valeur. Mais si j'ai commis des erreurs que je regrette, je crois être assez honnête pour l'admettre.

Comme il ne coopérait toujours pas, elle lui arracha sa chemise elle-même.

— Je croyais que vous aviez battu votre mère.

— Quoi ? Ma mère ? Je ne l'ai jamais...

— Je sais. Restez un peu tranquille... Ô mon Dieu, vous avez fait là du beau travail... Mon pauvre garçon...

En chantonnant, Ann tamponna délicatement les entailles sur son dos.

— Vous auriez été capable de vous tuer pour elle, n'est-ce pas ?

Se sentant soudain las, terriblement las, Michael posa la tête sur le comptoir et ferma les yeux.

— Partez. Laissez-moi tranquille.

— Pas question. Attention, ça va faire mal...

Il siffla entre ses dents en sentant l'antiseptique lui mordre la peau.

— J'ai envie de me soûler, c'est tout ce dont j'ai envie.

— S'il le faut absolument, dit-elle d'un ton léger. Mais un homme qui est capable de braver un tremblement de terre pour aller sauver sa femme devrait avoir le courage de la regarder en face sans être ivre. Il faudrait mettre une pommade sur cette plaie... Mais nous verrons ça quand j'aurai fini de tout désinfecter. Retirez votre pantalon.

— Oh ! pour l'amour du ciel, je ne vais pas...

Elle lui tordit l'autre oreille, et Michael poussa un cri.

— Bon, d'accord... Vous voulez me voir tout nu, j'ai compris.

Il se leva, déboutonna son jean déchiré et l'enleva.

— Si j'avais su ce qui m'attendait, je serais allé à l'hôpital.

— Cette coupure en haut de votre cuisse aurait besoin de quelques points de suture, mais on va voir ce qu'on peut faire.

Michael s'assit à contrecœur et repoussa son verre de whisky. Il n'avait plus du tout envie de boire.
– Elle va mieux ?
Un sourire apparut sur les lèvres d'Ann qui garda la tête baissée.
– Elle a mal, et de plusieurs manières. Elle a besoin de vous.
– Ça, sûrement pas. Je suis la dernière chose dont elle ait besoin. Vous savez pourtant qui je suis.
Cette fois, elle releva la tête et le regarda droit dans les yeux.
– Oui, je sais qui vous êtes. Mais, vous, Michael Fury, le savez-vous ? Savez-vous vraiment qui vous êtes ?

Une douleur lancinante continuait à le hanter, comme s'il souffrait d'une rage de dents. Comment pouvait-il se concentrer sur ce qu'il avait à faire, alors qu'il la revoyait sans cesse sur la corniche, inanimée et plus pâle qu'une morte ? Qu'il n'arrêtait pas de repenser à la façon dont elle l'avait regardé, les yeux remplis de colère et de chagrin, quand elle s'était retournée devant cette porte en lui disant qu'elle l'aimait ?

Il ne servait à rien de chercher à se distraire. Il avait rangé l'appartement – parce que Ann lui avait ordonné de se bouger les fesses et de remettre un peu d'ordre. Ensuite, il était allé calmer les chevaux, avait remis toutes les selles en place, avant de les décrocher et de les emballer.

De toute façon, il allait partir.

Et puis finalement, il avait renoncé, et s'était dirigé vers Templeton House. C'était raisonnable, non ? Il était normal qu'il veuille prendre de ses nouvelles. Elle aurait mieux fait d'accepter d'aller à l'hôpital. Mais sa famille n'avait pas dû insister. Lorsque Laura Templeton avait quelque chose en tête, il était clair que personne ne pouvait l'en dissuader.

Il allait donc passer la voir, puis prendrait des dispositions afin de trouver un haras qui accueillerait ses chevaux en attendant qu'il file d'ici.

Dès qu'il arriva dans le jardin, Ali et Kayla bondirent de la terrasse où elles étaient en train de jouer aux osselets pour venir à sa rencontre.

— Tu as sauvé maman du tremblement de terre ! s'exclama Kayla en se jetant dans ses bras.

— Pas exactement. J'ai juste...

— Si ! coupa Ali en le regardant d'un air solennel. Tout le monde l'a dit.

Très mal à l'aise dans le rôle de héros, Michael haussa les épaules, mais elle lui prit la main, et il vit des larmes dans ses yeux.

— Tout le monde dit qu'elle ira bientôt mieux. Tu crois que c'est vrai ?

Pourquoi lui demander à lui ? En quoi sa parole faisait-elle autorité ? Toutefois, il s'accroupit, incapable de résister à ce petit visage inquiet.

— Naturellement. Elle s'est fait quelques bosses, c'est tout.

— Alors, tant mieux ! fit Ali avec un petit sourire.

— Elle est tombée du haut de la falaise, poursuivit Kayla. Et elle a retrouvé Seraphina, et elle s'est fait mal, mais toi et Max, vous l'avez remontée. Mrs Williamson a dit que Max méritait un grand seau de carottes.

Michael lui ébouriffa les cheveux en souriant.

— Et moi, qu'est-ce que je mérite ?

— Elle a dit que tu avais déjà eu ta récompense. Qu'est-ce que c'est ?

— Aucune idée.

— Toi aussi, tu t'es blessé. Tu as mal ? demanda Kayla en prenant ses mains bandées qu'elle embrassa tour à tour. Et ça, ça te fait du bien ?

Une bouffée d'émotion envahit Michael, comme si un essaim de guêpes venait de le piquer. Personne n'avait jamais essayé de le consoler ainsi.

— Oui, beaucoup de bien.

Il enfouit son visage dans la chevelure de Kayla. Le cœur lourd de regrets.

— Est-ce qu'on a le droit d'aller voir Max ? demanda Ali en caressant affectueusement les cheveux de Michael. Pour le remercier.

— Oui, ça lui fera plaisir. Votre maman...
— Elle est dans le salon. Personne ne doit faire de bruit pour qu'elle puisse se reposer, mais tu peux y aller, déclara Ali d'un air rayonnant. Elle a sûrement envie de te voir. Et ne t'en fais pas, Kayla et moi allons nous lever très tôt tous les matins pour nettoyer les boxes jusqu'à ce que tes mains soient guéries.
— Je...
Lâche, se dit-il. Dis-leur que tu ne seras plus là. Dis-leur que tu t'en vas... Mais il ne put s'y résoudre.
— Merci.
Et il les regarda s'éloigner, deux jolies petites filles gambadant joyeusement dans un magnifique jardin. Puis il enjamba les osselets éparpillés sur la terrasse et, après trois vaines tentatives, réussit à ouvrir la porte.

Laura n'était pas allongée sur le canapé comme il s'y était attendu, mais debout devant la fenêtre, en train de regarder les falaises.

Elle était si... si menue, pensa-t-il. Tout en elle évoquait la fragilité, et pourtant, elle était la femme la plus résistante qu'il ait jamais connue.

Avec ses cheveux tirés en arrière, et enveloppée dans un long peignoir blanc, elle paraissait d'une extrême délicatesse. Mais quand elle se retourna, auréolée des derniers rayons du soleil couchant qui se reflétaient sur la vitre, elle lui fit l'effet d'être tout simplement indestructible.

— J'espérais que tu viendrais.
Sa voix était calme. Avoir frôlé la mort de si près lui avait fait comprendre qu'elle était capable de survivre à n'importe quoi. Même à Michael Fury.
— Je n'ai pas eu l'occasion de te remercier de façon très cohérente, ni de voir si tu étais sérieusement blessé.
— Ce n'est rien. Comment va ta tête ?
Laura sourit.
— Comme si j'avais été écrasée par un rocher. Tu veux un cognac ? Moi, je n'y ai pas droit. Mes nombreux conseillers médicaux m'ont interdit de boire de l'alcool pendant vingt-quatre heures.
— Non, je te remercie.

Le whisky qu'il avait bu tout à l'heure avait un peu de mal à passer.

— Je t'en prie, assieds-toi, dit-elle, toujours courtoise, en lui indiquant un fauteuil. Nous avons eu une drôle de journée, n'est-ce pas ?

— Je ne suis pas près de l'oublier. Ton épaule ne...

— On s'est suffisamment occupé de moi comme ça, dit-elle en s'asseyant et en lissant les pans de son peignoir. Elle est encore endolorie, j'ai mal à la tête, et j'ai de temps en temps des crampes d'estomac en pensant à ce qui aurait pu se passer. A ce qui serait arrivé si tu ne m'avais pas retrouvée.

En le voyant marcher de long en large, Laura fronça les sourcils. A part le long regard qu'il lui avait accordé tout à l'heure lorsqu'elle s'était tournée vers lui, il s'appliquait à ne pas la fixer dans les yeux. Elle croisa les mains sur ses genoux afin de les empêcher de trop s'agiter.

— Y a-t-il quelque chose qui te tracasse, en dehors de mon bulletin de santé ?

— Je voulais seulement voir si...

Michael vint se planter devant elle, les mains dans les poches.

— Ecoute, je ne vois pas de raison de laisser les choses comme ça entre nous.

— Quelles choses ?

— Tu n'es pas amoureuse de moi.

Elle inclina la tête d'un air patient et attentif.

— Je ne le suis pas ?

— Non, tu confonds ce que tu ressens avec le plaisir, auquel doit s'ajouter maintenant une certaine gratitude, ce qui est stupide.

— Et en plus, je suis stupide ?

— Ne déforme pas mes propos.

— Je m'efforce au contraire de les démêler...

Elle passa la main sur le coffre encore ouvert sur la table.

— Mais tu n'as pas vu la dot de Seraphina. Tu n'es pas curieux ?

— Ça n'a rien à voir avec moi.

Cependant, il y jeta un coup d'œil, et vit briller l'or, l'argent et les perles d'ambre.

— Ce n'est pas grand-chose, en fin de compte.

— Tu te trompes, il y a là pas mal de choses, dit-elle en le regardant dans les yeux. Beaucoup de choses, même. Pourquoi es-tu redescendu la chercher ?

— Je t'avais dit que j'irais.

— Et tu es un homme de parole, murmura-t-elle. Sur le moment, j'étais un peu hébétée, mais, à présent, tout est plus clair. Je me revois allongée là-bas, en train de te regarder escalader la falaise. Tu grimpais comme un lézard, tes mains étaient en sang, tu glissais à chaque fois que la terre se dérobait sous tes pieds... Tu aurais pu te tuer.

— J'aurais dû te laisser où tu étais, je suppose.

— Non, tu n'aurais jamais fait une chose pareille ! Tu serais venu sauver n'importe qui. Tu es fait comme ça. Et tu es même retourné chercher le coffre... uniquement parce que je te l'avais demandé.

— Tu dis ça comme si c'était là quelque chose d'extraordinaire.

— Evidemment ! Tu m'as rapporté une chose que j'ai passé toute ma vie à chercher...

Elle continua à le fixer, le regard empli d'émotion.

— Combien de fois aurais-tu été prêt à escalader cette falaise, Michael ?

Voyant qu'il ne disait rien, et s'était remis à aller et venir comme un lion en cage, Laura poussa un soupir.

— Tout ça te met mal à l'aise... La gratitude, l'admiration, l'amour...

— Tu n'es pas amoureuse de moi...

— Tu n'as pas à me dire ce que je ressens !

Comme elle avait élevé la voix, Michael se retourna subitement d'un air inquiet. Si elle recommençait à lui jeter des objets à la figure, il doutait d'avoir assez d'énergie pour les éviter.

— Tu n'as pas le droit ! Tu as le droit de ne pas ressentir la même chose, de ne pas vouloir que je t'aime, mais pas de me dire ce que je ressens !

— Alors, tu es vraiment stupide ! tonna-t-il. Tu ne sais

même pas qui je suis. Tu oublies que j'ai tué pour de l'argent.

Laura attendit un instant, puis alla se servir un verre d'eau.

– Tu parles de l'époque où tu étais mercenaire.

– Appelle ça comme tu voudras. Toujours est-il que j'ai tué, et que je me suis fait payer pour ça.

– Je suis sûre que tu ne croyais pas à la cause pour laquelle tu te battais.

Michael ouvrit la bouche, puis la referma. Pourquoi ne l'écoutait-elle donc pas ?

– Ce que je crois ou pas n'a aucune importance ! J'ai tué pour de l'argent, j'ai passé une nuit en prison, j'ai couché avec des femmes que je ne connaissais même pas...

Très calme, Laura but une gorgée.

– Tu cherches à t'excuser, Michael, ou bien à te vanter ?

– Bon sang ! Arrête de prendre ce ton de châtelaine avec moi ! J'ai fait des choses inimaginables pour quelqu'un qui vit dans le petit univers confiné qui est le tien.

– Confiné ? Comparé à la réalité qui est la tienne, peut-être. Tu n'es qu'un snob, Michael Fury !

– Tu parles !

– Mais si. D'après toi, je suis au-dessus du désespoir, du besoin et du péché sous prétexte que je viens d'un milieu aisé et que j'ai un certain train de vie. Et, bien entendu, je suis incapable de comprendre un homme comme toi, et encore moins de l'aimer. C'est bien ça ?

– Oui... En gros, c'est ça.

– Alors, laisse-moi te dire ce que je vois en toi, moi. Je vois quelqu'un qui a fait ce qu'il devait faire pour survivre. Et je comprends ça très bien, malgré mon petit univers confiné.

– Je n'ai jamais voulu dire...

– Quelqu'un qui n'a jamais renoncé, quels que soient les obstacles, reprit-elle sans le quitter des yeux. Quelqu'un qui a décidé de changer de vie, et qui y est arrivé. Qui a de l'ambition, de la pudeur et du courage... Un homme qui est même capable d'avoir du chagrin pour un enfant qu'il n'a pas eu la chance de connaître.

Elle le décrivait comme quelqu'un qu'il n'était pas et cela l'affola.

– Je ne suis pas l'homme que tu cherches.

– Eh bien, tu es celui que j'ai trouvé. Il va bien falloir que je vive avec ça. Et c'est ce que je ferai quand tu seras parti.

– Tu ne comprends donc pas que je te fais une faveur ? Tu t'en rendras compte toute seule, tôt ou tard. D'ailleurs, dans un coin de ta tête, tu le sais déjà.

– Ce qui veut dire ?

– Tu sais bien que tout cela ne nous mènerait nulle part. Ce n'est pas possible, et tu le sais déjà.

– Ah oui ? Et si tu m'expliquais comment tu en es arrivé à cette conclusion ?

Il avait des dizaines d'exemples à lui donner, mais un seul lui vint à l'esprit.

– Tu prends toujours soin de ne pas me toucher quand il y a quelqu'un.

– Vraiment ?

Laura reposa son verre avec brusquerie.

– Ne bouge pas...

L'air outré, elle se dirigea vers la porte et sortit dans le couloir, l'abandonnant à son humeur maussade.

Pourquoi diable se prêtait-il à cette mascarade ? Pourquoi discutait-il avec elle ? Au lieu de la serrer une dernière fois dans ses bras et de s'en aller.

Laura revint dans le salon en tirant Thomas derrière elle.

– Tu es censée te reposer, la gronda son père. Oh ! bonjour, Michael. Justement, je m'apprêtais à venir vous...

– Tu lui parleras plus tard, coupa Laura en se précipitant vers Michael.

– Hé !...

Ce fut tout ce qu'il trouva à dire quand elle l'empoigna par les cheveux et l'attira vers elle pour l'embrasser à pleine bouche. Il leva les mains, les laissa retomber, puis, renonçant à lui résister, répondit à son baiser. Il sentit son corps menu se crisper et vibrer de colère, mais ses lèvres étaient douces, chaudes, et ses jambes faillirent le trahir.

— Voilà ! dit-elle en s'écartant et en se retournant vers Thomas qui les regardait avec un sourire perplexe. Merci, papa. Ça t'ennuierait de nous laisser ?

— Non, pas du tout... Michael, je crois que toi et moi devrions avoir une petite conversation.

Et il repartit en refermant discrètement la porte derrière lui.

— Alors, satisfait ?

Pas vraiment. Elle avait réveillé le désir qu'il s'appliquait si fort à oublier. Sans rien dire, il la reprit dans ses bras.

— Qu'est-ce que tu espérais prouver ? Ça ne change...

Mais il ne termina pas sa phrase. Le visage enfoui dans ses cheveux, il s'efforça de retrouver son souffle.

— J'ai cru que tu étais morte, dit-il finalement. Oh, Laura, j'ai cru que tu étais morte !

— Michael...

Toute sa colère retomba d'un coup en sentant ses mains lui caresser le dos.

— Ça a dû être terrible, pour toi. Je suis désolée... Mais maintenant, tout va bien. Tu m'as sauvée.

Tout doucement, elle prit son visage entre ses mains, plongea le regard dans ses grands yeux sombres, et effleura ses lèvres.

— Tu m'as sauvé la vie, murmura-t-elle.

— Non, fit-il en s'écartant brusquement, étonné de la facilité avec laquelle elle arrivait à l'émouvoir. On ne va pas recommencer à tout mélanger.

Laura se figea en observant toutes les émotions qui passaient sur son visage. Et, peu à peu, son cœur meurtri commença à s'ouvrir, et à guérir. Un petit sourire se dessina au coin de ses lèvres.

— Tu as peur de moi, n'est-ce pas ? Tu as peur de nous. J'ai vraiment été stupide de croire qu'il n'y avait que moi. Car tu es amoureux de moi, Michael, et ça te fiche la trouille.

— Ne me dis pas ce que je ressens, dit-il en reculant tandis qu'elle avançait vers lui. Non, arrête...

— Qu'est-ce qui se passerait, là, si je te touchais ? Tu te briserais en mille morceaux. Toi, le gros dur qui garde tout pour lui... Je pourrais te casser en deux, rien qu'en faisant ça.

Et elle posa sa main sur sa joue.

— Tu commets une erreur, répliqua-t-il en lui prenant le poignet d'une main tremblante. Tu ne sais pas ce que tu fais. Je ne peux pas être celui qu'il te faut.

— Et si tu me disais ce qu'il me faut ?

— Tu t'imagines que je vais changer ? Que je vais jouer au tennis au country club ? Aller à des vernissages et m'acheter un smoking ? Mais ça n'arrivera jamais... Je ne vais pas me mettre à boire du cognac, ni à jouer au billard, ni passer mon temps au sauna avec des gros types bourrés de fric en discutant des derniers cours de la Bourse...

Laura partit d'un grand éclat de rire, mais fut aussitôt prise d'un vertige qui la força à s'asseoir sur l'accoudoir du canapé, le temps de reprendre sa respiration.

— Tu parles d'une nouvelle !

— Parce que tu crois que c'est une plaisanterie ? C'est aussi ce que penseront tes amis. Tiens, voilà Laura Templeton et son bâtard !

Elle réagit au quart de tour.

— Je devrais te gifler pour oser dire une chose pareille !

Et elle s'obligea à croiser les mains pour se retenir de le faire.

— C'est insultant, pour moi comme pour ceux que je considère comme mes amis ! Tu crois sincèrement que je me soucie de ça ? Tu as donc une si piètre opinion de moi ?

— Tout au contraire, s'empressa-t-il de dire avant qu'elle ne se lance dans une nouvelle tirade.

— Si c'est vrai, tu devrais au moins respecter ce dont j'ai besoin. D'ailleurs, à quelques détails près, c'est ce dont j'ai eu besoin toute ma vie. Ma famille, mon travail, ma maison. Sentir que je donne autant que je prends.

Voir mes filles heureuses et en bonne santé. Et avoir quelqu'un que j'aime, et qui m'aime, pour partager tout ça, quelqu'un qui soit là pour moi. Qui compte sur moi, et sur qui je puisse compter. Je veux quelqu'un qui m'écoute et qui me comprenne, qui me prenne dans ses bras quand j'en ai besoin. Et qui me fasse battre le cœur un peu plus vite chaque fois qu'il me regarde. Comme tu me regardes là, toi, Michael, à cette seconde même.

– Tu ne veux pas me laisser partir, dit-il tout bas.
– Mais si, bien sûr que si.

Laura s'approcha du coffre et en sortit le médaillon.

– Si tu dois t'en aller pour te prouver quelque chose, pour fuir je ne sais quoi, même si c'est précisément ce que nous ressentons l'un pour l'autre, je ne peux pas t'en empêcher.

Elle reposa le médaillon. Délicatement.

– Mais je n'arrêterai pas pour autant de t'aimer, ni d'avoir besoin de toi. Je vivrai sans toi, voilà tout. Sans avoir la vie que nous aurions pu avoir ensemble, sans voir mes filles s'illuminer dès que tu entres dans une pièce... et sans les enfants que nous aurions pu faire ensemble.

En voyant la petite lueur qui passa tout à coup dans son regard, elle plissa les yeux.

– Parce que tu crois que je ne veux pas d'autres enfants ? Que je n'ai pas déjà rêvé de ce que serait de tenir un bébé que nous aurions fait tous les deux ?
– Non, je ne pensais pas que tu voulais avoir d'autres enfants avec moi.

Elle lui brisait le cœur, morceau par morceau.

– Laura...

Elle se releva, attendit, mais il se contenta de secouer la tête.

– Une famille. C'est la seule chose dont j'ai toujours rêvé. Tu as changé beaucoup de choses en moi, mais pas ça. Tu m'as offert toutes ces premières fois, et, parce que j'étais complètement éblouie, amoureuse de toi comme une folle, je n'ai pas vu que je pouvais t'offrir quelque chose moi aussi. En te donnant une famille.

Michael se demanda s'il allait arriver à parler. Comment un homme pouvait-il accepter de se voir offrir ce qui lui avait toujours manqué ? La seule chose qu'il ait imaginée et cherchée désespérément toute sa vie.

— Je ne suis pas celui qu'il te faut. Les choses n'auraient jamais dû en arriver là entre nous.

— Tu es celui qu'il me faut, corrigea-t-elle. Je le sais. Mais qu'est-ce qui n'aurait jamais dû arriver entre nous, Michael ?

— Faire des projets. Penser à l'avenir...

Le coffre et les minuscules trésors qu'il contenait attirèrent une nouvelle fois son regard.

— Je viens à peine de commencer à faire démarrer mon affaire, je commence tout juste à mettre un peu d'ordre dans ma vie. Je n'ai rien à t'offrir.

— Ah bon ? N'as-tu pas des rêves ? Et certains ne sont-ils pas les mêmes que les miens ?

Elle mourait d'envie de le prendre dans ses bras, mais, cette fois-ci, ce serait à lui de faire le premier pas.

Il réalisa tout à coup qu'elle allait le laisser partir. S'il franchissait le seuil de cette porte, ils ne se reverraient plus jamais.

Elle l'attendait, était prête à le prendre tel qu'il était. Et avec elle, peut-être découvrirait-il qu'il y avait en lui plus qu'il ne le croyait, plus qu'il ne s'était jamais autorisé à rêver.

— Je te donne une dernière chance avant de dire ce que j'ai à te dire. Et que je ne pensais pas que tu voudrais entendre.

Il fit un pas vers elle, et s'arrêta.

— Mais une fois que je l'aurai dit, les dés seront jetés. Pour nous deux. Tu comprends ?

— Et toi ? fit-elle dans un sourire.

— Moi, je l'ai compris à la seconde où je t'ai revue...

Ses yeux se firent soudain plus sombres, inquiétants.

— Reste ou va-t'en, Laura.

Elle releva le menton.

– Je reste.
– Alors, tu vas devoir vivre avec ça. Et avec moi.

Il lui prit la main. Non pas avec douceur, mais d'un geste possessif, et ses doigts blessés s'entrelacèrent aux siens.

– Je n'ai jamais aimé aucune autre femme. C'est la première fois.

Elle ferma les yeux.

– J'ai l'impression d'avoir attendu toute ma vie de te l'entendre dire...

– Je ne l'ai encore jamais dit à personne, dit-il en lui caressant la joue. Alors, regarde-moi. Je t'aime, Laura. Peut-être que je t'ai toujours aimée. Je sais en tout cas que je t'aimerai toujours. Je ne te mentirai jamais, ni ne te laisserai te débrouiller toute seule avec tes problèmes. Je serai le père de tes enfants. De tous tes enfants. Je les aimerai, tous. Et ils n'auront jamais à se demander si c'est le cas ou non.

– Michael...

Le cœur débordant d'émotion, Laura déposa de minuscules baisers sur ses paumes meurtries, comme Kayla l'avait fait tout à l'heure.

– C'est tout ce que je désire au monde...
– Non, ce n'est pas tout. Il y a tout le reste.

Il attendit qu'elle ravale ses larmes et le regarde dans les yeux.

– Si tu décides de tenter ta chance, je te donnerai tout ce que j'ai, tout ce que je serai capable de faire et d'être.

Les mots venaient facilement, réalisa-t-il. Ils étaient là, attendant d'être dits. D'un geste distrait, il prit une tulipe dans le vase posé près d'eux sur la table et la lui tendit.

– Epouse-moi. Sois ma famille.

Au lieu de prendre la fleur, elle referma la main sur la sienne autour de la tige.

– Oui.

Elle effleura sa joue d'un baiser avant de laisser aller sa tête en soupirant sur son épaule.

- Oui, répéta Laura en sentant son cœur battre contre le sien.

Puis elle posa les yeux sur le coffre rempli de tant de rêves.

- Je t'ai trouvé, murmura-t-elle en tendant sa bouche à Michael. Nous nous sommes trouvés. Enfin.

4585

Composition
PCA

Achevé d'imprimer en France (Malesherbes)
par MAURY-IMPRIMEUR
le 2 septembre 2013

Dépôt légal : septembre 2013
EAN 9782290069691
OTP L21EPLN001420N001
1er dépôt légal dans la collection : septembre 1997
N° d'impression : 184211

Éditions J'ai lu
87, quai Panhard-et-Levassor, 75013 Paris
Diffusion France et étranger : Flammarion